再着装《リスリーヴ》の記憶

〈エクリプス・フェイズ〉アンソロジー

岡和田晃◉編

アトリエサード

目次

※本書の各種コラム・Noteについては、以下の執筆者が担当しています。

（晃）＝岡和田晃
（音）＝待兼音二郎
（深）＝深泰勉
（純）＝橋本純

※本書はネットマガジン「SF Prologue Wave」のシェアード・ワールド企画と浅からぬ縁があるため、随所で同マガジンが言及されます。【新サイト】https://prologuewave.club/【旧サイト】http://prologuewave.com/で、それぞれ関連作品を無料で読むことが可能です。

新サイト

旧サイト

ド（内惑星圏）の冒険

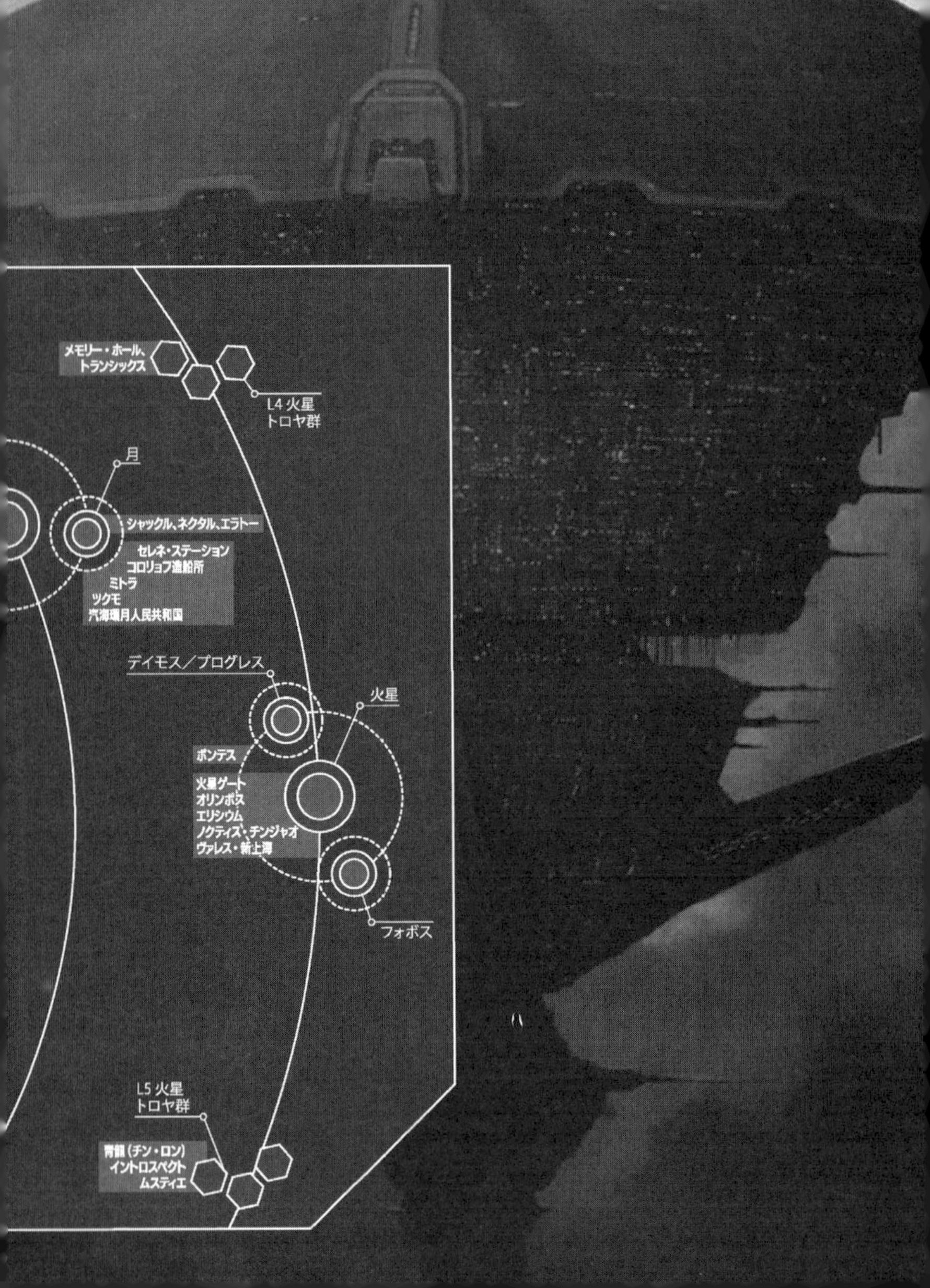

メモリー・ホール、
トランシックス
L4 火星
トロヤ群
月
シャックル、ネクタル、エラトー
セレネ・ステーション
コロリョフ造船所
ミトラ
ツクモ
汎瀚環月人民共和国
デイモス／プログレス
火星
ポンテス
火星ゲート
オリンポス
エリシウム
ノクティス・チンジャオ
ヴァレス・新上海
フォボス
L5 火星
トロヤ群
青龍（チン・ロン）
イントロスペクト
ムスティエ

第1部 サンワー

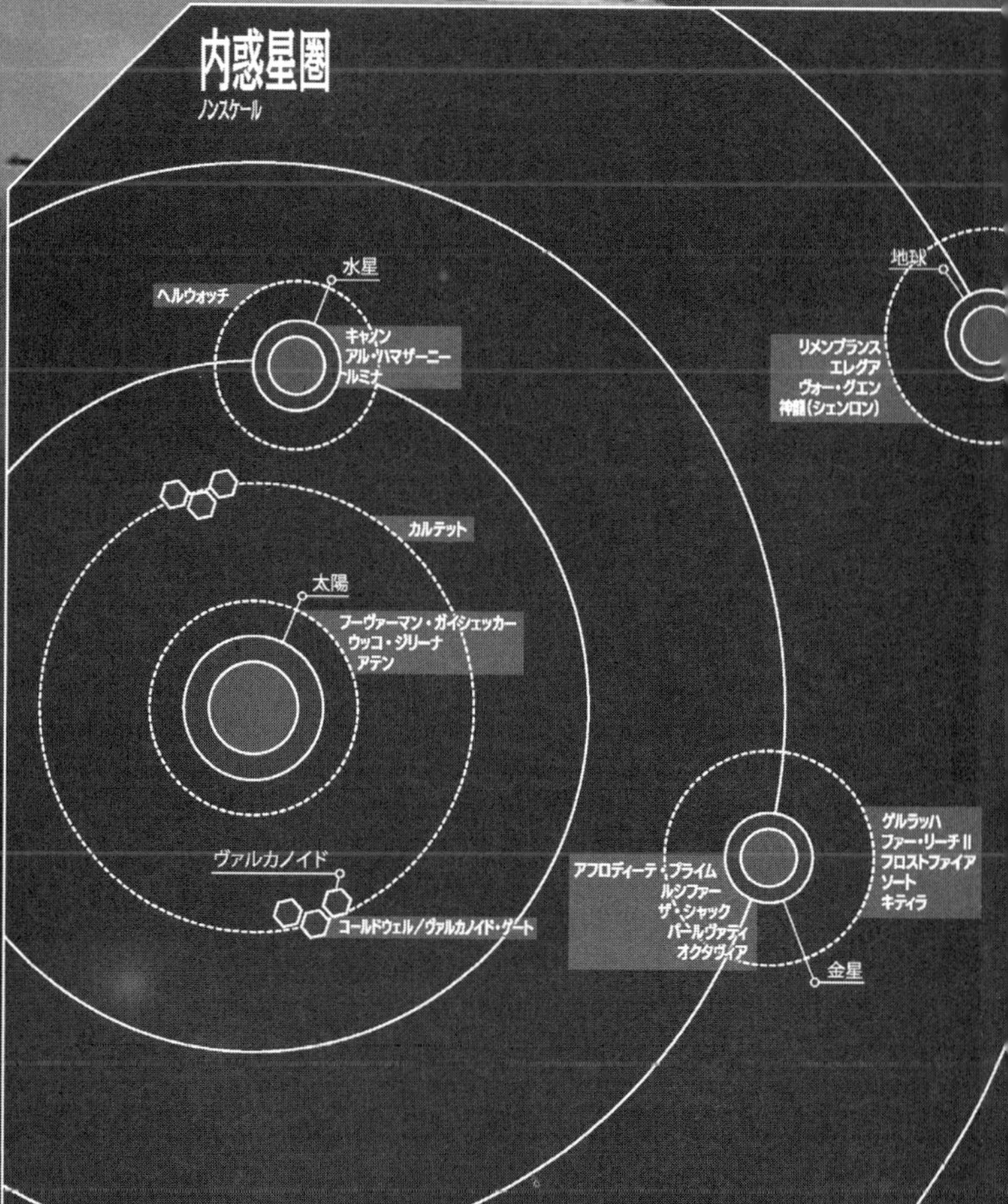

内惑星圏
ノンスケール
水星
ヘルウォッチ
キャメン
アル・ハマザーニー
ルミナ
地球
リメンブランス
エレグア
ヴォー・グエン
神龍(シェンロン)
カルテット
太陽
フーヴァーマン・ガイシェッカー
ウッコ・ジリーナ
アテン
ヴァルカノイド
コールドウェル/ヴァルカノイド・ゲート
ゲルラッハ
ファー・リーチII
フロストファイア
ソート
キティラ
アフロディーテ・プライム
ルシファー
ザ・シャック
パールヴァティ
オクタヴィア
金星

〈エクリプス・フェイズ〉の世界へようこそ！　本書は、技術的特異点《シンギュラリティ》の到来した未来（西暦で二一〜二三世紀頃）の太陽系を舞台に、同一の世界観を共有して描かれたシェアード・ワールド小説集です。シェアード・ワールドとは、特定のマスター・ナラティヴに対する二次創作ではなく、「バイブル」と呼ばれる基礎設定を共有し、複数の作家がフラットな立場から物語を創造していく営みのことです。

〈エクリプス・フェイズ〉とはRPG（ロールプレイングゲーム）の名前で、基本ルールブックの日本語版が二〇一六年に新紀元社から発売されました（朱鷺田祐介監訳、岡和田晃・待兼音二郎ほか訳）。ただ、小説を楽しむのに必要な情報は、本書でも随時解説していきますので、ゲームを知らない方でもご安心ください。

本書の場合は、コンピュータの容量が実質的に無限大となり、人間の魂《エゴ》はデータ化され、肉体は義体《モーフ》として取替え可能になった最新のSF世界を扱うわけです。なかでも第一部は、太陽から火星までの間にある、サンワード（内惑星圏）を舞台にします。『エクリプス・フェイズ　ソースブック　サンワード』（朱鷺田祐介監訳、岡和田晃・待兼音二郎・見田航介訳、新紀元社、二〇二一年）に詳しく、本書では、金星、火星、地球が主な舞台として採られています。未来はどう変容しているのでしょうか？（晃）

用語解説と世界観紹介　その一

（基本ルールブック＋αより）

技術的特異点《シンギュラリティ》：技術革新が急激で、幾何級数的、かつ再帰的なレベルに到達する時点のこと。それ以降の未来は予測不可能なものとなる。シードＡＩが神に比すべき知性を獲得することに対してよく用いられる。

魂《エゴ》：人間存在において身体から身体へと乗り換え可能な部分のこと。ゴースト、霊魂、精髄、霊、ペルソナとも呼ばれる。

大脳皮質記録装置《コーティカル・スタック》：魂《エゴ》のバックアップに用いられる埋込型のメモリー・セル。埋込位置は脊椎と頭蓋骨の接合部。摘出も可能。

義体《モーフ》：魂《エゴ》を収める器となる身体のこと。作品紹介にも説明があるように、生身の身体の生体義体《バイオモーフ》と、人造ロボットのサイバーブレインに魂《エゴ》を収容して動かす合成義体《シンセモーフ》に大別される。なお、義体《モーフ》なしの魂《エゴ》のみで活動する情報体《インフォモーフ》という人々も存在し、その多くは〝大破壊《ザ・フォール》〟で義体《モーフ》を失った難民である。

（その二、88頁へ続く）

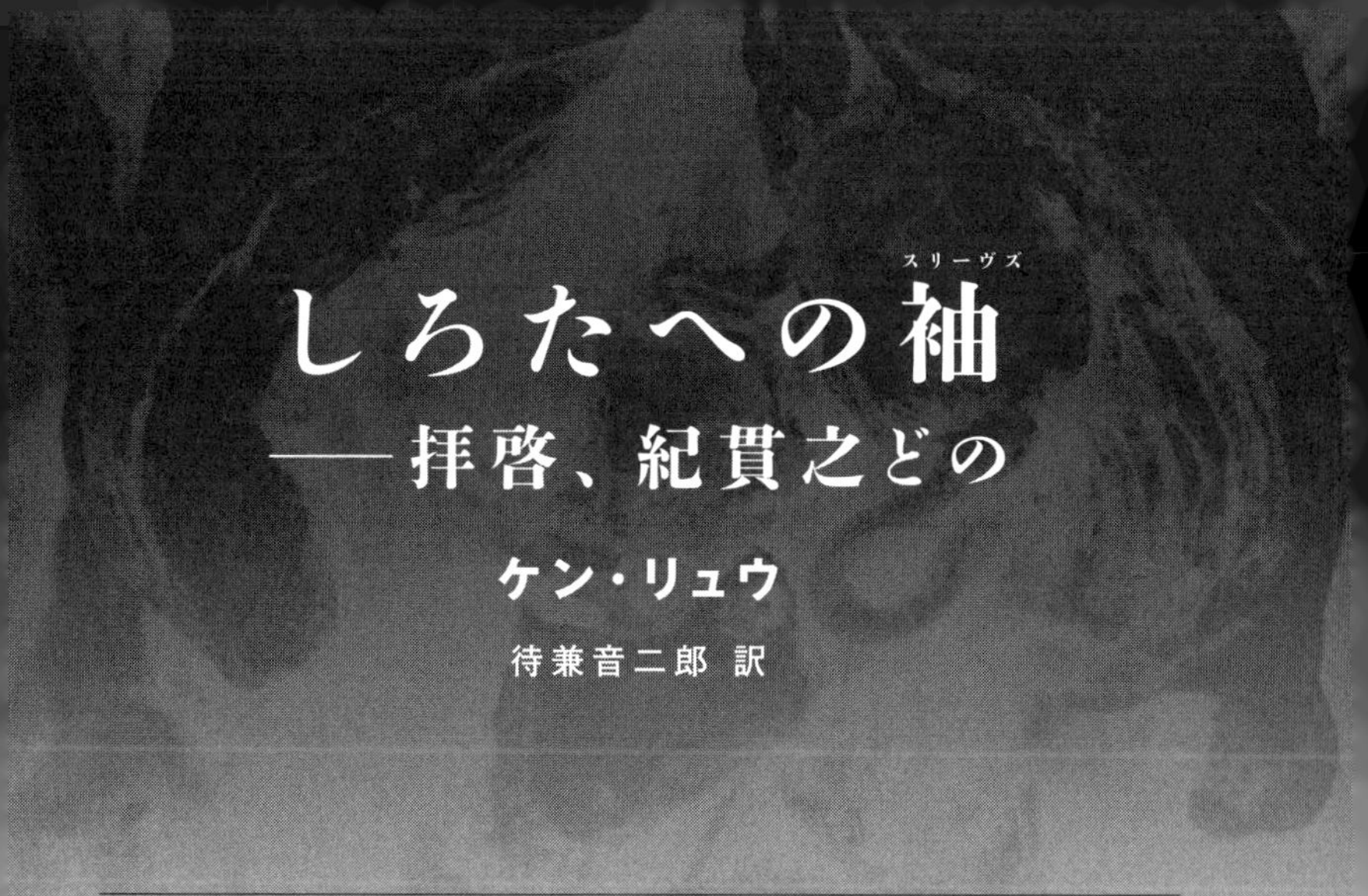

しろたへの袖《スリーヴズ》
――拝啓、紀貫之どの

ケン・リュウ

待兼音二郎 訳

遥かな未来、人類はその生存圏を太陽系全体にまで拡大させていました。科学技術は人間の身体や精神の「改良」を可能とし、ヒトは死から解放されました。いまやヒトは己の精神に、生身の肉体や魂《エゴ》を複製し分離させることすら可能となりました。けれどそうやって次の段階に到達したトランスヒューマンは、抑圧と殺し合いを繰り返した挙句、超AIを暴走させてしまい、自分たちを滅亡の寸前にまで追い込んだ――これを〝大破壊《ザ・フォール》〟と呼びます。間一髪で、トランスヒューマンは絶滅の危機を乗り越えました。そして高度に発達した科学によって支えられた瓦礫と混沌の中で、今日も生きています。

本書の巻頭を飾る物語は、そんな遠い未来において、「わたし」が魂《エゴ》を分岐《フォーキング》させ、蛇型義体《スリザロイド》に乗せて死地へと送り込む――あるいは送り込まれるところから始まります。死を超越したトランスヒューマンたちが描く「わたし」と「わたし」の物語はどこへ向かうのでしょうか？　最新のポストヒューマンSFのロジックと、アーサー王伝説や紀貫之のような古典はどこで出逢うのでしょうか？

ケン・リュウ（劉宇昆）は『紙の動物園』（古沢嘉通訳、早川書房、邦訳二〇一五年）ほか、ポスト・シンギュラリティSFから〝シルク・パンク〟な武侠小説まで、八面六臂の活躍を見せ、主要なSF賞を総ナメにしているだけではなく、劉慈欣『三体』の英訳等で、中華圏SFブームのメイン・プレイヤーの一人ともなっています。本作の日本語版の初出である「ナイトランド・クォータリー」vol.6（アトリエサード、二〇一六年）には、詳細な書誌が収められており、同Vol.9（アトリエサード、二〇一七年）では、来日時のインタビューを読むことができます。（晃）

"White Hempen Sleeves" by Ken Liu
From *ECLIPSE PHASE AFTER THE FALL: The Anthology of Transhuman Survival and Horror*, edited by Jaym Gates, 2016.

エゴ・ブリッジの低いうなりが虚夢を誘う。わたしは巻き貝の螺旋に抱かれて寝そべっているのか。いや、それとも億万の星の散り敷いた宇宙でゆらゆらと無重力遊泳をしているのか。ふつりと消えてしまいそうな星々の光は……いや、これはナノボットの大群の明滅だ。わたしの神経組織を目まぐるしく行き交いながら、シグナル伝達における反応連鎖の独自性を見つけだそうとしているわけだ。

ついにその時がやってきた。高まる期待に、未知の領域に足を踏み入れる昂揚感に、わたしの胸が早鐘を打つ。意識が本物のフォークのように二股に分岐していくそのときを、はたしてわたしは認識できるのか？　時が止まり、心が宙ぶらりんになるさまを、感じ取ることはできるのか？　わたしの心が、底知れぬ忘却の海の深みでなまめかしくも物問いたげな曲線をなす触腕のごときものとなっていくその変化の過程を――。

――――

自己嫌悪とはこのことだ。

勝ち目は五分五分にあったのに、コイン投げにわたしは負けた。

死出の旅とわかって往かねばならぬとはなんたる地獄か。たとえその地獄におのれを叩き込んだのが自分自身であったとしてもだ。

――死は誰にでも訪れる。大切なのは、死ぬまでに何をなしたかではないかな。

その声には愉悦の響きも、あからさまな安堵感もこもってはいない。とはいえ何の救いになるものか。今のこの義体《モーフ》に再着装《リスリーヴ》できるまでに、わたしは時空のなかにいったい何時間、何日間、いや何週間、宙ぶらりんなままで捨て置かれていたかもわからないのだ。もう片方のわたしが時間も気にせず、歓呼の声をあげ、幸運を噛みしめることができたそのあいだじゅう。

自分の声にわざわざ答えることもあるまい。ここから五十五キロメートルの上空に浮かぶオクタヴィア、あのクラゲ型をした退廃の空中都市《エアロスタット》で安閑としているろくでなしの声になど。再着装後に決まって襲われる目まいと戦いながら顔を上げると、目に映ったのはオレンジ色の雲海が猛り渦巻くばかりの光景。はてしない黄昏の薄明かりが、雲海の彼方からかすかに届いてくる。

わたしは目を伏せ、改めて自分の身体を眺めわたす。百八十度後方まで首をひねってしまえる違和感に、義体の異質さがぞわぞわと背筋を這い上ってくる。そう、わたしが今回選んだのは、体長五メートルの蛇型機械義体《スリザロイド》。〝大破壊《ザ・フォール》〟以前にアマゾンの密林を這いまわっていたアナコンダを思わせる金属製のこの合成外殻は、強化と改良を施されており、わたしがおのれに課した任務をやり遂げるまで、金星地表で生き抜くこともできるだろう。

――準備はいいかな。痛みがくるよ。

心のなかで何かのスイッチがパチンと入れられた気がして金切り声を上げてしまう。声などこからも出てこないのに。

しかし暑い。いや熱い。熱いどころか、皮膚がひりつき、剥がれ落ち、水ぶくれがイシュタル大陸の火山群のように噴出していく。

いや違う、わたしには皮膚などないというのに。

油圧プレスで四方から押し潰される心地もする。肋骨を圧迫し、胸腔を絞り潰し、肺を紙のように平らにしてしまう猛烈な気圧。息ができないという根源的な恐怖が心を鷲掴みにする。

いや違う、わたしには肋骨も胸腔も肺もない。息をする必要すらないというのに。

——きみの現在地の気温は摂氏四百六十度、気圧は九十三気圧。義体のセンサーを再調整して、しかるべき痛みの刺激は受けつつも、すぐには行動不能にならない程度にしておいたからね。

こんちくしょう。ふざけやがって。

——それもこれも、きみのやる気をかき立てるためなんだ。暑さと息苦しさからの解放を求めて高みへ登っていきたくなるようにね。

おのれを呪う。だが、あの声の言うとおりなのだ。死地へ送られるのはこちらだとわかって真っ先に浮かんだのは、このままここに寝そべって眠ってしまえたらという衝動的な思いではあった。けれども……それは我々双方にとって論外だった。

わたしはしぶしぶ、マクスウェル山を登りはじめる。金星最高峰のこの山は、地球のエベレスト山よりも二キロメートルも高い。乾ききった玄武岩の上に、科学的侵蝕の産物である小石や尖った岩石が散乱するなかを、蛇腹の身体で這い上っていく。進路は迷うべくもない。より高みへと登るだけのことだから。猛烈な気圧と地獄の極熱が少しでもやわらぐ方角は上方にしかなかったからだ。

とはいえ、ゆっくりとしか登れない。これほどの高圧になると、二酸化炭素がほとんどを占める大気はもはや気体でも液体でもなく、超臨界流体と化してしまう。わたしはなかば泳ぐように、なかば這うようにして進んでいく。熱と圧力で義体のジョイントが脆くなっていく。わたしは、いや、あの男は――サディスティックなあの変態野郎が自分と同一人物だなんて信じたくもないが――たったひとつの逃げ道しか残しておいてはくれなかった。

はるかな高みへ。

ようやくのことで超臨界流体の層を抜けると、大気はまぎれもない気体となり、歩みも格段に速くなる。けれど、安堵するにはほど遠い。周囲の状況は地獄めいていく一方だからだ。風が地球ではあり得ない風力で吼え猛り、身体が叩き伏せられてしまいそうだが、ありがたいことにこの蛇型機械義体は重心が極めて低く、地面にへばりつくようにしていられる。まわりの雲海の層と層を稲妻が貫き、雷鳴がつんざき、どしゃ降りの硫酸の雨が身体に激しく打ちつける。煙を立てる硫酸の浸蝕を、義体のセンサー群がごていねいにも未知の痛覚へと変換してくれる。

――さあさ頑張れ。登って登って！

できうる限りに痛みを抑え込み、登りつづける。ひとつだけ希望があるとするなら、硫酸で重要な身体パーツが溶け落ちてしまう前に、雪面へと抜け出ることだ。

そう、あれは雪面なのだ。金星の地表付近の気温は鉛やビスマスといった金属の融点より高い。しかし、標高の高い場所では、それらの金属の霧が凝結して霜のように降り、マクスウェル山頂をきらきらと輝く層で覆っているのだ。

そうしてわたしが雲海を抜けると、別世界めいた雪原が広がっていた。ひとしきり涼しさと空気の薄さを堪能する（とはいえ気温はいまだに四百度近かったし、気圧も地表の半分ほどはあったのだけれど）。片方の眼はすでに故障していたが、それでもなお息を呑むほどの絶景だ。いちめんの雲海から屹立してマクスウェル山がそびえ、きらめく雪原には足跡ひとつない。わたしは蛇腹で這い進み、雪原にどこまでも正弦波のような痕をつけていく。高熱と硫酸のせいで体節のいくつかは制御不能になっていたが、こうして山頂に到達したのだから、空中都市から迎えの飛行機がやってくるまではこの蛇型機械義体も持ち堪えてくれるだろう。

達成感が湧き上がる。やむなく挑んだこととはいえ、エベレスト山よりもなお高く、トランスヒューマンの足跡がつけられたことのないこの山を踏破したということは、やはりたいした偉業なのだ。

——いやあ、登頂しちゃったね！

勝ち誇った声の響きが癪《しゃく》に障る。あいつは大気上層に浮かぶ空中都市のなかで、気温も気圧も地球なみの安逸で快適な環境で贅沢をむさぼり、ゆったりと腰かけたままでおのれの別人格をいたぶり、下等な情報難民を古代ギリシアの拷問具〝ファラリスの雄牛〟にかけるがごとき責め苦を味わわせたのだから。そんなあいつが一切を自分の手柄のように語るなんて許されるものか。登頂したのはこっちだけどね。

——なあきみ、お互いに意地を張りすぎだとは思わないかい？

おまえだけだよ。

——わたしたちは同一人物で、置かれた環境が違うだけじゃないか。

もう他人だよ。

——再統合《マージング》を済ませてしまえば、きみの気持ちも変わるんじゃないかな。そっちに戻ったら、我々の資産から公平な取り分を要求するからな。おまえと再統合なんてするもんか。金輪際ごめんだね。

——きみがそう言い出すかもしれないと思ってはいたんだ。まあ正直に言うと、もしも立場が反対だったら、わたしも同じ気持ちになったかもしれないしな。

冷たい手で心臓を鷲摑みにされるような心地がする。そうだ、考えなければならないのは、もしも立場が反対だったら、わたしは何をしたのかということだ。わたしの義体はアナコンダ型なのかもしれないし、マクスウェル山は、この金星で女性や女神に由来しない唯一の地名なのかもしれない。だが、金星最悪の卑劣漢が誰かというなら、それは間違いなくわたしのことなのだ。

わたしをここに置き去りにすれば、今回の体験再生の機会をまるっきり失うことになるんだぜ。

——それより、義体の心配をしたほうがいいんじゃないかな?

言われて気づいたが、損傷は思ったよりもひどいようだ。シール類やガスケット類の耐久性は、わたしが——いや、我々が——事前に想定していた基準を下回っていたようだ。これではたとえマクスウェル山頂でも、いつまでも持ち堪えることはできないだろう。

間違いない。あいつは計画を途中変更しやがった。わたしをここに置き去りにして、大脳皮質《コーティカル》・記録装置《スタック》を後から回収するつもりなのだ。自分の分岐体《フォーク》が反抗的な態度を示したら、わたしだって同じことをしたかもしれない。それにしても、なんという熱と圧力だろう。だめだ、まともにものが考えられない。

わたしは左右の操作肢《マニピュレーター》の爪先を立てて頭上にかざす。サイバーブレインに爪先を届かせることができたなら、それを人質代わりにあいつを脅して、急遽救いに来させることもできるかもしれない。

――おいおい、やめなよ。もっと自分を大切にできないのかい？

操作肢の爪先が突き当たったのは緊急量子遠方送信機《エマージェンシー・ファーキャスター》だ。わたしの心が凍りつく。

こんちくしょう。よりによって！

反物質の爆発によって量子遠方送信機《ファーキャスター》が起動し、操作肢への電源供給が断ちきられると、何もかもがスローモーションになり、みるみるあたりが暗くなって、やがて訪れたのは、明滅する星々の海のただなかで宙ぶらりんになるあの感覚だった。

オクタヴィアでいま最新の呼び物は演劇だ。昔ながらの劇場で本物の役者が演じる劇のことだ。どうやらトランスヒューマンには、先祖の人類そのままに、時代がかっていてこそ文化的なのだと決めつけるところがあるようだ。万能合成機《コルヌコピア・マシン》が吐き出すコピー品ではない手縫いの衣服にプレミア価格がつくのと同じ道理で、劇場の入場料は最上質な体験再生の何倍にもなるし、それでいてなお、チケットを取るのが難しいほどなのだ。

今夜はアーサー劇場で公演がある。特等席をどうにかひとつ、ダフ屋から入手できた。わたしはキャシーと離婚したばかりで、ならばこの機会に、オクタヴィア最上流の社交界に顔見せでもしてやろうと考えたのだ。わたしが再び恋の対象になったということを、皆に知らしめるために。

上演前のカクテルアワーに集った人群れに身を滑り込ませる。眉目秀麗な義体に取り巻かれて、あらゆる性別や顔かたちの美男美女を眺めわたす。誰もが若く、魅力的で、保存処置により加齢とも無縁だ。かく言うわたしもそうであるように。ここオクタヴィアの富裕層に皺のよった顔を最後に見かけたのがいつだったかも、正直なところ思い出せない。ここでの会話は個人用支援《ミューズ》AIの介在によって時の大河のごとくによどみなく流れていく。けれどもわたしは退屈していた。正真正銘の本物に巡り会いたい——そんな満たされぬ思いが募るばかりだ。

バカげているとは承知している。いかなる義体も、天然由来ではなく技術の産物という意味では、いまや等しくまがい物だからだ。肝心なのは魂《たましい》。そう、義体《モーフ》ではなく魂《エゴ》なのだ。

ひとりひとりの義体の眼を見つめ、心と心で通じ合えそうな相手を探して回る。けれども何の成果もない。自分自身を心底理解している人などひとりもいないのだ。そうとも、ここは年老い、ひねくれた臆病者どもが集まった社会。若々しい仮面の奥に老醜の本性を隠して、自己満足の茶番劇を演じているだけなのだ。危険に身をさらし、死と隣り合わせで生きるとはいったいどういうことなのか——それがわかっている人なんてひとりもいない。

猛烈な孤独感が我が身を包む。人形ばかりのこの世界で、本物の人間はただひとり、わたしだけなのだ。

照明が落とされ、役者たちが舞台に出てきた。

驚いたことに、わたしは劇に心を奪われていた。ビドや体験再生による五感の刺激も、３Ｄ感覚没入などで観客が場面に入り込むこともないというのに。古代以来のこの上演形式の新奇さに、舞台上の活劇が浮き彫りにする原始的なむきだしの感情に、わたしは座席で姿勢を正し、わき目もふらずに見とれていた。

ユーサー・ペンドラゴン（アーサー王の父といわれる伝説的なブリタニア王で、臣下の妻であるイグレインを姦計によって我がものとし、アーサーを身籠もらせたとされている）がイグレインを凝視する。するとひと言の台詞も発せられてはいないのに、彼の思いが理解できた。ペンドラゴンの燃える瞳が意味するものは、いにしえの王とわたしを隔てる千年紀ごしの見えざる時の壁、あるいは芸術と実生活の断絶を隔ててもなお、見違えるべくもないものだった。

ティンタジェル公ゲルロイス、コーンウォール公にして、レディ・イグレインの夫でもある偉丈夫が、王に向けていた眼差しを妻に移し、それからまた王を凝視した。彼の双眸が険しさを増す。破裂せんばかりの鬱憤が、忠誠心と恩義の重みで抑えつけられているのだ。

隣席の女性がこちらに首を傾けて囁く。「彼女とそっくりそのままのプレジャー・ポッドを注文すればよいだけの話ではないのかしら。それなら誰ひとり色恋沙汰の面倒に巻き込まれることもなかったのに」

彼女と目を合わせる。義体は二十代はじめの女性そのものだが、眼光の鋭さからして、はるかに年古りた魂が宿っているに違いあるまい。娘盛りの可愛らしさを理想化した義体の肌にはくすみひとつなく、髪はさらさらで、妖精になぞらえたくもなるほどだが、それでいて、人造人形のまがい物っぽさとも無縁なのだ。

「ペンドラゴン王の目当てはあの貴婦人の義体だけだというのか？　情欲よりも彼女の心に、

魂に惹かれたからじゃないのだと、どうして言い切れるんだい？」

彼女が首をかしげ、口の端をかすかにゆがめて微笑む。「愛と肉欲は別物だと思っているの？」

彼女が首にかけた銀色のペンダントに舞台の照明が反射して、六弁の花のかたちをしたペンダントがきらりと輝く。わたしの推測が間違いではないことを、支援ＡＩが裏づけてくれる――そうとも、あの花は思った通りに、水仙《ナルシサス》なのだ。

情欲の炎に身体の奥底がうずく。これほどの切迫感にゆさぶられるのはいつ以来だろう。これは本能の働きだ。本物との邂逅を直感したことによるものだ。

「愛、恐怖、歓喜、苦しみ――どんな物事も、体験するのは肉体だと思う。だけど肉体は、魂の意志に従う存在ではないのかな」

「カトリック教会のいう全質変化（ミサでパンとワインがキリストの肉と血に変化するとされること）のようなものだと言いたいのね。肉体の経験を理解可能なものに変換するのが魂の働きで、肉体と魂のどちらが欠けても人は生きていくことができないのだと」

何という的確な表現なのだろう。わたしが熟慮したはての核心を、ここまで見事に言い当ててくれるとは。

レディ・イグレインはお付きの女性が口にした冗談に笑い声をたてると、ユーサー・ペンドラゴンに向き直り、ちらりと相手を一瞥した。イグレインがぎくりとして息を呑む。すると照明が変化し、役者たち全員が夫のゴルロイス公も含めて闇に包まれ、舞台中央にペンドラゴン王とイグレインが残るばかりとなった。つづけて照明の色もかすかに変わり、イグレインの顔がベールにくるまれた完熟林檎のように艶々と輝きだした。

「なんという蠱惑《グラマー》だろう」つぶやきがわたしの口をつく。当代最高の遺伝子工学アーティストの手になるシルフ義体でも、ここまでの絶世の美を体現することは不可能に違いない。

隣の女性がわたしの耳許に口を寄せる。「〝グラマー〟という単語の語源はご存知？」彼女の吐息が頬をくすぐり、レディ・イグレインが一時わたしの脳裏からかき消えた。

「中世英語の〝グラマー〟は、あらゆる秘術や魔法の知識を意味するものだった」

「つまりは呪文よ。惚れられた相手が恋する者にかける呪文のこと」わたしの手に彼女が手を重ねる。大胆で自信に満ちたその手ぶりが、あなたの考えも身体反応もすべてお見通しなのだと言外に告げていた。わたしの欲望の炎がますますめらめらと燃えさかる。

「魂が魂にかける呪文ということだね。呪文そのものを発するのは肉体であっても」

彼女がうなずく。「ふたりが分かち合う秘密なのよ。恋人になることは相手の霊魂の鏡像になるということ。あなたが誰かと恋に落ちれば、あなたの魂の谺《こだま》が響いてくるのよ」

彼女の言葉に冷笑の気配を感じ取る人もいるかもしれない。けれども歯に衣着せない率直さが、ロマンスという装飾をはぎ取ったその恋愛論が、わたしにはしっくりきた。彼女のたとえ話を聞いたとたんに、おのれがたぶん自覚せぬままに胸の奥底に長らく抱いていた思いが、今ようやく解き明かされたのだと実感できた。

舞台上で魔術師マーリンが杖をふると、ユーサー・ペンドラゴンがその場でくるくると回りはじめた。霧が立ちのぼってその身を包み込む。やがて霧が晴れたときには、ゴルロイスを演じる役者が代わりにその場所に立っていた。マーリンは王に魔法《グラマー》をかけて、レディ・イグレインの夫の顔に作り変えたのだ。王が彼女を欺いて難攻不落のその城に突入し、貞操を奪って我がものとするために。

「なんて素敵な再着装《リスリーヴィング》かしら。魔法の時代の義体乗り換えよね」

「いささか汚い手ではあるがね。どうやら、人類は少しも進歩していないようだ」

イグレインが自室の戸口に姿をあらわし、夫の顔をした男の目を覗き込む。ふたりは抱き合い、魂を焦がすような濃厚なキスをした。

「夫の魂とは違うことに、どうして気づかないのかな？　彼を心から愛しているなら、コーンウォール公ゴルロイスの義体を着装《スリーヴ》した相手が別人ということくらいわかるだろうに」

「ほんとうは騙されてなんかいないのかもしれないわよ。夫の義体を通じて他人の魂と情交したい願望があったということはないかしら？　より多くの経験を重ねて自分の正体をつきとめること。そのこと以外に、人生にいったいなんの目的があるというの？」

これほどまでに通じ合える人がいるなんて。わたしの心に浮かんだことを、こちらが話そうとする直前に彼女が言葉にしてくれることに、得も言われぬ心地よさを感じていた。

――――

わたしたちはあらゆるやり方で愛を交わした。プレジャー・ポッドや仮想空間《シミュルスペース》、メッシュ・インプラント、そして昔ながらの性具の助けも借りて。彼女との精神情交《マインド・ファック》を、痛みが快楽に、さらに快楽がエクスタシーになるまでくり広げる。わたしの好みに彼女は完璧に応えてくれたし、どうすれば彼女を燃え上がらせられるかも完璧に理解できた。

ふたりの相性は最高だ。そんな月並みな決まり文句が嘘っぽくならないくらいに相性ぴったりだった。

いままでの恋人にはしたことのない領域にまで踏み込んでやれと思った。仮面の奥にあるわたしの本性を彼女に覗き見させてやろう。より多くの経験を重ねて自分の正体をつきとめること。そのこと以外に、人生にいったいなんの目的があるというのか？

「わたしがどうやって財産を築いたか、その秘密を知りたくないかい？」

たしかに、オクタヴィアの精神外科医というのは儲かる仕事だ。しかし、わたしが切望するあらゆる経験を現実のものとするには、もっともっと金が要るのだ。


――――


「要するに、わたしと何をどうこうしたいってことなの？」彼女が訊いてくる。

オフィスの奥にある手術室にふたりは立っている。そこには空中に浮遊した手術台や、独立した電源をもつエゴ・ブリッジ、一連のコンソールやコンピュータ、そして最上級クラスの医療用ナノ製造機などがずらりと並んでいる。

ほかのふたつの手術室と一見何の違いもない部屋だが、ここは特別な患者――いや、クライアントというべきか――専用の手術室なのだ。人づてで推薦があった人だけを、わたしはここに招き入れることにしている。

モーニングスター・コンステレーションのお役人、ハイパーコープの重役連、犯罪ネットワークの老齢のボスなどに施術したこともあるが、いちばん多いのは退屈しきった富裕層が、よそでは買えないものを求めて訪ねてくるケースだ。施術対象が誰であれ、電子通貨《クレジット》が真正なものだと確認できれば、他のあれこれは詮索しないようにしている。

支援ＡＩに命じて、手術室の照明を〝面談モード〟に変更させた。部屋の壁が薄れてかき消え、あたりがぐっと暗くなり、彼女とわたしのふたりだけが、銀色っぽい光に照らされて浮かび上がる。ふたりのまわりにはただ空虚な暗闇が広がるばかりで、その奥に点々と針穴ほどの星々が散りばめられている。この照明モードは、盗聴に対する安心感と、隔絶感を高めるためにあるものだ。人の本能の働きはそれほど強いということだし、それにつけ込む技術の進歩は想像を絶する域にまで達しているのだ。

「いつもなら眼内像を編集するように支援ＡＩに命じて、わたしの顔も、面談相手の顔も、ぼやけて判別できないようにするのだけどね」

「たいした被害妄想ですこと」

「わたしの顔など患者は知らなくていいし、わたしだって相手の顔なんか知りたくもない。お互いに知らない方が安全なんだ」

「なんだか、わたし、夢中になってしまいそうだわ」彼女が唇を舐め回す。そのジェスチャーが今となっては好きでたまらず、そっくり模倣するまでになっていた。まるで自分の長年の癖だったかと思えるまでに、自然に舌が動く。

「報酬はとてもいいんだ。ただしこの施術内容は、内惑星圏のほとんどの人工居住区《ハビタット》では違法行為ということになる」

彼女はわたしの眼を覗き込み、それから、ことさらに、宇宙空間に浮かんでいるように減光された室内をぐるりと眺めわたした。そしてエゴ・ブリッジに視線を向けると、その硬質な輪郭をなぞるように、花のようなその装置の外からは見えない花弁の合わせ目を探すように見つめつづける。機械式のその花は、稼働時にはライオンの顎のように大きく開いて、患者の頭部を包み込むのだ。

わたしはエゴ・ブリッジを、六弁の花のかたちにデザインしたのだ。そう、水仙《ナルシサス》、あの魂《エゴ》の花と同じ形に。

彼女の息づかいが速くなる。想像をめぐらせているのだ。わたしの施術は社会的なタブーに触れることだし、彼女もあえてそれを口にする勇気はまだ奮い起こせないということか。彼女の逡巡が目に見えるようだ。そこまで相手が理解できることに、超自然的な何かを感じる。きっとそれも愛の力なのだ。今の今まで、わたしが真の意味では経験したことのなかった愛の。

「たいていの大金持ちがそうであるように、きみはすべてに事足りている」ゆっくりと、なだめるように語りかける。わたしのクライアントには要望を打ち明けることへの恥じらいから口が重い人も多く、そんな相手の相談に乗る時の話し方になってしまったかもしれない。だが語りの内実は、大きく違う。わたしは腹を割り、蕾から開いた花のように本当の自分をさらけ出しているのだ。「わたしたちはいま、魔法が現実になった世界で生きている。死も老化も克服し、あらゆる肉体の欲望も満たせる時代だ。それでもなお、きみは人生に物足りなさを感じている。望んでも手に入らないと世の人がいう何かを、自分のものにしたいと願っているんだ」

彼女の眼差しが、わたしの瞳をとらえたままで離さない。もっと続けてと目で語っているのだ。

「死が間近に迫るスリルと恐怖を、意識がなくなるその時を、体験することがきみの望みだ。死によってのみ明かされる自分の正体をつきとめたいんだ」

彼女がうなずく。ほとんど、それとわからないほどに。

自分の体験を語って聞かせる。〝大破壊〟後の地球で黙示録的な光景が広がるなかを歩き回るうちに喉の渇きで息絶えたことを。ナノスウォームの暴走で身体が粉々になったことを。パンドラ・ゲートをくぐり抜けた先で中性子星団に吹き流され、潮汐力で身が引き裂かれたことを。エウロパの海で泳ぐうちに四肢が凍結して底なしの奈落に沈み落ちていったことを。イオで溶岩流に身を溶かされ、氷の欠片が蒸発するように意識が燃え尽きたことを。わたしはあらゆる死にざまを体験し、あらゆる苦痛に身をもって耐えてきたのだ。

わたしは心と体の苦痛をむさぼり、死を存分に味わい尽くしてきた。

彼女の望みが手に取るように理解できた。わたしたちはあらゆる経験を積むべき心づもりでいる。人生のあらゆる場面がもたらすものを魂の糧にすることで、人類の、そしてトランスヒューマンの歴史上かつてなかったまでに自分たちを深く理解しようとしているのだ。

「体験再生なんかじゃ話にならない。きみは市場で購《あがな》えるあらゆる過激で凄惨な体験を試してみて、それでも満足できなかった。他人が五感で感じ取ったことは、どれほど鮮明に詳細に再現されたとしても、結局は別人の意識のフィルターを通じたものになってしまう。体験再生ソフトウェアは、どうしたって精神構造の微妙な違いを翻訳して提供しなければならないから、どんな体験でもきみの目の前で再生される頃には、色合いもどこか色褪せて、新鮮なにおいも腐りかけの異臭に変わり、感触もなんだかぼやけたようになってしまうんだ。

「きみの望みはまぎれもない死そのものを体験すること。薄っぺらい模倣なんかじゃなく」

はっと息を呑む音がたしかに聞こえた。彼女の面《おもて》は微動だにしない。わたしはニヤリと笑みを浮かべる。どうやら鏡を覗き込むように、わたしのなかに同類の心を見いだしたようだ。共感は、舌の潤滑剤としては最上のものだ。

「怖いのよ」彼女が堰を切ったように話しはじめる。言葉と言葉がぶつかって転がるさまが洪水のようだ。「あなたが話してくれたような狂乱の領域に足を踏みいれてみたかったの。でも、なかなか決心できなかった。魂《エゴ》のバックアップと再着装《リスリーヴィング》のおかげで死の恐怖はなくなったと皆が言うけど、そんなの嘘よ。ぜったいに嘘なのよ」

「たとえ事故死しても、いずれかのバージョンの自分を取りもどせると確約されているというのはたいしたことだ。ただしそれは、死を経験するためにわざと死地に飛び込んでいくこととは、まったく別物の体験だ」

「わかるわ！　それに、バックアップから蘇生することともやっぱり別種の体験だと思う。もしもわたしがダイヤモンドのきらめく土星の海に飛び込んで死に、バックアップ保険で復活できることになったとしても、臨死経験の部分は失われてしまうから、きっと得る物はなにもない。バックアップから再生されたわたしには死のことなんかわかりっこないのよ」

「きみの言うとおりだ。もしもきみが、氷の粒が渦を巻く土星の環のなかで持ち堪えられるように設計された合成義体《シンセモーフ》を着装して土星の環を旅したとしても、そんな体験には何の意味もない。潜水艇の窓越しに深海の暗闇を見つめるのと同じことで、その暗闇にきみが触れることはないのだから」

力強く彼女がうなずく。「わたしはこの世界に身を置きたいの。それでもやっぱり、身の安全は心がけたい」

そこまでわかってもらえる嬉しさに涙が出そうになってきた。まったく同様の矛盾した飢餓感を自分でもずっと抱えてきたからだ。飽食の我々の胃袋が求める極上の美食、決して風味が損なわれることのない究極のメニューは死ぬことなのだ。ところがそれでいて、本当に死ぬことなどわたしはこれっぽっちも望んではいない。

そろそろタブーを破ってもいいだろう。「きみの望みをかなえる唯一の方法は、きみのアルファ分岐体《フォーク》を作成して、そいつを死なせることだ」

彼女は驚愕したようすもなく耳を傾けている。いいぞ、こいつは脈がある。

「アルファ分岐体はきみそのものだ。そいつが経験したことは、完全に翻訳不要できみに再統合《マージ》することができる。どんな体験再生なんかより、千倍も混じり気なく鮮明な追体験ができるんだ」

「でも、分岐体が死ぬことになるなら」彼女の声にためらいが戻る。「わたしはどうやって、彼女と再統合することになるのかしら？」

代名詞の誤用が気にはなったが、指摘するのはやめておいた。「それ——つまり、分岐体——は、死亡の瞬間に限りなく近い直前に、量子遠方送信《ファーキャスト》できみの元に戻される。絶妙なタイミングで実行するのがいささか難しいが、かりに分岐体を失ったとしても、もう一度やり直すことはできるからね。アルファ分岐体の作成ならわたしの得意中の得意だ。数え切れないほどの経験があるんだ」

いぶかしげな表情が彼女に浮かぶ。「でも、死の直前に量子遠方送信されることがわかっているなら、彼女はいったい……」

「もしも分岐体が、いや、それが、遠方送信されることを知ってしまえば」わたしは、代名詞を正確に使うように心がけた。「せっかくの臨死体験の価値も損なわれてしまうだろう。だけど、ちょっとしたニューラル・プラニングで、記憶を刈り取ることはわけもないから」

「じゃあ、わたしの分岐体《フォーク》——彼女——は、本当に死んでしまうのだと思い込んで……」

「そこが肝心要な部分なんだ。恐怖と苦痛と絶望のすべてをきみが完璧に体験し、自分自身で味わい尽くすためには」

彼女がまた深く息を呑む。「でも、わたしは死ぬのは嫌だし、わたしの分岐体だって嫌がるはずよ。彼女をがんじがらめに縛り上げて死なせるというの？」

「それじゃあまったくの台無しだ。わたしのサービスの核となるのは、絶望的な状況で死力を尽くすことで、自分自身にどこまでの可能性があるのかを知ってもらうことなんだ。死ぬのを嫌がる分岐体を突き動かしてなすべきことをやらせることについて、わたしはきわめて経験豊富だ。

そこは信頼してほしい。きみの分岐体は、たいした見物を演じてくれるに違いないよ」

「拷問にかけるということなの？　分岐体はあなた自身でもあるけれど、そうではない面もある。独立した人格としても……」

「あらゆる肉体は、魂に仕えるために存在する」きっぱりと言ってやった。彼女の良心の呵責など知ったことか。それは自分でもさんざん経験してきたことなのだ。分岐体作成《フォーキング》に厳しい規制がついて回り、アルファ分岐体の一線を踏みこえた利用がタブー視されていることの裏には、分岐体にも人権があり、独立した魂《エゴ》なのだという共通認識がある。しかし、もしも分岐体が統合された魂の一部でしかなく、オリジナルを鏡に映した像に過ぎないとしたらどうだろう？

声にはださずに、お願いだからわかってくれよと祈っていた。わたしが思い描く壮大な使命の全体像を。至上の美に心を奪われて、誰にもそのすばらしさを理解してもらえない者の孤独感を、宇宙の暗闇のただなかで、どの銀河ともつながりを持てずに孤独に輝く星のような思いを。

「でも……再統合をしたあとで、分岐体に嫌われてしまわないかしら？」

「嫌われるに決まっているさ！」彼女をぐいと引き寄せる。「だけど、それも要素のひとつなんだ。分岐体の憎しみを抑えつけて自分のなかに取り入れて、内面の弱さや絶望を克服することも。わたしはもう何百回も自分自身を殺し、陰鬱にもつれ絡まった憎しみをそのたびにありがたく飲み下してきた。自己嫌悪さえ克服できれば、あとはもう怖いものなど世界になくなる。原始時代の倫理なんてものは、しょせんは下等人間のためのものなんだ。いまや我々は、数限りない自分自身と一体化して、神のように生きたっていいんだ」

空気が張りつめたその刹那、わたしは言い過ぎてしまったかと不安になった。彼女は黙りこくったまま、部屋を見回しつづけている。あらゆる装置を目でなぞっては、いつか夢で見た光景と結びつくなにかを探しているかのようだ。

彼女はわたしに向き直り、白い歯をみせて微笑んだ。「ひとりで死ぬなんて、そんなの何がおもしろいの？　あなたは恋人を殺したことがあって？　それとも、恋人に殺されたことは？」

みなぎる歓喜に心臓が締めつけられる心地がする。わたしが踏み込んだことのないあらたな地平《フロンティア》を、未知なる死と苦痛の領域を、彼女が指し示してくれたのだ。新しい星が夜空に輝きはじめた。

ようやく、理想の相手に巡り会えたのだ。

――――

彼女とふたり、並んでエゴ・ブリッジに横たわる。

一緒に分岐体となったカップルは、死ぬときも一緒なのだ。

空中都市《エアロスタット》オクタヴィアの浮かぶこの惑星、愛の女神ヴィーナスの名を冠した金星を舞台に、飛びきりの計画をわたしは考えていた。いかにも、ヴィーナスにふさわしそうな計画を。

ふたりそれぞれ用に合成義体を選んでおいた。わたしには蛇型機械義体《スリザロイド》を、彼女にはタッコ――蛸型義体《オクトモーフ》の機械義体版――を。ふたり力を合わせてマクスウェル山登頂に挑めば少しでも長く生き延びられるかもしれないのだし、あるいは、どちらかが相手を殺してその身体を盾代わりに使うことになるかもしれない。分岐体たちが現実に何をするのかは、その場にならなければわからないのだ。

心臓の鼓動が雷鳴のように耳のなかで轟きわたる。初めて分岐体を作り出したあの時のように、くらくらと目眩がする。もうひとつの分岐体を、わたしは自分自身と同じように深く知ることになるだろう。

彼女とわたしは、幾代久しく前例のなかった新たなロマンスを、生と死が織りなすゲームを、くり広げることになるだろう。そしてその後には、量子遠方送信《ファーキャスト》で帰ってきた分岐体との再統合を果たし、わたしたち自身への、そしてお互いに対しての、一段上の理解に到達することだろう。誰もが想像しえないほどの、親密さの深みの極致へと。

わたしの魂《エゴ》が生体義体《バイオモーフ》に属する脳と、エゴ・ブリッジにかけられたサイバーブレインとの間で宙ぶらりんになっているあいだに、わたしはプローブを操作してちょっとした精神手術の支度をした。ふたりそれぞれの分岐体から、最後にやってくる量子遠方送信についての記憶を取り除いてしまうつもりだ。

ごくごくわずかな断片の切除、そう、枝葉の切り落とし程度のなんでもない医療処置。

プローブが低くうなりを上げはじめる。

何かがおかしい。プローブがわたしの意志に従おうとしない。故障だろうか。わたしは、手順の中止を命令した。

プローブは低くうなり続ける。

こんなことはありえない。機器一式がわたしの脳紋《ブレインプリント》に紐付けられている。他には誰ひとり、機器に命令できる人などいないはずなのに。

彼女がエゴ・ブリッジのなかで顔を横に向け、ニヤリとわたしに笑いかける。まるで、鏡に映った自分を見るような心地をわたしは味わう。

――――

自己嫌悪とはこのことだ。

勝ち目は五分五分にあったのに、コイン投げにわたしは負けた。

死出の旅とわかって往かねばならぬとはなんたる地獄か。たとえその地獄におのれを叩き込んだのが自分自身であったとしてもだ。

――準備はいいかしら。痛みがくるわよ。

心のなかで何かのスイッチがパチンと入れられた気がして金切り声を上げてしまう。声などこからも出てこないのに。

しかし暑い。いや熱い。熱いどころか、皮膚がひりつき、剥がれ落ち、水ぶくれがイシュタル大陸の火山群のように噴出していく。

遠い昔の冒険が思いだされる。わたしにとって、ほとんど初めての経験に近かったあの冒険を。マクスウェル山頂に置き去りにしたあのサイバーブレインはいったいどうなったろう。反物質の爆発でそれが粉々に破壊され、内部データが回収不可能になったかどうかの確認を、わたしは怠ったのだ。

きみは誰の回し者なんだ？　張り裂けんばかりの声を彼女に——いや、わたしに——ぶつける。

——ファイアウォールが助けてくれたのよ。

灼熱と窒息の耐えがたい苦しみに、わたしは矢も楯もたまらずに泳ぎ、這い進み、蛇行をし、少しでも標高の高い場所へ、いささかなりとも楽になれる場所へと進んでいく。

ファイアウォールだと？　あいつらがいったいわたしに何の用があるというんだ？

ファイアウォールはほとんど誰にも知られていない秘密組織だ。しかしわたしは、長年のうちに何人かの興味深いクライアントとめぐり逢ってきた。わたしが提供するサービスは内惑星圏では違法行為に当たるのかもしれない。しかし分岐体作成《フォーキング》という行為が、あいつらが目くじらを立てるほどの、トランスヒューマン社会の存続を揺るがす危機に当たるということはないはずだ。

わたしのなかの何かのダイヤルが一段階上にひねられた気がして、痛みがさらに烈しくなる。わたしは声にならない叫びを上げて、いっそう懸命に這い進む。

——質問が間違っているわ。彼らじゃなくてこのわたしに、何の用があるのかを訊くべきなのよ。あなたはわたしを置き去りにして死なせようとした。使い捨ての手下なみに、使い勝手のいい情報収集役、いいえ体験収集役程度に扱ったのよ。だけど、わたしはあなたなの。わたしは独立した魂《エゴ》をそなえた人格なのよ。一人前の生存権だってそなわっているわ。あなたの方こそ、鏡にぼんやり映るわたしの影ではないかしら。

復讐——もっとも古く、もっとも原始的な感情。たしかに我々は神のように生きることだってできるのかもしれない。しかし、数十億年に及ぶ生物の進化は、いまだに我々のなかに息づいているのだ。

——ファイアウォールがあなたに興味を示したわけじゃない。だけど、連絡役《プロクシ》と呼ばれる幹部団にこちらから働きかけたの。するとあなたが、いえ、わたしたちが、いや違う、わたしが差し出せるものに、興味を抱いた人が何人かいたのよ。

わたしはもがくようにして超臨界流体の層をどうにか抜け出し、猛然と吼え猛る暴風に身をさらした。ダイヤルがさらに一段階回され、いささかの温度低下も灼熱感を和らげる役にはまったく立たなくなる。とにかく、さらなる高みへ登るしかない。

——わたしの狂乱——あなたがそれを狂乱と呼びたいなら——には、はっきりした目的があるの。苦痛は、進化には欠かせない一要素で、自然界が生み出してきたなかで最良のフィードバック・メカニズムなのよ。技術は、少なくとも現時点では、それを凌駕する域にまでは到達していないわ。

わたしの別人格が言葉で語るべき内容はそこまでだ。語られざる空白部分は、わたしの心——彼女の心とまったく同一のもの——がこれから埋めることになる。

我々が進化の歴史で経験しえなかったほどの危険環境下で行動を——たとえば木星の大気圏内での戦闘や、金星の地表での採掘、太陽コロナをぬっての逃亡者の追跡、あるいは地球と呼ばれる死の罠の底でならず者《ローグ》ＡＩに操られたナノボットの大群から逃げ回ることなどを——するためには、環境条件を的確に反映するべく痛覚を再調整することが鍵になるのだ。数十億年にわたる生物の進化の歴史の集大成として精巧に編みこまれた我々の神経網をうまく活用して、正しい決断を下させるためには、それがきわめて重要なのだ。

大気圧の不安定な変化や、極度の超高温、磁気誘導束、重力潮といったものを感知して、知識による介在を経ることなしに直感的に反応できる痛覚の持ち主は、そうした環境下での行動が非常に有利になる。感覚を持たない者を遠隔操作する、まるで蜃気楼を暗闇で操るようなぎこちなさと比べれば、その差は歴然だ。

——わたしたちを現実につなぎとめる唯一のよりどころは痛みなのよ。

わたしはおのれを痛罵する。オレンジ色の薄明かりのなか、雷鳴と稲光が我が身を取り巻いている。硫酸が外殻に当たって煙を立て、腹部に流れ込んで水たまりとなり、金属性の雪原に正弦波をえがくわたしの蛇行は、ひと這いひと這いが焼け焦げる痛みとの戦いとなる。

こうしてマクスウェル山を登っていくことは、バベルの塔を登ることにも等しいことだ。あらかじめ敗退が運命付けられた無意味な登攀、ただ苦しみを長引かせるだけの所行なのだ。けれども立ち止まることはできない。入念に再調整された痛覚——このわたしが数限りない分岐体《フォーク》に与えてきた痛みの感覚——のせいで、ひたすら登りつづけるべく突き動かされるからだ。

——痛みは強制と制御に、おのれを導くことに、とりわけ強い効果を発揮するわ。ファイアウォールはこれまで、トランスヒューマン社会の命運を左右する重大な任務を、金だけが目当てで信頼の置けない有象無象のセンティネルたちに任せる以外に術がなかった。連絡役《プロクシ》のなかでも重要な役回りの幹部たちは、これまでずっと長いこと、それに代わる手段を探し求めてきたのよ。

とうとうマクスウェル山頂にたどり着いた。けれどもわたしは、神の境地には一歩たりとも近づけていない。周囲に降り積もった金属の霜は、下等人間にふさわしい粗雑な鏡でしかない。失敗が許されない場合には、自分でやることがつねに最良の選択である。それは誰もが心得ていることだ。ある種の諦観や容認にも似た気持ちが、わたしのなかで膨らみはじめた。わたしと関わりのある派閥の連絡役《プロクシ》たちをきみは説き伏せて、彼ら自身の分岐体を作らせた。そしてその分岐体たちに、彼らの指令を実行させた。

——そうよ。あなたは際限もなく死を追求しつづけ、その過程であらゆる危険の物理的な現実を、痛感に変換する多種多様な技法を編みだした。さらに、それらの痛覚を道しるべに、想定した経路そのままを正確に分岐体にたどらせ、あなたの望みをかなえさせる手立てても考えだしたのよ。ファイアウォールにしてみれば、まさしく願ってもない技法だ。

——心配はいらないわ。わたしがあなたの着装義体《スリーヴ》に滑り込み、あなたの財産を受け継いで、あなたの精神に応答するように設計された機器を操作してあげるから。

暴風に向かってわたしは吼えた。蛇型機械義体が少しずつ壊れていき、わたし自身が一歩一歩死に近づいていくことが実感できた。バッテリーもやがて尽き、とうとう死がわたしの元に、あらゆる死を生き延びてきたオリジナルなわたしの元に訪れようとしている。千の分岐体の憎しみがわたしのなかで、噴火寸前の火山のようにぐつぐつと煮えたぎるのがわかった。

あの偉そうな物言いが癪に障る。乙に澄ましたところが頭にくる。いつかきっと、自分自身に復讐してやる。

わたしの死の瞬間に、量子遠方送信機が起動されるのか？　それとももう一度責め苦にかけるために捕獲することが、わたしの分岐体の望みなのか？　それともわたしを、忘却の彼方へと投げやるつもりか？　いったいわたしは何をしようとしているのか？

――さやうなら。

いにしへの春日野をゆくあの乙女らは

筍狩りにでもゆくのかしらね。

あの子たちはうち笑ひ、声をかけ合ひ……。

鏡を覗き込む心地をわたしは味わう。金星の空が水仙《ナルシサス》の花のように開いていくかに思われる。永遠の薄明かりに意識が溶け込んでゆくさなかに、わたしはその和歌の最後の部分を口ずさんだ。それはわたし自身からわたし自身への別れの言葉で、裸に剥かれた魂そのものを当の本人が最後に覗き見るようすがでもあった。

……そして互ひに、袖ふりはへるわけだね。

しろたへの袖《スリーヴズ》を風になびかせて。

NOTE

——もしも不老不死が実現したなら、人生の意味はどう変わるのか？

古今東西の小説家を悩ませてきた難題である。けれど、手垢のついたテーマでもあり、素材と料理法を間違えると、既視感にうんざりさせられる駄作凡作にもなりかねない。その点で本作が傑出しているのは、「人生の意味」を「死の意味」と巧みに読み替え、そこにこの短篇を焦点化してみせたところにある。

どういうことか？　そのキモは、死と復活を巡るゲームルールにある。魂のデジタルデータ化と肉体の義体化が実現した〈エクリプス・フェイズ〉の世界では、たとえ義体が死亡しても遺体から大脳皮質記録装置《コーティカル・スタック》を摘出することで魂データの引き継ぎと義体乗り換えは可能だし、かりに爆発事故で粉々になってもバックアップデータから数日前や数週前の自分に戻って復活することは可能だ。

ただし後者の場合、最終バックアップから死に至るまでの記憶は失われるし、前者の場合でも、復活可能なのは救出隊がたどり着ける状況に限られる。義体が溶け落ちるような苛酷環境での壮絶な死の瞬間を体験することは難しいのだ。

じゃあどうするか？　ここがケン・リュウの凄さなのだが、緊急遠方送信装置《エマージェンシー・ファーキャスター》というゲームガジェットを見逃さなかった。死の直前に魂データを緊急脱出させるこの装置を埋め込んだ自分の魂の完全コピーを死地に赴かせ、その臨死体験を後日マージすることで、他ならぬ自分自身が体験した千姿万態の死を味わいつくそうとする主人公を創造してみせたのだ。その男が思わぬ誤算から窮地に陥るどんでん返しもじつに小気味よい。

そして最後に残されるのが、なぜ、紀貫之の和歌が幕切れで引用されているのかという謎。その謎が読み解けたとき、さらなる充足感が読者の心を満たすことだろう。（音）

著者注：結末部分で引用した和歌は、平安時代の歌人紀貫之（八七二～九四五）による「春日野の若菜つみにやしろたへの袖ふりはへて人のゆくらん」（岩波文庫『古今和歌集』より）の一節である。

（この和歌は『古今和歌集』春歌のひとつ。紀貫之が、天皇に歌を献上せよと命じられて詠んだもの。「あの娘たちは春日野に若菜を摘みに行くのだろうか、白い袖をことさらに振って歩いていく」ほどの意味。なお「春日野」は万葉集に詠まれた大和国の歌枕。紀貫之は平安京時代の人だから、眼前にあるわけではない場所（過去の名所）を想起してこの歌を詠んだことになる）

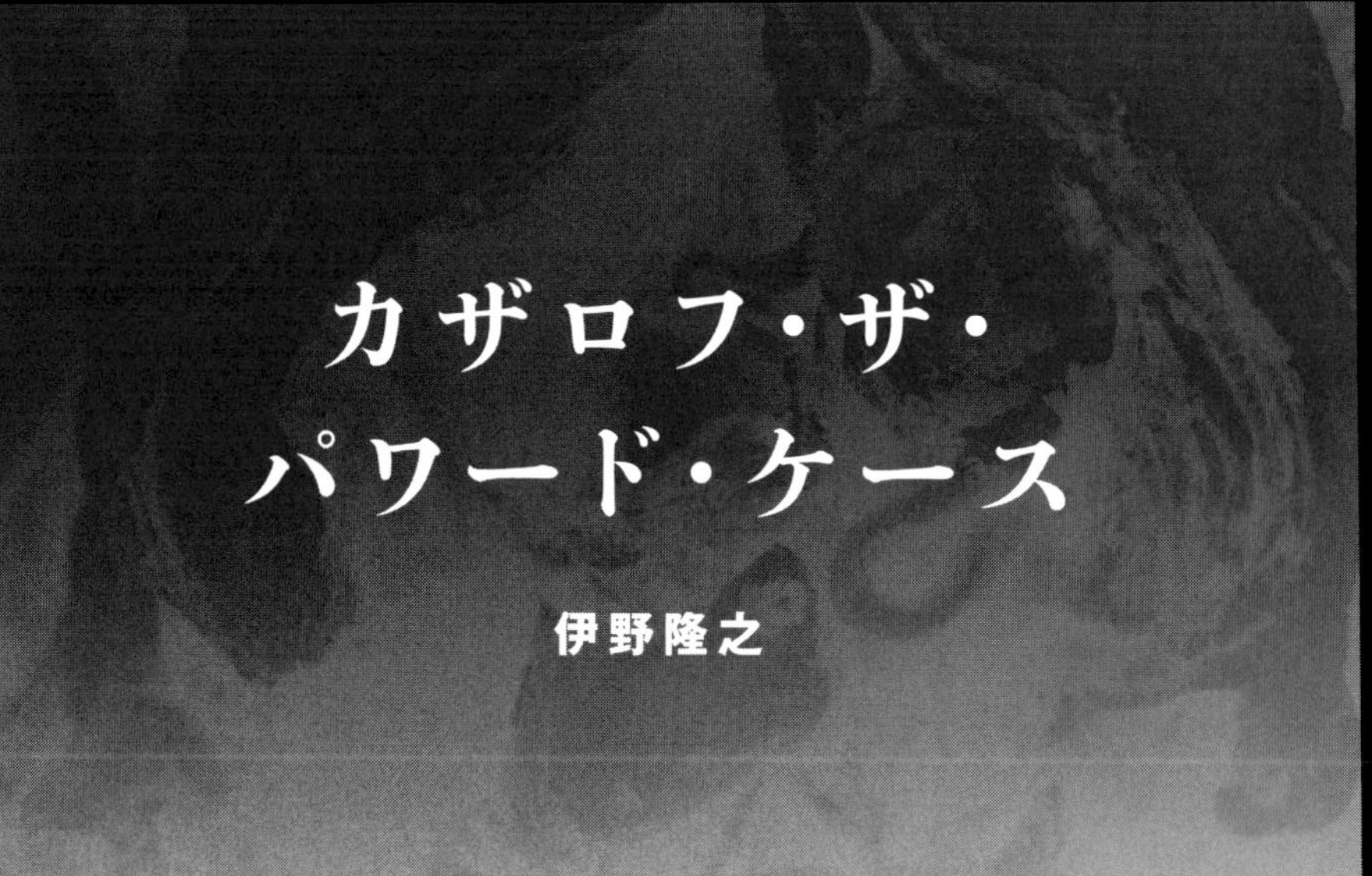

カザロフ・ザ・パワード・ケース

伊野隆之

〈エクリプス・フェイズ〉での太陽系は、惑星や人工居住区《ハビタット》ごとに、様々な文化が育まれています。なかでも金星は社会格差が激しく、空中都市《エアロスタット》で優雅に暮らす上流階級と、放射線が降り注ぐ地表で働く労働者とに、社会が二分されています。それに加え、〈エクリプス・フェイズ〉社会はトランスヒューマンだけではなく、タコ、カラスやオウム、イルカ等が知性を与えられた知性化種《アップリフト》も存在します。むろん、デイヴィッド・ブリン〈知性化〉シリーズといった先行作の設定を踏襲しているわけですが、こうした知性化種をモデルとした義体《モーフ》も存在します。そうした社会をを精緻に、ユーモアたっぷりに描くのが本作です。

伊野隆之は第二回日本SF新人賞を受けた『樹環惑星―ダイビング・オパリア―』（徳間文庫、二〇一〇年）でデビュー。現在はタイ在住。公務員としての勤務経験を活かした新時代の「インサイダーSF」（眉村卓）の書き手として注目されます。「ナイトランド・クォータリー」Vol.25（アトリエサード、二〇二一年）には、TVドラマシリーズ『ウォーキング・デッド』への応答でもあるアクション・ホラー「月影のディスタンス」、『ポストコロナのSF』（ハヤカワ文庫JA、二〇二一年）には「オネストマスク」を寄稿。「ヴァレンハレルの黒い剣」（「SF Prologue Wave」二〇一〇年一〇月三日号）は、自己翻訳によって、英語のドラゴン・テーマのアンソロジー*Crunchy with Ketchup*（WolfSinger Publications, 2021）に収められ、活躍の場を世界へと広げています。（晃）

分厚い金星の大気の底で、錆色のドームが蝟集していた。北極鉱区開発公社のドーム群である。高温の大気の中を、鉱石を山のように積んだ何台ものクロウラーが、北極鉱区最大の精錬所があるドームに向かって這うように進んでいた。

クロウラーの識別信号を検知し、ドームのゲートが重々しく開く。

「十五トン、等級は四てとこだな」

「冗談はよしてくれ。三はつけてもらわないと」

「なら、くず石を全部降ろしな」

「どこがくず石だよ」

「そのクロウラーに積んである全部さ」

北極鉱区開発公社が運営する精錬所の受け入れ施設だった。大型の計量装置にクロウラーごと乗って、鉱石の重量を計測している。モニター越しにやり合ってるのは知性化された二匹のタコだった。

「くそっ、足下を見やがって」

鉱石の等級を巡って熱くなるのはいつものことで、そのうち耐熱防護服が警告を発することになるだろう。だから、タコだからといって、茹で上がることはない。

「もめてるようだな」

精錬所の監視ステーションに顔を出したのは、北極鉱区の保安主任、カザロフだった。義体は保安主任という地位に似つかわしくない汎用義体のケースだったが、手入れは行き届いている。

「かなり殺気立ってますね」

モニター越しに監視しているのもタコだった。知性化によって人並みの知性を手に入れたアップリフト（知性化種）のタコたちは、金星の分厚い大気の底で、労働者として使われている。丈夫で再生能力が高く、怪我に強いタコたちは、過酷な環境を苦にしない。

「何があったんだ？」

カザロフはモニターの中で罵り合う二匹のタコを見ていた。もちろん、カザロフにはタコの表情は読めないが、赤黒く変わった体色は見て取れる。

「上に聞いてください」

触腕がまっすぐに上を指した。

もし、カザロフの体が金属の義体ではなく、人型の生体義体であったなら、ここは盛大にため息をつくところだ。監視ステーションのタコが触腕で指し示したのは、金星の大気圏上層に浮遊するノースポールハビタットだ。

「やはり、そんなことか」

金星、あるいは太陽系全体で見ても、経済状況は悪くない。ティターンズ戦争直後の復興需要が太陽系全体の経済を底上げし、好景気が続いている。金星経済もまた活況を呈しており、その活況を支えているタコ労働者だったが、待遇は必ずしも恵まれていなかった。

「ノルマが増えている上に、鉱石の買い上げ価格は抑えられてます。市況は悪くないのに、どうなってるんだ、ってことですよ」

金属価格の上昇によってもたらされているはずの利益が分配されていない。それどころか、地表から吸い上げられ、どこかに消えている。危険と隣り合わせの劣悪な作業環境と、不安定な雇用関係、待遇の悪化による不満が溜まっている。

「だから解放戦線につけ込まれる」

カザロフが言ったのはアップリフト解放戦線のことだった。過激な手段を厭わないアップリフト解放戦線は、北極鉱区への浸透を図っており、保安部には、それを防ぐというミッションがあった。

「そうですね」

気のない返答は、保安部だけでは限界があることを示している。保安部が解放戦線の工作員をどれだけ摘発したとしても、労働者の間に不満を生む構造が解消されない限り、問題は解決しない。

「潜り込んでる工作員はあぶり出せそうか？」

「おかしな様子の奴らはピックアップしてありますが、無理をすると操業が維持できなくなりますよ」

鉱区の操業自体に影響が及ぶところまで、浸透が進んでいるという事だろう。

「本来ならガス抜きがいるんだがな……」

タコに限らずアップリフトの気分は変わりやすい。気分によって風向きは変わる。不穏な雰囲気を変えたいなら手段はいくらでもあるだろうに、北極鉱区開発公社の上層部は、不満を強引に押さえ込むことしか考えていない。

特に、あの男。マデラ・ルメルシェ。

不愉快な記憶が蘇る。つい、何時間か前に、カザロフはマデラに理不尽な理由で面罵されていた。

「何だ、おまえの用意したあの場所はッ！」

鉱区内のあらゆる場所を映し出すモニタースクリーンが置かれた保安司令室で、マデラのホロがカザロフを睨みつけていた。

「ご指示の通り、目立たない場所を用意しました。以前は備品置き場でしたが、今では使われていません。問題でもありましたでしょうか？」

特別な調度品は不要。鍵がかけられ、外に音が漏れず、簡単には逃げ出せない場所がいいという指定に、あまり使われていない備品置き場を選んだのは理由があった。マデラが何のために使うつもりか知らないが、保安部が現在使っている施設は使わせたくない。そのため、使われなくなった備品の置き場はうってつけなのだ。

「問題は大ありだ。タコが逃げた。私に所有権があるオクトモーフ（蛸型義体）だ。義体のIDを送るから、さっさと探し出せ」

こういう時には表情がないケースを選んだ意味がある。ひきつった表情で指示するマデラを、カザロフは冷め切った気分で見返していた。

「お言葉ですが、そういう事ですと公社の業務と言うより、ご自身の私的な所有物の紛失のように思われますが？」

マデラは北極鉱区開発公社を私物のように扱っている。公社の大株主が太陽系に金融帝国を築いているソラリスであり、そのソラリスで金星の北極圏を担当しているのがマデラ・ルメルシェだった。

「保安上の懸念がある。おまえには具体的なことは言えないがな」

見下すようなマデラの表情にはもう慣れていた。所詮、カザロフは公社に雇われた大気の底の住人なのだし、マデラは文字通り雲の上にいる。

「ですが、私は北極鉱区全体の保安主任です。保安上の懸念があるのであれば、承知している必要があります」

投影されたマデラがこれ見よがしに鼻を鳴らす。

「知っている必要があるかどうかは、私が決める。おまえではない」

予想通りの言葉をカザロフは受け流す。マデラとの会話は、いつもこんな調子なのだ。ソラリスは人材不足なのか、それとも競争を強いられているうちに歪んでしまうのか、カザロフにはわからない。

「では、知っている必要があることは、教えていただけるようにお願いします。今回の事も、誰かを閉じこめるためとは伺っておりませんでしたので」

もちろん、想像はしていた。ただ、想像しているのと知っているのでは話が違う。

「自分の無能さを棚に上げるつもりか?」

そこまで言われたカザロフは、もはや怒りを通り越し、呆れ果てていた。無能さを棚に上げているのは誰なのか。それも、ただ単に無能ならまだ救いがある。マデラの無能さと、無能さに輪をかけた強欲さが、北極鉱区に有形無形の害を及ぼしている。

「そのつもりはありません。必要でしたら辞表を用意します」

カザロフの口から、思ってもいなかった挑発の言葉が飛び出す。マデラの中で僅かでも分別が残っていれば、北極鉱区に精通したカザロフを追い出すことはないだろうが、カザロフ自身にはこれっぽっちも未練がないことに気付いていていた。

「……今は、まだ、いい。さっさと言われたことをやるんだな」

捨てぜりふを残してマデラのホロは消えた。

マデラは嘘をついているとカザロフは思う。保安上の懸念があって尋問をするなら、ちゃんとした手続きを踏んで保安部の施設を使えばいいし、使わなかったのはやましいところがあるからに違いなかった。

カザロフには、マデラの指示に逆らうつもりはなかった。ただ、逃げ出した何者かをマデラに引き渡すことよりも、マデラがなにを隠しているのかに、関心があった。

保安司令室をあとにしたカザロフは、備品置き場に向かった。周辺には監視カメラが取り付けてあったが、全てケーブルを外されている。マデラが何をやっていたのかはわからないが、どうせろくな事ではない。

「何をやってるのさ?」

声を掛けてきたのは、紫の髪をした筋骨隆々たる大柄な女兵士だった。戦闘用義体のフューリーだったが、さらに鍛えてあるように見える。最近、保安体制の強化と称してマデラが送り込んできた連中の一人で、カザロフが知っているのはゲシュナという名前だけだった。

「ちょっと用事があってね」

「はぐらかすつもりなら、やめておくんだな」

ゲシュナは、脅すようにテーザー銃をカザロフに向けた。

「その武器はしまっておけ。いらぬトラブルの元になるだけだ」

カザロフの言葉に、ゲシュナはあざけるような表情を見せた。

「あんたの言うことは無視しても良いんだってよ。それに、丸腰じゃあ舐められるだけだしね」

確かに腰にはガンベルトがあり、銃も携帯していた。その銃を振り回していないところは、少しは分別があるように見える。

「聞き捨てならないな。それに、誰もおまえを舐めてなんかいない」

備品置き場のドアに向けて一歩踏み出したカザロフを押しとどめようとしたゲシュナだった。

「おまえたちのボスのボスの指示で、ここにいた奴のことを調べなきゃならん。邪魔するな」

カザロフの手が、テーザー銃を掴んでいた。

「何するのさッ！」

「これは、正式の装備品じゃないな。承認されていない武器の携行は、処罰の対象になる」

カザロフの手の中で、テーザー銃が変形していた。激しい音を立て、青白い火花が走るが、カザロフは意に介さない。

「しかも、作りがお粗末だ。こんな物は使えん」

ゲシュナは握りつぶされたテーザー銃を、驚愕の表情で見ていた。

「現場検証だよ。まあ誰もこんなところには来ないと思うが、見張っていてくれると助かる」

カザロフが軽く肩を叩くと、ゲシュナは慌てて横に退いた。鋼鉄のテーザー銃を握りつぶすほどの握力を備えた手は、それだけで十分な武器になる。

備品置き場のドアは、カザロフを認識してすぐに開いた。中でライトが点灯し、カザロフは部屋の中の空気を感じる。

もちろん、生体義体ではないカザロフには、匂いを感じる器官としての鼻がない。標準的なケースには付いていない化学センサーの感度を上げ、備品置き場の空気中に漂う微量分子を感じていた。

「確かにタコだな」

錆や油、黴の臭いに混ざっているのはタコの粘液に含まれる臭いだった。もちろん、オクトモーフとタコのアップリフトを区別できる訳ではない。ただ、つい最近までタコがいたのは確かだ。

備品置き場で目立つのは、Xの形をした拷問台だった。何年も前にカザロフ自身がしまい込んだ拷問台は、三代前の保安主任によって導入されたもので、カザロフの着任以前は実際に使われていた。

「余計なことするんじゃないよ」

備品置き場にゲシュナが入ってきていた。背後で聞こえた入り口のドアが閉まる音に、カザロフは肩を落とす。こんなところで荒っぽいことはしたくなかった。

「そっちこそ、見張りを頼んだはずだが」

拷問台のボルトに干からびかかった肉片がこびりついている。ボルトで留められた触腕を引きちぎったのだろう。通常のオクトモーフは痛覚制御ができないから、触腕を引きちぎるときの苦痛は相当の物だったはずだ。

「あんたは保安主任かも知れないけど、あたしを舐めてもらっちゃ困るね」

ゲシュナは、一メートルほどの鉄の棒を手にしていた。殴られても致命傷にはならないが、それでもへこみや傷が付く。

「何度言ったらわかるんだ。おまえの汚い面を舐める奴はいないから、余計な心配はするな」

足下には乾いた粘液の跡。触腕を引きちぎり、傷ついた身体でどこに行ったのか。

「減らず口を叩くんじゃねぇよ！」

ゲシュナが渾身の力を込めた一撃を、カザロフは左手一本で受け止める。

「なぁ、匂わないか？」

思いもしない言葉に鼻をひくつかせたゲシュナからカザロフは鉄の棒を素早くひったくった。

カザロフは、備品置き場の天井を走る空気ダクト見上げる。金網で閉じられているが、ねじが中途半端にゆるんでいる。下から押せば簡単に外れそうに見えた。

「これは調度いいな。ダクトの中に遺留品があるかも知れない」

ゲシュナから奪った鉄の棒で空気ダクトの金網を押し上げると、思った通りにねじが外れた。ちゃんと締められていないのだ。

「何があるんだ？」

ゲシュナには答えず、カザロフは網を横にずらした。そこから見えるダクトの中にはからっぽの空間があるだけだ。

「さあ、どうする？　タコの捜索を手伝うか、それとも命がけで命令を無視するか」

カザロフは、これ見よがしに鉄の棒の先端を、鍵型に折り曲げた。外見は平凡なケースの義体でも、性能は全然違う。そのことを見せつけられたゲシュナの表情は苦々しい。

「マスチフの奴に引き渡すのか？」

ゲシュナの言葉にカザロフは虚を突かれる。逃げたタコを見つけたらどうするか。逃げたタコはマデラが言うような保安上の脅威ではないだろう。

「それだけはない。なぜそんなことを気にする？」

「あいつはクソ野郎だからだ」

そのボスのマデラはマスチフに輪をかけたクソ野郎だが、ゲシュナはまだ知らないらしい。

「確かに、その通りだ。それで、手伝うのか？」

カザロフに見据えられたゲシュナは、戸惑っていた。目の前のケースは普通のケースじゃない。

「……手伝ってもいいが、何をすればいいんだ？」

カザロフは周囲を見回す。ダクトの中を調べようにも、適当な踏み台がない。

「そこで四つん這いになっていればいい。なあに、ダクトの中を覗いてみるだけだ。重たいかも知れないが、ほんの一瞬だ」

ゲシュナの顔が怒りに上気する。そんな様子を見ると、カザロフは、やはり生体義体は良くないと思うのだ。

「不満か？　なんなら肩車でも良いぞ」

「膝なら使わせてやる。それだけだ」

「それも悪くないな」

苦々しい表情で片膝を突くゲシュナだった。

ゲシュナの膝に足をかけたカザロフは、一息にダクトに飛びついた。カザロフの重さにゲシュナが呻いたが、カザロフが気にしない。フューリーはそんなにやわな義体ではないのだ。

金網を外した穴の内側に手を掛け、懸垂の要領で身体を引き上げ、カザロフはダクトの内側をのぞき込んだ。

「やっぱりここがタコの脱走ルートだ」

ダクトの内側、暗い中でカザロフが見つけたのは、接合部のボルトに引っかかった何かだ。

「その棒をよこせ」

床に置かれた鉄の棒を拾ったゲシュナは、カザロフに鉄の棒を素直に渡す。殴りかかったところで、その先の展望はない。

鉄の棒を受け取ったカザロフは、折り曲げた先にダクトの中のものをひっかけ、手元に引き寄せる。それは、特徴的な異臭を放っていた。

「何かわかるか？」

床に飛び降りたカザロフは、ゲシュナに向かって鉄の棒を突き出す。その先には異臭を放つもの。

「何なんだこれは?」

赤黒く垂れ下がったそれに鼻を寄せたゲシュナは顔をしかめる。

「タコの皮だろう。ダクトの内側に引っかかっていた。この臭いを追いかければ、逃げ出したタコがどこに行ったかわかる」

拷問台の肉片と、ダクトの中の皮のＤＮＡを解析すれば、マデラが示した義体のＩＤが書き込まれているはずだった。そうなれば、ダクトを伝って脱走したことが確定するし、逃亡先も絞り込める。

「なぜ、ダクトが怪しいって……?」

ゲシュナを見てカザロフは言う。

「相手はタコだ。吸盤があるから垂直の壁も登れるし、身体が柔らかいから狭いところにも入っていける。そうだろ?」

囚われたタコが逃げた時、マデラはマスチフに探させたのだろう。マスチフが義体の特性を考えたとは思えないし、ゆるんだねじに気づくだけの観察眼もなかった。使い物にならなかったマスチフをあきらめ、カザロフに逃亡したオクトモーフの捜索を委ねたマデラは、その意味では正しい判断をした。

「何がおかしいのさ?」

細かく肩を揺らすカザロフを見て、ゲシュナが聞いた。

「おまえのボスは気付かなかったようだな?」

ゲシュナの表情が凍り付く。

「あんなクズ野郎がボスなものかよ」

不満そうな顔を見せるゲシュナ。

「奴の命令でここに来たんじゃないのか？」

ゲシュナは横を向く。マスチフの命令で来たのではないのだ。

「あいつが何をやってたのか、調べようと思っただけさ。あいつがこそこそやってる時は、いつもろくなことじゃないんだよ」

以前のマスチフをカザロフは知らない。ただ、まっとうなことをやっていたとは思えなかった。

「それはそうだな」

カザロフはゲシュナに同意した。


「まだ、あいつの行方はつかめないのか？」

マデラの言葉に、カザロフは苦々しい思いを押さえられずにいる。捜索を始めてから、まだ標準時で三日と経過していない。その間、毎日のように進捗を聞いてくるマデラは、誰が捜索の邪魔をしているのか分かっていないのだ。

「北極鉱区内を端からしらみつぶしに探させていますが、まだ何の手がかりもありません。他の鉱区との行き来は完全にコントロールしていますから、見つかるのは時間の問題かと思います」

カザロフは嘘をついていた。しらみつぶしに探せというのはマデラの指示で、その指示に従っている振りをしているのだ。

「あとどれくらいかかるんだ?」

初動を間違えたのはマデラなのだ。最初からカザロフに連絡してくればいいものの、子飼いの部下であるマスチフに探させた。タコがダクトを使ったことにすら気が付かないような奴に探させて、時間を浪費したのは誰だったのか。

「北極鉱区には全体で四百七十六の鉱区があります。鉱区全域にいる知性化されたタコは、登録、非登録を合わせて一万三千体以上、全力で探していますが、ここのところの予算削減もあり、今の保安部の陣容では、人手がぜんぜん足りていません」

予算の不足で、経験を積んだ優秀なスタッフが辞め、出来の悪い連中が入って来ていた。しかも、マスチフを筆頭に、カザロフにとっては使えない連中ばかりだ。

「言い訳をするな。そもそもあいつを保安施設から逃がすからだ。セキュリティは万全なはずじゃなかったのか?」

そもそも備品置き場は保安施設ではないし、万全のセキュリティなど要求されていなかった。勝手に自分の記憶を改変するのは、マデラにはよくあることだ。

「すいません。ですが、今回の事態の原因は、囚人の義体に関する情報を事前に開示していただけなかったことにもあると思いますが」

痛いところを突かれたマデラの怒りの表情に、カザロフは一切、動じていなかった。

「どんな囚人であろうとも、万全を期すのが保安部門の仕事だろうが。今回のことは、おまえの勤務記録にも残るんだぞ」

マデラの言葉は脅しにならない。記録に残すとなれば、囚人が何者で、なぜ備品置き場が使われたのかという疑問が残る。その疑問は、マデラにとっては不都合なはずだった。

「私としては大変、不本意ではありますが、記録には残ってしまうでしょうね。なぜそんなことになったのかを含めて」

カザロフの皮肉にマデラの顔が赤黒く変わる。これで脳の血管でも破裂してくれれば話は簡単なのだが、マデラが使っている生体義体にそんな単純な欠陥はないだろう。

「じゃあ、さっさとあいつを捜し出せ。必要なら保安要員を雇うために予算配分を上乗せしてもいい。だが、あいつを見つけられなければ降格も覚悟しておいた方がいいぞ」

マデラの顔を見なくて良くなるなら降格処分も悪くないとカザロフは思う。

「私は最善を尽くしております。必要でしたら、推薦できる後任者候補のリストをお送りしますが？」

カザロフが職を辞したら、マデラはマスチフあたりを後任の保安主任にするだろう。もちろん、カザロフのリストにマスチフは入っていないし、まともに勤まるとも思えない。

「つまらないことを言わないで、さっさと捜索に戻れ」

結局、マデラはカザロフを頼るよりないのだ。そのことにカザロフは皮肉な満足感を覚える。

「では、そのように」

カザロフが一礼するとマデラの姿は保安司令室から消えた。マデラは一万メートルという分厚い金星の大気を隔てたノースポールハビタットにいる。

「主任、工務部からの連絡で、配管検査用のワームボットが使えるとのことです」

マデラとのやりとりを聞いていたカザロフの部下、ヨシムだった。精錬所には高圧の酸素や不活性ガス、高温の水蒸気を送るためのパイプが縦横無尽に走っており、点検のためにワームボットを使っていた。そのワームボットに化学センサーを取り付け、ダクトを逃げたタコの痕跡を追わせる。経過時間を考えれば、既にダクトを出ているだろうが、捜索範囲を絞り込めるはずだ。

「化学センサーを搭載して、オクトモーフの痕跡を追うようにプログラムできるか？」

「その程度なら朝飯前ですよ。すぐに準備します」

カザロフの部下には優秀なアップリフトが多い。マスチフの一党なら、こうは簡単に進まないだろう。

「備品置き場の空気ダクトだ。準備ができたら、捜索をすぐに始めていい」

「了解です」

これで、マデラのタコのことはしばらく手を離せるし、その間に、保安主任としての本来の業務を進める事もできる。カザロフには気になっている鉱区があるのだ。

「第百三十七鉱区、状況に変化はないか？」

保安司令室のメインモニターに現れたのは別のタコだ。アップリフトの動静を探るのに、アップリフトを使わない理由はない。

「あまりよくありません。見かけない連中が、随分出入りしてます」

金星全体でアップリフト解放戦線の活動が活発になっていた。中でも北極鉱区は、アップリフトの地位向上に無関心だと言われ、活動のターゲットになっている。対話の素振りを見せて矛先をかわすくらいのこともしていないのだ。

「解放戦線か？」

「確証はありませんが、間違いないと思います」

鉱区には娯楽が少ない。シフトが終われば、食べて、飲んで、ちょっとしたギャンブルで時間をつぶし、寝るだけだ。必然的に個々の労働者が接触する相手は固定化し、相互に交流のない小さなグループがいくつもできる。それが、標準的なパターンだったが、外部から来た新しい労働者によって、そのパターンが崩れている。それが第百三十七鉱区からの報告だった。

「ウダスツの様子は？」

カザロフは第百三十七鉱区の鉱区長について尋ねた。

「相変わらず無理をやってます。もしかすると、意図的かも知れませんが……」

カザロフにも心当たりがあった。ウダスツもまたマデラが送り込んできた鉱区長だ。アップリフトの待遇改善に理解を示していた前の鉱区長は左遷され、さほど時間をおかずに公社を離れている。

「どういう事だ？」

あえて不満を抱かせ、暴発したところで強硬な手段で鎮圧する。見せしめにするのだ。ただ、そんなことをしても効果は一時的だろうし、アップリフトの地位向上を求める動きは止められない。

「手取りが減ってますからね。その上に鉱区のインフラ改修で追加の給与削減です。自分の給与も削減したことにしてますが、随分、抜いてるようです」

最近の金属価格の上昇で、いくら北極鉱区開発公社の運営が非効率でも、十分に利益は出ている。カザロフは鉱区の収支も調べさせており、利益の一部が消えていることも確認していた。

「なるべく早くそっちに行く。妙な動きがあったら、すぐに報告するんだぞ」

「了解です。あまり時間がないような気がします」

その感覚はカザロフ自身も共有していた。

「ところで、荷物は届いてるか？」

カザロフが第百三十七鉱区に送ったのは、緊急事態に対処するための保険のようなものだった。

「ええ、届いてます。準備はできてます」

カザロフにはタコの表情は読めない。それでもモニター越しに見る表情から、事態はかなり深刻そうだった。


北極鉱区開発公社の精錬所には、域内の多くの鉱区から鉱石が集まってくる。規模の小さな鉱区では、自前の精錬所を作っても稼働率が上がらず、ペイしないからだ。精錬所には採掘した鉱石を山のように積んだクロウラーが出入りしており、それはすなわち多くの労働者が出入りしているということだった。

その精錬所で一番にぎやかなのが食堂だった。鉱区に戻れば味気のないペースト状のミールしかないのが、北極公社のドーム群であれば少しはましな食材で作られた料理が手に入る。機械の義体のカザロフはとっくに忘れてしまっていたが、食堂に集まるタコたちの様子を見ると、タコたちにとって食事は重要なのだと改めて思うのだ。

「しかし、出入りが多いのはやっかいだな」

空気ダクトの中を這い進んだマデラのタコは、食堂のすぐ近くでダクトから出ている。工務部から借りたワームボットは、途中で迷うことなく食堂に向かっていたし、食堂近くのダクトの中にも逃亡したオクトモーフの体組織が残っていた。

「そうでもないですよ。この食堂を使うのは、基本的には外部から来た連中だけですし、ドーム群への出入りは把握されています。荷受けの記録にはどの鉱区からクロウラーが来たか記載されてます。負傷したタコは単独では行動できないでしょうから、誰かに拾われて出て行ったんじゃないでしょうか」

自信満々なヨシムの言葉にカザロフも頷く。

「確かにその通りだな。ドーム群の中にいたらマスチフの配下に見つかってるだろう」

マスチフは、ドーム群の中を捜していた。それが間違いなのだ。

「奴らのことを買いかぶりすぎですよ」

閉鎖空間とは言え、増設を繰り返したドーム群には隠れるところがいくらでもある。

「そうだな。確かにかなりの傷を負っているから、どこかの鉱区から来た誰かに拾われたんだろう」

公社が直接管理する鉱区ではない。公社が管理する鉱区に入り込むにはIDが必要だし、マデラから聞いたIDが使われた形跡はない。IDの偽装には時間がかかるし、逃げたタコが偽装IDの入手方法を知っているとは思えない。

「きっと、私営の鉱区ですよね」

私営の鉱区は北極鉱区内に三百以上あったが、そのうち、ここ何日かでドーム群に出入りした鉱区は限られる。リストは百には届かないし、素性の知れないタコを連れて帰ろうと考えそうな者はさらに少ないはずだった。

「そうだな。労働者の素性を気にしないような鉱区だろう」

候補はせいぜい十カ所だろう。それくらいでマデラのタコは見つかる気がする。

「リストアップを進めています。ダクトから出た時間を絞り込めると良いんですが」

タコのサイズに比べて、ダクトは狭い。通り抜けは大変で、ダクトを調べたワームボットは、タコの皮膚がこすれた痕跡をいくつも見つけている。

「居心地の悪いダクトの中で長居はしないだろう。それに、タコも腹は減るだろう?」

「そういうことですね。長時間の絶食も可能ですが、目の前に食べ物があればお腹も空きます。囚われている間は、ろくなものを食べてないでしょうからね」

傷だらけで、腹を空かしたタコだ。そのタコを見つけた誰かは、食事を食わせ、話もしただろう。労働者が不足している私営の鉱区なら、素性がわからなくても働かせるし、場合によっては、素性がわからない方が、都合がいいこともあるのだ。

「候補をリスト化できそうか？」

「ええ、でも……」

壁面に並んだモニターの一つに、緊急事態を告げるアラート表示が赤く光っていた。第百三十七鉱区だ。

「鉱区事務所を呼び出せるか？」

「今、やってます」

ヨシムの触腕がせわしなく動き、メインモニターに第百三十七鉱区の保安事務所に詰めている監視員が映し出された。

「何があった？　状況は？」

「選鉱所がアップリフト解放戦線を名乗る勢力と、その同調者に占拠されました。鉱区の労働者の二割近くが占拠に参加してます」

選鉱所は鉱区内にある鉱山から掘り出された鉱石を集め、金属含有率に基づき等級別に分ける施設で、鉱区の中心施設だった。

「要求は？」

「具体的な要求は、まだ、わかりません。公社との交渉を要求していますが」

「ウダスツはどうしてる？」

「管理棟にこもったままで、こちらからは連絡できません。ただ……」

モニターの向こうで語尾を濁した。

「どうした？」

「……ぜんぜん、慌てた様子がなかったんです。それどころが、これで解放戦線のシンパを一掃できる、って」

つまり、ウダスツは事態を予想していたということになる。解放戦線のシンパを一気に排除するつもりなのだろう。いかにもマデラがお気に入りの鉱区長にやらせそうなことだった。だが、鉱区には武装した労働者を鎮圧できるような体制はない。

「ウダスツは外部と連絡を取ってるのか？」

「わかりませんが、当てがあるようです」

マスチフだ。ウダスツが当てにできるとしたら、マスチフしかいない。だが、武器の使用を厭わないマスチフが介入すれば、確実に凄惨なことになる。解放戦線の工作員だけでなく、解放戦線に同調した者や、その場に居合わせた者にとっての悲劇だ。

「マスチフたちはどうしてる？」

カザロフはヨシムに聞いた。マスチフたちは、形式上、保安部に属していても、命令系統は別になっている。カザロフはマスチフたちの動きを把握していなかった。

「十時間ほど前に、鉱区の巡回という名目で、ドーム群を出ています。高速クロウラーを使っているので、第百三十七鉱区へは、あと数時間で到着する計算になります」

クロウラーの出発は、ワームボットを使った調査を始めた頃だった。

「現在地はわかるか？」

「今、確認できました。あと、四時間ほどで第百三十七鉱区に到着します」

それだけの時間があることに、カザロフはほっとした。事態を無かったことにはできない。ただ、四時間あれば、最悪の事態を避けるためにできることがある。

「すぐにそっちに行く。準備をしてくれ」

カザロフは第百三十七鉱区の監視員に言った。送った荷物は、カザロフの古い義体で、今の義体よりもスペックは落ちるが、十分使い物になる。

「了解です。すぐに受け入れを準備します」

エゴキャストなら、時間をかけずに鉱区に行ける。


三台の高速クロウラーの車列が第百三十七鉱区の選鉱所があるドームに入ってきていた。鉄のドアが開き、最初に出てきたのはマスチフだ。その姿を保安事務所のモニター越しに見て、カザロフは思わず肩を落とす。カザロフの義体には、ため息を付く機能がないからだ。

「すごいですね」

ある意味、監視員の感想は正しい。右肩にスナイパーライフルとサブマシンガン、左肩には大型のグレネードランチャーを背負い、どこに戦争に行くつもりなのかという出で立ちだった。腰にはライトピストルとヘビーピストル、大型の投擲弾、重たそうなナイフが二丁もある。

「あれじゃあまともに動けないし、使う武器を選ぶのに時間がかかるだけだ」

そのマスチフのあとに部下が続く。多くがマッチョなフューリータイプの義体で、エグザルトらしい姿もある。見るからに過剰な武装はマスチフに似たり寄ったりで、武器コレクターの集団を見るようだった。

「殺傷能力がある武器を使うつもりでしょうか?」

相当数の犠牲者が出なければ見せしめにはならない。だが、カザロフは、そんな展開を許すつもりはなかった。

エゴキャストで第百三十七鉱区に来てから四時間が経過していた。その間に鉱区の労働者と解放戦線の工作員を引き離す準備はしてある。問題は武装したマスチフたちで、鉱区の労働者に対して武器を向けさせるわけにはいかない。カザロフの命令を聞くような連中ではないから、ちょっとした細工が必要だった。

「あのフューリーをズームアップしてくれ」

最後に高速クロウラーを降りてきた姿はゲシュナだった。都合が良いことに、銃身の長い狙撃用のライフルを持っている。

「知り合いに頼みごとをしてくる」

そう言って、カザロフは保安事務所を離れた。

マスチフを横に従え、ウダスツが拡声器でそれぞれの持ち場に戻るよう呼びかけていた。ただ、どう聞いても説得力があるとは思えない。要は、制圧する前に、対話を試みたというアリバイづくりのようなものだ。

「まともに話をする気はなさそうだな」

突然、声を掛けられたゲシュナは、薄汚れたケースに向けて手にしたアサルトライフルを向ける。

「誰？　あたしに何の用なの？」

武器を持たないケースに対しても警戒を解かなかったのは、経験から学ぶ能力があるということだ。

「ちょっと聞きたいことがあってね」

「ポンコツケースになんか、話すことはないわ」

無防備な様子で近づいてきたケースの胸元に、ゲシュナは銃口を突きつけた。

「そうか。見た目で判断すると間違えるぞ」

「あんた、まさか？」

首を傾げるゲシュナ。

「そのまさかだ。こんなことになってるのに、マスチフに任せるわけには行かない」

「あいつは、皆殺しにするつもりだよ。アップリフトは虫けらだと思っていやがる」

「おまえは違うのか？」

「もし、アップリフトが虫けらなら、あたしらも虫けらさ」

「確かにそうだな。だが、北極鉱区の保安主任は俺だ。アップリフトの血が大量に流されるような事態は、絶対起こさせない」

「でも、どうやって？」

「奴は義体保険に入ってるのか？」

カザロフは突然話題を変えた。

「もちろん、根っからの小心者だからね。バックアップもばっちりだ」

「じゃあ、遠慮はいらないな」

「殺すのか？」

ゲシュナの言葉に、カザロフははっきりと頷いた。ここで殺したとしても、マスチンは新しい義体で蘇る。けれど、それはここではない何処かだ。

「その狙撃用のライフルを借りたい」

アサルトライフルとは別に、右肩に掛けている。

「断る。あんたでも使いこなすのは無理だ」

銃身の長いライフルは、扱いが難しい。

「じゃあ、力づくで奪おうか？」

「その必要はない。あたしがあのクソ野郎を撃つのさ」

カザロフは、そう断言したゲシュナの表情を値踏みする。そこにあるのははっきりした嫌悪だ。

「そのつもりだったのか？」

「タコにはバックアップはない」

鉱区の労働者にはバックアップを作れるほどの余裕はない。死は本当の死で、取り返しがつかない。それがゲシュナが言ったことの意味だ。

「本気なんだな?」

「あたしは虐殺に加わる気はないのさ」

「黙って見逃すのは同罪だな」

カザロフの一言で、ゲシュナの表情がさらに厳しくなった。

「言われなくてもわかってるさ」

もう時間が少なくなっていた。マスチフの始末はゲシュナに任せる。カザロフはそう決めた。

「ところで奴がいなくなったら、次に指揮を取るのは誰になってる?」

「さあね。声のでかい奴だろうよ」

「おまえの声はでかいのか?」

「必要ならね」

「じゃあ、それも任せよう。あと二分ほどで、ちょっとした騒ぎが始まる。鉱区の労働者は一斉にいなくなるから、武器を持ってうろうろしてる奴らを片づけてくれ。そいつらが解放戦線の工作員だ」

カザロフは拡声器で挑発的な言葉を続けるウダスツを見ていた。ウダスツには、この事態の責任を取らせる。

直立不動のカザロフの前で、マデラの投影像は髪をかきむしっていた。

「おまえは何をやらかしてくれたんだッ!」

鉱区の労働者を守ったと言いたいところだったが、カザロフの答えは違っていた。

「業務上横領で鉱区長のウダスツを逮捕しました。巨額の横領を隠すため、解放戦線の工作員を引き込み、混乱の中で証拠を隠滅しようとした疑いがあります」

ちょっとした横領は、公社の鉱区長なら誰でもやっている。ただ、ウダスツのそれは目に余るものだった。

「工作員を引き込んだという証拠はあるのか?」

こちらの証拠はまだ無かった。だが、解放戦線に付け入られるような状況を作ったという意味で、ウダスツは有罪なのだ。

「それも、捜査中です」

素っ気なく答えたカザロフに、マデラの表情は歪む。

「マスチフを派遣してあったにもかかわらず、おまえは俺の命令を無視して、ウダスツの鉱区に行った。明らかな不服従だ」

「お言葉ですが、マスチフは銃撃され、機能停止しました。あの場を納めたのは私と別のフューリーです」

ゲシュナと話した直後、鉱区に大音量でサイレンが鳴り響いた。カザロフが仕組んだとおり、採掘場が崩落し、掘削機が暴走したというアナウンスが流れると、選鉱場を占拠していたタコたちは、一斉に事故現場に向かった。危険と隣り合わせの鉱区では、事故への対処は最優先だ。全員で事故の拡大を防ぐことが、全員の命を守ることになる。

持ち場を離れるなと叫ぶ解放戦線の工作員は取り残され、武装したマスチフの部下たちと対峙することになった。その間、カザロフは、ゲシュナに一撃で頭を打ち抜かれたマスチフの横で呆然としていたウダスツを殴り倒し、身柄を確保した。それが、第百三十七鉱区で起きたことだった。

「……報告は、聞いている」

マデラには、カザロフに投げつける台詞がなくなっていたのだろう。苦虫を噛み潰したような顔のマデラを、カザロフは平然と見返していた。

「よろしければ、そろそろ捜査に戻りたいのですが。もちろん、逃亡したあなたのタコの捜索も続けます」

ウダスツを逮捕したのはやりすぎだったかも知れないが、後悔はなかった。これで、他の鉱区長たちも横領には慎重になるだろうし、労働者の待遇改善に目が向くようになるかも知れない。

「わかった。勝手にしろっ！」

乱暴に言い放ったマデラの投影像が消える。

「これで良かったんですか？」

ヨシムが心配しているのは、やはりウダスツのことだろう。ウダスツを鉱区長にしたのはマデラであり、横領した資金の一部はマデラに還流していたはずだ。解放戦線との関係にしても同様で、第百三十七鉱区を見せしめに使おうとしたのは、ウダスツではなくマデラのアイデアだろう。ウダスツを追い込めば、マデラの妨害が入るのは目に見えていた。

「まあ、なるようにしかならないさ」

逃げ出したタコの居場所は特定できていた。だが、カザロフには捕まえるつもりはない。タコを差し出したとたんに、マデラは思い通りにならないカザロフを潰しに来る。それは確実に予想できた。

「でも、ゲシュナが協力的で良かったですね」

「マスチフが嫌いなんだよ」

マスチフとゲシュナの間に何があったのか、カザロフは知らない。

「あいつを好きなのは、マデラぐらいでしょう」

ヨシムが身体を揺らせたのは、多分、笑っているのだとカザロフは思う。

「そうだな。それに俺は人を見る目があるんだ」

カザロフは、逃げたタコのことを考えていた。マデラが拷問をしてでも手に入れたかった情報を持ったタコ。しかも、自分の触腕を引きちぎり、暗くて狭いダクトの中を、皮膚を裂かれながら逃げたのだ。タコのくせに骨のあるタコだとカザロフは思う。

「タコを見る目もありますよ」

ヨシムは自分のことを言ったのか、それとも逃げ出したタコのことを言ったのか、カザロフにはどちらとも判然としなかった。

NOTE

近年、各種アンソロジーに作品が採られるばかりか、「SF Prologue Wave」編集部員に入るなど活躍めざましい伊野隆之。書き下ろしの本作のほか、実はネットマガジン「SF Prologue Wave」で、ザイオンが登場するシリーズ作品を、なんと五作も書き上げています。話は連続していますので、ぜひ「ザイオン・イン・アン・オクトモーフ」をお読みください。綿密な設定を得意とする伊野隆之の凄さがわかるでしょう。すべて無料で読むことができます。

「ザイオン・イン・アン・オクトモーフ 1～3」
「ザイオン・イズ・ライジング 1～2」
「ザイオンズ・チケット・トゥー・マーズ 1～3」
「ザイオン・スタンズ・オン・マーズ 1～2」
「ザイオン・トラップト 1～2」
「ザイオン・イン・ザ・シャドウ 1～2」

シェアード・ワールド参加にあたって、伊野隆之は〈エクリプス・フェイズ〉のＲＰＧセッションへ実際に参加しました。キャラクターの動きが活き活きしているのには、そんな理由もあるのでしょう。

シェアード・ワールドは、ロバート・Ｌ・アスプリンやリン・アビーが編集にあたった〈盗賊世界〉を一つの嚆矢とします。〈盗賊世界〉はＲＰＧ化もされていますが、シェアード・ワールドとＲＰＧ文化は縁が深く、英語圏ではケン・セント・アンドレらの〈トロールワールド〉、マーガレット・ワイスらの〈ドラゴンランス〉、ジャック・ヨーヴィル（キム・ニューマン）らの〈ウォーハンマー〉、ジェリー・パーネルらの〈戦争世界〉、エンマ・ブルらの〈ライアヴェック〉、ジョージ・Ｒ・Ｒ・マーティンらの〈ワイルド・カード〉、マーク・レイン・ハーゲンらの〈ワールド・オブ・ダークネス〉、ジェフリー・トーマスの〈パンクタウン〉といったシェアード・ワールドが熱い支持を集めてきました。アメリカン・コミックを入れると膨大な量のシェアード・ワールドが存在しています。

日本でも、〈ソード・ワールド短編集〉、〈クリスタニア〉、〈妖魔夜行〉、〈スタークエスト〉、〈蓬萊学園〉、〈架空幻想都市〉、〈マップス〉、〈憑依都市〉、〈Utopia〉といったシェアード・ワールドが展開されています。こうして御覧いただくと、少なくない作品がＲＰＧ由来なのです。世界観の細部まで作り込み、それを共有するのに適しているからなのですね。（晃）

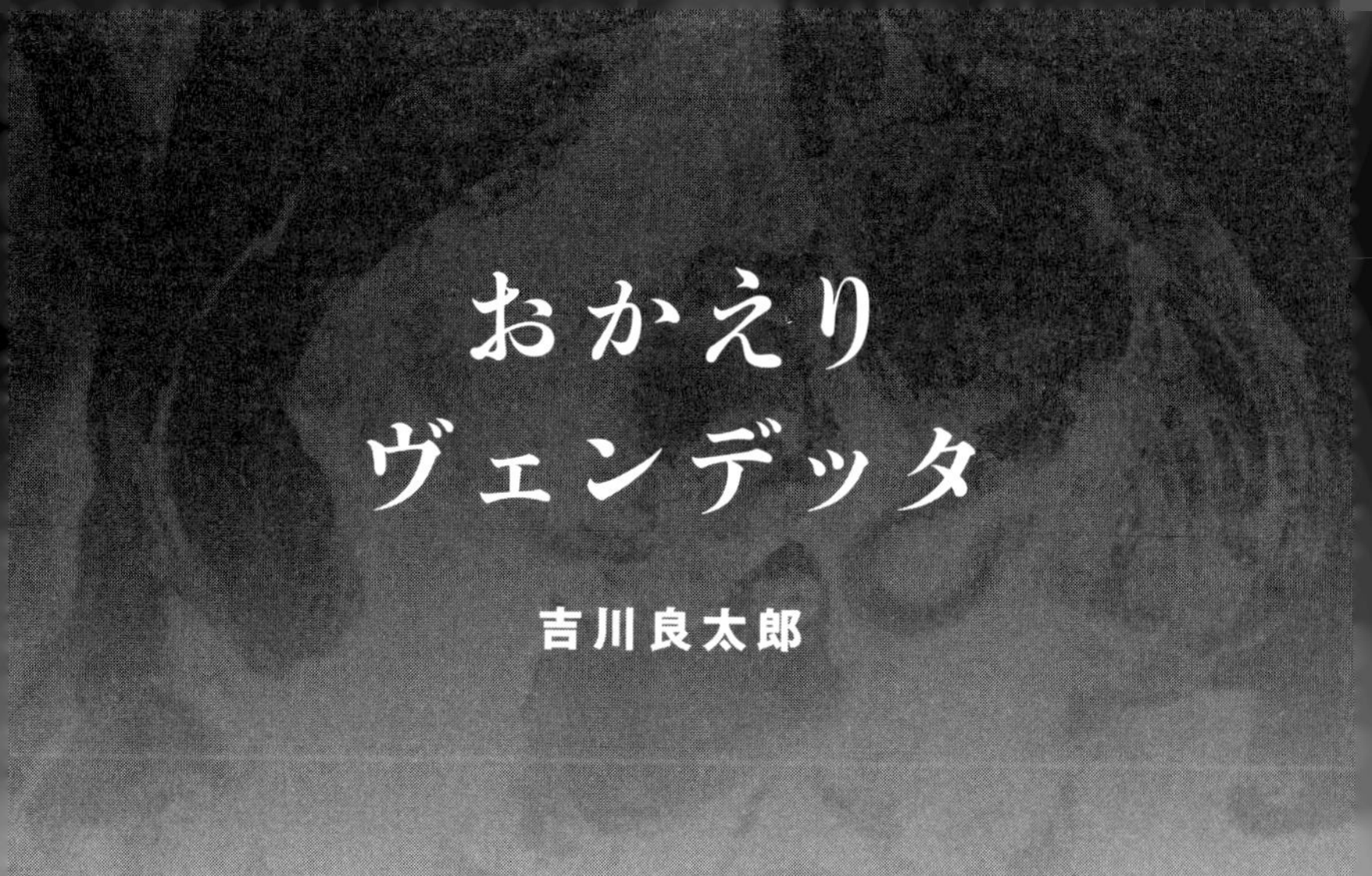

おかえりヴェンデッタ

吉川良太郎

吉川良太郎といえば、二一世紀日本におけるポスト・サイバーパンクのメイン・プレイヤーの一人として知られています。映画『マトリックス』の熱気がやまず、批評誌「ユリイカ」でニール・スティーヴンスン特集が組まれた頃……吉川は『ペロー・ザ・キャット全仕事』（徳間書店、二〇〇一年）で華々しくデビューしました。

大学院で悪の思想家ジョルジュ・バタイユの哲学を研究していた吉川は、その素養をゴシック・ノワールに結びつけ、『ボーイソプラノ』（徳間書店、二〇〇一年）や『シガレット・ヴァルキリー』（徳間デュアル文庫、二〇〇二年）など、近未来フランスの架空の暗黒街での蠱惑的なアクションに満ちたサイバーパンクを次々に世に問うていきます。

その吉川が満を持して〈エクリプス・フェイズ〉とコラボレートしたのが、この「おかえりヴェンデッタ」です。火星の酒場で古いシャンソンが流れる冒頭から、両者の相性がぴったりだということが伝わってくる。〝大破壊《ザ・フォール》〟前の芸能人を模した義体など、いかにもありそうな話だし、語り手と「少年」との時間を超えた対話は……、少年の背景については『シガレット・ヴァルキリー』のシモーヌにも通じるかもしれません。（晃）

《海で死んだ人たちは、みんなカモメになるのです――》

ラジオがシャリシャリとノイズの入る古いシャンソンを歌う。

歌いながら、針みたいなピンヒールで滑らかにフロアを移動して、おれたちのテーブルへコーヒーのお代わりを運んでくるのを、向かいに座った少年はポカンと口を開けて見つめていた。

蜂蜜色の巻き毛と、蜂蜜のようにとろんとした目。誘うような半開きの唇と、特徴的な口元のほくろ。この店の制服はさして下品な趣味ではないが、ラジオそのものは万引きしたメロンを黒いベルベットのベストの下に突っ込んだようなスタイルをしている。マスターの趣味とは思えないから、中古か売れ残り処分品だろう。

「ミルクは御要り用ですか?」

腰を曲げて給仕をすると、さらにデコルテ近辺が強調された。

「この子に。それより、もっと景気のいい音楽はないか?」

「相済みません。わたくしはジャズとシャンソンの専門チャンネルしか持っておりませんもので」

「……知ってるよ。聞いてみただけだ」

ラジオは済まなそうに微笑んで、タイトミニから伸びた長い脚で優雅に歩み去った。

その後ろ姿を、少年はまだ見送っていた。砂糖のスプーンを握ったまま。ラジオが珍しいのか、それとも女の脚が珍しいのか。コーヒーに三杯も砂糖を入れる年頃だと、女の脚なんて見るのはママの脚の間から出て以来だったかもしれない。

初めてこの町に来る連中は、みんなこれに驚く。おれが初めて訪れた時も、口髭のマスターはカウンターの向こうでコーヒーを淹れながら、慣れた口調で言ったものだ。

「このへんでは珍しくないヨ。アンドロイド、メッシュ接続、スピーカー載せる。ウェイトレス&ラジオ、エレガント&リーズナブル、一石二鳥ネ」

しかし、この町にはじめてきた連中の、中でも大破壊前の文化に詳しい奴は、そのラジオ兼ウェイトレスの外装に目を見張る。なにしろ、自分が生まれる百年以上前にこの世を去った、歴史上の人物に生き写しだからだ。実在の人物をコピーした義体はよそにもあるが、これほどのクオリティのものはちょっとない。

「大破壊前の文化、好きな人いる。グレートな人たち。この町、地球から、文化遺産サルベージする人いる。これ別のグレートな人。警察、税関もトモダチ」

要するに、大破壊前の地球の文化をサルベージし、違法にコピーして、独自のルートで金持ちに輸出する連中がいて、警察も税関も牛耳っている。もちろんここには知的所有権なんて存在しないし、大破壊前の芸能人や文化人は、アンドロイドはもちろん義体の外装モデルとしても人気が高い。ちなみにこの店のマスターの顔も、本人曰く大破壊前の超ウルトラグレートな哲学者なのだそうだ。

店内を見渡してみる。

94・61・86の公称を見事に再現したプロポーションのラジオ。

カウンターではド・ゴールとケネディが政治談議にふけっている。

窓際の席には初代ジェームズ・ボンド。しきりに鏡を見ているのは、まだ新しい義体に入ったばかりなのだろう――

いずれも見事な出来栄えだが、ラジオからシャネル№5の匂いはしないし、窓際のスパイが鏡を使って背後の様子をうかがっているようにも見えない。芸能人以外は商品としてあまり人気がないので、ケネディとド・ゴールについては名前以外はよく知らない。少なくとも彼らの上から飛行機が離陸しそうには見えなかったが。

みんな作り物の体だ。中身はどこの馬の骨か知れない。

おれたちは、どう見えているだろう。俳優と子役の親子だろうか。

そのくらい、おれたちはよく似ていた。自分でも気味が悪くなるほどに。

「ここに来るまでに、マイケル・ジャクソンとマリリン・モンローを五人ずつ見たよ」

胸焼けしそうなコーヒーを旨そうにすすって、少年が言った。

「さっきのでマリリンは六人目だ」

「よく知ってるな」

「歴史の教科書に載ってたでしょ。あんたは義体じゃないみたいだね」

「金がないんだ。生身を大事に使ってる」

一度、義体を使ったことはある。子供のころ好きだったロックシンガーの義体を格安の中古で見つけて入ってみた。なぜその義体を捨てて元の身体に戻ったのか、今では覚えていない。憧れのスターが立ち入り禁止の荒れ果てた地球でコソ泥をしていることに耐えられなかったのかもしれない。

「おれのアパートの両隣にはジョン・レノンとプレスリーが住んでる。プレスリーの隣はリリー・マオだ」

「リリー・マオ！　本当に!?」

「物好きな奴だ。二十年前に活動停止した、半端に古いバンドなのに」

「正確には『リリー・マオとチャイナ・シンドロームズ』だよ。それに、今から数えれば二十一年前だ」

「よく知ってるな」

「知ってるよ。二十一年前の大晦日、リリーたちは金星のニュー・ソーホーのホールでニューイヤー・コンサートを演《や》ってて、民族主義者にホールごと爆弾で吹っ飛ばされた。カウントダウンがゼロになる寸前だったから、二十一年前。ぼくらは金星までいくチケットが買えなくて助かったんだ」

「そうだったかな」

「ぼくはよく覚えてる。ぼくにとっては去年のことだから」

目覚めてからしばらく、少年は借りてきた猫のように怯えていた。今はだいぶ本来の快活さを取り戻している。だがその時の声は少し沈んだ。

「なにも覚えてないんだね。ぼくは二十年前のあんたなのに」

二十年前の自分とサシで話すのは奇妙な気分だった。

サラサラした栗色の髪。傷一つない白い頬に、長いまつげが落とす影。なにを見ても驚く黒い瞳はキラキラと輝いている。あてがったおれの着替えはサイズが合わず、袖も裾も何重にも折ってようやく手足がでるくらい。テーブルの下で不満げに揺らす床に届かない脚は、猫のしっぽみたいに素直だ。

これが、おれか？

頬の無精ひげをなでながら考える。

おれはこの二十年のどこで、これを失ったのだろう。宇宙線焼けを知らない白い頬を、輝く瞳を、はつらつとした笑顔を。髪だけはまだあるが。ありがたいことに。

おれたちを義体に入ったコスプレだと思ってるやつに、真相を教えたらどんな顔をするだろう。

正解は、一人芝居のコメディアンだ。

そして、これからおれは、過去の自分に向かって、自分の話をしなければならない。

あまり出来のいいネタじゃなかった。なにしろオチも決まっていない。

少年――と呼ぶ以外はしっくりこない。自分の分身というより、せいぜい親戚の子と話している気分だ――は、当然の質問をした。

つまり、自分はなぜ、ここにいるのか。

「哲学的な質問だな」

「冗談言ってる場合じゃないよ。なんでぼくが二十年後の見知らぬ街にいるのか。なんで二十年後の自分がマフィアの手下なのか。なんで工場みたいなところで真っ裸で目覚めて、ぶかぶかの服を着せられて、クルマに乗せられてぶっとばして、一息入れてコーヒーを飲んでるのか」

「OK。手短かに話そう」

ここはどこ？　わたしはだれ？

ここは火星の小さな植民市。おれはしがないスカベンジャーだ。

都市の本当の名前は地図には載っていない。だが暗黒街で「クルーナ」といえばこの町を教えてくれる。昔々、地球にあったエジプトという国で、遺跡からの盗掘を産業として暮らしていた村の名前からそう呼ばれている。

この町を仕切るファミリーのボス、マスターの言う「グレートな人」は八本脚で、八本の手で他にも色々とシノギを指揮しながら警察や行政とも握手してみせるやり手な男であり、おれはその最前線で働くスカベンジャーとして活躍し、確実迅速な手腕にボスの覚えもめでたかったのだが、三十二時間前から連中に追われる身になった。

「ちょっと待った！」

少年が甘ったるいコーヒーをむせた。

「いま、さらっと大変なこと言ったよ。追われてる？　マフィアに？　いったいなにしたの？」

「ボスの部屋で花瓶を割ったんだ」

「それだけ？」

「……ボスの頭で」

執務室の重い花瓶でボスの頭をたたきつぶし、破片で心臓を貫いてやるのは一仕事だった。なにしろ八本脚はグニャグニャしているがゴムみたいに頑丈で、しかも二人きりで内密な話ができるほど信頼されていても、ボスの身辺に近づくには厳重なボディチェックを受けることが必須だ。即席の凶器だけでよくやったと思う。

ファミリーの内情はよく知っていた。魂のバックアップがあっても、部下たちは誰もボスの再生など望まないだろう。すぐに跡目を狙う連中の殺し合いが始まる。すでに脱落したボスに敗者復活のチャンスはない。このまま永遠の死だ。

ただ、それはおれの安全を意味しない。ボスに帰ってきてほしくはないが、建前上、跡目を継ぐにはボスの仇の首がいるからだ。

何もなかったようにおれは現場を立ち去り、有り金をもって、生体改造や臓器のクローニングを扱う知り合いの闇屋に飛びこんだ。保険会社に預けた魂のバックアップはすぐ連中にクラッキングされて消滅させられたが、こんなこともあろうかと手元にもコピーが置いてあった。

そして大急ぎで自分の分身を作らせた。クローン義体だ。それに魂をダウンロードして、もう一人のおれを作り出す。二手に分かれて追っ手をまき、あとで魂を統合するつもりだった。もちろん違法だが気にしなかった。法はおれを守ってはくれないのだ。

が——しくじった。さすがはタコだ。やつらの手は多く、長い。二ヶ月ほどしたころ、連中に嗅ぎつけられ、大急ぎで逃げ出した。中途半端なコピーを連れて。

「それが、つまり……」

「急ぐからクローニングも魂のダウンロードも同時にやっていたんだが、中途で緊急停止された。技術的なことはよくわからんが、その結果が、おまえ――肉体も記憶も十四歳の、おれだ」

少年はあぜんとして声も出なかった。さすがに気が合う。おれも三時間ほど前にはおなじ顔をしていた。十四歳の自分と再会した時には。

「これから向かうのは小口の密輸に使っていた私有空港、管理人はダチだ。近くの星の大空港まで最短で逃げられる。そこで二手に分かれるんだ。よそのシマに逃げこめば連中も自由に追跡はできない」

「大丈夫かな」

「おれたちは同一人物、指紋も網膜パターンもＤＮＡもなにもかも同じだ。連中の商品でもある義体はかえって足がつきやすいが、おれたちがあちこちで残す生体認証はやつらの目をくらますだろう。しかも、おまえは面が割れてない……残りは追々話そう。行くぞ。空港じゃそろそろエンジンを温めてるはずだ」

「空港に行って、それから、どうするの？」

「どうにかなるさ」

どうなるのか、自分で言っていてさっぱりわからなかった。

空港までの足はマスターのT型フォード復刻デザインのヴィークルを失敬した。彼がたまたまカウンターに放り出していたキーを、おれはたまたま見つけて盗んだのだ。

「空港に置いておく。悪いが自分で回収してくれ」

「カイン・プロブレム。トモダチ。ヘルＶ」

おれの独り言に、マスターも独り言をつぶやいた。彼がヴィークル泥棒を通報するのは明日の午後の予定。持つべきものは友達だ。もちろん、これも独り言だ。

おれたちは人気のないまっすぐな道路を走った。

町を離れると、すぐに火星の赤茶けた砂漠が広がる。今時、多くのヴィークルは燃料電池が普通だが、火星は温暖化を促進するため化石燃料が推奨されている。内燃機関のエンジンはマニアには好評だが、逃亡者にはあまりありがたくない。少しでも早く着くために、アクセルを床まで踏みこんだ。

「コーヒーに砂糖とミルクを入れなくなったのって、いつぐらい？」

「十五か六かな」

「苦くないの？」

「コーヒーがどんな味か知ることができる」

レトロなクルマの遅さと、延々と続く変わり映えしない風景に飽きたのか、助手席の少年はよくしゃべった。好きな音楽。好きなゲーム。好きなフットボールのチーム。好きなマシネット・ファイトの選手。好きな女の子。嫌いな科目。嫌いなクラスメート——二十年前、好きな休日の過ごし方はなんだったただろう。少なくともマフィアの追跡から逃げることではなかったと思うが。

「十一歳の誕生日に、パパがギターを買ってくれたんだ。骨董ものだよ。覚えてる？　それからずっと練習してる。マシンもいいけど、リリー・マオみたいにアナログなのはライブで聞くと違うんだよね」

「親父が好きか？」

「まあまあだね。プロになりたいって言ったら、大学にはちゃんといけって説教された。けど、去年はけっこう上手いってほめてくれた。まあ大学に進んだって、勉強しながら音楽はできるしね」

話しながら、少年はちらちらとおれを見た。それはそうだ。二十年後の自分が目の前にいたら誰だって気になる。ましてそれがマフィアから逃亡する犯罪者なら。

「その夢は十五の時に捨てた」

少年はしばらく黙った。やがて小声で言った。

「……やっぱり、才能なかった？」

「人を殺した。親父が殺されて、その仇を討って、逃亡した」

少年は絶句した。おれは続けた。

「親父はマフィアだった。知らなかったか？　そうだ、知らなかったな――今から百年と少し昔、人類が地球を離れて宇宙に活路を求め、火星も開拓が終わりに近づいていたころだ。『民族も宗教も人間もタコも、差別のない新天地』、移民局の広報はそう宣伝していたが、一つだけ書き忘れていた。『ただし貧富の差はのぞいて』おれたちの御先祖は、そんな時代に火星の辺境へ移住した移民の一人だ」

「……」

「御先祖とその家族は団結し、過酷な搾取に対抗した。家族を養うためなら躊躇せず法を破ったし、家族が傷つけられれば必ず復讐した。やがて何代目かの御先祖が、界隈の氷床を牛耳って水を独占し、開拓民を絞り上げていた男をぶち殺したことがきっかけで、界隈の顔役にまでなった。彼らは法でも金でもカタはつけなかった。血の絆と報復の掟が家族を、ファミリーを守り、栄えさせた」

古き良き時代だ。そして、いつしか時代遅れになった。

「やがて行政も経済も裏社会も様変わりした。一族はやがて没落し、その末裔のおれは最近までグニャグニャのタコの手下だったんだからな」

「……」

「親父は、知っての通り、火星の地方都市の宇宙港に勤めるしがない税関職員だった。が、親父はその裏でケチな犯罪に手を染めていた。違法な義体を密輸する手伝いだ。話を持ってきたのは密輸担当の刑事だった。親父の古いダチだったそうだ」

「パパが、なんでそんなことを?」

「おれを大学に行かせたかったんだそうだ。しかし親父はそんなこと一言もおれに言わなかった。が、やがて警察の内務調査班にバレそうになって、刑事はあわてて罪を親父にかぶせて口を封じた。調査に行ったら抵抗したので射殺したということにして。おれの目の前で、親父の頭がトマトソースをぶちまけたみたいに吹っ飛んだのを覚えてる」

「……」

「おれがその秘密を知ってるのは、親父が遺書に真相を書き遺していたからだ。証拠になるメールのコピーやメモも添えて。自分に万が一の事がある可能性は覚悟してたんだろう。刑事がおれにまで手を出してくるようなら、その遺書と諸々の証拠を盾にしろと書き残してた。復讐など考えず、親父のことは忘れて、大学に行って、まともな仕事につけと」

「……それで？」

「おれはギターを売って、その金で中古の銃を買った。格安のオンボロだが弾は出た。それで十分だった。遺書と証拠類を餌にして刑事を呼び出し、全弾ぶちこんだ」

「怖くなかった？」

「怖くなかった。夢中だったし、むこうは子供だと思ってナメていたから。それから証拠品一切を警察と中央の通信社に送った。やつを殺したのは足止めでもあった。殺さずに送ったら、やつは逮捕の前に逃亡しただろう。やつがバックアップを使って目覚めたとき、今度は自分が警官隊に包囲されているように——それきり家へ帰ってない。今はどうなってるかも知らない。その後、この街へ流れてきて、フリーのスカベンジャーで食ってたが、八本脚のボスに腕を買われて、雇われた」

「そのボスは、なんで殺したの？」

「刑事に親父を消せと指示したのがそいつだったから。当初おれはボスが黒幕だと知らなかった。むこうは先に気付いたようだが、刑事が死んで口封じはできてると踏んだんだろう。長いことこの世界にいたらバレない保証はないが、いざとなれば金でカタをつければいい。金があれば道理も仁義も法もひっこむ。それがボスの処世哲学だった」

大人の話をしようじゃないか——

花瓶の破片を心臓の位置に当てたとき、やつがあえぎながら言った場面を思い出した。

わたしの口座の一つを、まるまるおまえにやる。それを持ってわたしのシマから出て、二度と戻ってこなければ、決して追わない。嘘ではないぞ。おまえを殺しても金にはならんし、こうしたリスクに備えて用意していた金だから惜しいとも思わん。どうだ、それで手打ちにしようじゃないか——

死の淵でも算盤《そろばん》勘定で命乞いする姿に少しだけ感心しながら、おれは黙って、ゆっくりと心臓を刺した。凶器は花瓶ではなかった。カルチャー・ギャップがやつを殺したのだ。

「カフェのマスターがおれをVって呼んでただろう。あれは復讐《ヴェンデッタ》。御先祖の母国の言葉で、おれの通り名だ。いまはV2達成ってとこだな」

「ギターに未練はなかった?」

「今も夢に見る」

「じゃあ、なんでそんなことを」

おれは答えなかった。

少年は黙った。長い、長い沈黙だった。

今まで彼はよくしゃべった。ヴィークルを転がし始めてから二十分はしゃべり続けただろうか。彼の年から二倍近く生きてきたおれの人生は、五分ほどで語りつくせてしまったのに。考えてみれば、話す必要もないことだった。彼に何を語ったところで、タイムマシンで二十年前に戻ったわけではないのだ。おれの人生と彼の未来には、何の関係もない。

「……復讐なんて無意味だ」

やがて少年はぽつりとつぶやいた。おれは余計なひと言を付け足した。

「知らないものを無意味だとは言えない」

沈黙が倍くらい重くなった。もし人生をやり直せるとしても、おれにはコメディアンの才能はなさそうだった。

仕事中に他のことを考えてはいけない。この鉄則を忘れた報いは早かった。

ヒッチハイカーに気付いたとき、おれは空想の中でリリー・マオになりヒットナンバーを演奏しているところだった。道端に立った赤と褐色の迷彩柄のポンチョをまとった人影がすぐそこに迫るまで、その正体に気付かなかった。

八本脚だ――と気付いた次の瞬間、ポンチョの下からほとばしった稲妻がドアを切り裂いた。視界が大きく揺れ、次いでスピンする。リボルバーの弾倉みたいに車内をふり回され、車体が道路標識に尻をぶつけてとまると同時に、おれはドアから放り出されていた。

砂と小石に体を削られながら地面を転がり、とっさに少年を探した。

少し離れた場所に、頭を両手でかばって倒れている。大きな怪我はなさそうだ。急いで駆け寄ろうとして、おれは足の感覚がないことに気が付いた。左足の膝から下が奇怪な方向にねじ曲がっていた。地面についた手がぬるりと滑ったのは、ガソリンでなく自分の血だった。道路標識に突っ込んだマシンはバンパーがひしゃげていたが、タイヤは無事だし、エンジンはまだ力強く鼓動を打っている。さすがにレトロ・スタイルは頑丈だが、空港まで運転するのはおれの方が無理だ。

文字通り足を失ったおれに、殺し屋は用心深く周囲を警戒しながらゆっくり近づいてきた。迷彩ポンチョからでた八本の触腕がうねる。おそらく加速装置を入れている。八本脚の動きは基本的に鈍いが、これを入れたやつらは優秀な猟犬になる。たぶん脳は戦闘に特化してコンフィグされているだろう。

失血で朦朧としながら、おれは少年に合図した。手で合図しようとして、右手もおかしな方向にねじれていることに気づいたが、目と目があったのは幸いだった。

走れ、と目で命じた。空港まで走れ。

泣きそうな顔で首を横に振る少年に、おれはもう一度、命じた――走れ。

走って、逃げて、どこかへ――どこへ。それからどうするのか。おれは知らない。だが、ここではないどこかへ。もう一人のおれが、ここではないどこかへ行けるなら――何を考えてるんだ。

あの少年とおれは同一人物だ。だが同時にまったくの別人だ。彼は二十年前のおれで、目の前で殺された親父の死も、その後のクソみたいな人生も、自分の選択が正しかったのか悩む夜も、経験することは永遠にない。おれたちの人生にはなんの連続性もないのだ。だったら、なぜおれは彼を生かそうとしているのだ。

いや――もう、いい。

こいつと会ったときから変だった。いったい、おれは何について言い訳してるんだ。おれが死んで、彼は生きる。彼はありえなかった別の人生を送り、おれは、おれの人生とともに死ぬのだ。そうしかできない。本当に、そうすることしかできない。

でも、それでいい。不思議なほど、なんの悔いもなかった。

生まれたての馬みたいに震える感覚のない脚で、おれは立ち上がった。

「ここだ……おれはここにいる！」

八本脚がこちらを見た。冷酷な猟犬の目で。軟体の脚が近づいてきた。少しでも時間を稼ごう。

少年は立ち上がり、時折よろめきながらも、力強く走り出した。

店に入り、カウンターにキーを置いた。

「すまない。クルマを壊した。後で弁償する」

「どうシタ？」

「八本脚を一人はねた」

ラジオ兼ウェイトレスがカウンターにコーヒーを持ってきた。

「ミルクは御要り用ですか？」

少し考えて、言った。

「いらない」

ラジオは去った。彼女はまた、あのシャンソンを歌っていた。

《海で死んだ人たちは、みんなカモメになるのです――》

「町で死んだ人間は、何になるんだろう」

「何にもならないヨ」

マスターが言った。

「アナタは、アナタ。義体を変えても、どこへ行っても。でも、わたし思う。それ、誇るべきこと。とてもグレートなこと――Ewige Wiederkunft des Gleichen.」

ぼくは初めてミルクと砂糖を入れないコーヒーをすすり、大きくむせた。

NOTE

いかがでしたか？　バタイユに学んだ「低い唯物論」の美学とSFアクションの融合を、ご堪能いただけたでしょうか？　そもそも、吉川良太郎はもともと詩を書いており、随所に詩的な煌めきが確認できると思います。詳しくは拙著『世界にあけられた弾痕と、黄昏の原郷』（アトリエサード、二〇一七年）をどうぞ。

吉川良太郎の短編では、『ＳＦ　ＪＡＣＫ』（角川書店、二〇一三年）に収められた「黒猫ラ・モールの歴史観と意見」をお勧めしておきます。

シェアード・ワールドは狭義のＲＰＧ文化だけではなく、世界文学の文脈で捉えることができます。「ヌーヴォー・ロマン」の作家ビュトールが幻視した架空の都市、「ラヴクラフト・サークル」とクトゥルー神話、ディケンズの〈マグビー・ジャンクション〉、さらには旧約・新約聖書にまで、その起源を遡っていくことができるわけです。

さて、〈エクリプス・フェイズ〉の火星は、さながら西部開拓時代のアメリカ。二〇世紀前半のスペースオペラが、しばしばフロンティアとして宇宙を舞台にした歴史を半ば批判的に踏襲しているわけですが、西部でインディアンに対する苛烈な差別が行われていたように、〈エクリプス・フェイズ〉の火星では、初期移住者であるバルスームが苛烈に虐げられています。テラフォーミングは進み、オリンポスからは軌道エレベーターが伸び、ティターンズ検疫ゾーン（ＴＺＱ）と呼ばれる危険地帯も存在します。本作が気に入った方は、ぜひ、本作の初出誌であるネットマガジン「SF Prologue Wave」で無料公開されている火星を舞台にしたシェアード・ワールド小説の蔵原大「戦う『ショートショート』又はボーイ・ミーツ・ガール」へチャレンジしてみてください。

ダークヒーローに興味のある方は、同じく「SF Prologue Wave」掲載作の渡邊利道・岡和田晃「揚羽蝶が砕けた夜」（画・小珠泰之介）をお読みになっていただければ幸いです。シオドア・スタージョン『人間以上』に代表される超能力テーマの作品で、スペキュレイティヴ・フィクション（思弁小説）としての読み味もあります。（晃）

用語解説による世界観紹介　その二

空中都市《エアロスタット》：惑星の大気圏上層部に気球状に浮かぶように設計されたハビタットのこと。

蛇型機械義体《スリザロイド》：金属性の体節が蛇のように重なった形状をもつ合成義体《シンセモーフ》。蛇行して這い進めるため不整地の踏破性が高い。なおルール上の設定では全長二メートルほどとなっており、五メートルあるこの義体《モーフ》は特注品かもしれない。

大破壊《ザ・フォール》：ティターンズと呼ばれる軍用ＡＩ群が技術的特異点《シンギュラリティ》に到達して人知を超えたシードＡＩに進化し、人類に反旗を翻したことで発生した破滅的戦争。人類の95％がその過程で命を落とし、地球は死の星と化し、多くの人々が義体《モーフ》を失って情報難民《インフュジー》となった。なお、ゲーム上の現在は、この〝大破壊《ザ・フォール》〟の十年後である。

量子遠方送信機《ファーキャスター》：光速を上限とする速度で暗号化通信を行える装置。宇宙船よりもはるかに速いので、人工居住区間《ハビタット》のデータ通信とエゴキャスト（魂《エゴ》データを遠方に飛ばすこと）の両方に多用されている。なお、「緊急量子遠方送信機《エマージェンシー・ファーキャスター》」は救命装置をも兼ねており、死の直前のバックアップデータを飛ばすことができる。

万能合成機《コルヌコピア・マシン》：設計図と原料となる分子さえあれば何でも作りだせる装置。これのおかげで飢えや窮乏は過去の概念となった。

メッシュ・インプラント：「メッシュ」とは現在のＷＷＷをはるかに発展進化させたワイヤレスネットワークのこと。そこでの活動に役立てるために身体に埋め込むインプラントの総称。

ハイパーコープ：現在の多国籍企業の未来版のような惑星間大企業のこと。

ファイアウォール：Ｘリスクと呼ばれる人類絶滅の危機に立ち向かうために暗躍する秘密組織。プロクシはその幹部団のこと。

センティネル：ファイアウォールの任務を請け負うエージェントのこと。

Ｘリスク：絶滅の危機（Existential Risk）。トランスヒューマンの存続そのものを脅かす何らかの脅威のこと。

知性化種《アップリフト》：動物の遺伝子を操作して知性を持たせること。

ケース：大量生産でありふれた安物の機械外殻。

地球奪還派《リクレイマー》：禁止措置を解除して地球を取り戻そうと考えているトランスヒューマンの勢力のこと。

（その三、150頁へ続く）

Wet work on dry land

片理　誠

トランスヒューマン社会を扱う〈エクリプス・フェイズ〉は、同時に古き良きスペースオペラ、活劇としての魅力を発揮できる舞台をも擁しています。その一つが火星。E・R・バロウズの古典〈火星シリーズ〉を引くまでもなく、火星はさながら、西部開拓時代のアメリカのようなフロンティアとしての期待と、矛盾を同時に体現してきました。そんな火星を舞台に、懐かしくも活き活きした筆致で描かれるジョニィ・スパイス船長の冒険を、とくとご堪能あれ。火星独特の風土のみならず――『エクリプス・フェイズ　ソースブック　サンワード』に登場する――多様な義体への言及も見どころです。

片理誠は、第五回日本ＳＦ新人賞に佳作入選し、二〇〇五年に『終末の海 Mysterious Ark』（徳間書店）でデビュー。安定感あふれる筆致で、クロス・ジャンル的な可能性に挑んできた書き手ですが、ダークファンタジーとミステリを融合させた〈屍竜戦記〉シリーズ、脱出ゲーム・ブームを先取りしたかのような『エンドレス・ガーデン　ロジカル・ミステリー・ツアーへ君と』（早川書房、二〇一〇年）、アクションＳＦ『Type：STEELY タイプ・スティーリィ』（上下巻、幻冬舎、二〇一一年）、人気アニメのノベライズ『ガリレイドンナ　月光の女神たち』（朝日新聞出版、二〇一四年）等、著書多数。（晃）

メンテナンス用ハッチを開いてみれば、中はひどい有様だった。

毛細血管のようにそこいら中を這いまわっているパイプのほとんどが、黒ずむか赤茶けるかして変色しちまってる。大多数のボルトやナットにも赤錆が浮いていた。ひと言でいえば、腐っちまった金属の竹林、ってところだ。あーぁ、幾つか穴も空いている。ここのところやけに燃費が悪かったが、これが原因か。

こいつは手間だな。思わずぼやく。

愛船、ラグタイム・ウルフ号。息も絶え絶えのこの老朽船を、俺はなだめたりすかしたりしながら、どうにかこうにか使い続けている。新しい船を買う金がないからだ。こんなオンボロでも、ないよりはマシというわけだ。

ハッチの中はそこいら中が煤だらけ。おかげですぐに全身が真っ黒になる。が、幸い、俺のロボット・ボディのベースカラーは黒なんでね、別にどうということはない。コーティングみたいなもんだ。

多少の錆には目をつむるにしても、さすがに穴の空いたパイプをそのままにはしておけない。俺は手にしたレンチでボルトを緩め、古いパイプを外しにかかる。燃料や冷却剤の元栓は閉めてあるので、後は単純作業を繰り返すだけだ。とは言え、パイプを外すのにも順番てものがある。間違えたら最初から全部やり直し。こいつはちょっとした立体パズルだな。

狭苦しい中で四苦八苦していると、突然、頭上から甲高い怒鳴り声がした。

「まったく、そんな体たらくで、よく人をスカウトする気になったわね！」

あん？　俺はハッチから首を出す。愛船のエンジンルームの中空に、眉を吊り上げた少女の立体映像が浮かんでいた。

短い銀髪のせいでかなりボーイッシュに見える。身長は一五〇センチくらいか。紺色をした、ステーションのユニフォームを着ている。なかなか整った目鼻立ちをしているが、眉間に寄ったしわがその全てを台無しにしていた。

何だ、あんたか、と俺。

「どうかしたかい、お嬢さん」

どうかしたかじゃないわよ、と彼女。声のトーンがますますヒートアップ。

「倉庫管理にも飽きたからちょっとだけ冷やかしに付き合ってあげようかと思ったら、なにコレ？　船はボロボロのポンコツだし、財務状況に至っては、ひどいのひと言。借金まみれじゃない！　あなた、人を雇えるような立場じゃないわ」

ステーションの倉庫で所在なさげにブラブラしていたインフォモーフに声をかけたのは、確かに俺だった。

愛船の整備、ハードウェアだけなら俺でもどうにかなる。だが生憎、俺はプログラムに関してはからっきしも同然でね。しかたがないのでソフトウェアのメンテナンスは毎回プロに頼んでいるわけなのだが、この出費が馬鹿にならないのだ。

物理的なボディを持たない情報体《インフォモーフ》なら、電脳系のスキル全般に優れているのは間違いない。旧式船のコンピュータを扱うくらいのことは朝飯前だろうと踏んで、声をかけてみたってわけなんだが、まさかこれほどのじゃじゃ馬だったとは。倉庫で見た時はおとなしそうな感じだったのににな。

「さすがインフォモーフ、検索が早いな」

「誰だって分るわよ。ステーションから四回も立ち退き要求食らってるし！　駐機代を半年も滞納してる！　あー、まったく。期待して損した！」

「物事は見かけどおりとは限らんぜ、お嬢さん。この船も、俺も、中身はちょっとしたモンさ」

「はいはい。でも私はただ働きする気なんてないの。いつか最高の義体《モーフ》を手に入れて、冒険の旅に出るんだから」

腕組みをして、フフンと偉そうにこちらを見下ろしている。勝気に満ちた笑顔だ。

俺は思わず吹き出してしまった。

「プッ。冒険？　あんなしけた倉庫でくすぶってんのにかぃ？　そんなんじゃ夢は永遠に夢のままだぜ。何だって実践だよ、お嬢ちゃん。それに冒険者になりたいってんなら、もう少しマシな人のあしらい方って奴を覚えた方がいいな。嫌われ者には務まらん仕事だ」

大げさに肩をすくめてみせるが、気がつくと彼女の３Ｄホログラフィは消えていた。

「チッ。いやしねぇ」

やれやれ。俺は自分の作業に戻る。

パイプの交換をあらかた終えたところで、ボディからアラームが入った。チェッ。もう時間か。

まだ幾つか気になる箇所があったが、ダクトテープでぐるぐる巻きにして応急処置を施すに留めた。ま、これでしばらくは保つだろう。

ハッチから出て万能レンチを工具箱の中に放り込む。できればエア・シャワーを浴びたいところだったが、暇がない。しかたがないので手で大雑把に全身の煤を払い落とす。

さて、と呟いて俺は歩き出した。

バイトの時間だ。


宇宙エレベータから降りてみれば、オリンポス市は相も変わらずの寂れようだった。

かつては火星の中心都市だったが、今じゃ人口のほとんどは余所へと移ってる。火星のテラフォーミングが、少しずつではあっても、順調に進んでいるからなんだが、おかげでこんなお山の天辺のカルデラの中に今も留まっているのは、訳のありそうな奴らばかりだ。

ケースや、俺と同じシンスといった合成義体《シンセモーフ》もいるが、生体義体《バイオモーフ》の方が多い。そのほとんどはラスターというこの星用の義体だ。

この都市にも繁華街はあり、そう言った中央部や、太陽系の最高峰であるオリンポス山そのものでは、マーシャン・アルピナーという、他では滅多にお目にかからない珍しい（そしてとても高価な）義体に出会うこともあるが、こんな郊外のしけた辺りにはもちろん、そんな金持ちはいない。

どいつもこいつも、悲しげにうつむくか、視線を虚ろに彷徨《さまよ》わせるかしている。貧乏臭そうな奴らばかりだ。

今のオリンポス市は要するに〝銭の匂いのしない街〟だ。こんなゴーストタウン同然の場所にはいたかなかったが、組織からのご指定とあればしかたがない。

ほぼ瓦礫と呼んで然るべきボロボロに劣化したアスファルトやコンクリ片に何度か足を取られながら、指示のあった座標、半分ほど砂に埋まった大きめの十字路、に行ってみれば、先客がいた。毛足の短い黒い大型犬が退屈そうに寝そべっている。スマートな、洗練された体型だ。

そしてその上空を、人間の子供ほどの大きさがある、馬鹿でかい鳥が舞っていた。灰色の羽で全身を覆っているが、顔は白、くちばしと風切り羽根は黒く、尾羽は赤い。オウムの一種の、ヨウムだ。もちろん、まともな鳥がこんなところで呑気に輪を描いているわけがない。

やれやれ、と俺はため息をつく。犬に鳥か。こいつはとんだ珍道中になりそうだ。

「やぁやぁ」と上の方でヨウムが喋った。「これはこれはジョニィ・スパイス船長、本日は足下のお悪い中、急なお誘いだったにもかかわらず、来てくれてあんがとよ。また会えて苦しゅうないぜ」

その場違いな鳥は空中で盛んに翼をばたつかせていた。傍目《はため》にも随分と太っているのが分る。

何ともユーモラスな義体で現れたもんだ。

「今度は新《ネオ》・鳥類《エイヴィアン》かよ、ライアー。会う度に義体が違うから、ちっとも覚えられねぇ。出鱈目な言葉遣いの方は相変わらずだがよ」

「肩にとまってもいいかい？　俺を運んでけ、船長。あんた、運び屋だろ」

俺が何かを言うよりも早く、奴は勝手に俺の左肩に舞い降りていた。地球の三分の一しか重力がないってのに、ずしりと重い。

「何食ってたんだ、お前。少しはダイエットした方がいいんじゃねぇのか。だいたい何のための翼だよ。少しは運動しろ」

「ここは空気が薄いんだよ、ファァァック！　それに火星の富裕層どもの間じゃ、最近、こういうスタイルが流行っているのだそうです。動物愛護精神の有る無しが、人と人にあらざる者との差なのでございやがるのだとさ、ケッ！」

「俺は電気羊の夢なんて見ないぜ。それで。こっちの黒いのは？　スマート・ドッグ？」

犬が億劫そうに立ち上がる。

「に偽装したドローンだよ。鼻が利くんでなぁ、今回の任務には必要かと思ってお連れしました。つまり貴様の支援要員は俺様ただ一人ってわけ。ご免なさぁい」

何が楽しいのか知らんが、黒いくちばしが愉快そうに大きく開かれる。

負けじと俺も笑い返してやった。

「アッハッハ。いいや、二匹で十分だぜ、ライアー。これで新・類人猿《ネオ・ホミニッド》でもいた日にゃ鬼退治だ」

「それはヨウムじゃなくてキジだよ、船長」

丁度やって来た無人タクシーに、俺と一羽と一匹が乗り込む。

何も指示はしなかったが、車は勝手に走り出した。どこかへと向かっている。ライアーの仕業だろう。見た目も性格も滅茶苦茶な奴だが、これでも奴は腕の立つハッカーなのだ。どうせこの鳥の義体にも、そのためのインプラントがぎっしりと詰まってるに違いない。

こいつと一緒の時はいつも決まって憂鬱になる。どうせろくなことにはならないからだ。ファイアウォールからの指示がまともだった試しはない。センティネルと言っても、俺のような下っ端の工作員にはグレードの低い仕事しか回っちゃこない。ま、エリートでも何でもない、こんなちんけなアウトローではしかたもないが。華々しい活躍からは縁遠い存在だ。

流れ去ってゆく赤茶けた風景を眺めながら、俺は重い口を開く。

「どうせ今回も汚れ仕事なんだろ？」

「もちろんでございます。じゃなけりゃ、誰が貴様なんぞを頼りましょう」

ライアーの話によれば、奴は、かつての自分の部下を追って、この火星までやってきたんだそうだ。その追跡を俺にも手伝えと言う。

「つまり、ドジったってわけだ、ライアー」

思わず嬉しくなった俺がそう告げると、奴さん、俺の肩の上で急に激しく羽ばたき始めた。おいおい、俺の顔を羽で撫でるな！　レンズが曇っちまうだろ。

「ミッションは完璧でした！　船長！　月面都市にあったXリスクは完璧に除去したのであります！　ただ、チームから裏切り者が出ちゃったんです、クソ野郎ッ！」

ターゲットの名は、ロトス・ウェルチ。金星出身の情報オペレータで、組織には最近入ったばかりだったらしい。見習いとしてライアーのバックアップ作業に当たっていたそうだが、突然、ファイアウォールを裏切って逃走した。

それだけでも追っ手がかかる理由としては十分すぎるくらいなわけだが、更にこのロトス氏、ミッションの途中でXリスクに関する情報に触れている。見てはならないものを見てしまった、というわけだ。

「どんな？　奴はいったい何を見ちまったんだ？」

「それを知ったら、あなた様も消されてしまうのですよ、馬鹿め！　言えるかっつーの！」

ま、大方、Xリスクの製造方法とか、別のXリスクの在処についての情報とかだったのだろう。

奴がなぜ組織を裏切ったのかについては、現在別の班が鋭意調査中だそうだが、今のところはまだ不明。ま、ファイアウォールに敵対する勢力は多いので、奴さんにどんな背景があったとしても不思議ではない。

もちろん、奴以外のライアーの部下たちも奴を追った。が、件のロトス君は月から金星に帰ると見せかけて、ちゃっかりこの火星に来ていた。まんまと出し抜かれたというわけだ。なのでライアーの頼れる部下たちは今、みんなで仲良く金星にいる。日向ぼっこでもしてるのだろう。ただ一人、ライアーだけがロトスの欺瞞工作に引っかからなかった。こういうところはさすがと言うべきか。

だが、たった一人、それも土地勘のない火星での捜索は難航が予想されるってんで、俺のところにお鉢が回ってきたというわけだ。何のこたぁない、つまりはこの育ちすぎちまった鳥野郎の尻ぬぐいをしろって話。どうにも嬉しくねぇ任務だぜ。

ロトスの義体はスプライサー。ごくごく標準的な生体義体だ。そこそこ手を加えてはあるらしいが、主に電脳方面の能力を強化するための改造だそうなので、戦闘力自体は一般人のそれと大差ないだろう。俺にとっては朗報だ。

暗黒街の住人の一人として一応は荒事もこなすが、俺の本来の職能は宇宙船の操縦だ。パイロットとしての腕にはそれなりの自負もあるが、切った張ったはそれほど得意なわけじゃない。フューリーのような純然たる戦闘用義体が相手だったりすると、さすがにこの中古のロボット・ボディでは分が悪すぎる。その点、スプライサーなら安心だ。ひ弱な生体義体が相手なら、片手でだって負けっこない。

俺の肩の上でヨウムはまだ暴れていた。鬱陶しい野郎だ。

「ロトスを見つけろ、船長！　組織からの命令はそれだけだ。質問はなし。お喋りもなし。ただ言われたことを言われたとおりにすればいいのです。黙って働け！」

ああ、と俺は無人タクシーのシートに身を埋める。

「分ったよ。俺だってお喋りは好きじゃない」

タクシーはとある小さな都市の中に入り、そこで停車した。ブリキ缶《ティン・カン》ハビタットと呼ばれる、かなり古いタイプの住居ユニットだ。オリンポス市の近隣に存在する無数のセトルメントの中の一つである。

一応の覆いはあるわけだが、すきま風でもひどいのか、そこいら中に砂の吹きだまりができていた。これじゃ外と大して変わらない。

気圧も気温もかなり低い。大丈夫か、と尋ねると、ライアーからは「特製の義体なんでねぇ、鳥も犬も。ドントウォーリー、あんがと、ファッキン」との返答だった。

「しっかし、こんなところに逃げ込んだのかよ」

俺は馬鹿でかい鳥を肩に乗せ、くるぶしまで砂に埋まりながら、歩道とおぼしき場所を歩く。大きな黒い犬が後ろからついてくる。

「ここで奴の痕跡は途絶えてやがんのさ、ガイ。たぶんビビってどっかの砂の中にでもお潜まれていやがるのでしょうよ」

「モグラみてぇだな」

「ここから出たなら記録に残るはずなんだよ。俺の目を誤魔化そうったって、そうはいくかってんだ、あのお子様ランチめ」

「どっかに穴でも空いてんじゃねぇのか、このブリキ缶。秘密の抜け道とかよ」

「ロトスは金星人だ。この星の荒野で一人で生きてくなんて芸当はできるわけがないんですのよ、歯車ちゃん。どっちにしろ奴はどこかの都市に入らなきゃならない。どうせすぐに見つけるさ。今、組織がこの星の全域に目を光らせているのだァーから」

それを待つという手もあるが、それでは日が暮れてしまうか。時間のかかりすぎだ。

ロトスがもし本当に頭のキレる奴なら、今はじたばたせずにじっと息を潜めて、脅威が通り過ぎるのを待っているだろう。とすると、確かにこの都市にまだいる可能性は高い。

周囲に緑と呼べるものは少ない。あちこちの隅に多肉植物がまばらに生えているだけだ。目に入るのは劣化したコンクリートと、赤錆の浮いた鉄骨ばかり。視界の左右に背の低い、サイコロのような形のビルが出鱈目に建ち並んでいる。人影はあまりない。子供が数人と、大人がせいぜい十人と言ったところだ。皆、物陰からこちらを凝視している。ほとんどの奴がフードのついた黒いコートかマントを着ていた。

古びた街だ。住人も陰気そうな奴らばかり。

「空から探せねぇのか？」

俺は早くもこの気乗りのしない任務に飽き始める。

「この気圧じゃ無〜理〜。それに今、この街中の監視カメラの映像をチェックしてるところでござァーます。集中させろ」

チッ、と俺。しかたがない。足で探すとするか。

「まずは……ホテルかな」

ファイアウォールを裏切った奴が呑気にチェックインするとは思えなかったが、他にこれといった当てもない。

街の中心に俺は向かう。

地図なんて必要ない。こういう密閉されたハビタットの内部では、中心付近が一番安定していて安全なのだ。よって、よほど特殊な事情でもない限り普通は真ん中から栄えてゆく。ホテルもきっとそこだろう。しけた奴らばかりとは言え、一応は住人もいるわけなのだから、メインストリートの一本くらいはその近くにあるはずだ。

こっちには匂いを追跡できるドローンがいるわけなので、手がかりさえつかめば後は何とかなる。

だが数時間後、そんな俺の目論見はあっさりと外れてしまった。

ホテルでも、飲み屋でも、潜りの整形外科医のところでも、奴を見たことがある者はいなかった。

どういうことだ、と俺。

「こんな街じゃ、よそ者は目立つはずなんだがな。誰も奴を見ていない」

たまに砂漠仕様のバギーが通り過ぎてゆくだけの、寂れた大通りに佇む。

奴がこの星に降り立ったのはほんの二十時間ほど前。まだ義体を乗り換えてはいないはずだ。

新しい義体を手に入れるには金もかかるし、その義体に慣れるまでには結構な時間もかかる。

ましてや"目立たないで"ということになれば、かなりのアクロバットが必要だ。奴にそんな芸当を仕込んでいられる暇があったとは思えない。

「彼の口座は全て差し押さえました。奴に使える金なんてねぇはずなのです」

俺の肩の上で黒いくちばしが喋っている。

「裏口座でもあるんだろ。現にこうして火星まで逃げてきているわけだからな」

グギギギ、と鳥が悔しそうに鳴く。

考えられる可能性としては二つだ。よほど上手く変装したか、そもそもこの辺りには近づいていないのか。

ロトスは諜報員だったわけじゃない。変装に関するスキルはないか、もし持っていたとしても大したレベルではなかったはずだ。よって答えは後者である可能性が高い。

咄嗟の裏切りだったにもかかわらず、あまりじたばたしないとは。ロトス・ウェルチ、なかなか賢いじゃないか。

「監視カメラの方はどうだ？　何か引っかかってないか」

「今のところナッシング。てか、この町の奴らは皆、黒っぽいフード付きのマントを羽織ってやがるからご尊顔を上手く拝見できねぇ。影みてぇな皆さまでございます」

「ああ。こうも砂が多くちゃな。車が横を通っただけで、あっという間に全身埃まみれになっちまう。マントなしではやってけねぇんだろう」

「上手いところに隠れやがって。テイスティな真似をしやがる、あの新入り。いびり殺して差し上げたい気持ちで、今、私の胸は一杯です」

確かに。咄嗟に探したんだとしたら、いいところを見つけたもんだ。ここはまるで影法師の街だ。どこかから黒いマントを調達して、それを羽織る。顔は酸素マスクを被れば隠すことができる。奴に可能な変装はせいぜいがそんなところだろうが、短期間紛れ込むだけならそれで十分だ。

山を下りれば、火星にだって栄えている都市は幾つもある。だがそういうところは監視がきちんと行き届いているし、ほとんどの地区は何らかの形でマフィアが関与している。何のコネもないよそ者がいきなりそんなところへ飛び込めば、一悶着起きないわけがない。あっという間に組織に居場所を嗅ぎつけられてしまう。

だがこの寂れた砂まみれの街でなら、周囲に溶け込むのはさほど難しくはない。短期間でいいならば。

　さすがにいつまでもと言うわけにはいかないはずだ。

　この街の住人のほとんどはラスター義体のようだ。ロトスにとっては低すぎるこの街の気圧も、彼らにとってはどうということもない。マスクなんて、彼らは誰もしていない。この街では酸素マスクは目立つ。

　街にいる限り、いずれ誰かに姿や顔を見られる。本人は上手く紛れ込んでいるつもりでも、地元の人間からすれば、よそ者であることは一目瞭然だ。「変な奴がいる」と言う噂はいずれこの中心部にも集まってくるはず。ここでそれを待つという手もある。だがそれにはまだ何日もかかるだろう。

　時間は奴に味方する。長引けば長引くほど、奴には選択肢が増えてゆく。こちらの追跡はその分、どんどん困難になる。

　短期でケリをつけるためには、こちらから動かなくてはならない、か。猟犬のように。

　俺は歩き出す。ああ、クソ、とぼやきながら。

「もうちっとスマートな仕事がしたかったぜ。ったく」

「贅沢言うな、ソリッド。似合ってるぜ、メタルボーイ」

　それから半日間、俺は街の外周にそって歩き続け、店を見つければ片端から入り、人を見かければどこまでも追いかけて、ロトスについて尋ねた。奴の映像を見せ、知らないと言われたら、ではは酸素マスクをしている奴はいなかったかと質問する。

結果、まずロトスを直に見ている者は一人もいなかった。酸素マスクの方は何人かいたが、詳しく聞くと背格好などの特徴がロトスとは一致しない。

ホテルがあるくらいなのだから当然、外部の人間がやってくることだってあるし、この街にも少しくらいはラスターでもマーシャン・アルピナーでもない生体義体の者もいるわけなので、酸素マスクを被っているというだけでは決定的な証拠とまでは言えないわけだ。

古くてボロボロだが、そこそこ大きな規模のハビタットだ。さすがに一日でその内部全てを歩いて探すのは不可能だった。まだまだほとんどの地区が手つかずのままだ。まともにやったら、あと何日もかかる。

なぁ、と、とうとうライアーが痺れを切らした。

「これでは時間ばかりが悪戯にファーラウェイですよ、ゼンマイ野郎。ちったぁ真面目にお仕事しろよ」

「お前、肩に乗っかってるだけだろ。楽してるくせに贅沢言うな」

ヨウムが大きく羽ばたく。

「目立ちすぎではありませんか、我が親愛なるブリキ人形へ。これでは先に相手に感づかれて、他の街に逃げられてしまいますよ、ポンコツ」

ヘッ、と俺。いいんだよ、それで、と言ってやる。ハァ？　と鳥。

「まどろっこしいのは嫌いでね。さてと、仕込みはこれくらいでいいか。後は仕上げだ。お前さんの出番だぜ、ライアー」

ヨウムが大きく首を傾げた。


ハビタット全体に降る氷雨の中を、奴は俺が想像していたとおり、肩を落とし、背中を丸めて、いかにもしょぼくれた風に歩いていた。時折、湿った砂に足を取られてよろけている。背後からだと、大きな藍色のバックパックを背負っているのが分る。

ビンゴ、と俺。腰の後ろのマウントからヘビー・ピストルを取り出し、構える。奴との距離は二十数メートル。十分、こちらの有効射程距離の内だ。

「おい！　そこのお前！　止まりな」

鋭く声をかけると、相手がゆっくりとこちらに振り返った。

酸素マスクのせいで顔は見えない。奴の動きはにぶく、その全身にも逃亡者特有のギラギラとした野心や覇気のようなものは感じられなかった。まるで、ずぶ濡れの負け犬って感じだ。酸欠になりかかっているのかもしれない。酸素マスクと言っても、奴がつけているのはあくまでも簡易的なもので、長期間の使用には向いていない。

それとこの低温。金星の空中都市《エアロスタット》で何不自由なく暮らしてた奴からすれば、ここはまさに極寒地獄だろう。火星のオリンポス山の、それも天辺なんぞに、奴はいつまでも留まっているべきではなかったのだ。頭は良くても、所詮は素人。実際の逃亡は、机上の計画どおりにはいかないもんさ。

「肩に鳥乗せてる奴に言われたかないだろうが、言わせてもらうぜ。お前、ロトス・ウェルチだよな」

俺の構える大口径拳銃の照星の向こうで、奴は呆然と立ち尽くしている。少し震えているようだ。寒さでなのか、それとも恐怖にとりつかれたか。

奴だって覚悟を決めた上で行動を起こしたはずだが、実際に“その時”が来れば、大抵の奴はビビってすくみ上がる。丁度、あんな風にだ。

「誰ダ、貴様」

数秒後。奴がやっと絞り出した台詞は、わざとらしいマシン・ボイスだった。

「チッ、ボイスチェンジャー」と肩のヨウムが舌打ちをする。

俺はゆっくりと奴に向かって歩く。「あまり近づきすぎるな、船長」とライアーが言ったところで停止。

相手がハッカーであることを考えれば、確かに接近しすぎるのは危険だ。未知の手段でボディを乗っ取られてしまう可能性は、ゼロとまでは言えない。ここは念のために一定の距離を保った方がいいだろう。もっとも、奴にはもう反撃の意思どころか、走る気力すら残ってそうには見えないが。

「お察しのとおりの者さ。組織の始末屋だよ、ロトス」

俺は天に向かって銃を二発、ぶっ放す。

何だ何だと集まってきていたギャラリーどもが銃声に驚き、算を乱して逃げてゆく。こういう使い方ができるから、有質量弾は便利なのだ。

「お前だって知ってんだろう。ファイアウォールは裏切り者を許さない。Xリスクに関する情報を持っているとなりゃ、なおさらだ。あんたにはもう、居場所なんてないぜ。どこへ逃げようと必ず追っ手がかかる」

「何故、俺ヲ見ツケラレタ?」

俺は思わず笑ってしまう。

「あんた、自分が浮いてるってことに気づいてないのか?」

奴が着ているのはいささか汚れてくすんではいたが、黄色いレインコートだった。周りの連中のほとんどは黒いマント姿だから、チョコレートケーキの上に置かれた金貨のように目立っている。

おい、ロトスさんよ、と俺は話しかける。

「この星の人間はな、レインコートなんて洒落たモンは持っちゃいないんだ。ましてやそんな耐酸性仕様の立派な奴はな。ここじゃ雨が降ることなんてないのさ。たまにあるのは古くなったスプリンクラーの誤作動くらいなもんでね。それだって住人たちにとってはボーナスみたいなもんだ。ここじゃ水は貴重だからな」

実際、視界のあちこちでバケツやら鍋やらを持った住人どもが走り回っていた。高価な液体が、空から無料で降ってくるのだ。彼らにすれば、かき集めない手はない。

ロトスが今までどこに潜んでいたのかは分らない。だが、奴もまたハッカー。情報収集はお手の物のはずだ。あいつだって必死に探していたに決まっている、組織からの追っ手の情報を。そこへ俺たちが現れる。肩にでかい鳥を乗せてんだから、目立たないわけがない。奴は確実に気づいたはずだ。

組織からの追っ手が辺りをうろちょろし始めたとなれば、誰だって心中穏やかではいられないだろう。当然、別の都市へ移動しようとするはずだ。

そこに雨が降る。生憎、この街には雨具なんて気の利いたものはない。ただでさえ慣れない低温に参っているってのに、ずぶ濡れにでもなった日には目も当てられないことになる。奴の義体はラスターじゃないんだからな。

どうせボロを出すに決まっていると踏んだんだが、実際、ライアーが街の監視カメラですぐに奴を見つけた。しかしまさか、レインコートを着てるとは思わなかったけどな。奴が普段暮らす空中都市では、雨漏りでもすんのかね？

ま、とにかく見つけてしまえばこっちのもんだ。始末するだけでいいなら、もういつでもできる。だが、同じファイアウォールのセンティネルの一員として、そう簡単に引き金は引けなかった。

俺には、逃げ出したくなる奴の気持ちが分る。

Xリスクを除去すること。それがあの組織の至上命題だ。そのためならどんな非合法なことでもする。いかなる犠牲も厭わない。この俺ですら、その非情さには時々ついていけないと感じることがある。きっとあのロトスも同じだったのだろう。

奴には同情の余地がある。このヤマ、できることなら穏便に片をつけてやりたい。

ロトスが俺に向かった両腕を広げた。

「……オ前ハ知ッテイルノカ。コノ世界ガドレホドノ偽リニ満チテイルカ」

いいや、と俺は大きな声で冷たく言い放つ。

同情はするが、ここで奴にほだされるわけにはいかない。俺にだって守らなくちゃならないものはあるんだ。

「知らないし、興味もねぇ。お喋りは嫌いなんだ。

俺が伝えたいのはただ一つ。おとなしく俺の言うことに従うなら、あんたはその義体を失わずにすむってことだけさ。俺だって無駄な発砲をせずにすむ。お互い、良いことずくめだろ？　少しばかり記憶を失うことになるだろうが、それだけだ。それで全ては元通りに――」

だがこの時、すぐそばで微かな電子音がした。

そして次の瞬間、肩のヨウムが全身から炎をまき散らしながら、ロトス目がけて一直線に突っ込んでいった。

俺には「？」と思う暇もない。

ヨウムの直撃を受けたロトスはたちまち半径五メートルほどの真っ赤な光のドームに包まれ、俺は突然巻き起こった凄まじい水蒸気爆発の爆風で吹き飛ばされた。
七、八メートルは転がっただろうと思う。
幸い、周囲の砂がクッションになったらしく、ボディにはこれといったダメージはなかった。

表面の装甲が少し焦げただけた。

反射的に身を起こす。

だがロトスのいた場所には、真っ黒焦げの小さめのクレーターが一つあるだけだった。地面の一部はまだ赤黒くぐつぐつと煮えたぎっているが、他には何も残っていない。骨の欠片一つでさえもだ。

けたたましい笑い声に振り返ると、あの黒い犬が笑っていた。まるで地獄のような笑顔だった。裂けたような大きな赤い口。

やぁやぁやぁ、と突然お喋りになった犬が流暢に語りだす。あっちが本体か。いや、そもそもライアーの奴に本体なんてあるのだろうか。あの犬だって、単なる中継器に過ぎないのかもしれない。

「やぁやぁ、声紋の照合に手間取ってしまってすまなかったね、我が優秀なるガタピシ君。外見データや仕草に関する情報等々、本人確認のために色々と突合せなきゃならねえ項目が多かったものですからぁ。後で人違いでしたってのだけはマジで勘弁プリーズだからよぉ」

俺は振り向いて、ロトスのいた場所をもう一度眺める。

あのヨウムがネオ・エイヴィアン義体に偽装した高性能ミサイルだったことは間違いない。爆発跡から推測するに、爆発力よりも超高温で対象を焼き尽くすことを重視したタイプの弾頭が使われたようだ。

実際、ロトスの遺品は何も残っちゃいない。ダイヤモンド並の硬度と構造強度がある、大脳皮質記録装置《スタック》ですらもだ。あの紅蓮の光が全てを燃やし尽くしてしまった。ロトㇳの最新のバックアップデータは、消えた。

背後で犬が笑っている。

俺はゆっくりと立ち上がる。

銃を握る手に、力が入る。

振り返る。

地獄と目が合う。

「……最初からこうするつもりだったのか、ライアー。なぜ俺を騙した」

「優しさだよ、優しさ。手前ェだって肩に羽の生えたミサイル乗せてるなんて知ったら、お嫌だったでしょう？」

イヒヒヒ！　と口を引きつらせている。俺は奴のこの下卑た笑い声が大ッ嫌いだ。

優しさだぁ？　ケッ。白々しい嘘をつきやがる。どうせこいつはいざとなったら、俺ごとライアーを葬る気でいたに違いない。いかにもあの組織らしいやり方だ。連中の頭の中にあるのはXリスクについてのことだけ。その脅威から人類を守れるのなら、どんな犠牲だろうと安いものだと本気で思っている。どう考えてもイカレてるぜ。

「任務ならミサイルだろうがロケットランチャーだろうが喜んで担ぐさ。なぜ奴に投降の機会を与えてやらなかった。そうまで焦って口を封じる必要が、本当にあったのか」

「Xリスクに関する情報は一刻も早くこの世界から消し去らねぇとなぁ、メーン」

ロトス。いったい奴は何を知っちまったんだ。こうまでして口を塞がなくちゃならない、どんな理由がそこにあった？　つい最近まで味方だった奴だ。同じファイアウォールの仲間だったんだぞ。それを、弁明も釈明もさせず、問答無用で焼き殺すなんて――

「お前は恐ろしくないのか、ライアー。報酬に目がくらんで、怒りを忘れちまったのか。次はお前が殺されるかもしれないんだぞ！」

あるいはあんたがなぁ、船長、と奴は悪びれもせずに言い放つ。「そうカッカすんなよ」としっぽを振っていた。

「どうせロトスは外部記憶装置からすぐにアップロードされるさ。ファイアウォールは何も失わない」

「そのロトスも、どうせすぐにまた組織を裏切ると思うがな」

「次はもっと上手くやりますよ、このスクラップ待ち。何なら記憶と一緒に人格を改変したっていいんだからよぉ」

「全ては人類を守るため、か」

「そのとおりさ、ロボ」

犬がゆっくりと去って行く。

しばらくそのまま佇んだ後、俺は静かに銃をマウントに戻した。

争ったところでしかたがない。俺同様、ライアーもまた組織の末端でしかないのだ。俺たちがここで派手に騒いだとしても、どうせ何も変わらない。組織も、この狂った世界も。

俺は天を仰ぐ。

口を開いた。

「なぁ、もうスプリンクラー、止めてくれていいぜ。ギアが錆びちまう」


宇宙エレベータからステーションに戻ってみれば、鳥よりも鬱陶しい３Ｄホログラフィの美少女が俺を待ち伏せていた。

しつこくまつわりついてくる。こっちは一刻も早く愛船のキャビンでくつろぎたいってのに、

「ねぇねぇねぇ！」といつまで経っても離れてくれない。

「凄いじゃない！　いったいどうしたの？　あれほどあったステーションへのツケをまとめて完済だなんて！　ううん、それだけじゃない。ジャンク屋や武器商、ソフトショップ、諸々の方面にあった多額の借金を全部清算してる！」

俺は大勢が行き交うステーションの通路で足を止める。思わずアゥ、と漏らした。

「やれやれ。俺の個人情報は、どうやらダダ漏れしてるらしいな」

「ちゃちなセキュリティなんて、私にとってはないも同然。それよりそっちよ。どんな魔法を使ったの？　たった一日であんな凄い大金を手に入れるなんて」

「別に。俺が少し真面目に働きゃ、ざっとこんなもんさ」

あの組織に一つだけ美点があるとすれば、それは金払いの良さだ。滅茶苦茶な奴らだが、気前

だけはいい。

ボーイッシュなインフォモーフの少女が俺の顔を覗き込んでくる。目が、悪戯っぽく笑っていた。

「……本当はあなた、海賊なんでしょ？」

はぁ？、と俺。

「何だってそんなこと言う？」

「肩に鳥の羽がついてるもん。あら、綺麗」

見れば本当だった。装甲のつなぎ目に赤い羽が一枚、引っかかっている。ヨウムの尾羽だ。あの爆風でよく飛んでいかなかったものだ。

俺はそれを慌てて払い落とす。

「へ、ヘッ。今時のオウムは船乗りと見れば、海賊であろうがなかろうがたかってくるんだよ。迷惑な話さ。昔の作家が余計な本を書いたせいだな。おかげで下じゃ富裕層どもの間で、動物愛護の精神とやらが――」

「俄然、興味が湧いてきた！　やっぱりあなたのところで働くことにする！　私はリラ・ホーリームーン。リラ、でいいわ。よろしくね、ボス」

瞳をキラキラと輝かせている。やれやれ。

「船長だ」俺は腕組みをし、重々しく肯く。「雇うのは構わんが、俺のことは船長と呼べ」

「冒険の話を聞かせてよ、船長。メッシュにはない、本当の冒険の話を」

「冒険なんて言うほどのものじゃない。時々簡単なアルバイトをしてるだけさ。実際、今回だって猿の手を借りるまでもなかった」

「何それ。聞きたい！」

「駄目だ。話すわけにはいかないんだ。口止め料込みでのバイト代でね。それより、少し休んだら、すぐに出港だぜ。ちゃちゃっと働かねぇと、また借金生活に逆戻りすることになる。準備はいいか？」

「ええ！　私、ちょっとお喋りかもしれないけど、いいかな？」

エヘへ、と微笑んでいる。

ああ、と彼女に大きく肯いてやる。

「旅は道連れ、世は情けだ。道中にぎやかなのは大いに結構」

ステーションの窓の向こうに広がる赤い大地を俺は見つめる。

「……辛気臭いのは嫌いでね」

NOTE

書き下ろしの本作をはじめ、片理誠の〈ジョニィ・スパイス〉船長シリーズは、血湧き肉躍る冒険譚として、一読、頁を措く能わざる魅力を秘めているものと思います。エドモンド・ハミルトンの〈スターウルフ〉シリーズを彷彿させる読み味の作品です。

すでに「SF Prologue Wave」では、三本の関連作が掲載されており、あわせて本一冊ぶんほどの分量、充実の物語を楽しむことができます。片理誠も小説執筆にあたって〈エクリプス・フェイズ〉のRPGセッションに参加し、実際にジョニィ・スパイスはルールに則ったキャラクターとしてデザインされました。

「黄泉の縁を巡る 1〜4」(画・小珠泰之介)
「Swing the sun 1〜4」(画・小珠泰之介)
「空っ風と迷い人の遁走曲 1〜2」(画・小珠泰之介)

シリーズ最初の「黄泉の縁を巡る」は、本シェアード・ワールド企画におけるプロ小説家による参入第一弾で、原稿を読んだ瞬間、私はこの企画の成功を確信しました。実際、「黄昏の縁を巡る 3」について、〈エクリプス・フェイズ〉の熱心なファンでもあるゲームデザイナーの清水三毛は、「廃宇宙船での無重力戦闘に迫力があって、セッションでも参考になる。武器の反動の有無は大事なんですねえ。義体の格差を生かしたストーリーも、エクリプス・フェイズならではの意外性があって面白かった」との所感を記しています。

それぞれにイラストを付している小珠泰之介は、一九九八年、「コミックFantasy」誌(偕成社)にてファンタジーコミック大賞佳作入選(別名義)、育児漫画「これは育児マンガではない」や小説「悪い夢」(「SF Prologue Wave」)という仕事もあります。

まるで毛色が違う作品としては、同じく〈エクリプス・フェイズ〉小説である「決闘狂」がお勧めで、内面描写を排した機械同士の無慈悲なぶつかり合いは、恐甲《ダイノクロム》軍団の一員として戦う、知性を有した超戦車の一人称を採用し――スティーヴ・ジャクソン・ゲームズの傑作ゲーム『オーガ』に多大な影響を与えたと言われる――キース・ローマーの〈BOLO〉を彷彿させます。

片理誠は現在、『夢幻∞シリーズ ミスティックフロー・オンライン』(小学館eBooks、二〇一六年〜)を連載中。「誘引」(「SF Prologue Wave」)ほか、ノン・シリーズの短編の仕事も多数あります。(晃)

脱出拒否者

陰山琢磨

地球人類の九割が死亡あるいは魂《エゴ》を強制アップロードされ、人類が絶滅の危機（X—リスク）に陥ったのが、〈エクリプス・フェイズ〉世界における黙示録ともいうべき〝大破壊《ザ・フォール》〟でした。その後、地球人類は太陽系の各地へと離散し、惑星連合はキルサット衛星で地球を封鎖してしまいました。その後、地球の環境は放射能に汚染され、戦闘機械《ウォーマシン》が蠢く地獄と化してしまっているのですが……では、〝大破壊《ザ・フォール》〟では何が起きたのか、想像力と軍事知識を軸に、果敢に挑んだミリタリーSFとしての返歌が本作です。きっと〝大破壊《ザ・フォール》〟では、かような事態が起きていたことでしょう……。

陰山琢磨は、SF・ミリタリーがらみのファン活動を経て、一九九七年に『大反撃一式砲戦車隊』（飛天出版）でデビュー後、ロボットシミュレーションを扱うクライムノベル『センチュリオン急襲作戦』（ソノラマ文庫NEXT、二〇〇〇年）、宇宙SFと仮想現実を融合させた『星々のクーリエ』（朝日ソノラマ、二〇〇四年）といった本格SFのみならず、〈旭日の鉄騎兵〉や〈旭日の傭兵団〉シリーズ等の仮想戦記を精力的に執筆してきました。アフガン紛争へ正面から向き合った『蒼穹の槍』（光文社、二〇〇四年）も傑作（著作の多くはアドレナライズから電子書籍化されています）。綿密な軍事考証は本作の読みどころで、それでありながら——ウラジオストクや釧路の扱いなど——架空戦記ファンにとっての本格SF入門、あるいはその逆にもなっているように思います。（晃）

シベリア東部　ビロビジャン

地球は温暖化しているらしい。

あれ程世界中でカーボンヘイト運動をしたのにね――イリヤは心中で笑う。

結局温暖化に貢献したのは、水蒸気と海底や湖底が放出するメタンだった。カーボンが槍玉に上がったのは〝分かりやすい〟アイコンだったから。

〝排出権〟は大西洋側の先進国づらした連中の金蔓《かねづる》だったし『世界が、世界を』知る主要な発信媒体は、結局あいつらに握られたままだった。

声の大きい奴が勝つのは、人類がトランスヒューマン化しても同じ――彼女は自分の腹の底に毒が溜まっているのを感じ、ディスプレイの端に表示された各種の脳内伝達物質のリアルタイムセンシング値を見て、そっと熱い息を吐いた。呼吸していられるのも、あと少しだ。

『経口安定化ペプチド、合成しようか？』

頭の中で、彼女の支援AI《ミューズ》が囁く。

『要らない。これからお仕事だよ。センシングデータも閾値を超えてないし』

イリヤは、思考を脳内でしっかり言語化してミューズに告げる。

『こんな所で、ずっと五四〇秒も打ち上げ待機してたら、気も滅入るの――滅入る。分かる？』

『メ・イ・ル――了解。じゃ、景色でも見る？』

瞬時に軍の独立メッシュから語彙を得たミューズの申し出に、彼女はライブ画像をリクエストした。ミリ秒で回線ウィルスチェックを終えたミューズは、発進竪杭の底にいる彼女の視野に一二〇〇メートル上方にある地表映像を投射する。

遥か東方に冠雪したシテホアリニ山脈。五八三軌道防空隊が潜むビロビジャンは、後背になだらかなブレイン山脈があり、前方にはアムール河沿いの広大な平野がある。

夏になれば平野は湿地帯となり、ハイパーコープが手を入れたアムール川沿いの開墾地は見事な耕作地となる。

しかしこの季節には、昼でも氷点下十数度を下回り、アムール河共々凍結してしまう。

気候変動は一直線に進むわけではない。ミランコビッチの説は健在で、以降の気温がどうあれ、気候の変動が激しくなる時期が長く続くらしい。

この冬は、久々に訪れた厳しい寒さが極東地域を覆っていた。

でも、綺麗な空――イリヤの視線を感知してライブカメラが空を仰ぐ。今、ウラジオストック《US》時間《T》一一：〇五。冬の高緯度地方の、短い昼だ。

地表には、滑走路破壊ディスペンサーで穴だらけにされたままの軍用緊急滑走路と、同じく黒く焦げてくしゃりと潰されたハンガーの列。その周囲には台形断面の長大な堰堤があり、その外に並ぶフェンスのごつい支柱の列が、軍用地と私有地を区切っている。

荒廃した基地の残骸に偽装された、か細い複合センサの一基が空を仰いでいることに、目ざとく気づいた警衛が擬装を解いて姿を現し、歩み寄って来た。

それは外力耐性強化身体の兵隊で、未だ体を戦闘用義体《モーフ》に着替えていない。施術の際〝何者か〟

が侵入できるバックドアが付けられる可能性があるから、だそうだ。彼はその代わりに装甲化外骨格を装着している。

胸や背面に取り付けられたデータリンク装置や、指揮下の自律兵器との広帯域送受信機、陸戦支援ＡＩなどを収めた装甲ポッドのため、そのシルエットは、ずいぶん人とかけ離れている。

そちらに目をやったイリヤの視界は自動的にズームされ、マイクロ秒でアイディンティファイ・スキャンが行われると、『Friend』表記と部隊名、氏名が、視野の隅に開いた小さなボックスに表示された。

お馴染みの名前にイリヤは笑みを浮かべ、レーザ通信で声を掛ける。

「プリヴェート。リョーシャ」

「お目覚めですか。外は寒いですよ」

「密閉戦闘服着てて、よく言うよ」

「シテホアリニ山脈から向こうは、ミルクみたいな濃霧ですがね。この時期、海沿いの部隊は空から見えないから、油断しち……」

リョーシャ――アレクセイ曹長は、突然言葉を切ると、荒廃した基地の営門へと素早く駆け出す。その時には、複合センサも重機械の群れが走る地響きを拾っていた。

曹長が営門で警戒態勢に入ってすぐ、西方の低い山裾を回り込み、浅い角度の平面で組まれた、低い姿勢の大型装甲機械の列が現れた。凍りついた湿地帯を幅広の履帯で砕きながら、高速で近づいてくる。

「機動砲兵旅団だ——散開して、一個中隊ほどこっちに回って来たか。ハバロフスク辺りに行くんでしょう」

ルーティンのランダムスキャンと更新を終えたばかりの彼の戦術支援ＡＩは、すでに機動砲兵中隊で最も装甲の厚い有人指揮車とデータリンクを結んでいた。

表層凍土の地下千メートルにある基地保全ＡＩと電子・情報戦中隊の許可が下りたのだろう。部隊の先頭に立つ自律自走砲は、背景の色と影を拾って装甲表面に投影していたキューブ迷彩のアニメーションを数秒間解き、自律兵器を表す『AW』の文字を閃かせた。

あと『ST AWY—IN CBT』——離れよ。我は戦闘状態にあり——とも。

「殺気だってますなぁ。今日はいろいろ有りそうだ」

「そうね。曹長、実戦を知ってるプロは、大事な……」

その時、外部映像が消え、イリヤの支援ＡＩ《ミューズ》がアラートを告げた。

「大尉」

基地司令は挨拶もなくイリヤに告げる。

「悪いが、四〇〇秒で上がってくれ」

「？　エルジェナ中尉は」

司令に問いながら、イリヤは緊急打ち上げシーケンスの起動ボタンを拳で思い切り叩いた。

彼女が搭乗しているのはパルス核モータや軌道兵器を搭載した戦闘航空宇宙機《ASCV》だ。破壊や殺人が仕事だし、しくじれば〝無辜の民〟まで、大量に殺す可能性もある。故、これだけは〝人〟が決断するのだ。

「殺《や》られた。ティターンズ由来らしきウィルス感染だ」

「システム？　それとも人？」

「両方だ。中尉はＡＳＣＶの予備データリンクが途絶する前に、自分の感染細胞の生体エックス線アニメーションを撮って送ってくれた。こっちは未知の新型」

「宇宙機の方は？」

「既知。おかげで警報が早くてな。――大した中尉だ、マニュアルで推進方位を対地鉛直線に据えて、モータを全力噴射した。

あれなら、核攻撃と勘違いされずに済むだろう。今、軌道上司令部から各宇宙機と地表ドメインに軌道要素と警告を」

核攻撃？――じゃあ、あの娘は。

「今、高度二万六千キロ。中尉のＡＳＣＶ起爆指令を確認。四、三――起爆。算出出力は一一〇キロトン」

宇宙機乗りに向いた小柄な娘。常用語が違うせいか、待機ピットでも無口で、いつも薄い笑みを。まるで何か、そう、悟ったみたいな――だが彼女の追憶を遮るように、ミューズがシーケンス進行状況を囁き続ける。

『左右大腿動脈・静脈プラグ、付着菌株・ウィルスは既知。数、閾値以下。プラグ接続と同時に再度ディスインフェクト。

プラグチューブ、体外酸素添加・ホルモン添加・グルコース添加サーキットはフィードバック機構とも作動問題なし。静脈二酸化炭素除去サーキット、恒温維持サーキット――』

再度、司令からのブレークイン。

「未知の対人ウィルスは、血中温度をエネルギーに微弱発電し、血管細胞壁を材料に複製増殖するナノマシンだ。むろん血管に嗜好性があり、毛細血管を通じて劇症性の壊疽を身体中に起こす。問題は、その侵入経路だ。最終確認時、中尉の機体は内外ともクリーンステージ2だった。打ち上げ後、機とこちらのデータリンクに上手く紛れ込んだ設計図が、コクピットの薬物生成ユニットを乗っ取り、作成された蛋白質由来のナノマシンがフロオリカーボンを経由して体内に入ったとしか思えない。

今から、そちらの薬物生成ユニットを物理切断する。悪いがこのソーティの間、体内の伝達・修飾物質で頑張ってくれ」

劇症性の多発壊疽――イリヤは湧き上がる怒りに冷水をかけ、抑え込む――さぞかし。

「痛かったでしょうね……なんて強い娘」

機銃のように喋っていた司令は一瞬言葉を切り、しかし口調を変えることなく続けた。

「中尉はブリヤートだからな。勇敢だった」

自発呼吸ブロック完了。コクピット内にフロオリカーボン注入開始。フロオリカーボンは肺の救急治療にも使える〝呼吸できる水〟だが、体外生命維持サーキットが生きている限り液体呼吸は行わない。

両肺、胸膜内、横隔膜上の間隙全てに充填終了。体側のバルブから腹腔内への液体充填も完了。眼球と複雑な内耳はキャップで保護される。

「液圧は一二〇〇ヘクトパスカルで固定。液中指向性音響、感明良いか」

「良好」

筋電位センサーが作る自分の声音に違和感を覚えながら、イリヤは短く答える。

フロオリカーボンでコクピットを満たすのは、加速や衝撃から人を守るため。液体は加速度を全方向からの圧力に転換する。

むろん体内にも充填されたフロオリカーボンのおかげで、液圧で体が押し潰されることはないし、バルブ取り付け手術の際、繊細な肝臓や膵臓の強化処置も受けている。

本来一グラムでも軽量化したい航空宇宙機に、ここまでして人を載せる理由は、言うまでもない。ティターンズ、或いは他の敵対的シードＡＩのせいだ。

今や、あらゆるネットワークのノードに人を据えておかねば、ウォーマシンは動かせない。その〝人〟すら、何らかの敵対感情や破壊衝動を秘めているかもしれないが。

戦争の遂行には、パラノイア的性向を持つ幕僚が必要。それは『指揮官にとって戦場は霧で覆われている』と喝破したクラウゼヴィッツの時代からそうだ。

統合情報戦術認識ネットワーク《TITANS》——情報の大海から古今の戦術を学び、ネットワークたる自らの仮想空間内で、自ら同士を戦わせて洗練する存在。ついには現実空間でそれを使用し、不具合を見つけるやマイクロ秒でそれを修正してゆく存在。

その為だけに造られたティターンズに対抗するには、豊かな想像力を持ち、常に強迫衝動に駆られ、待ち受けるどんな隘路も見落とさない参謀が万人単位で必要だろう。

むろん不可能事だ。それ故、人類とトランスヒューマン達は、いま地球から追われようとしている。

「大尉、打ち上げ加速は平均八G、メーザーによる燃焼アシストは、ブースタ燃焼終了時まで行う。今回君のASCVは最大離床重量だからな。

地上メーザー群の発振時間は十五秒。メーザーの集束利得を最大にするため、打ち上げは垂直上昇」

司令のシーケンス・ブリーフを聞きながら、イリヤは薄膜ディスプレイ上を流れてゆくユニット作動確認リストをチェックしている。もし『視覚動作による承認チェックに欠落あり』と彼女のミューズが考えたら、そこからやり直しだからだ。

ミューズが私の視覚を監視してるなら、ミューズにフルチェックさせれば良いのに――いつもイリヤはそう思うが、ミューズに対し情報攻撃が行われる可能性もあるからと、手順改定がなされたらしい。

今頃、電子・情報戦室では、イリヤとミューズと多層データリンクと、緊急時マニュアルリンク機構をサーヴェイし、監視している電子戦特別班が、命を削る緊張の中、モニタリングを続けているだろう。それは人工強迫状態に置かれ、ドーパミンでやる気を漲らせた、光学／電子機器要員や、自律機器要員や、精神科や神経外科の医務官や、彼らを監視するため出張って来た作戦幕僚や……。

指向性音響の周波数がわずかに変動し、ルーティンワークのせいで散漫になりかけたイリヤの気を引き戻す。

「初期加速の間は、推進ベクトルの変更やブースタ分離による戦闘機動は我慢してくれ」

あらまぁ——彼女はなお動作チェックリストを目で追いつつ、内心舌打ちする。

それじゃまるで、壁に止まったハエじゃない。きっと、どっかの敵対勢力に、核パルスモータや兵装もろとも〝ぺちん〟て潰される。

「意見具申」そう彼女が言いかけると、基地司令は思い出したように早口で付け加えた。

「いま、機動砲兵旅団が展開している——さっき見なかったか？　こっちが気になって仕方ない敵対勢力が居ても、連中が制空射撃と陽動機動で、十五秒間は掣肘《せいちゅう》してくれるはずだ」

平均八G、十五秒加速での到達高度は、およそ八四〇〇メートル。ΔVは秒速一・一キロ。まだ成層圏にも達せず、速度もわずかにマッハ三。旅団は十六両の連装自走砲を持ち、三十二門の二〇〇ミリクエンチ砲からは、タービン発電レーザー砲搭載の自律制空機を秒速四キロで射出できる。ただ、その数はせいぜい……。

「司令、意見具申。スラッシュメタンの定常爆轟推進開始後は、エア・インテ……」

「却下。ROE《交戦規則》に追記する——宇宙で暇になったらテキスト確認しろよ。

本作戦では、対流圏内での原子パルス推進を許可する。同時に高速誘導弾《HVGM》による核攻撃、自由。

これは中央集団司令部、軌道司令部、双方の認可あり。

原子パルス推進、制限加速度三十Gで宇宙へ上がれ。秒速二十二キロに到達したら一旦モータ消火。慣性上昇中はダークメタマテリアルで機体偽装。到達作戦高度は二万三千キロを希望する。

大尉打ち上げ二十五秒後から、自律宇宙機《ASV》を乱数間隔打ち上げ。数八機。管制は任せる、新型のサーピアⅡだ。好きに使え。

本作戦の性質上、連続高々度核爆発による電磁スパイク攻撃が予想される。データリンク途絶を前提とし、ＲＯＥに則り戦闘行動。

発射三十秒前から、貴機は独立して作動する。七、六——三十秒、今！　幸運を」

いつもの様に「了解」を告げ、打ち上げに専念すべき時。何故か、イリヤは日頃交わす挨拶を口にした。

「司令。今日の空——綺麗ですね」

「ああ。絶好の核戦争日和だ」

人類に対する初の核攻撃が行われてから、およそ半世紀の後。オフェンシブ・リアリストと畏敬の念を込めて呼ばれた戦略家が、余りに直截で、残忍この上ない大国の定義を述べた。
曰く『大国とは、核保有国の事である』
経済も文化発信も高度な科学技術も、領内の資源量にも意味はない。高度な装備と補給能力に支えられた軍隊も、莫大な人民が動員出来る軍隊も、核兵器を保有していなければ、張り子の虎だ。

当時まだ存在していた国連では、化学兵器や生物兵器を核兵器と同列に並べ『大量破壊兵器《WMD》』と、一括りに語ることが流行ったが、これは自らの残忍さを薄めたい核保有国の詐術だった。対象のＤＮＡ情報を使い、特定個人だけを殺す遺伝子生物兵器はあったが、大規模使用が可能な生物兵器は、もし有っても核報復を考えれば使えない。

化学剤に至っては、目標の地域住民を殺せはするが、防護手段を持つ相手だと〝嫌がらせ〟兵器にしかならない。

それらと核兵器は全く違う。核爆発で最も多くの人を殺す熱線は〝光の速さ〟で広がる。光より速く動いて身を隠せる者はいない。

軍隊も化学防護服は持っているが、核爆発防護服や核爆発用ワクチンの開発に成功したという話は聞かない。

この絶対兵器を欲しがらない国や組織はないだろう。持てる全てのリソースを核兵器開発に注ぎ込み、どれほど住民が餓死しても核保有が宣言できれば良いのだ。その指導者が笑みを浮かべて見つめるだけで恐怖した近隣の人々は、幾らでも食料や金を貢いで来るだろう。

この美しい未来を手にするため、あるいはその国の奴隷にならぬため、陰に陽に核兵器開発は続けられた。

既存の核兵器保有国は、互いを疑いつつも連携して開発計画を探索し、発見しては潰していった。

しかし人々の欲望と猜疑、何より恐怖心に勝つことはできず、ついには『皆が平等に核兵器を保有すれば、恐怖の均衡の上に平和と民主主義がもたらされる』という、核兵器民主主義までが唱えられる様になった。

そして、今がある。


最大推力打ち上げ時。出力二十メガワット／秒のメーザー発振器のタイトビーム十数本に加熱アシストされた、巨大なブースタは、わずか十五秒でスラッシュメタンを消費する。

イリヤのＡＳＣＶは自律感知で爆破ボルトを作動、燃え尽きたブースタが切り離される。その残骸は、最後のメーザーパルスで破砕された。

イリヤはメインモータに炭化ケイ素殻を持つ長径四センチ程のレモンと呼ばれる燃料要素を射入する。レモンの両端に短パルス硬Ｘ線レーザが衝撃を与え、殻内を疾った衝撃波は中央の燃料要素を縮潰し……。

「大尉、貴機のパルス核モータ始動を観測。打ち上げ成功とみなし、以降、呼称をイズムルード戦闘群とする。

以降、核パルスモータ使用中の主回線は、適応レーザ通信。

作戦発起時刻はＵＴＣ〇二：二〇ズールーで変更なし、ただ作戦高度帯は、頂点高度二万三千キロから、頂点高度二万七千キロに変更する」

「イズムルードより。司令部、変更事由は？」

「上級司令部より通達。アンデス山脈北端にある、シエラ・スペースケーブルが攻撃を受けている。大西洋からアマゾン軍管区に浸透されたようだ。ちょうど雨季で、上空からの監視が上手くいかなかったらしい。

世界中で水の奪い合いをしているのに、今季のアマゾン河は高水位でな。ブラジル軍も洪水箇所だらけの密林盆地からＨＶＧＭの飽和攻撃を喰らうとは……」

「イズムルードより。情報の信頼確度は？」

「通達信頼度は電子・情報戦中隊が確認している。シベリア中央集団の超低軌道衛星が、極回りで撮った画像がいま――入った。まだ北極海から大西洋辺りにいるようだ。

高度七十六キロか、敵対勢力と勘違いされる前に自壊させるだろう。三十秒後から〝消毒済み〟情報画像を逐次送る」

〝レモン〟はＸ線レーザ衝撃波で縮潰される中性子スパーク物質利用の核分裂装置だ。例え溶鉱炉に投げ込んでも爆発しないが、起爆すれば十一億カロリーの熱を発し、半ば反応室を溶かさぬため投入される推進剤は一回四百トンの推力を発揮する。

いま、それはイリヤの四十八メートル後方で毎秒十二回炸裂し、彼女に深海の水圧と三十Ｇの加速を与えている。そして高度一四〇キロ、秒速八・八キロを超えた頃、アマゾンの偵察分析画像が届いた。

東西に広がるブラジルは、いま深夜の〇二時三十分あたり。奥地の過半を占める広大なアマゾン盆地には、都市を示す光点の集まりもほとんど見えない。

その漆黒の可視映像が一瞬映り、ついで密度のある雲や霧も透過する多波長レーダーと光学超解像の画像に変わり、さらに昼間の衛星画像で補正された仮想画像となる。

画像には、終わりの無い密林の間を、毛細血管のように捩れて流れる、無数の褐色の支流と三日月湖からなる、広大で平坦な地形が視野の彼方まで広がっていた。

あまりに巨大なスケールゆえ、密林に半ば隠れた細い小川ですら、幅五十メートル、水深も十メートルはあるだろう。

画像に、深く傾斜したパースペクティブでグリッドラインが入り、そのうち幾つかが明滅する赤いグリッドに変わる。突如、そのグリッドが黄白色の閃光に染まり、複数の飛翔体がノズルから眩い菫色のショックダイヤモンドを閃かせつつ、残像を曳いて急上昇した。

画像が広域に切り替わると、高速飛翔体の後を追うように、激しい気圧変化が生む濃密な水蒸気の柱が、高々と百数十も林立していた。司令の音声がブレークインする
「第一波のＨＶＧＭだ。南米有志連合マナウス司令部からの至急報に添付されていた」

一体あんな内陸の密林から、どうやって。しかもこの時期は凄いスコールで、貧弱な土壌のジャングルは、滑る泥濘に……あ。

「ティターンズか他の敵対勢力だか知らんが、頭ぁ良いな。わかるか？」

「潜水艦？　でも、見つからずにどうやって」

「チタン基・傾斜機能材のハルと、履帯駆動だろう。大尉は知らんだろうが、我が祖国の海軍も遥か昔、似たような物を造っていた。

注水時の比重は二から二・五くらいか。あいつらは、きっと満潮時に侵入して、浮上せずに、

じりじり這いながら遡上したんだ。一隻につきＨＶＧＭを三、四発搭載ってところか。マナウスとギアナから迎撃機が上がって、高速貫通弾で水中のそいつを、しらみ潰しにしている」

「迎撃は？　ＨＶＧＭは全て核弾頭搭載ですか」

「シエラ・カカンベの迎撃レーザと、ギアナから緊急打ち上げした戦闘宇宙機で迎撃中。ＨＶＧＭども、数を恃んで、シエラ・ケーブルを盾に一気に上昇をかけている様だ。舐められたもんだな。ほぼ迎撃できるだろう。弾頭については――」

新たな画像。向かって右に白く光る細い糸が視界を超えて上方に伸びている。シエラ・ケーブルだ。画像は高度七十六キロの超低軌道をとる、シベリア中央集団の高速偵察衛星だろう。

大気圏が青い弧を描く彼方の水平線までの距離はおよそ九八〇キロ。希薄とはいえ十万分の二気圧ある熱圏を、強引に第一宇宙速度で飛翔する衛星の前方には、コロナのような断熱圧縮層が現れる。衝撃波剥離スパイクを伸長し、画像補正をかけても、前方視野は六十度しかないが、それでも五十万平方キロが見渡せる。

衛星は秒速七・九キロで、ギアナ高地を十秒足らずのうちに航過し、アマゾン盆地へ迫った。

わずかに舌打ちの音がマイクに入り、司令が喋り始める。

「訂正だ、舐めてたのは〝こっち〟のようだ。あれを第一波の飽和攻撃だと思ってたが、残およそ四十基のＨＶＧＭが、連携して迎撃機を襲ってきた。低空で対潜攻撃をしていた連中、逃げ切れりゃ良いが」

「イズムルードより。敵主攻は未発見と認定？」

「四分前、欧州軍集団から増援の戦闘宇宙機が上っている。大西洋東海岸は、北部アフリカ戦闘団の戦闘機隊が超音速UAVをばら撒いて広範囲に海中……」

上級司令部を通るたび、情報攻撃の有無を確認するため、ライブから十数ミリ秒遅れで届く画像が、瞬間、明度を落とした。

衛星より遥か下方が目を射る閃光に染まり、アマゾンの密林とミルクのような霧が、偽りの陽光に照らされて姿を現す。眩い光はアマゾン上空二十から三十キロの間で幾度か閃き、衛星直下の対流圏上層に、毒々しいまでに純粋な、赤一色のオーロラが描く円環が急速に広がった。

「司令部よりイズムルード。シベリア中央集団司令部報を送る。テキスト確認の事。敵勢力は全て核装置搭載として対処する。うち、攻撃機型HVGMの核装置出力は、TNT換算二メガトン、或いは二メガトン・タンデムと推定。

中部大西洋から、多数の敵現出。高度を取りつつシエラ・ケーブルに向かう。現在、ΔV三・六キロ／秒なれど、なお加速中——なんだ、化石みたいなミサイル潜水空母か？　なんで軌道ニュートリノ検知器で見つけられなかったんだ」

わずかに焦燥感の混じる司令の早口を聞きながら、イリヤは考える——きっと無人で着底させてたんだ。

面倒でエネルギーを喰う生命維持区画を解体できれば、潜行時間は無限に延ばせる。原子炉ユニットを強制分離すれば、ニュートリノ検知器で位置特定はできない。

どうにかして、作戦行動中の艦の制御を奪い、不要な区画を深海に捨て、必要な時まで、氷のように冷えた二千メートルくらいの海底に置いておく。必要になったら海底から十メートルほど浮上し、水中安定させて、シェルライフが三十年はある打ち上げシリンダーを起動する。

起動電力には、金属化ヘリウムCAPが十キログラムもあれば十分――彼女は、生命維持区画に閉じ込められ、何処かの海淵に沈んだ数十名の運命を考え、フロオリカーボンの液中だというのに、肌に粟がたつ寒気を覚えた。

「司令よりイズムルード。到達高度は第一回更新後、変更なし。作戦目標、発起時刻に変化なし。ただ、友軍宇宙機の各戦域到達数は不確定。理由は――見ての通りだ。

シベリア中央集団報が更新された。敵対勢力は、シエラ・ケーブルを高度一万数千キロあたりで切断したいらしい。今更、地上アンカレッジを切断しても手遅れだろう。相手は〝勉強好き〟だ。ぬかったな。

もし、奴らが切断に成功すれば、ケーブル構造物の一万キロ分以上が、東に倒れる――大アマゾンを叩きのめすだけじゃない。狭い大西洋を余裕で横断して、倒壊角度によるが、南欧、地中海から中央アフリカ辺りまでが危険域に入る。重さ数十トンの飛散物が、どこまで飛び散るか、神のみぞ知る、だ。

エクアドル行政府は勇敢だな。ケーブル構造の途中を核装置で細切れにして、パンケーキクラッシュ倒壊が可能か、欧州軍集団に諮問があったらしい」

「そんな。直下近くのカヤンベ山は、ここしばらく静かだけど、活火山です。高度一万キロ分でも、一万トン以上が落下……」

「だから、欧州、中東、アフリカ、それに北アメリカの戦闘宇宙機は、シエラを優先することになる。シベリア東部は、大尉が単独で管制してもらう可能性もある」

「イズムルードより。司令宛、意見具……」

基地司令は、却下すら告げずイリヤの話を遮る。

「作戦発起時刻は変更不能！　理由は分かるだろう？

〝チャタムハウス〟則の合意としちゃ、外交史上空前だろうぜ。世界中の〝偉いさん〟が、こっそり顔つき合わせるか、蝋で封した手書きの書面で合意したんだ。

えり抜きの工作員がクーリエを務めて、一体何人消されたか——まあ、俺たち兵隊の知ったこっちゃない。

大尉の戦闘群に割り当てたサーピアⅡは、すでに四十六G打ち上げで発進。貴機を追い抜いて高々度警戒に当たっている機もある。確認できるな？」

イリヤの支援AI《ミューズ》は、彼女を先回りして、液中に多面スクリーンを展開し作戦図を写す。

「イズムルード、アイディンティファイ。各機ステータスは信頼許容値内——現在ワガ戦闘群ASCVは、第一回三十G加速終了まで、残り八秒——今！　モータ消火」

アイディンティファイねぇ。随分染まりやがって、ロシア語かウクライナ語で良いよ——マイク・カフを下ろして苦笑混じりに呟く司令の声が、微かに聞こえた。

「加速終了から軌道頂点到達まで、およそ一〇六〇秒ある。地表及び軌道のセンシングを重点継続のこと。

大尉も承知だろう。この作戦の要諦は『破裂寸前の水素ガス風船に、針でつついて穴を開け、ガスを抜いて綺麗に畳め』てな代物だ。

当然、発起の前後、作戦を台無しにするイレギュラー攻撃がある筈だ。シエラ・ケーブルへの倒壊攻撃は、間違いなくその一環だ。夏場に見かけるタイガ辺りの樵《きこり》の仕事じゃない――当たり前だな。

機体のモータチェック、推進剤クライオタンク、放熱機構チェックも怠るなよ。作戦の性質上、推進剤タンカーは打ち上げ不能と考えてくれ。

各サーピアⅡに、三機づつ自律ＨＶＧＭを付けてやる――初回打ち上げまで八十秒だ。あと、サーピアⅡ搭載ＡＩの全領域連結使用を許可する。

連結使用に関し、電子・情報戦中隊は信頼確度指数八十二と言っている。大尉のミューズ並みの信頼度だ。良かろ？」

「イズムルード了解。出来れば私の信頼度統計処理もお願いします」

「データねえから、発散するとよ――さて、以下ＵＳＴ時刻でレコード。シベリア中央集団の認可を得て、イズムルード戦闘団に発令する。

以降の戦闘行動権限と、ＲＯＥに抵触しない他勢力との協動戦闘権限を付与。

作戦内、必達目標は〝制御全面核戦争〟の完遂」

「イズムルード了解。必達目標、制御全面核戦争」

高度二万七千キロ。この高所にあれば地球の半球が見渡せる。

イリヤのＡＳＣＶは、七十秒弱の核推進で秒速二十三キロに迫る速度を得ていたが、衛星軌道にも、人工惑星軌道にも乗っていない。

今回の仕事は、大加速で地表から高々と上がり、地表と軌道をリアルタイム観測して、データリンク途絶を防ぐため、各高度にいるサーピアⅡ経由で地表に送信する事。

そして、何かまずい事が起きれば、近くにいるサーピアⅡとＨＶＧＭ達を差し向け、火消しをする事だ。

指揮下のサーピアⅡは、イリヤの乗ったＡＳＣＶと同じ推力の核パルス推進装置を主機としている。小型化、軽量化のため、再度の帰還は考えず、終末は太陽公転軌道に乗った後、自らを無力化する設計だ。しかし、それでも全長は五十メートルを越え、満載慣性質量は九百トンある。

八機のサーピア達は、作戦高度を割り込むたび、モータを点火して高度を稼ぎ、三基のＨＶＧＭを従えて、高度一千キロから二万キロの間を哨戒していた。

モータ消火から一〇六〇秒間、とりあえず地球は綺麗なままね——イリヤは拡張現実処理スクリーンを見つめ、彼女のミューズが〝脳内に囁く〟報告を聞きつつ思う。

もちろんこの高さじゃ、地上の混乱や暴力沙汰は見えやしない。せめて核爆発でも起こらないとね——彼女は薄い笑みを浮かべる——まぁ、作戦が上手く運べば、うんざりする程見ることになるけど。

『慣性上昇頂点。自由落下開始』脳内で彼女のミューズが囁いた。『作戦発起時刻まで六十秒——今。マイナス二十秒からカウントダウン』

核装置は、使用手段があって初めて核兵器になる。早期警戒機構や核兵器の防護手段、機器全体の整備機構、リアルタイムの独立データ交信機構を組み合わせれば、ようやく核戦力に数えられる。

この時期、地球には地中や水中を主軸とする核戦力が数多のリージョンに存在し、国家や軍の伝統を持たない遊牧武装勢力《NAF》の中にも、伝家の宝刀のような扱いで核兵器を隠し持つ集団が多くあった。

気候変動による水争いやエネルギー奪取のための紛争で、多くの文明が疲弊し瓦解しかけていた頃、時を合わせたかのようにティターンズが産声を上げた。

未だ高度な技術や資産を持つ国家群や、それに準じたリージョンは、しばしティターンズに抵抗を試みたが次々と破綻した。やがて『まだ余力がある内に宇宙へ撤退すべき』という意見が世界で大勢を占めるようになった。

地球周回軌道以遠への撤退、つまり月でさえ前線基地に過ぎない環境で、果たしてどれだけの人数が収容できるかは不明だ。しかし、既にティターンズの作戦領域は宇宙まで伸長しており、選択肢は無くなりつつあった。

それにスタック・インプラント術を受けた者なら、最悪スタック内の統合人格の時間を凍結し、スタックだけを送り出す方法がある。

また、精神アップロードを受け入れるなら、甚だ弱々しいデータ送信を使い、何処かのセツルメントかハビタットのサーバ群に、人格と記憶を送れるかもしれない。

問題は、地球に残される絶対兵器、核戦力だった。

いずれティターンズは、地球に存在する全ての核戦力機構を操れるようになるだろう。それぞれの兵器投射手段は、有人宇宙機が初めて地球を周回した頃の弾道弾とは技術的に隔絶した存在となっている。

電磁波迷彩はもとより、超低軌道を使い秒速数キロで乱数突入する物など当たり前で、都市の何処かに少しづつ降り積り、結合して核装置となるマイクロマシンの存在すら噂されていた。

更に、一部の先進軍事国家は四百グラムの反水素氷をプラズマ化し、水素プラズマに撃ち込むことで、わずか重量九十キロながらＴＮＴ換算核出力三十メガトンに及ぶ核装置の開発に成功したと報じられていた。

核技術は存在を広報せねば役に立たない。ティターンズはその情報を逆手に取り、全てを撤退する人類攻撃に使うだろう。

また現在、地球にどれほど人類が生存しているか不明だが、宇宙へ撤退できず、それでも細々と命脈を保った民族があっても、核兵器で手早く抹殺されるだろう。

ならば、撤退前に核戦力システムの全てを使い物にならない所まで破壊するしかない。

そのための手段が全面核戦争だった。

核戦争には、互いの都市や重要施設を順次焼き払うことで、無言のチェスのようにコミュニケートし、〝落とし所を探る〟という殺戮フェイズより、前の段階がある。

互いの報復核戦力を消滅させるべく、一気の索敵と破壊を行う段階だ。

今回の作戦は、その核戦力破壊のみを行い、住民の密集地域や、致命的なインフラへの核攻撃を抑止できるかが、鍵だった。


どうして、〝制御全面核戦争〟なんて言葉を信じたんだろう――イリヤは、泣くでも怒るでもなく、そう考えながら、サーピアⅡ達を駆っている。

数多ある核兵器投射基地、秘匿され移動する投射潜水艦、そして無数の核兵器保有勢力。

水中の潜水艦の多くは、百年変わらない原子動力ゆえ、ニュートリノ検知衛星と地下検知システムで捕捉されていた。

投射基地は、何を投射する基地であれ、広大な敷地に戦術核兵器では破壊できない要塞を築き、対空レーザやＨＶＧＭで守られている。しかし核兵器の地下移動トンネルの位置は判明していた。

第一撃は申し分なかった。

オホーツク海周辺のシャンタル諸島、カムチャッカ半島のペトロパブロフスク、そしてオホーツク海の最深部に、四方から低空高速侵攻し、核パルスで減速しつつ、秒速数キロで分厚い装甲に鎧われた核弾頭を突入させた。約百五十メートル貫入して炸裂した五メガトン弾頭は、カムチャッカの土壌を一気に変色させ、ついで陥没させるや、火山の如き密度の爆煙を成層圏まで噴き上げた。

シャンタル諸島は連続した激しい閃光と濃い爆煙を残して消失。ミルク色の濃い霧を通してもオホーツク海中の閃光が見え、動圧で霧がドーム状に膨らみ、瞬時に熱で消失すると、海底の泥土を巻き上げ、海面が沸騰しているのが分かった。

ほぼ同時に、大陸の内陸にある天山山脈の麓に点在する基地は、質量と速度で三百メートル以上地中貫通する弾頭で破壊され、すり鉢状に陥没した。

その辺りまでは良かった。しかし、天津、唐山、ペトロパブロフスクが一気に焼き払われた瞬間、眼下の行為は作戦ではなく、手の付けようが無い全面核戦争へと移行した。

チャンスに賭けるなら、当然ね——イリヤは超解像映像をアイポイントで操作し、地域ごとの想定被害を出しつつ思う——地球から撤退するなら人数は少ない方がいい。軌道速度まで安全に人を加速する手段は限られてる。

例え宇宙に脱出できても、生命維持可能なセツルメントの数も容積も足りるはずが無い。

もちろん、誰かの敵対的介入だったかも知れない。最初から危険極まりない作戦だった。規模が大きすぎたから。発起直前に、いえ、遥か前から、誰にも知られず幾つかの基地がティターンズのコントロール下に置かれてたら。

どっちの考えが当たっていても、起こるのは結局……。

ねぇ、大尉殿。幹部にもなって、後知恵で悩むのはやめな！——イリヤはぎゅっと目をつむり、頭を振る。フロオリカーボンの液中で良かった。赤い目頭は冷えるし、涙もすぐに対流装置で拡散できる。

イリヤはサーピアⅡ達をパワーダイブさせ、自らも続いた。広域の人口密集地全てを守るほどの弾数は無い。

支援ＡＩたるミューズは、彼女の意思に気づいて一旦反対した。しかし、彼女が言語で脳内に組み立てたモデルをミリ秒で吟味し、ＡＳＣＶの戦闘ＡＩと戦術ＡＩを連結させ、イリヤへの全面支援モードへ移行させた。

イリヤは必達目標をオーヴァーライドし、極東管区、特にウラジオストクとハバロフスク、そして海を渡った釧路を固守する戦闘を行うと決断した——特に釧路を。

今、北極圏シベリアの荒漠たる平野を伝い、高度六から十五メートル、時速六百キロ以上で極東沿海州に向かう、大型表面効果機《ＳＥＶ》の一群が居る。それぞれがペイロード二千トン級の中型機だ。

機内には、合わせて数千人の恵まれたトランスヒューマン達が乗っている。そしてコンテナに収められた百万人規模のスタック、それに精神アップロード受諾を余儀なくされた、無数の統合人格が収まった並列サーバが、分散して積まれていた。

広大な翼下に圧縮された大気を抱え込み、ペイロードの二割近くを使って機体上面に広帯域可視光電磁波迷彩パネルを張り巡らし、迎撃レーザとＨＶＧＭを積み、自律ミサイルにもなるステルス形状の哨戒戦闘機を前衛に立て、編隊はウラジオストクへと向かっている。

理由は、釧路にある極軌道打ち上げ基地だ。

静止軌道や回帰軌道などを取る衛星打ち上げは、地球の自転速度を利用するため、赤道に近い基地から東へと打ち上げられる。

軌道エレベータが出来ると、そのケーブルシャトルに収まらない大型部材の打ち上げ需要が増え、大重量化した打ち上げ機は、メーザアシストがあっても、地球自転速度の助けを必要とした。しかし、南北どちらかに打ち上げたい極軌道だと、地球の自転は端から邪魔者で、なるべく両極に近い基地が良い。

釧路は南方に広い射界があり、北方への打ち上げにも対応できる。また、打ち上げアシスト用の大出力メーザ群は、ジャイロトロンからの長い歴史を持つ企業が建造していた。

レーザやレーダー、高出力の適応型電磁波データリンク機器等も信頼性を担保できる企業集団の支援があり、極軌道打ち上げ基地として、規模は小さいものの高い成功率を誇っている。シベリアの大地を渡ってきた人々にとって、釧路は最後のゲイトウェイなのだ。

イリヤはSEV編隊と釧路基地にデータリンク設定を要求し、まずはSEVたちが着陸できるウラジオストクの防御を優先目標とした。

釧路は——意訳すれば——『投射体防御に問題はない。まず辿り着け。話はそれからだ』と、文末にplease. 付きで告げてきたからだ。

遥か昔。ウラジオストクは、それなりの軍港だった。イリヤは機体底面の衝撃波反射面を可変させたASCVと、遥か上空で監視を続けるサーピアIIの残余三機で、高速投射体の来襲に備えたが、攻撃はなかった。

ウラジオストクを守護する大圏内ＰＶＯが自律戦闘哨戒機で、ＳＥＶ編隊を警護誘導するのを確かめ、イリヤは釧路に向かった。

機体から高揚力装置を迫り出し、海上から続く四千メートル滑走路に着陸すると、機体冷却と洗浄のためのタービン放水車と、装甲化されたボーディングブリッジ車、ついでに遥か三キロ彼方に潜んだ、自律戦闘車一個小隊の砲口が、彼女を出迎えた。

イリヤは幾つもある分厚いハッチを自ら開放し、機体に取り付いたボーディングブリッジ車の通路に入る。そこには一見丸腰で、鞭を思わせる体つきの中佐が独り立っていた。

「ようこそ釧路へ。土産物なら、いいチョコとぬいぐるみ、後は香水もあるぞ」

イリヤは背筋を伸ばし、ぴしりと敬礼する。

「五八三オルビターニャ・グルッパＰＶＯ。イリヤ・ブヌコヴァ大尉」

中佐も、短いが見事な答礼を返した。しかしイリヤには、心ここに在らず――つまり彼が自らのミューズを介し、脳内構文で何処かと協議している――と、見て取れた。

「大尉。君の声紋はレジスト出来た。で、この音声通信を聞いて欲しい。貴君宛の封密暗号化命令のヘッダだ。悪いが仔細は言えない――君の表情を解析したいんでな」

イリヤの返答も待たず、何処かに仕掛けられた指向性音響が彼女の耳朶を打つ。

「プリヴェート。リョーシャ」

「お目覚めですか。外は寒いですよ」

リョーシャ……曹長、どうして――イリヤは内心の動揺を隠そうとしたが、しかし釧路のモデルシミュレータはミリセコンドで、彼女から〝驚き〟を読み取った。中佐は彼女の反応に納得したようで、今日北東アジア域で惹起した地上戦闘の概略を語り始めた。

「さて、先に沿海州域の戦闘を喋らせてもらうぞ。ハバロフスクを中心に散開していた機動砲兵旅団だが、一部が天津核攻撃に加わった。むろん旅団は残る総力でそれを殲滅した。クロスドメインへ観測機器を放ちつつ、自走砲達は相互に行進間間接砲撃を行ったんだ――まさに機動砲兵戦闘の華だな。残念ながら貴基地はそれに巻き込まれた――ところでリョーシャとは何者かね」

「基地警備隊の曹長で、顔見知りのものです。なぜ彼が？」

「作戦中の航空宇宙機に対する、最終命令を基地司令から預かったらしい。地下からの送信ルートが壊滅したようだ。貴君への命令文のヘッダは、基地側で正規の物を発生させられなかったんだろう。だから今朝の挨拶を貼り付けたと見える」

暗号なんか、開かなくても分かる――イリヤは暗澹たる気持ちで『最終命令』の意味する物を想起した。最終、つまり部隊解散と、事後は機長所定で行動せよだ――リョーシャ、そんな命令を送るために……。

「中佐殿。私、イリヤ・ブヌコヴァの亡命申請を受け付けていただけますか」

「うん？」

「私は、戦闘を継続したく思います」

「地球最後の日までか？　好きにしろ、兵隊」

NOTE

〈エクリプス・フェイズ〉では、メタテーマと呼ばれる題材があります。"大破壊《ザ・フォール》"では実際のところ、何が起きたのか？ 戦闘AIのティターンズはいったい、どこへ消えたのか？ 秘密結社ファイアウォールの内実は？ 異星人の超技術は、どのような原理によって動いているのか、などなど……。

これらは、日本語版が出た『エクリプス・フェイズ ソースブック サンワード』や、未訳の『ゲートクラッシング（Gatecrashing）』、『パノプティコン（Panopticon）』、『ファイアウォール（Firewall）』、『Xリスク（X-Risks）』といった追加設定資料集で、少しずつ詳細が明かされています。

けれども、多くの情報はあくまでも示唆にとどまります。つまり、各種ソースブックに記されているのは、メタテーマの「最終回答」ではなく、RPGの現場においてはゲームマスターがシナリオ創作のヒントにするための情報なのです。プレイグループの同意さえ得られれば、公式情報と異なる解釈を進めてしまっても問題はありません。

これは小説についても同じで、本書に収められた〈エクリプス・フェイズ〉小説は、基本的な設定はルールブックのものを踏襲しているものの、細部は作家それぞれが想像力を膨らませて肉付けを行っています。この姿勢が〈エクリプス・フェイズ〉が踏襲しているクリエイティヴ・コモンズのBY-NC-SA（表示―非営利―継承）にも準じます（本書では商業化にあたって、改めて個別に権利取得を行っています）。

地球に関して言えば、"大破壊《ザ・フォール》"後一〇年が経過した現在、地球は惑星連合のキルサット衛星によって封鎖されています。惑星連合は、地球に残留している人々がいることを知りながら地球を見捨て、今なお封鎖しているという噂がありますが……それがどこまで真実なのかは、ユーザー一人一人に委ねられているというわけです。

"大破壊《ザ・フォール》"で何が起きたかについても同様です。これほど創作意欲を駆り立てるものも、そうないでしょう。軍事史研究の成果を活かしたシェアード・ワールド作品としては、「SF Prologue Wave」掲載の蔵原大・齋藤路恵「衛星タイタンのある朝」および「前夜」があります。前者には仲知喜・蔵原大「DOG TALE 犬の話」というユーモラスな後日譚があり、後者は四〇〇字詰め原稿用紙換算で三百枚もの大作戯曲となっています。（晃）

COLUMN

〈エクリプス・フェイズ〉世界のウェポン&メカ

本書の中の作品の幾つかの兵器・メカ等の面について〈エクリプス・フェイズ〉（EP）世界のそれに則して補足的に解説していきたいと思います。

「おかえりヴェンデッタ」のド・ゴールとケネディから飛行機が――と言う文、これは大破壊前の過去世界で使用されたフランスとアメリカの空母（あるいは国際空港）の名であり、語りあっていた義体《モーフ》はその名前の元となった二人の大統領、仏のシャルル・ド・ゴールと米のジョン・F・ケネディの容姿をしていたという事ですね。それと主人公が乗ったT型フォードは世界初の大量生産車でありますが鈍足で有名でした。それでも最高速度は時速約60キロには達するので生体のままの主人公が大怪我をするのも当然だった訳です。

「Wet work on dry land」で主人公はシンスで人間に近い容姿なのでヘビー・ピストルを使用できましたが、このタイプの拳銃は実体弾つまり金属に代表される固形の弾頭を主に火薬で打ち出します。ヘビー・ピストルほどの大型銃なら当然口径も大きく威力が増しますが反動も大きくやわな生体義体では扱いが難しくなるぎりぎりの大きさと言えます。

「カザロフ・ザ・パワード・ケース」の作中でまず最初に登場するテーザーガンはEPにおいては生体義体《バイオモーフ》と合成義体《シンセモーフ》両方に威力を発揮する電気ショックを与える弾芯を発射する非殺傷型の銃です。後半登場のスナイパーライフルですが、これは文字通り狙撃に特化したライフルで精密照準用のスコープを持つ口径の大きなライフルです。一方アサルトライフルは、小口径で反動が軽く扱いやすい大口径ライフルに代わって歩兵の主力武装になった銃。サブマシンガンは更に小型で連射で使用が前提の為に弾薬は拳銃用の物を用います。EP世界ではライト・ピストルと共通の弾薬を使用することになります。グレネードランチャーは擲弾を発射する専用の携行武器で、小型の物はアサルトライフルに取り付けたりもしますが、銃床を持つライフルに近い形の物もあります。

「脱出拒否者」の兵器に目を向けるとまず無人の自律型自走砲が出てきます。搭載砲は超電導状態で砲弾を長距離投射し作中では核砲弾も発射してます。これと目につくのが地上走行できる潜水艦ですが、作中で語られる過去のそれはドイツが作ったゼートイフェルを指します。これは第二次世界大戦の時に試作されました。本作では核戦争状態になりますが広島型原爆が15キロトンとされているので、これと比較し各種核爆弾の大きさを推察してください。（純）

ド（外惑星圏）の冒険

第2部　リムワー

〈エクリプス・フェイズ〉年表

本書所収の小説を読むのに役立つ、未来社会での技術進展を年表形式でご紹介します。BFは〝大破壊《ザ・フォール》〟前、AFは〝大破壊《ザ・フォール》〟後を意味します。

BF60以前　人類が宇宙に初めて進出し、ラグランジュ点、月、火星にステーションを建設。さらに、ロボットを用いて太陽系全域の探検にも取りかかる。宇宙エレベーターの建設工事が始まる。医療技術の発達によって健康状態が改善し、臓器修復術も進歩を遂げる。コンピュータの知的能力が人間の脳に追いつき、追い越すまでになる。ロボットが広範に普及し、多くの分野で人間に取って代わり、あるいは仕事そのものの存在意義を失わせる。

BF60〜40　月と火星の主要なコロニー群がこの頃に成立する、火星のテラフォーミングが開始される。遺伝子増強・治療、サイバネティック・インプラントなどが利用可能になる。初期タイプの非自立型AIが秘密裏に開発され、すぐさま研究やネット戦争に利用されるようになる。体験再生（XP）技術が開発され、一般の使用に供されるようになる。

BF40〜20　宇宙への進出が進んだことで技術開発の妨げとなる法的／倫理的障壁への抜け道が見つかり、直接的な人体実験も頻繁に行われるようになる。人間のクローン化が実現し、一部地域で利用可能になる。初期のトランスヒューマン種族群が開発される。イルカやチンパンジーが初めて知性化される。火星の植民とテラフォーミングが大規模に進行中。太陽系の全域に宇宙ステーションが設置される。飢えた大衆がみずから志願してハイパーコープの奴隷的な年季契約に身を投じるようになる。拡張現実（AR）が普及しはじめる。コンピュータ・ネットワークの大半が自己修復方式のメッシュ・ネットワークに生まれ変わる。個人支援用の各種ミューズ（支援AI）が普及しはじめる。

BF20〜　人類の進出は太陽系の全域に及び、カイパー・ベルトにすら到達する。ナノテクによる万能合成機《コルヌコピア・マシン》が利用可能になるが、エリート層や権力者たちはそれを厳しく規制し、用心深く管理する。記憶や意識のアップロードとデジタル・エミュレーションが可能になる。

〝大破壊《ザ・フォール》〟　技術的特異点《シンギュラリティ》を迎えた軍用シードAI群であるティターンズが、高レベル分散型のネットウォー実験機器からシードAIへと進化、太陽系規模でメッシュへの侵入を果たす。地球上のライバル国家同士がネット上でお互いを大々的に攻撃しあい、数多くの紛争を引き起こし、ついには公然たる敵対、そして戦争へとエスカレートする。ティターンズが正面切っての攻撃を開始したことで、とてつもない規模のネットウォーが勃発する。戦争はたちまち手に負えないものとなる。自律型戦争兵器、核兵器、生物兵器、化学兵器、デジタル兵器、ナノテク兵器が投入されたと、あらゆる陣営から報告が上がる。ティターンズが、人間精神の大量かつ強制的なメッシュへのアップロードに取りかかる。ティターンズによる攻撃が地球から太陽系の他の領域へと拡大し、とりわけ月と火星では激しいものとなる。数多くのハビタットも陥落したが、突然、ティターンズはどこかへ消える。

AF 0〜10（現在）　促成栽培クローンと時間加速した拡張現実を併用して一世代分の子供たちを素早く成長させようとした試みが無惨な失敗となり、ほとんどの子供が死ぬか発狂する結果となる。〝失われた世代《ロスト・ジェネレーション》〟と呼ばれる生き残りたちは、嫌悪と憐れみの混じった目で見られるようになる。

〈エクリプス・フェイズ〉において、木星から土星、天王星、さらには冥王星やカイパーベルトにオールト雲のような太陽系辺縁部までは、リムワード（外惑星圏）と呼ばれます。トランスヒューマンを否定する軍事独裁国家である木星共和国、技術先進主義を奉じるタイタン、さらには辺境の風変わりなハビタットがキャラクターを待ち受けており、人類とは思考の方法が根本から異なる異星人との邂逅も重要になってきます。

〈エクリプス・フェイズ〉では超光速航法が開発されていないため、遠距離の移動は宇宙船で長時間をかけるか、エゴキャスティングを経るしかありません。ところが、パンドラ・ゲートというワームホールを経由すれば、ショートカットもできるうえ、太陽系外惑星ともアクセス可能になってきます。

いずれにせよ、内惑星圏とは異なる様態のハビタット（人工居住区）では、これまでとはまったくタイプの異なる体験が待っています。

ＳＦ評論家、ダルコ・スーヴィンが言うところの認識論的異化《コグニティヴ・エストレンジメント》、あるいはセンス・オブ・ワンダーを全身で感じてください。（晃）

用語解説と世界観紹介　その三

ラグランジュ点：小規模な天体の重力と、その天体が周回する、より大きな天体の重力が平衡する五つの位置のこと。ラグランジュ点は不変であるとみなされ、ハビタットの建設に最適な場所だと考えられている。

トロヤ群：惑星や衛星の公転軌道上にあって、対象となる星に対して60度前方あるいは60度後方の位置となる第4ないし第5ラグランジュ点（Ｌ４／Ｌ５ポイント）で運動する小惑星や衛星のこと。「トロヤ群」という言葉が通常指すのは木星のラグランジュ点に位置する小惑星のことであるが、火星、土星、海王星そのほかの天体もトロヤ群を持つ。〝ギリシャ群〟も参照のこと。

エゴキャスティング：遠方送信《ファーキャスティング》を利用して魂《エゴ》を送信すること。

バイオ保守主義：ナノ製造、ＡＩ、アップロード、分岐体製造《フォーキング》、認識能力増強、その他の破壊的な技術を厳重に規制すべきだと主張する反テクノロジー運動のこと。

（その四、188頁へ続く）

プロティノス＝ラヴ

伏見健二

ロックンロール・ミュージックとSFは相性がいい。どちらも一種のカウンター・カルチャーとして、世間の価値観に対し痛烈な「ノン」を突きつけます。どちらも、聴き手／読み手に、他に代えがたい高揚感、〝魂〟を揺さぶる衝撃を与え、その人生を大きく変えました。

そのロックが重要なモチーフとなる本作は――壊滅前の地球の記憶に囚われた「おれ」の孤独と相俟って――サミュエル・R・ディレイニーの名作「コロナ」を、最新のガジェットを使って書き直そうという試みのようにも見えます。充溢する哀しみは、あたかも名匠の手になるベース・リフがごとき、鮮烈な経験として沁み渡ることでしょう。

〈エクリプス・フェイズ〉の豊富なガジェットを手際よく料理しながら、ヒューマニズムとポストヒューマニズムの境界を探り、その本質を提示するのが本作です。読後、あなたの心には、「百億人のなかで一人だけ」の一節が、リフレインされるに違いありません。

伏見健二は日本を代表するゲームデザイナーの一人。美大在学中にオリジナルRPG『ブルーフォレスト物語』（ツクダホビー／グランペール、一九九〇年～）で颯爽とデビュー後、同作のノベライズ等で小説家としてもマルチに活躍、小説の著書だけでも、三〇冊近くにのぼります。（晃）

「『プロティノス＝ラヴ』・再生」

短いメッセージが瞬いて、おれのサポートＡＩ《ミューズ》は演奏を始めた。

「ああ」

応じるおれの声も合成音声だ。

無重力作業に適した鋼の義体《モーフ》の中で、合成音声の甘いラヴソングが響いている。太陽は輝き、すべてを照らすが、太陽は決して変化しない。ボクはキミのヒカリをうけて暖まるが、キミはそれに気づくこともない。

……だが現実はそうじゃない。日に日に宇宙は紅くなってゆく。初めて見た宇宙は、もっと蒼かった。

超高解像度でスキャンできるおれの拡大視野は、細かな針のようなデブリを見分け、繊細に宇宙機を操って『宝島』に近づいてゆく。デブリの中には民生のスキャナーでは探知不能なナノマシンが散布されている。一粒でも機体に触れれば、重金属イオンに反応して高磁性を持った結晶体を作り、姿勢制御モーターを破損させる。誰も『宝島』に近づけないように。

散布パターンは『プロティノス＝ラヴ』がデコードキーになっている。

ドゥ、ド、ドドッ、ドロッ、ドン、ダドッ、ドロ……。

その変調するベースラインに同調させる。この曲のコピーは世界でおれしか持っていない。恥ずかしながら、おれが書いた曲だからだ。若々しい表現欲と共に投稿サイトに登録したが、ダウンロードは5回だけだった。そのうち、その投稿サイトもメッシュから消えた。戦争でサーバーごと吹き飛ばされたのだ。

まったく。うねりすぎて嫌になる、気色悪いベースライン。デキは悪くないんだ。不安定なおれの血流を、このモーフのなかにも思い出し、呼び覚ましてくれる。


《大破壊後》十年。

今のおれはジャンク屋だ。腐肉あさりのスカベンジャーだ。孤独な日常を繰り返す、宇宙に漂う瑣末な存在の一つにすぎない。友達もいない。丸い金属の肉体にこもって数百時間にわたる無重力作業を行い、スカム船団の古びたバージの一室に帰ればしけたモーフとパジャマを着こんで、ブリスターフードをかきこみながら、撮りためたVR配信を楽しむ。数億人の歯車の中で静かな経済活動を営む、哀れな魂《エゴ》のひとつだ。

だがスカベンジャーにだって二種類がある。ゴミ箱を漁る奴と、宝箱を漁る奴だ。

おれは宝箱を見つけた。

L5のデブリの中で、行方がわからなくなっていた地球からの高級脱出船『コードロン・ブランシェール』を発見したのだ。ティターンズの攻撃を受けて損傷は激しく、船体は半ばちぎれ、メインエンジンも含めて融解した金属塊になっている。艦橋は高出力プラズマ砲に吹っ飛ばされて見事に跡形もない。

だが船体の半分は破損を免れ、清純このうえないチタニウム・ホワイトの船殻を輝かせていた。高純度のレアメタルで積層遮蔽されたその外殻を切り売りするだけでも、おれは百万年でも暮らしてゆけそうだった。だが本当の宝は、その積荷だ。数百の乗客は、船が攻撃されると、ＦＴＬリンクでエゴをキャスティングして脱出した。高級脱出船で大事に大事に、地球から宇宙の新世界へ運ぼうとしていた宝を、ここに残してゆかざるを得なかったのだ。

そう、てめえら自身の、生まれ持った肉体。親からいただいた、ひとつっきりしかないオリジナルモーフを。

おれの宇宙機は、船殻に塗りつけたステルス樹脂が吹き飛ばないように、慎重に接舷した。

「もう、音楽を止めろよ」

愚痴るようにＡＩに指示。おれは『コードロン・ブランシェール』のヴァーチャル《V》・プライベート《P》・ネットワーク《N》に電子デバイスを有線接続した。いまどき、すべての機械は広域メッシュにつながり、勝手に通信を始める。秘密を守ろうとしたら、物理的に遮断するのが一番だ。こいつを発見したら、一瞬にして同業者が群がってきて、すべてをむしりとってゆくだろう。

古びた緑色のコマンドラインにメッセージが浮かんで消える。誰も触れていない。船内に変化はない。ほっとした。

船を発見してから、秘密の保持には本当に神経を使った。以前から使っているサルベージ用の宇宙機は途中で残し、そこからここへ移動するためにステルス素材で別の宇宙機を組み上げた。熱源振りまくジェネレーター駆動ではなく、静穏なタンク貯蔵式推進で乗りつける。運び出す機器や資材にも位置情報を特定されないように注意を払った。

だが、そのすべての経費も、一体目のオリジナルモーフを売った金ですべて回収できた。おれは薄暗い非常灯のついた船内に滑り込む。重力は回復させていない。チビのトースターよろしく、漂い進むおれに好都合だ。サポートＡＩも黙り込み、静かな空間。カプセルポッド状になっている客室を覗き込む。おれの出荷待ち倉庫だ。すでに売った商品のところが空いている。

一体目のそれは西海岸の金持ちの子供の冷凍保存体だった。大災厄からこっち、その両親は必死になってその子の魂《エゴ》の行方を捜していたというわけだ。

両親は魂投射《エゴキャスティング》で脱出し、別の義体《モーフ》に収まって優雅な金星暮らしをしているが、子供の魂《エゴ》だけはタイミングが悪かったか、機器に異常があったか、脱出しそこねたらしい。

それからもう十年。だめかと思われていたが、おれがサルベージした肉体と再会して感涙ということになったわけだ。おれは慣れない密売人を気取って、そいつを届けた。金持ちはひとしきり喜んだ後、信じがたいことに、ガキをそのまま大事に冷凍庫にしまいこんだ。古いエゴのバックアップが残っていたのに、それを肉体に戻すこともしなかったわけだ。エゴには情報体《インフォモーフ》も与えていない、休眠のままだという。

だって！　こんなひどい時代ありませんもの！　もっと良い時代になったら、この子を眠りから呼び覚ましてあげるつもりです……と美しい母親は涙ながらに言った。

へえ、そうですか。おれはひどく醒めた気分でそれを聞いていた。元の肉体からずいぶん若返ったように見える夫も、何度も頷きながら妻の完璧な腰を抱き寄せていた。子供のいない人生のほうが充実しているらしい。

まあ、難破船の位置が露見することを恐れて、ガキから大脳皮質記録装置《スタック》をはずしたことが許されるな、とおれは解釈した。おれはそのスタックを捨てた。ガキだって、ティターンズからの攻撃で船が沈む、圧倒的恐怖の瞬間を思い出したくはなかろう。

空いた寝台の両脇には、あの両親のオリジナルモーフがまだ氷の眠りについている。本当の家族の姿。今のモーフよりも、ひどく不細工な、太ってしみだらけの、省みられなかった肉体。見なくていいのに、来るたびにちらりと見ずにはおれない。いらないなら腐った地球に捨ててくればよかったろうに……あの土地からは、もっと脱出させるべき、価値のあるものがいくつもあったんだ。

それからおれは、危ない橋をわたって遺品を届ける葬儀屋のような真似事をすることはやめた。もっといい買取先を見つけたからだ。エゴと人身を売買するナイン・ライヴスのような組織じゃない。新しいモーフをつくるために遺伝子解析を進めるスキンセティック社は、こういう権利切れのオリジナルモーフを集めている。適切なエージェントを通し、安全で充分な報酬を受け取ることができるようになった。人類が以前の多様性を獲得するためには、まだまだモーフもミームも足りないわけだ。

あちらも大企業の下請けで、仲介役にすぎない。こっちの詮索をすることはないし、違法性があるなら耳をふさぎたいというスマートな手合いだ。おれは静かに、この宝島から月に一体か二体の肉体を運び出せばいい。エージェントはそれを受け取り、あとはおれに知らせることなく納入する。おれにはそれだけで莫大な報酬が手に入る。おれはそれを自分の信用経済《レプスコア》に還元させることなくストックする。急ぎすぎは危険だ。

さて、次はどれを出荷するか……。

物思いを終わりにし、おれは冷たい回廊を漂い進んだ。氷の棺にかざすと、グリーンディスプレイは乗客名簿を表示してゆく。少しでも『コードロン・ブランシェール』の存在に気づくものがないように、抽出するモーフも多様であるべきだと思った。どれでもいいんだが、入り口近くから順番に、というわけにもいかない。

ディスプレイに一つの名前が浮かんだとき、おれは凍りついた。

「……まじかよ」

アマリリス＝パエトン。

その名前が、あまりにも強い印象と共に脳に浮かび上がったのか。それともおれは無意識に口にしていたのかもしれない。支援ＡＩはそれをキャッチして、曲の再生を始めた。

ファライアットの『One in a 10 billion.』。

低い唸りから始まるボーカルと、五月雨《さみだれ》のようなノイズに、あの記憶は鮮やかに蘇った。

ホール満員の三万人を前にして、ファライアットのボーカル、アマリリス＝パエトンは勝気な足取りで歩み出す。紅い照明に、長い金色の髪が燃え上がるように輝いていた。リアルタイムＡ

Ｒでは数百万が視聴していた、伝説のライブだ。おれはリアルにそこにいた。そこで彼女と同じ空気を吸っていた。おれは彼女の露出した丸い乳房を凝視していた。それは歩みと共に挑発的に弾み、汗のしずくを熱狂する観客達に恵んでいた。

後ろでギターのスプラッシュ、ベースのクラッチが楽しげに肩を寄せ合って、弦を唸らせていた。弦は絶叫じみた声援に共鳴し、無限のサスティーンに震えていた。彼女たちの細い指先が、それを宥めるかのようにフレットに触れ、アマリリス＝パエトンのＭＣに注視させた。

「人類最後のライブかもね」

あはっ、と悪びれない笑顔と共に、彼女はそう言った。

観客を抑えてられるのはその一瞬だけだった。破裂しそうな激情で、観客達は叫び、求めた。彼女はすばらしくセクシーだったが、クソビッチではなかった。みんなが彼女を愛していた。あまりにも愛していた。ロックなのか、ポップスなのか、アイドルなのか、アーティストなのか、そういう古めかしい議論をすることも含め、すべての者たちがファライエットというガールズ・バンドを愛していた。

アマリリス＝パエトンは勝気な印象にそぐわずに語ることは穏やかで、ロックスターというタイプではなかった。愛らしい笑顔で、美しい肉体を持っていたが、普通の美人の範疇だった。声域は広かったが、声量には欠点を抱えていた。それでも彼女は完璧だった。誰しもが、彼女の声を聞くと、まるで彼女が傍らで身を添わせてくるように感じた。

そんな、存在だった。

彼女の唇はそのあとも動いていて、なにかを語っていたが、周囲の大気は情熱と振動で震え、なにも聞こえなかった。

おれはひどく苛立ちながら、耳を押さえていた。

彼女の言葉が聞きたかった。

今日、おれと彼女はここで死ぬかもしれなかった。おれは彼女の語る言葉を一言も漏らさずに聞く必要があった。なにしろ、彼女はあのステージの上から、まっすぐにおれの瞳を覗き込んでしゃべっていたからだ。ティターンズの攻撃は迫っていた。駐機場には撃墜された主力攻撃機が頭から突っ込み、まだ燃えていた。パイロットはライブに来たくて、故意にここへ突っ込んできたんだ、と観客は噂していた。

スプラッシュの左手がリフをかき鳴らし、曲が始まった……。


結局のところ、べつにそのライブは人類最後のライブではなかった。戦争のなかで歌っていたシンガーは何万人もいた。ファライエットも、今、十年が過ぎてみれば、一過性のブレイクに過ぎなかった。混乱のなかで、ファライエットがどうなったかは判らなかった。それを捜し求めることすら、忘れていた。なにせ、人間社会そのものがブチ壊れたんだ。

まじかよ、とおれはもう一度呟いた。

百億人のなかで一人だけ、百億人のなかで一人だけ、百億人のなかで一人だけ。

流れる曲に、彼女の声が繰り返されていた。うねるような、あの……。

ドゥ、ド、ドドッ、ドロッ、ドン、ダドッ、ドロ……。

おれは震える指先で客室ポッドをスライドさせた。目の前には、まぎれもなく、アマリリス＝パエトンの肉体が静かに横たわっていた。美しい瞳は閉ざされていた。だが、あのとき見た肉体、そのものだ。すると彼女はオリジナルモーフでステージに立っていたのか。いや、クローニングされた予備義体をいくつも持っていたかもしれない。そう考えるほうが自然か。だがここにあるのが彼女のオリジナルな肉体であることに間違いはない。

サポートＡＩからメッシュにアクセスし、アマリリス＝パエトンの現在について調べようとして、慌てて思いとどまった。アクセスログから、この船の位置を世界《メッシュ》に公開することになりかねない。

震える手でデバイスを操作し、モーフの状態について調査した。やはり他の肉体と同様、遭難時にエゴ投射がなされた記録がある。

この肉体はうつろだ。アマリリス＝パエトンの抜け殻だ。冷たく硬く凍り付いている。

おれは衝動に耐えかねる形で、解凍シークエンスのスイッチを押した。その肉体に触れたい、という衝動だ。抜け殻だろうと、アマリリス＝パエトンだぜ？　しかしそのシークエンスが進行する十五分の間も、おれは冷たい鋼鉄の肉体の中で迷い続けた。どうすればいい。どうしようってんだ。伝説のアイドルの肉体を手に入れて、どうするんだ。解凍しちまったが、してどうするってんだ。

ドゥ、ド、ドドッ、ドロッ、ドン、ダドッ、ドロ……。

おれのモーフが通常の肉体だったら、通路を歩き回ったり、壁を叩いたりしただろう。しかしおれは真空作業用のポッドをまとっており、滑稽なことに、微動だにもせずにタイマーを見つめる、ただの銀色の球体だ。

ケースが開き、ふわあっ、と蒸気があふれるのは、美しい光景だった。

アマリリス＝パエトンは体にぴったりとあったクリーム色のスーツに、黒いメッシュのチュニックをまとっていた。豊かな金髪は、清楚な雰囲気でまとめ上げられていたが、冷凍保存の影響か、すこし艶をなくしてくすんだ色になっていた。ステージ上で踊り、あんなに輝く大きな存在に見えた彼女の体は、ほっそりとして、小さく見えた。だがしなやかな四肢に、健康的な筋肉の盛り上がりが伸びており、あの躍動を支えていたことがよくわかった。VRグラビアが補正されていたのだと判る。リアルな彼女はふっくらと柔らかな恋人ではなく、活動的で健康的な肉体を持っていた。

指先はしわもなくまっすぐで、美しかった。グラビアでは気づかなかったが、左手にはピッキングのタコがあった。彼女はマルチプレイヤーで、元来はベーシストであったと知られている。オリジナルモーフにはその練習の痕跡が強く残っている。細い足先には、紅いパンプスを履いていた。レースのソックスに包まれた脚に、香油を塗りこみたい衝動に駆られた。

延髄に細いラインがつなげられている。いくつかの管理システムがあるが、ファージン社の普及型管理装置による冷凍中の生命維持はこれだけで済む。肉体は健やかで、まれに起こる経年トラブルも彼女のモーフには無縁であったようだ。呼吸も、胸の脈動もないが、白い肌、透き通るような頬に、ほんのりと薔薇色の血色に染まっている。血中ナノマシンはモーフを生かしている。

起き上がるわけではない。

童話の眠り姫のように、かすかな呻き、唇の吐息、そして額を押さえながら半身を起こす動作はない。あくまで、彼女は抜け殻だ。

だが、彼女は、生きている。今、このおれの前に、存在している。

美しさと愛らしさへの感動と尊敬が、苦しいほどにおれに満ちる。

「…………お」

おれは手を伸ばして彼女の髪に、そして美しい双胸のふくらみに触れようとして、ひどい自己嫌悪と共に手を引っ込めた。そう、作業用の冷たい多関節マニュピレーターを。無作法で、間抜けすぎる！　美しい眠り姫を目覚めさせるのには、薔薇の一つも用意すべきだろうに！

『don't touch』

ピシッ、と弾き返すようなメッセージが表示された。

「……！」

それはミューズ経由で届いた短信メッセージだ。眼前にＡＲが表示される。ゆらり、と彼女が起き上がる。それこそ魔法のようだった。横たわった肉体に重なるように、ホログラフィックなアマリリス＝パエトンが起き上がり、迷惑そうな顔でおれを見つめる。

「……なんだ、お前はッ？」

驚きながらも、素早くチェックする。物理的な表示装置があるわけではない。サポートAIを経由して、おれの視覚に割り込んできた仮想現実だ。素早くモードを切り替えてチェックする。インフォモーフか？　俺のAIがハッキングされたか？

『私はアマリリス＝パエトンのサポートAI《ミューズ》です。あなたの行為は犯罪であり、また経済活動上においても多額の賠償を請求される行為となります。彼女の身体にお手を触れないように警告いたします』

ホログラムは少しだけ首をかしげ、CGの唇をなめらかに動かしながらおれに告げた。ミューズが生きていたか。なるほど、彼女ほどの芸能人なら、オリジナルモーフの安全とプライバシーを守るために、システムを存在させているのか。

「……わかった。危害を加えるつもりはなかった」

おれは両手を上げ、退いた。

恋情に冷や水を浴びせられた形になった。素早く頭をめぐらせる。こいつはメッシュにアクセスできるのか？　こいつは目覚めたことを、本来の持ち主であるアマリリス＝パエトンのエゴなり、自分の所属するプロダクションなりに伝えたのだろうか。量子通信はごく小さなインプラントで、通信波を妨害できる手段はおれにはない。

「だがこちらにも事情がある。少し汲んでくれるとありがたいが……」

少し震える声になった。

ＡＩが「宝島」の現在地点を知らせたら面倒なことになる。彼女の肉体を手に入れられる、手に入れられないの話ではない。おれの食い扶持はすべて水の泡だ。くそっ。

『少々お待ちを。確認します』

アマリリス＝パエトンのホログラフは小首をかしげ、古い電話をかけるかのように、耳に注意を集めるようなしぐさをした。その仕草がまた愛らしくて、おれはどきりとした。ＡＩだ。しかしサポートＡＩは限りなく本人に近しい第二のエゴだとも言える。

『彼女のエゴは投射されています。船が難破したことにより、脱出したのですね』

ＡＩはすぐに口にした。確認が内的な情報確認であり、通信ではなかったということに、おれは少しだけほっとした。慌てて言葉を重ねる。

「ああ、そうだ。おれは破棄されたこの船を発見し、積荷を回収している。発見者として、この船に属するものすべてに、法的にも所有権を主張できる。そしてお前が現在地を通知すると、違法な暴力による略奪にさらされる危険がある。船が放棄されたのは十年も前のことだ」

『……』

ＡＩは困惑したように黙った。おれの主張にも一理あったようだ。一般論的に言って、モーフからインジェクションしたら、そのモーフの所有権を放棄したとみなされるだろう。であればＡＩも保護の義務から解かれることになる。そしてサポートＡＩである以上、主のエゴのないところでの活動はナンセンスである。それは単なるバックアップだ。プログラムをランさせるべきじゃない。

おれの予測は当たったようで、キュン、とかすかな音を立てて、ホログラムが視界から崩れるように粒子を残して消えた。アマリリス＝パエトンのサポートＡＩはおれのサポートＡＩとのコンタクトを絶った。

「おい待て……！」

慌てた。

横たわるモーフを覗き込み、呼びかけるが反応がない。

ぞくりと背筋が冷え込むような、ひどい喪失感を感じた。おれのＡＩもいつしか『One in a 10 billion.』を奏でるのをやめており、あたりはしんと静まり返っていた。

「アマリリス＝パエトン……」

横たわる美しいモーフにおれは呼びかけた。そして勇気を出して、再び彼女の体へとマニピレーターを伸ばしてみた。だが、もうＡＩの制止の声はなかった。おれの冷たい指先が、かすかなぬくもりを宿す彼女の身体に触れた。嗅覚センサーが反応した。肉体は柔らかく、匂いがあった。あのとき感じた汗の匂いだ、と思い出した。指先は頬に触れた。そして首筋へ、細く凹んだ鎖骨から、心房の動きを探るかのように双胸の間へとなぞった。

モーフはモーフだ。空っぽの器だった。

弱ったな。

「おれは、あんたのファンなんだが……」

横たわる彼女に話しかける。

位置を知らせることを恐れるなんて、拾いものを失うことを恐れるなんて、おれは呆れるほどに小物すぎた。

ヘマをした。

ＡＩでいいので、もう一度目覚めて欲しかった。彼女のエゴがどこに投射されたのか、今はどうしているのか、それを聞きたかった。現在のことだけではなく、過去のことも聞きたかった。メディアの向こうで輝いていた彼女が実際にはどういう娘だったのか、そしてなによりあのとき、あのライブで、なにを語っていたのか、聴きたかった。

「……まあ、いいさ」

返事はなく、諦めざるを得なかった。俺は彼女のケースを再び閉ざした。

時間をかけて解決できる問題かもしれない。もう十年も辛抱強くやってきたのだ。彼女のモーフを運び出し、どこか安全な場所に保管することを考えようと思った。もちろん売る気はなかった。強い恋の感情と、それに伴う性欲のようなものは、今はもっと大きな思考に出番を失っていた。

彼女のサポートＡＩを再起動させる方法もあるだろう。また、改めて今を生きるアマリリス＝パエトンを探し、出会うことも不可能ではない。ありがたいことに、それを成し遂げるための無限の時間と、それを支える充分な財力が今のおれにはあるんだ。どうやら、生きる目標を見つけたかもしれない。

百億人のなかで一人だけ、百億人のなかで一人だけ、百億人のなかで一人だけ。

ドゥ、ド、ドドッ、ドロッ、ドン、ダドッ、ドロ……。

『One in a 10 billion.』のリフは、おれの頭のなか、おれの魂《エゴ》の中で鳴っていた。

プロティノス＝ラヴ。

古代ローマ末期、ネオプラトニズムの始祖として、プラトンの理想を実現する都市「プラトノポリス」の建設を夢見たプロティノスは挫折した。至高の愛《プラトニックラヴ》を夢見たのはプラトンではない。プロティノスだった。彼は内なる神を見つけ出すことはできたのか。美と愛を見つけることができたのか。

そしてずっと抱いていた疑問の答えを、聞く必要があった。

あの曲のリフが、俺の『プロティノス＝ラヴ』の一節に似ているのはなぜなのか、という質問を。

考え違いと笑われるのなら、それでもいい。

おれは、あのライブでだって、キミに聞きたくてたまらなかったんだ。

もしかしてキミが、たった五人のダウンロードユーザーの一人だったんじゃないか、ということを。

NOTE

伏見健二の〈エクリプス・フェイズ〉小説は、本作の初出であるネットマガジン「SF Prologue Wave」にて、もう一作発表されています。「メタフィシカの融和」と題されたそちらは、木星共和国の衛星、カリストの近くに位置する工場プラント宇宙船を舞台にした作品となっています。

関連して、伏見健二の本格SFとしてはバリントン・J・ベイリーやチャールズ・L・ハーネスを思わせるワイドスクリーン・バロックの佳品『レインボゥ・レイヤー　虹色の遷光』（ハルキ文庫、二〇〇一年）が白眉でしょう。スウェーデンボルグ、ジョルダーノ・ブルーノなどの神秘主義的観念論者と本格スペース・オペラを大胆に結びつけた奇想溢れる長編です。

それこそ天動説の時代から、哲学は宇宙をどう捉えるのかという難問に挑んできました。無窮に広がる大宇宙と、精神という名の内宇宙を取り結ぼうというわけです。けれども、無辺と思われる宇宙は形而上学的な思弁の対象でありながら、同時に形而下としての存在様態をも有するもので、典型例が定住する場所を持たずにスカム・バージという巨大宇宙船に乗って延々と旅を続けるノマドなスカム（屑）と呼ばれるグループや、遺棄された宇宙船やハビタットを漁って生計を立てているスカベンジャーと呼ばれる人たちを無視することはできません。スカムはしばしば宇宙海賊となりますし、スカベンジャーは戦闘機のように変形するフレックスボットという義体《モーフ》や、柔軟な蛸型義体《オクトモーフ》を着装している者が多くいます。

〈エクリプス・フェイズ〉は最新のテクノロジーを扱っていながら、ジャンクな根っこの部分にある生々しさに触れるようなモチーフが少なからず存在しており、それらは産業革命以降の技術進展を根底から問い直すスチームパンクの精神にも通じるように思います。

そして、「TH（トーキング・ヘッズ叢書）」No.61（アトリエサード、二〇一五年）に、伏見健二はスチームパンクRPG『ギア・アンティーク』の創作背景について綴った「スチームパンクワールドをデザインする」を寄稿。「図書新聞」二〇一二年四月二一日号に、ジョエル・マーラー、キース・A・アボット『怪奇の国のアリス＋怪奇の国！』の書評を発表するなど、その批評性を軸に多様な仕事を行っています。（晃）

蠅の娘

岡和田晃

原案・齋藤路恵

〈エクリプス・フェイズ〉は遺伝子改造を施され、サイボーグ化した人間であるトランスヒューマンにスポットを当てていますが、必ずしも世界は彼らの独壇場というわけではありません。広大な〈エクリプス・フェイズ〉宇宙には、トランスヒューマンを「フランケンシュタインの怪物」だと否定する、バイオ保守主義という勢力も存在します。

本作「蠅の娘」は、バイオ保守主義の総本山である木星共和国の属国、衛星カリストの「ゲルズ」（北欧神話に由来する名を持つ都市国家、ゲデルとも）にて、秘密裏の諜報活動に従事する非トランスヒューマン（＝フラット）の女性を語り手に据えた小説です。

とにもかくにも、〝大破壊《ザ・フォール》〟後の世界をフラットとして生きることは大変です。あらゆるインプラントを拒否するがゆえに、風邪はひく、乗り物酔いはする、メッシュ通信のためには外部機器が必要……。そんな「トランスヒューマンの時代に、生身で生きること」の痛みの感覚、相互監視がルーティン化した官僚機構の内部で抑圧される語り手の閉塞感、そしてアイデンティティのゆらぎをご堪能ください。

原案を担当した齋藤路恵は「SF Prologue Wave」や note 等で小説を発表、ジェンダーと身体についての鋭い批評性で知られます。伏見健二や発達障害当事者団体イイトコサガシとコラボしたRPG『ラビットホール・ドロップスｉ（アイ）』（グランペール、二〇一三年）のデザイナーでもあります。本作の制作にあたっては、仲知喜・蔵原大の協力も得ました。（晃）

完全な不意打ちだった。その日わたしが非番ということもあったのかもしれない。街中で急に襲われた。

表通りとも住宅地ともいえない曖昧な通りを二人で歩いていた。店と店の間に住居が紛れこむ通りは、昼にもかかわらずしらじらと均一な光度だった。表通りの昼光はわずかにゆらいでいて、日光に近い。このあたりは安い蛍光素材を使っているのだ。

わたしは通りで相方のトリンドルと愚にもつかない話をしていた。曰く店の食事がワンパターンだとか部屋がいっこうに片付かないとか。前にいた女は視界の端に入っていたが、たいして気に留めていなかった。浮き上がるような黒い髪の女だった。黒髪は肩で均一に切りそろえられていた。女、なのは間違いない。それはわたしにもわかっていた。


相手が振り返ったのに気づいた、そのときには女は発砲していた。

まず、眉間に弾が入る。当たった瞬間に熱はない。通過するときに熱が発生する。熱が自分の内から外に漏れでる。自分では見えないが湯気でもでているかのようだ。弾は貫通せずに眉間の奥、鼻の斜め上でとどまる。終わるな、と思った。

眉間の次は鼻、頬、口蓋。首は細いので少し当たる弾数が少ない。喉と胸骨の間のわずかなくぼみ、左乳房の下の肋骨の隙間、ピアスをしようと考えていたへそのわき。子宮と大腸の中間は柔らかいので奥まで入ってから止まった。右の太ももはまず足の付け根近くの内ももを貫通した。ついで、膝関節近くの外ももを弾が通り抜けた。ももの骨のちょうど真ん中から点対称に被弾した形だった。貫通したのはここくらいだ。体内にとどまった弾丸がしずかに音をたてはじめる気がした。それまで移動に使われていたエネルギーが熱に変わり、体内の温度があがる。弾丸の周囲の細胞が円形に焼け落ちていく。

わたしの肌はきっとゲルズの外のクレーターのようになっている。「ゲルズ」、わたしの生まれた国。わたしの故郷で墓場になるだろうこの国。木星の衛星。カリストの小さな原野。美しい氷の大地。いまのわたしは美しいだろう。はじめて、そう、思える。

弾丸はなおも続けてわたしを美しくする。生きてきてよかった。ひざ下の骨のくぼみ。すねに当たった弾丸ははじけて筋繊維をななめに抜けていく。めくれた皮膚で足の甲がけばだつ。血で熱くなった足は氷の大地が冷やしてくれるだろう。

気がつくと足元に振動剣を持った女がうつ伏せに倒れていた。相方がわたしに聞いた。

「大丈夫?」

何が起きているのかわからなかった。全身の皮膚に砂粒よりも小さい蠅がはりつき、蠢いているかのような違和感だった。わたしは状況がのみこめず、うまく答えられない。

わたしは　死んだ　はずだ。　あれだけの　弾丸を　うけたのだもの。　死なない　はずが　ない。

トリンドルが足元の黒髪の女のわきにしゃがみこんだ。

めが　霞む。こいつは　本とうに　トリンドルか。　トリンドル　で　なければいいのに。なけ　れば　いい　のに。　死んで　いる　のに　涙が　出そうだ。

トリンドルはいつもの有能さで余計な音を一切立てずに状況を検分していく。しゃがんだトリンドルのくびすじは、おくれげをゆらしながらわずかな弧を描いている。トリンドルのからだは、いかにもおんならしくて、きれいだ。火薬と血のにおいだけがこの世界にそんざいしている。いや、ちがうか。わたしとトリンドル、そして、この女はここにいる。ここにいる、のだ。わたしは血をながして倒れているおんなのそばに立っている。めまいがじょじょに消えていく。きえなければいいのにな。

わたしの位置からうつ伏せの女の顔は見えない。しゃがみこんだトリンドルがわたしに現実の状況を知らせてくれる。

「まちがいなく死んでいるわ。つまらん訓練も役に立つものね」

有能な相方は立ち上がると、気味悪そうに足で倒れた黒髪の肩を蹴り上げた。女の身体が半回転した。女の顔は額から顎のラインを中心に赤くべたべたと濡れ光っていた。額から流れ出た血が眼のくぼみに、目のくぼみから流れ出た血は鼻の両脇を通って顎に流れていた。

わたしはしゃがみこんで、黒髪の顎を持ち上げた。顔を持ち上げたひょうしに黒髪の血がわたしの手首から腕を伝った。

何が起きたのかはよくわからない。でも、死んだのはこいつだ。わたしではない。どうやらわたしは死んでいない。死んでいないどころかぴんぴんしている。夢が静かに引いていくのがわかる。目をつむらなくても、引いていくのがはっきりとわかる。こいつはわたしではない――。


トリンドルが言う。

「なんなのこいつ。わたしら人に恨まれるほどのことはしてないっつーの」

「あんたはしてんじゃない？」

平静を装っていつもの調子で返した。が、疑問はおさまらない。こいつは誰だ。なんでわたしは生きているのだ。どうしてここに座っているのだ。現実感覚がゆっくりと回復していく。トリンドルから聞き出ねばならない。


「ねらわれたのはあんたでしょ？　よく言うわ。VR戦闘訓練場《コロセウム》で負けたやつの逆恨みじゃないの？　あんたハメ技《フェイント》上手いしね」

まさか。トリンドルお得意の非常時ジョークだ。

わたしはしゃがんだまま黒髪の顔から手を外した。とにかく死んだのはこの黒髪女で、撃たれたのも黒髪女のようだ。わたしは生きている。非番で武器は持っていなかった。で、あれば、殺したのはトリンドルか？　手が生体の粘液でいまいましくぬらつく。わたしは立ち上がる。

「汚してもいい布持ってない？　……非番がだいなしだわ」

「最悪。警察、今呼んだわ。上官に怒られるかしらね。不可抗力なのに！」

トリンドルはわたしの質問に答えない。わたしはぬるぬるとした指先を持てあまし、こすり合わせて、赤い血液同士を混ぜ合わせた。足元の赤い絨毯は動脈の色にわずかに静脈の色が混じっている。振動剣はその血の上でほの青く光っている。この通りの安い蛍光素材で、その本来持っていたであろう美しさは消されかけている。こどものおもちゃのようなやすっぽい照り返し。さっきまでわたしはあんなにうつくしいところにいたのにな。


警察が来た。ついで上官がやってきて、わたしたちに自宅待機命令をだした。警察に介入されたくないのだ。わたしたちは死体がどうなったのかは確認しなかった。おそらく上官が引き取ったのだろう。自分ではまったく記憶がないのだが、黒髪の攻撃をわたしが無意識にかわしたらしい。そこで相方が連射式《フルオート》のヘビー・ピストルで応戦した、ということのようだ。相方はわたしの身のこなしを褒めてくれた。あんたのような近接戦バカが役に立つとは思わなかった、と。嬉しくはあるが、正直わたしには実感がまるでない。戦っているときのような静かに張りつめる集中はどこにもなかったのだから。

トリンドルは言ってくれた。

「死ななくて良かった」

わたしもそう思う。死ななくて良かった。訓練とは違う。失敗したら本当に死んでいた。みんなとおなじように、わたしはバックアップをとっていなかったからだ。

木星圏の外では、生体保守主義《バイオ・コンサバティヴ》を狂信的だと嗤う者もいるという。わたしは慣習に疑念をもったことはない。祖母は地球で、母はカリストで亡くなった。この土地に生まれたから、わたしはこの土地で死んでいく。そういうものだ。死ぬというのは、舌先に残った余韻のように、かすかに甘く、うつくしい。それでも、夢から覚めれば、やはり死ななくてよかったと思う。

部屋に帰ってからわたしは今日の出来事を検討した。一番ありそうなこと、それはわたしが何らかの病にかかっていることだ。

メッシュに接続してわたしの症状について調べた。わたしは今までいかなる幻聴も幻視も体験したことはなかった。軍では初歩的な精神医学を学んでいた。任務時に起こりうる精神的変調やトラウマへの対処法。機械的に改変された記憶への応急処置。だが、軍で学んだいずれのケースも今回のわたしの症状にはあてはまらない気がする。

意外にも、わたしの体験に一番近いのはカルト宗教団体が起こした事件だった。ナノドラッグを使って、対象に神秘体験をさせた事件だ。自らの団体に都合の良い記憶を白昼夢のように流しこむ。

宗教団体の事件の他は、とるに足りないオカルト話しか見つからない。

職場にばれたらどうなるだろう？　精神疾患で退職に追い込まれた人間は何人も見て来た。自分がそうならないという自信があったわけではない。わたしも運が悪ければああなるだろうくらいには思っていた。だが、実際になってみたら、予想とはぜんぜん違う。自分では精神疾患という感じはしないし、去って行った同僚たちのように自分が苦しんでいるとも思えない。それとも自分だけが正常だと思いこむ病気なのだろうか？

わたしと相方の仕事はかなり特殊だ。誰にでもできる仕事ではない。残念ながらわたしは相方ほど優秀でないが、それでも特殊な能力を必要とする仕事だということはわかっている。これ以上の出世は望めないだろうが、現在の高いＲｅｐ（評判）値を維持できているのはこの能力のおかげだ。だが、もし、この能力がコピーできるとしたら？　あるいは、もしわたしに代わる人物を量産できるとしたら？

その日は自室でＶＲ書籍を読みながら眠りに落ちた。

昔、地球に優秀な少女狙撃兵がいた。その少女狙撃兵はお気にいりの赤いマフラーをしていたため、敵に見つかって撃ち殺されたという。

世界を無数のわたしが歩いている。

あるわたしは赤いマフラーをしている。べつのわたしは切りそろえた黒髪をしている。べつのわたしはいつもの軍服を着ている。空色のワンピースを着たわたしもいる。どのわたしもここにいるわたしと顔も年齢も身長も違う。でも、こうした人びとはすべてわたしなのだろう。世界はわたしのにおいでむせかえっている。かぎなれて普段はきにもとめなくなっているにおい。当たり前だが、よくなじんで身体に溶け込むにおい。そしてあらためて意識するとちょっぴりうんざりするにおい、だが嫌いではないにおい。

あるわたしは「おうちにかえってきたの！」と他の少女たちに自慢している。少女は軍から休暇をもらって家に帰省したらしい。他の少女たちは帰省したわたしにはなをこすりつけ、「おうちのにおいがする！」とはしゃいでいる。

ほほえましい光景だった。わたしも自然と自分の故郷が思い出された。

荒涼としたカリストの大地は白い綿でおおわれている。厚い氷を割って、たくさんの綿花がカリストの大地に根付いている。綿花はつめたい微風にそよいで、白く大きな頭をいっせいに、だがわずかなずれを生じさせながら、揺らしている。

風にのって遠くから臓物なべのにおいが流れてくる。家に帰れば母はいつもどおりの味のスープを作っているだろう。熱せられたスープの粒子が鼻腔のおくに貼りついて、薄くいろづいた液体がわたしの舌を焦がすだろう。

わたしは上官からのＶＰＮ《ヴァーチャル・プライベート・ネットワーク》で起こされた。明日は普通に出勤するようにとのことだった。夢の中でのわたしの故郷は、母から聞いた故郷の記憶と混じりあっていた。カリストの大地に綿花が咲くはずはないのだ。なぜこんなにも母のことを思い出すのだろう？

翌朝、いつものようにVR戦闘訓練場《コロセウム》に寄ってから出勤した。管制室《コントロールルーム》に入ると、トリンドルが先に席についていた。

「おはよ」

声をかけるとトリンドルはモニターの画面から目を離さないまま「おはよ」と応えた。

「コーヒー飲む？　淹れてあるけど」

コーヒーを淹れるのはいつもなんとなくわたしの役目だ。トリンドルなりにわたしに気を使っているのだろう。

「ありがとう。いただくわ」

「大丈夫？」

トリンドルはコーヒーを渡しながらわたしに声をかけた。廃水のような粉っぽいコーヒーから、湯気といっしょに深みに欠けたにおいが立ち上っている。

「平気よ」

わたしも自分のマシンを立ち上げた。上官からメッセージが来ている。気を引き締めて業務にかかるように書いてある。

わたしとトリンドルの仕事は国軍情報部の管制室《コントロールルーム》で擬似群体《ナノボット・スウォーム》の蝿――一般に普及している蝿型ドローン「スペック」とは似て非なるもの――を操作することだ。機械じかけの蝿、生体そっくりの蝿を用いて、「市民社会のトラブルの火種を事前に消す」というのが仕事だ。よく言えば超小型カメラを大量に用いた治安維持業務である。よその国では、こうした仕事は情報体《インフォモーフ》が担当するらしいが、わたしはひとりの「フラット」として、この任務に誇りをもっている。

いくらナノサイズの群体といえども、「上階」、ここ衛星カリスト上のドーム都市ゲルズでは目についてしまう。これみよがしに蝿がとびまわっていたら悪目立ちは避けられない。だから、わたしたちは巧妙に、しずかに、建物の影や地下通路、人の死角を飛びまわる。死角はすべてリスト化されているし、わたしたちは身体でその場所を覚えている。VRソフトに、蝿の生活を擬似体験するものがあった。見つかってたたき潰されたら負け、一巻の終わりというものだ。わたしたちのやっていることはそれと同じだ。ただ、わたしたちのゲームに終わりはない。わたしたちは自分が見ていると思っているが、じつは見られている。見ることは常に見られる可能性を含んでおり、見ているわたしたちは見られている人物たちと共犯関係にある。

わたしとトリンドルがこの仕事についているのは——情報体《インフォモーフ》にはない——飛びぬけて秀でた認知能力を有しているからだ。わたしとトリンドルは「もの」の形をきわめて正確に記憶することができる。

間違い探しという遊びがある。あれはわたしとトリンドルに対しては遊びにならない。見た瞬間にどこが違っているかすべてわかるからだ。一分前に見たモニターと現在のモニター、壁の磔刑像が五度傾いただけでも、わたしたちはその違いに気づくことができる。そしてそうした映像を何十個と並列して処理することができる。くわえて私たちは、このドーム都市の、地上と地下を網羅した、詳細な地図をもっている。古めかしいモニターを使っているのは、常に大画面で地図を表示しておく必要があるからだ。

初めて友人の遺体を見たときのことを憶えている。小隊が戦闘中に行方不明になり、やがて、小隊の一員と思われる遺体が発見された。遺体は爆発で細かく砕けており、ＤＮＡ鑑定がなされるということだった。

わたしの友人たちはその小隊に所属していた。遺体の一部が見つかったと聞いたとき、わたしも他の人に混じって遺体を見に行った。遠くからでもすぐわかった。それはクライドの左後頭部、首筋の左斜め上の頭皮と髪の毛だった。完全に頭から離れているのに、巻き毛はいつものようにカールしており、そこだけがなんとなくおかしかった。左の後頭部が残った、というのは、爆風は右前方からだったのだろうか。クライドは右利きだったから何か作業をしようとしていたのだろうか。

わたしはボビーの方を見た。ボビーはクライドと仲が良かった。ボビーは神妙な面持ちで遺体を見つめていた。ボビーはクライドの死に呆然としているようにも、その死を受け入れようとしているようにも見えた。

あとで考えれば、実際はそのどちらでもなかった。ボビーはまだその死体がクライドだと気がついていなかったのだろう。

「どこの地点?」

「痛たっ……」

わたしの痛みと同時にトリンドルが反応する。わたしの蠅の痛覚よりトリンドルのメッシュ通信の方がやや早かったようだ。

「どこの地点？」

「A203」

「異常あり？」

「〝台所〟だからたぶん普通の〝害虫駆除〟だわ。後でまた近くのやつを送り込む」

「了解」

わたしたちの利用する擬似群体《ナノボット・スウォーム》には御丁寧に痛覚システムが組み込まれている。もしわたしたちが寝ぼけて異変を見逃したとしても、痛みがわたしたちの眼を覚ましてくれる仕組みになっている。余計なインプラントを埋め込んでいないことで、わたしたちは痛みに敏感だ。そこをうまく突いたこのシステムは良くできている。わたしはときどき自分が本当に蠅になったのではないかと錯覚しそうになる。

蠅の知覚はとりとめのない夢に似ている。映像Aと映像Bはまったく違うところのものなのだが、それはわたしの中で矛盾なく繋がっている。知覚の中では、愛人宅で性交する男の下あごは新しい服を買って喜ぶその妻の笑顔と物理的に隣り合って見える。膣に挿入される陰茎は、わたしの子宮と大腸のあいだにめりこんだ弾と、よく似ている。服を買う妻の隣には、明日のパンについて悩む愛人の母の丸まった背中が見え、母親の背中の隣には、早く帰りたいと思って唇を噛んでいる愛人の揺れる乳房が見える。それは奇妙な一幅の絵画のようにも見える。全く違うことをしている人物たちが並べて描かれ、それぞれはそれぞれの人生を送っていて、自分の隣に家族や恋人の人生があるとは思ってみない。どれほど愛しい人も離れた場所で暮らす他人なのである。

ときどき夢から覚めるとわたしは蠅になっていたな、と思う。あるいはわたしは蠅を操作している間、夢を見ているのかもしれない。

擬似群体《ナノボット・スウォーム》の蠅が狩られると、物理的な痛みが体のどこかに起きる。それは指の先端であったり、後頭部のちょうど真ん中であったり、背中のへその裏側に当たる部分であったり、脈絡もなくいろいろだ。

そして、もう慣れてはいたが、蠅が狩られると、胸がかすかに痛む。物理的にではなく心理的にだ。自分を失ったかのような、かすかだが、はっきりと刺すような痛みが現れる。

思えば、昨日黒髪の女が死んだときの衝撃、あれはこの痛みを強烈にしたかのようだった――。

また、母親の夢を見た。母親はキッチンとベッドしかない丸太小屋で、臓物とオクラの赤茶けたスープを作っている。わたしは丸太のテーブルの前に座る。腐りかけの臓物から鼻の奥にこびりつくにおいが漂ってくる。母親は周囲を飛び回る蠅を気にすることもなく、鍋の中のトマトを潰している。へらで押し潰されたトマトから緑の内臓がこぼれだすのが見える気がした。トマトの青臭いにおいが腐臭の中でさわやかだった。母親が「17分戦争」で死んだのはもう十年も前だったろうか。

「さあ、できた」

母親がそう言って鍋を運ぼうとしている。なぜか母親の周りの蠅が先ほどよりも増えている。母親はテーブルを挟んで向かい側に立ち、そのままテーブルに鍋をおいた。母親は使いこまれた木製のスプーンで、黒みがかった木皿にスープを盛り付けた。

わたしと母は神に祈りを捧げ、スープを口に運んだ。スープを口にすると味よりもまず熱が伝わった。スープの熱が舌から喉に通り抜けると、舌の上で何かが蠢く感触がした。

舌から転がして手のひらに異物を取り出した。背中を緑の金属色に光らせた蠅だった。まだ生きていて、わたしの手のひらをそっと移動している。

「ママ、スープに蠅が入っているわ」

母親はこともなげに答えた。

「気にすることはないわよ。わたしの指だもの。食べられるわ」

あらためて母親を見ると、母は細かな蠅の集合体でできていた。点描を遠くから見ると、点の集合だとは分からないということだ。蠅が母親の周りにいたのではない。母親がそもそも蠅だったのだ。

母親の口が裂けて、口角が軽やかに耳元へ持ち上がった。

「あなたは蠅の娘じゃない」

母の笑顔は確信に満ちて、わたしの動揺をいやらしく喜んでいた。

ああ、そうか。そうだった。わたしは蠅の娘だったのだ。ようやくすべてが腑に落ちた。


次の日の朝はいつもよりさらに一時間早くVR戦闘訓練場《コロセウム》に入った。

試合場の端に対戦相手が見える。今日の敵は蜘蛛だ。VR戦闘訓練場《コロセウム》は人間外のさまざまな敵と戦う訓練のために作られた軍事施設だ。わたしもたまに非人間の側を操作するが、蠅のようにはなじまない。蠅はわたしのコピー、わたしの分岐体《フォーク》であるかのようにわたしになじむ。

わたしの武器はナイフだ。刃渡りの短いナイフは相手に深く近く迫ることを要求される。刃渡りが長い武器を使う相手に対して不利だ。だが、わたしは相手の懐に潜り込む瞬間が好きなのだ。たとえ刺し違えたとしても。

蜘蛛は立ち上がった時の胴の高さが、わたしの頭くらいだ。各足に巨大な爪が二本ずつついている。腹はガードが薄そうだ。下に潜り込んで、腹部から攻撃すれば勝ち目はあるだろう。糸が広がらないうちに突っ込むか？　だが、移動速度はかなり速そうだ。足の移動距離を間違えて、巨大な爪に刺されれば即死だ。

審判の声がする。試合開始だ。

名前を呼ばれて、返事の代わりにおたけびをあげた。今日は声を出すと決めていた。肺の空気を一度すべて出し切りたかった。すべての声が大気の中で掻き消えていく。消える様子、それを確認したかった。

痛みがはしった。擬似群体《ナノボット・スウォーム》に入ってはいないのに。

夢。

暗転したかと思うと、まさしく夢のように、時間が巻き戻っていく。トリンドルが襲撃者を仕留め、はじけた筋繊維を弾丸が逆流していく。体内温度が下がり、熱が引いていく。子宮と大腸の中間にとどまった弾丸が、ゆっくりと身体を抜けていく。

めまぐるしく、フラッシュバックは続く。襲われる直後の光景、そして襲撃者にイメージが同期する。いや、同期したのではない。わたしは、トランスヒューマンではない。「フランケンシュタイン」どもとは違うから。

とすると、襲撃者は、わたしだったのだ。

「わたし」の知らない双子の姉妹、つまり、α分岐体《フォーク》。それが、わたしだった。わたしの姉、すなわち、オリジナル。それを、わたしは殺した。だから、わたしは……。

蠅。

あのとき、死んでいたのは、わたし自身だったのだ。

わたしの身体は取替え可能なものではない。そう、わたしの姉は思ってきた。だが、軍にとっては違った。擬似群体《ナノボット・スウォーム》に慣れすぎた。魂《エゴ》がメルトダウン寸前とまでいかずとも、トラウマをかかえ、「崇高なる業務」には、不適格だと判断されたのだ。再統合の際にバックアップから復元されたデータは、ストレスのないものだった……表層的には。

宙に声を出し切ってから視線を戻すと、審判が苦笑している。蜘蛛に表情はないが、笑っている気がする。わたしも笑った。

吸い込む朝の空気が冷たい。軍はわたしが知らぬ間にわたしの姉妹を作ったのだろうか？　どっちに進んでも痛みは増し続ける。それはわかっている。

蜘蛛の爪が刺さる。最初は肉が押される。あ、と思った瞬間にふとももの付け根に熱が走る。爪が芯にあたり圧迫感が増す。コンマ数秒の抵抗の後、足の骨が切断されて、わたしの身体は急に軽くなる。突き抜けた切っ先が空気に触れる。その瞬間は切っ先ではなく、わたしが息をできるようになる気がする。抜けた切っ先が捻じれると串刺しになった体の重量感が伝わる。刺された体と地面がひきつけあう。

戦いが好きだ。剣を交えて相手を感じる瞬間が好きだ。昏《くら》くなっていく視界の奥で綿に包まれた氷の大地が見える。死ねばわたしは蠅に還れるだろうか？　銀色の　蠅に　なって　氷の　大地に　とけて　いけるか　しら。

NOTE

「Role&Roll」Vol.193（新紀元社、二〇二〇年）掲載の「流れよわが涙、と監視官は言った」は本作をゲームブック形式のソロアドベンチャー化したものであり、簡易ルールも付いて単体でプレイできるようになっています。「Role&Roll」Vol.203（新紀元社、二〇二一年）所収のシナリオ「金星応答あり」では、本書に掲載したケン・リュウ、アンドリュー・ペン・ロマインの小説のモチーフやガジェットが登場します。

本作の初出はネットマガジン「SF Prologue Wave」ですが、本書への収録にあたっては、初出時からクレジットを変更しています。一五〇通近くのメールのやり取りをもって、少しずつ原案を膨らませる形で作業を行ってきたので――とりわけ〈エクリプス・フェイズ〉小説らしく仕上げる際に――結果として岡和田晃の分担割合が多くなった、という経緯がありました。当初は黒衣《くろこ》に徹していましたが、そこで本書の企画が通った段階で、関係者と改めて調整をする必要が生じ、本来のあり方に沿った表記を採ることになったのでした。

そもそも〈エクリプス・フェイズ〉のシェアード・ワールド企画は、二〇一一年に、ゲーム研究者と実作者をつなぐプロジェクトAnalog Game Studies（現在は、安田均・草場純らクリエイターのインタビュー〈日本現代卓上遊戯史紀聞〉を刊行しているボードゲーム読書会@高田馬場という研究会に合流）が――まだ日本語版のルールブックが刊行されていなかった〈エクリプス・フェイズ〉を盛り上げるため――Creative Commonsを利用したファンジンを制作したことで始まりました。

共同制作のプロセスは次のようなものです。まず、ルールに従ってキャラクターを創作し、幾度かのゲーム・セッションを経ることで、「典型的な冒険」のストーリーや、逆にゲームよりも小説の方が向いているのではないかという原案を抽出します。そこから、メールでのキャッチボールを繰り返して情景や内面の描写を小説らしくブラッシュアップしていき、SFとしての設定、〈エクリプス・フェイズ〉の世界観に見合ったものになるのかを調整していく……という流れです。「蠅の娘」と似たプロセスで出来上がった作品としては、義体《モーフ》を着装しない情報体《インフォモーフ》の性愛を扱う「Feel like making love――about infomorph sex」、分岐体《フォーク》を扱う「マーズ・サイクラーの情報屋」といった作品があります。

その後、ファンジンの作品は「SF Prologue Wave」に採録され、同サイトでのシェアード・ワールド企画が本格的に推進されるきっかけとなりました。同サイトの作品や本書には、翻訳チーム有志による監修が入っています。（晃）

用語解説による世界観紹介　その四

木星圏：木星周回軌道周辺の宙域。

フラット：基礎的な状態にある（遺伝子操作を受けていない）人間のこと。標準人とも呼ばれる。

ナノスウォーム：環境に投入された、極小なナノボットの大群。

ナノボット：ナノマシンのこと。

α分岐体《フォーク》：分岐体《フォーク》のなかでも、意図的な記憶削除などの劣化措置がなされていない完全コピーのこと。本人の影武者がひとり歩きするような倫理的問題を伴うため、意図的に劣化させたベータ分岐体《フォーク》の方がむしろ便利な存在として、遠方への出張などに活用されている。

辺境民《ブリンカー》：太陽系の外縁部や、その他の、隔絶していた辺境や僻地、しっかりと隠された場所に暮らす流民のこと。孤立者《アイソレイト》、外縁人《フリンジャー》、流れ者《ドリフター》とも呼ばれる。

代理人《ファクター》：トランスヒューマンと外交使節を交換し、取引する異星種族。仲介人とも呼ばれる。

パンドラ・ゲート：ティターンズが残して去ったワームホールへの出入り口のこと。

イクトミ：パンドラ・ゲートを抜けた先でその遺物が発見された不可解な異星種族につけられた名前。

スプライサー：遺伝する病気やその他の特徴を無効化するための遺伝子操作を受けた者のこと。ジーンフィックスト、クリーンジーンズ、トゥイークスとも呼ばれる。

エゴ・ブリッジ：義体《モーフ》の大脳皮質記録装置《スタック》に収められた魂《エゴ》データを、他の義体《モーフ》にアップロードするための装置。培養液を使ったタンクがある。

エクスサージェント・ウイルス：未知のＥＴＩが作成し、ブレイスウェル探査機に載せて全宇宙に運ばせた、複数の媒介主をもつウイルス。エクスサージェント・ウイルスは自己変容し、コンピュータ・システムと生物学的な生命体のどちらにも感染する。

ＥＴＩ：地球外知性体（Extraterrestial Intelligence）の略。エクスサージェント・ウイルスをもたらしたとされる、神にも比すべき知性を備えた特異点以後の異星人に対してファイアウォールが用いる表現。

（その五、258頁へ続く）

宇宙の片隅、天才シェフのフルコース

アンドリュー・ペン・ロマイン

待兼音二郎 訳

〈エクリプス・フェイズ〉の宇宙では、万能ナノ合成機が普及しており、設計図《ブループリント》さえあれば、自由自在に食料を生み出すことができますが、そんなナノテクノロジーを超えた究極の美食があったとしたら？　しかも、技術的特異点《シンギュラリティ》を迎え、精神（魂《エゴ》）がデジタル化され、肉体（義体《モーフ》）が自在に取り替え可能なトランスヒューマン社会において……。そんな疑問に答えてくれるのが、ずばり本作です。ＳＦ的な未来社会における「タブー」への考察としても愉しめます。本作の日本語版の初出は、「ナイトランド・クォータリーvol.16」（アトリエサード、二〇一九年）。

作者のアンドリュー・ペン・ロマインは、創作ワークショップのクラリオン・ウェスト出身で、『パスファインダーＲＰＧ』（新紀元社）のノベライズ、『クトゥルフ神話ＴＲＰＧ』（エンタープレイン）をもとにしたMeta Arcade社のテキストアンドベンチャー"Cthulhu Chronicles"にも参加しています。近作は、有名ＳＦ系ウェブジン*Lightpeeds* の Issue 110（二〇一九年）に掲載された"Miles and Miles and Miles"や、Green Ronin 社の小説アンソロジーに寄せた"The Mermaid and the Maelstrom"があります。ＶＲを駆使したアニメーション作家としての顔も持つ多才な人物です。(晃)

"Prix Fixe" by Andrew Penn Romine
From *ECLIPSE PHASE AFTER THE FALL: The Anthology of Transhuman Survival and Horror*, edited by Jaym Gates, 2016.

エクストロピアから１１２３ハンガリアまで小惑星帯を航行すること四十日間。それだけ燃料も燃やしたし、ジュール・コルテスのひもじさももう限界だった。胃袋までがぐうと鳴り、彼女は加速椅子から上体を起こして、コックピットの窓のむこう、スローモーションのようにゆっくりと自転するいびつな形の小惑星をひたと見つめた。端から端まで九キロメートル。燃料も人脈も派手に燃やしてようやくここまで来たわけで、いまや小惑星そのものが食べてしまえそうなまでに思える。

「とうとうね。お腹が減ったな」と呟きも漏れる。

［あなたの血糖値レベルは平常ですよ］彼女の支援ＡＩのソスが、中性的な声でささやく。

「あんただって腹ぺこでしょ。すぐそこに伝説のシェフがいるともなれば」

伝説のシェフというのは、トランスヒューマン時代の超セレブシェフ、ヴォルカン・バトゥークのことだ。ある時消息を絶ち、死んだといわれていたのだが、ジュールはとうとう彼を見つけたのだ。果てしない漆黒の宇宙に浮かぶちっぽけな星屑に隠れ住むその人を。

［私が空腹になることはありえません］ソスがたしなめるように言う。前回ファームウェア・アップデートをして以来、この支援ＡＩはやけに皮肉っぽく絡んでくるようになった気がする。

小惑星の地表上には小規模な構造物の集まりが見てとれる。操業をやめた採鉱施設で、鉱物の埋蔵量がたいしたことないと知った運営企業が放棄したものだ。でも、身を隠すには理想的なロケーションかもね。ジュールはそう胸につぶやいた。

１１２３ハンガリアはコール・バブル型のハビタットで、自転軸に沿って洞窟のように内部をくり抜くことで、弱い重力が生み出されている。宇宙船のセンサー群が電力発生源の探索をつづけていた。そこに甲高いアラームが鳴り響き、目標追尾レーダーがロックオンされたことがわかる。

「いまは邪魔されたくないってことだったらどうしよう?」ジュールは胸のつかえを口にしながら、メッシュで拾ったパスコードの〝送信〟をタップした。あれこれの手がかりの謎を順々に解き、いくつものゴーストアカウントにたいそう金をつぎ込んで何カ月か粘ったはてにようやく招待されたのだ。すべてが手の込んだいたずらだったなんてことだけは勘弁願いたい。

「ですが、それならどうしてはるばる我々を呼び寄せたのでしょうね?」

無線機のチャイムが鳴った。

「宇宙船ペッパーコーン、着陸指示に従ってください。進路から逸脱することのないように」

「どうやらバトゥークの声みたいね」補助ロケットを噴射してペッパーコーン号の進路を1123ハンガリアの自転に合わせようとしながら彼女はいう。開いたハンガーがさっと視界に飛び込んできて、エメラルド色に点滅する信号灯がちらりと見えた。

「声紋判定も一致の可能性が濃厚と出ました」ソスが請け合うようにいう。「とうとう、尻尾を押さえましたね」

「そうね」思わず口元がほころぶけれど、期待と不安が混ぜこぜだった。この支援AIの手助けがなければ、火星からはるばるここにたどり着くなんてできなかったろう。超セレブシェフがどうやら死んだことをめぐる陰謀論の応酬のただ中にあって不安で張り裂けそうな彼女の胸にせめてもの平安をもたらしてくれたのがソスの分別ある励ましだったのだ。

バトゥークのレストラン〝トリマルキオ〟は、かつては火星を周回するハビタットにあった。火星の輪郭に重なるように見えるほどの惑星近傍を周回するハイパーエリート向け超高級ハビタットの一角で営業していたのだ。金と権力と、目がくらむほどのRep（評判）値に恵まれた者でなければこの店の予約リストに名を連ねることはできなかったし、たとえそこまでがクリアできても、そのうえ一年も待たされるのだ。しかもバトゥークの料理レシピは、さんざんコピーされてもいた。そこそこの万能合成機さえ手元にあれば、グルメ垂涎のポレンタ皮のエノキ包みや、豚バラ肉のスフレの肉汁かけといったバトゥークならではのレパートリーも簡単に複製できてしまえるのだ。

ジュールも少女から思春期を迎え、大人に近づいていくなかで、《プロスペリティ・グループ》（バトゥークの筆頭スポンサーでもあるハイパーコープ）製のEZプリントを駆使して、それこそフルコースを複製してきた。けれども、十五歳の誕生日の記念にジュール・コルテスがねだったのは、本物の〝トリマルキオ〟で食事をすることだった。両親ともに《プロスペリティ・グループ》の重役という七光りも手伝って、ジュールは超高級レストランの予約リストに名前を加えることができた。

ところが、予約の日の一週間前になって、〝トリマルキオ〟のキッチンで爆発がおき、ハビタットの与圧が抜けて、上流階層の食事客たちは真空の宇宙空間で散り散りになってしまった。店の火災は事故として処理され、食事客たちが新たな義体の再着装を済ませてしまえば、被害もさしたるものではなかった。しかし、回収できなかった魂もあり、ひとにぎりの熱心な店のパトロンたちと、シェフのバトゥーク本人がそこに含まれていた。

そしていま、ジュールは超セレブシェフがじつは生きていたことを実証できるだけでなく、彼の伝説のレストランでの待望の食事を、ようやく堪能もできるのだ。


―――


ペッパーコーン号が着陸ハンガーにすべり込むと、アンビリカル・ケーブルがくねくねと、ドッキングをするために伸びてきた。エアロック群が開閉していく重たい金属音に続いて、気圧調整のシュウという音も響きわたる。ジュールがハッチに手をのばすうちにも、鼓膜がかるく張るのがわかる。

［準備はよろしいですか？］

「なにそれ、［冗談？］」彼女は微笑む。エンドルフィンが湧き上がり、神経の高ぶりもすっかり消え去っていた。それももしかすると、エクストロピアでハイバノイド義体を着装して航行中ずっと眠っていたことの余波なのかもしれないけれど、同時にジュールは目眩もしていた。

むっとよどんではいるが、呼吸には支障のない空気が立ち昇ってくる。直径の太いアンビリカル・ケーブルが、ファンタジー風の体験再生（XP）に登場するよだれを垂らした野獣の食道さながらにびくんびくんと動く。

なのに剣のひとつも持たないなんて、という声がする。彼女の独り言だったのか、それともソスの忠告か、自分でもよくわからない。

ジュールはアンビリカル・ケーブル内部のはしご段をしっかり握って下りていき、半球状の広間に降り立つ。

ぽつんと独りの人影が、広間で彼女を待っていた。すらりと痩身だが肩幅の広い男性型のエグザルト義体で、黒い髪を短く刈り込んでいた。そして何やら物言いたげな、鋭い眼差し。シェフのヴォルカン・バトゥークの笑顔には固さもあったが、それが傲慢さよりは愛嬌をにじませる方向に働いていた。しかもおまけに、ジュールがメッシュ検索でたどりついたフィードで見かけたいちばん最近の映像と比べてもいっそう痩せて、一段とハンサムになってもいた。バトゥークの視線はジュールからアンビリカル・ケーブルへ、そしてまた彼女へと目まぐるしく動き、にこやかさもしばらくの間失せていた。

「予想していたあなたのイメージと、すこし違ったものですから」と、バトゥークは神経質そうな笑い声を立てた。言葉のかすかな抑揚に、内心の困惑がにじんでいる。

「あら、どんなのが現れると思っていたの?」ジュールが片手を差し出すと、シェフはその手を取った。彼の掌は乾いて、ほんのり温かかった。はちみつとムスクの香水が混じったような匂いがする。

「外部メッシュにアクセスできません。ですが、ローカルのPANはあって、いくつかのゲストコードが利用可能です」そういう心配はソスにさせておけばいい。

「うまく表現できないのですが、《プロスペリティ・グループ》の暗殺チームとでも言っておきましょうか?」

「まさかあ。あたしはただの熱烈なファンよ、シェフ。誓ってもいいわ」ジュールは軽やかに笑う。性格の厚かましいところが出てしまった。

「それで、念のためにお名前は？」バトゥークは片眉をつり上げた。

「あら、ジュール・コルテスよ。お招き、光栄の至りだわ、シェフ」

「コケインへようこそ、ジュール・コルテスさま。そしてまた、私の謎かけを見事解読なさったことも、おめでとうございます」

「支援ＡＩがずいぶん手助けしてくれたから」と、ジュールは正直に認めた。「ほんとうよ。最初から最後までソスがやってくれたようなものだわ」

「ほう。ですが、どうして私を見つけようとなさったのですか？」バトゥークの眼差しに力がこもり、口元が不機嫌そうにひくつく。まさか、怒らせてしまったのか？

「とにかくお腹がぺこぺこなのよ！」ここで絶妙なタイミングで胃袋が鳴った。

バトゥークがぷっと噴き出し、喘息さながらの勢いで笑い続ける。それで一挙に緊張がほぐれた。

「さあ、こちらにいらっしゃい。先ほどの怪物に我々ふたりが丸呑みにされてしまう前に」バトゥークは手ぶりで、通路の先を指し示した。

「レーザー誘導式レールガンが、どうして天井にあるのかを訊ねてください」ソスが小声でそう告げてくる。

いまは黙ってて。ジュールは声にださずにそう答えた。

バトゥークはジュールをうしろに従えて清潔だがほの暗い明かりが灯るばかりの通路を順々にたどり、小惑星の内部空間の地表上にハビタットのドーム群が乱雑に密集する地点までやって来た。明かりとりの小窓越しに、巨大な空洞になった小惑星内部がちらりと見える。太陽光を反射する鏡が棘のように並び、そこに人工照明群が加わることで、内部空洞ぜんたいにもやのかかったような黄ばんだ微光を浴びせかけていた。ただ残念なことに、南極の周囲を囲む巨大な窓がことごとく打ち破られていて、内部空洞は真空に凍てつく荒野になっていた。

「もうほとんど使い道がないのですよ」嘆きをもらしたジュールに、バトゥークは述懐するようにささやいた。

「修理だってできるはずよ。それから食材を育てればいいのよ!」そう言ううちに、ぱっとアイデアが浮かんできた。「そうすればもう、培養槽の肉なんかに頼らなくてもよくなるじゃないの」

「家畜には膨大なコストがかかります。この私にもまかないきれないほどのコストが。それに私には、その方面の才能もてんでないですし」そう言ってドアを手で開けたバトゥークの目は、詮索の光を帯びていた。

ジュールはどうにか落胆を悟られまいとした。超セレブシェフと呼ばれる人々は、いつでも珍しい食材に興味津々であるはずだ。たぶん、考えを改めるようにバトゥークを説得することもできなくはないだろう。

ドアの向こうは、作業員宿泊棟の大部屋だった。カウチに大型のビド・スクリーン、エクササイズ機器といったお決まりの家具調度が中央に置かれているまわりを、三段ベッドと衛星ポッドの組み合わせがぐるりと環状にとりまいている。採鉱施設が稼働していた頃には、この大部屋ではたぶん少なくとも二ダースの労働者が寝泊まりをしていたのだろう。眠りこけ、遊びに興じ、それから現場に働きにでるという規則正しい毎日のシフトの切り替わりごとに、ひとつのベッドを何人かで代わりばんこに使っていたのだ。それがいまや、ジュールとバトゥーク以外には誰の姿もなさそうに思える。

「こんな施設で申し訳ありません。私がウェルカムミールの支度をする間お待ちいただく用に足りればよいのですが」バトゥークは決まり悪そうに言い、ジュールはそんな彼を抱きしめてやりたくなる衝動をどうにかこらえた。

「すてきな部屋じゃない。ほんとよ、シェフ」

「お言葉ありがとうございます。では、すぐにお迎えにあがりますので」バトゥークが大部屋から出ていき、ドアが音もなく閉まった。

「私たちがいることで、バトゥークはそわそわしていますね」ソスが意見を述べる。

「無理もないわよ。彼は死んだことになっているんだもの」

「ところが彼はその一方で、招待状を探せば見つかるようにもしているわけですよね」

ジュールがため息をつく。「ソス、いつからあんたはそんなに疑り深くなったの?」たしかに彼女だって不安に思わないわけではない。けれど、ソスに当てた最後のパッチには、やっぱりバグがあったようだ。火星を出航した日からこのかた、この支援ＡＩの言動はどこかおかしい。外部のメッシュにアクセスできる機会があったら、もう一度忘れずにアップデートをしようと心に留めた。

「いいですか、セレブシェフにのぼせたお嬢さん。今度は、背中に目をつけておいてくださいよ」

「そのためにあんたがいるんじゃないのよ、ソス。ローカル・メッシュの調査で、なにか収穫はあったの？」

「ええ。基本情報の範囲内で、取り立てて目を惹くものはありませんでしたが」

「わかったことを教えてよ」

ふかふかのカウチにジュールが身を落ち着けると、ソスはローカル・メッシュを彼女のエンドゥにつないだ。すると眼前にあらわれたのは、小惑星１１２３ハンガリアのさまざまなハビタットの簡略見取り図で、そのほとんどが電源供給を断たれていた。ということはもしかすると、自分以外にこの小惑星を訪れたゲストはこれまでひとりもいなかったのだろうか。ジュールは表示をスクロールして、採鉱企業による小惑星内部のテラフォーミング設計デザインを確認した。なるほど、彼らは、この内部空洞を緑でいっぱいの楽園にしようとは思い描いていたわけだ。あるいは、このジュールがその夢を作り直すこともできるのではないだろうか？　もちろん、あのバトゥークの手も借りることで。

それからの一時間を、あれこれのアイデアをこねくり回すことでジュールは過ごした。本物の植物ではないにしても、北極から南極までいちめん緑に覆われた楽園をつくるのだ。そこでは家畜が放し飼いにされていて、低重力にも適応できるように遺伝子改良されたイカなんてのもどうかしら？　古い地球の野牛が毛むくじゃらの風船のように跳ね回るさまを思い浮かべて、思わず彼女はくすくす笑った。いや、それより何より、尖塔のようにそびえ立つ岩がなくては。バトゥークの新しいレストランは、その岩に作られるのだ。

空想にすっかり夢中になるうちに、ジュールは時間が経つのを忘れていた。

「こんな服じゃバトゥークのディナーに行けないわ！」ジュールはフライトスーツのすり切れたポケットを引っ張りだした。しかし幸いにも、この作業員宿泊棟にはキッチン据え付け型の万能合成機がある――ＰＧ社の旧式モデルだ。ジュールは利用可能なパターンから選んで、銀色に輝くドレスをつくり出した。赤い布地のうえに、銀色の糸がアンティークなパターンを描いてきらめく。時代遅れのスタイルなのかもしれないけれど、それでもかまわないとジュールは思った。

「どう？　似合う？」

「ええ、絶妙に」ソスがまじめくさった口調で言う。

「もっとしゃきっとしなさいよ。少しは楽しもうって気にならなくちゃ」

「ステーションの構造図をずっと眺めていたのですが」

「それで？」

ドアのチャイムが会話をさえぎる。

「続きは後にして。ここがいかれた場所だってことはよくわかるわ。でも、めったにないチャンスであるのも確かよ。だから、あんたがしっかり見張っててちょうだい」

そう言ってジュールはドアをあけた。バトゥークが口の片端をつり上げた笑みを浮かべて、そこに立っていた。

――――

迷路のような通路をたどって、中央司令室だったと思われる部屋にふたりは入った。バトゥークは中央の制御盤をステンレス製のゆるやかな曲線を描く大テーブルに置き換えていた。〝トリマルキオ〟のプライベート・テーブルのひとつのレプリカだ。とりどりのデザインの椅子がテーブルを囲み、背もたれは衛生的なメッシュ生地になっている。低重力でも快適に食事を楽しめるように、シートベルトや肘掛け、把手などがついていた。

いや、そんなことより、テーブルに並べられた色とりどりの料理だった。ジュールの心をわしづかみにし、涎を湧き上がらせたのは。

大皿やボウルがテーブルを埋めつくし、湯気をたてるスープやシチュー、培養槽肉の大きなステーキ、冷製プディングが視線を誘う。ボウルに盛られたライスは真珠貝の光沢を放ち、半ば埋もれた野菜は色とりどりの宝石のようで、花柄模様のダイヤモンド製ゴブレットから注がれる紫色のリキュールのなかを銀色の小エビが泳ぐ。食べられる光子が綿菓子の渦巻きのようになってとりどりの料理を覆い、虹色のきらめきを注いでいる。どれもこれもが、バトゥークの十八番のメニューだった。真珠艶ライス、銀色小エビのガーリック炒め、宇宙線のスープというような品々のなかに、彼の定番の絶品料理豚バラ肉のスフレの肉汁かけももちろんあった。妙音クリスタルの取り皿に、運動感覚チョップスティック。すべての準備が万端だ。

［この場所からはペッパーコーン号に最小限のアクセスしかできません］ソスが警告する。

心奪われて口を半開きにしたジュールには、支援AIの言葉もうわの空だった。

「シェフ。あんまり感激して、どう言っていいかわからないわ」ジュールはうめいた。

「それなら、『いただきます』などはいかがですか？」

［料理の毒味をさせてください］と、ソスが割り込む。

ジュールはうなずき、椅子にかけて箸を取り上げた。接続が確立したことで、低周波の振動が背筋をぞわぞわ這い上がってくる。ステータスライトがエンドゥに灯る。串焼きの肉を、彼女はつまみ上げた。

［それは安全です］

ひと切れを舌にのせる。培養槽肉に違いなく、たぶんPORcだ。網状の焼き目がついて、緑色のペーストが詰められている。最初はがっかりしかけたが、噛みしめるうちに、旨味が舌で炸裂し、ハーブ香る後味が口に広がった。ハイテク箸が、味覚と運動感覚を同調させてくれるのだ。快感が、喉の奥から指先にまでピリピリと走る。

「最高にすばらしいわ」ジュールはため息をついた。

彼女はお行儀よく箸をすすめながらも、すぐうしろにバトゥークが立っている気配を意識していた。じっとこちらを見つめているのだ。彼女がひと噛みするごとに、凝視の鋭さが増していく。ボウルに盛られた艶光りするライスを彼女は平らげ、綿菓子状の光子もあらかた食べてしまい、ゴブレットに注がれた目眩のしそうな紫色のワインもごくごくと三杯飲み干した。

「よっぽどお腹が空いていたのですね」

ムゥー、アァグゥ、フムウー、ズルズル……。

彼女が音をたてて料理をむさぼっていることは、シェフからすれば思うつぼだった。言葉をかけてほしいという意味になるからだ。けれども、風味が口のなかで鮮烈に踊り、触感がせせらぎの心地よさで押しよせるなか、ジュールが思い浮かべたのは別の何かだった。ダイヤモンドの硬さの八面体が喉に引っかかっているさまを彼女は想像した。ひりひりする鉄の味がするものだ。

えっ、がっかりしているの？

バトゥークの顔つきは、あなたの考えが手にとるようにわかると言わんばかりだった。

「料理の味はいかがですか？」シェフが訊ねる。

「とってもおいしいわ」泡状に膨れていくキノコを口いっぱいに頬張りながらジュールは答える。それを飲み込むと、体内インプラント群が甲高いアリアを口々に合唱しだした。たしかに料理はすばらしい。とはいえ自宅の万能合成機を使ったとしても同じくらいのものは作れるだろうし、触感や音の刺激はなくてもよいのだ。強い刺激でズキズキする状況で、バトゥークの子羊の狂星風を真に味わうことは難しい。

バトゥークが顔を近づけてくる。ジュールは「おいしいわ」とくり返した。

シェフが心なしか眉根を寄せる。怒らせてしまったのかしら？　ジュールは料理評論家ではないが、すでに評価の言葉を心のなかに並べていたのだ。孤独がよくないほうに働いてか、それとももっと悪い事情があってのことか、バトゥークの料理は過大評価をされてきた。彼女は箸を置き、話題を変えた。

「シェフ、どうしてあなたは1123ハンガリアくんだりまでやってきたの？」

眉間の皺が深くなる。詮索されるのはもううんざりだと言わんばかりに。

「私が〝トリマルキオ〟でしていたのは、家に万能合成機さえあれば真似のできないことではありません。そんなところに、レシピの流出が起きたのです。秘密はいつか漏れるという世の習いどおりに。《プロスペリティ・グループ》は、私との契約に金でけりをつけて、私に似た義体を別のシェフに着装させて、伝説が色褪せずに続くように画策しました。そんなの信じられますか？　そこで私は、あらゆるバカ騒ぎから手を引くことにしたのです」

「トリマルキオを爆破することで？」ジュールはうっかり言い過ぎてしまった。

「逃げ出せる機会を利用したまでですよ」バトゥークが顔を赤らめた。「私が死んだことが大々的に報道されれば、ＰＧのやつらもペテン師に私の皮をかぶらせようとは思わないでしょうから」

「狙い通りになったわけね。でも、あなたの人気はほんとうに根強いのよ」ジュールがライスの残りをつつきながら言う。「でも、あなたが飽き飽きしていたのなら、どうして同じ料理を今ここで作っているの？」

バトゥークの眼光がぎらつきを増し、ジュールは凱歌に顔を火照らせた。

「あなたは何かに挑もうとしている」いまや興奮が不安感を圧倒していた。「だから、あたしみたいなファンのために招待状を仕込んでくれたのよね。あたしが力になれると思うわ、シェフ。

いくつか温めているアイデアがあるから」

バトゥークは彼女と差し向かって腰をおろし、誰かが聞き耳を立てていると言わんばかりに周囲を見わたした。

「どうやら、あなたは信頼できそうだ」とシェフはささやいた。「ですがその前に、いくつか質問をさせてください」

「もちろんよ」はかりごとを打ち明けるような相手の口調に、ジュールは嬉しくなった。

「私に新作があるとしたら、試してみる気はありますか？」

食感と連動した料理とはてんで関わりのないうずきに、ジュールは全身が火照るのを感じた。

「ええ、どんなものでも」と、ため息をつくように言う。勝利の味が舌にみなぎっていた。

ジュールは室内を行きつ戻りつしながら、コケイン・ハビタットの事業プランを吟味検討しつづけた。バトゥークが今夜のディナーに招待してくれたので、その場で計画案を並び立てるつもりでいた。彼には聞く気がありそうだった。ジュールが口にのぼせるあれこれの案を、ソスが義理堅く記録していく。ありがたいことに彼は、口も挟まずに作業に没頭してくれていた。

「南極の破孔を修復するのは大仕事だけど、技術的に不可能なことではないわ。そうして再加圧ができたら、次は土壌に繁殖力旺盛なナノスウォームを目いっぱい投入して、自給自足の環境づくりをする。それでね、ソス、次にメッシュに接続できたら《テラジェネシス》社の最新テラフォーミング・カタログをダウンロードしたいんだけど、忘れないようにスケジューラーにチェックを入れておいてくれない？」
［ジュール］ソスの声が、赤道一帯に家畜を放牧してはどうかという空想から彼女を現実に引き戻した。［ディナーの前に、ペッパーコーンにいったん戻ることを提案します］
「なんで？」バグが再発したのかと不安に思いつつ、彼女は訊いた。
［土壌のデータベースにエラーがあります。宇宙船にバックアップがありますから］
いったい何が言いたいのだろう？　前とは違うバグなのだろうか？
「ここでダウンロードはできないの？　ローカル・メッシュにつなげば――」
［いえ、無理です］
「それって、前に言いかけたことの続きなの？　構造図がどうこうって」そう答えるうちにも、妙な不安感がぶり返してくる心地がした。
［取り越し苦労かもしれません。ですが、宇宙船に場所を移したほうが、うまく説明できますので］
不安はあったが、ソスがふびんに思えてきて、エアロックまでの道順を逆にたどることにした。このハビタットに到着した時にもっと注意深くしていればよかったと今さら後悔をしたけれど、憧れのセレブシェフに初めて会ってからの目まぐるしい展開のなかで、そういったことはソスに任せきりにしてしまっていたのだ。そうするべきではなかったのかもしれない。エンドゥにオーバーレイ表示されるナビゲーションが指し示す薄暗い通路群は見覚えのないものだった。空気が

むっとよどんでいる。
「道が違うわ」冷たい汗が腰のくびれに流れ下る。
［遠回りになっていますね。コケインの構造図上のデータ点を測定しているところです］
ジュールはしぶしぶ経由点をたどってすすみ、代わり映えのしない隔壁ドアのひとつの前まで来た。
「もうっ、ソスったら」ドアの直前で彼女は立ち止まる。「いったいどうしちゃったのよ？」
［不可解ですね。公開図には施設のこの一角が載っていません。私がおかしな道に踏みこませてしまったようです］
「バトゥークは、真空につながるハッチをお客さんがうっかり開けることがないようにしたかったんじゃないの？」そうは言ったが、通路の薄闇のなかでドアのキーパッドがエメラルド色に光っていることにジュールは気づいた。ドアは施錠されていなかった。
［ですが、多くの電源経路がここを通っています。生命維持システムもです］
「また別の作業員宿泊棟ってことじゃない？」
［どうにも不可解です。ドアの向こうに何があるのでしょうね？］
「それならバトゥークに直接訊けば――」と言いかけて、このハビタットには他の人たちもいて、コケインの再開発プランをそれぞれの胸に温めているのではないかとふと思い当たり、何やら姤ましくなってきた。ジュールはドアの開閉ボタンをいらだたしく押した。
しっとりと暖かい空気が通路に流れ込んできて、医療現場のような芳香が鼻をくすぐる。そしてけたたましい機械音の重奏が耳を騒がす。ドアの向こうは広い部屋で、中央に幅広の通路がのびていて、機器の操作パネルがぼんやりした灯りを投げかけている。その通路の両側には義体孵卵用培養槽が列をなしていて、成熟した肉体がゲル状の疑羊水のなかを浮遊している。サイバーブレインのポート類が露出していることから、ＡＩがインストールされる前のポッド義体なのだろう。

［ひとりの魂のための義体にしては、やけに数が多いですね］とソスが言った。

「そんなのってないわ」ジュールが呟く。バトゥークを最初に訪ねたのは自分ではないと判明したことで、膨れ上がった計画案が風船のように萎んでいく。

培養槽の並んだ通路の奥で、影のように黒いインクが天井から滴り落ち、培養槽のひとつの筒状のガラス面を伝い流れる――かに思えたものの正体はオクトモーフで、黒いつなぎ服を身にまとっている。知性の光の宿ったその目は、どこか見覚えのあるものだった。とぐろを巻いていた触腕をほどいて、培養槽を愛おしむようになで回している。見つめるうちに、じわじわした不安感が恐怖になって燃え上がった。彼女がおののきながら身を引くと、ドアが風切り音をたてて閉まった。

「もうたくさんだわ。宇宙船に行きましょう」

［賛成です］

宇宙船ペッパーコーン号に戻る最短経路の経由点をソスが表示する。

「でもあれ、蛸の化け物めいた不気味さはちっともなかったわね」ジュールはドッキング用のアンビリカル・ケーブルに急ぎ足で向かいながら、喘ぐように言った。「あたしたち、あのオクトモーフに見られたと思う？」

［わかりません。ただ、バトゥークがここに独りきりでいるのではないことは判明しましたね］

「死体になったっぽい他の食事客のこと？　たぶん、全員エゴキャストで逃げ出したってことよね？」

［それを確かめる方法がひとつあります］ジュールがドッキング用のアンビリカル・ケーブルにたどり着き、ペッパーコーン号へとはしごを登りはじめたところでソスが告げた。

「今夜のディナーってことね」

［なにか大きなたくらみを彼は抱えているに違いありません］

ジュールがコックピットに入ると、ソスは宇宙船にじかに接続してはと言い、エゴ・ブリッジを指し示した。彼女は接続コードの太い束に指で触れながら、不安に駆られた。魂のバックアップを取れということなのか？

「ソス、最後のファームウェア・アップデートをしてから、あんたおかしいよ。そろそろ、理由を教えてくれてもいいんじゃないの」

支援ＡＩらしくもなくソスが答えをためらっているのが、ジュールに伝わってきた。

［データの破損です］

「データの破損？　どうしてもっと早く言わないのよ？」ジュールは顔をしかめる。嘘の響きを感じたからだ。支援ＡＩが嘘をつくなんてあり得ないはずだ。

「ですから、バックアップを取ることをお薦めしているのです」

「言ってる意味がわからないわ。あんたを再起動してみようか？」

「どうか、それだけは！」ソスは慌てた口調で口走ってから、落ち着きを取り戻した声でこう続けた。「ディナーの後で、診断プログラムをくまなく実行しますので」

「それがいいわね」とジュールは言い、後頭部がエゴブリッジに触れるところまで上半身をうしろに倒した。

データ転送に伴うノイズで頭蓋骨がビリビリ震える。ひときわ大きなノイズに視界が一瞬ホワイトアウトする――いや、一瞬どころか、永遠と思えるまでに。ジュールは上体を起こした。頭がまだズキズキしている。

「痛いっ！　いったい何なのよ？」

「船の万能合成機でちょっと工作をしていたのですよ、ジュール」

中央コンソールにはめ込まれた携帯型の合成機に緑色のステータスライトがちかちか灯っている。それからしばらくして、完了のチャイム音が鳴る。ジュールが上蓋をあけると、《ダイレクト・アクション》社製のクライト35、銃身が寸詰まりになったオートマチックピストルができていた。

「ソス！」

「今晩のディナーに持参してください」

「何のために？」

「隠しやすいピストルですから」ジュールを無視してソスは続けた。「使わずに済むことを願うばかりですが」

「あたしはね、バトゥークをひっ捕まえて賞金を稼ぐエゴハンターなんかじゃないのよ、ソス！」

彼女の言葉の余韻だけが気まずい静寂のなかをただようちに、疑念が確信に固まっていった。

「まさか、あんたがエゴハンターってことなのね。あたしのソスじゃなくて」

「彼は危険人物なのですよ、ジュール」

怒りに彼女の総身が震える。

「何が言いたいの？　あんた、ＡＧＩの一種なの？　それとも情報体なの？　誰があんたをあたしの脳内に埋め込んだっていうのよ？」支援ＡＩは彼女のどんな想念も、心の奥底にある彼女の素顔も知っている。ばかな。他の誰かにすべてが筒抜けになっているなんて。

「申し訳ありません。お詫びをしなければなりません」

「マナー違反、エチケット違反もいいところよ」

「あなたをお守りしたいんです」

「あたしの頭脳に侵入したＡＩに言ってやって。クソ馬鹿野郎って」

ソスがため息をつく。

「あなたが怪我をするのを見ていられない人も世の中にはいるのですよ、ジュール」

ジュールは動揺しながらも、万能合成機からピストルを引っ張りだした。たぶんソスをシャットダウンして、よけいなお節介を遮断してから次に打つ手を考えるべきなのだ。ただ、彼女の支援ＡＩはわずかな選択肢しか残してはくれなかったし、注意を怠るなというソスの忠告も間違いではない。

「あなたが傷つくのを見たくないのです」ソスはそう言い、ピストルを隠し持つのに好都合ないくつかの衣服を彼女に提示した。

「ええ、そうでしょうとも」牙を剥いて唸る野獣さながらの荒っぽさで、ジュールは答えた。


――――


バトゥークは八時きっかりに戸口に現れた。午前中と同じ黒い襟なしジャケットのスーツをまとっている。スーツには皺ひとつなく、髪も完璧にセットされていた。シェフはジューのいでたちに、無言でうなずいて賛意を示した。赤いフレアスカートに、取付位置を変えられるいくつかのポケット――ファッショナブルでありながら、実用性も兼ね備えている。ピストルは太腿にストラップ留めした上で、トップがめくり返されたオーバーサイズのロングブーツも隠蔽の助けになるようにしてあった。

バトゥークは、琥珀色をしたスパークリングリキュールを満たしたフルートグラスふたつを持参していた。グラスにはインクを注ぎでもしたかのように、濃淡のグラデーションが揺らめいている。それを見つめるうちにも、ジュールはなにやら胸騒ぎがしてきた。

「歩きながら飲みましょうか?」

「そうね」ジュールはそう答え、グラスをつまみ取った。このシェフはどこまで細かく自分の動きを監視してきたのだろうか。培養槽が並んだ研究室を垣間見たことをつかんでいるのか?

それからもしかして、ピストルのことも？　自分が浮かべた怒りの涙もカメラにとらえられてしまったのか？　リキュールは土っぽい味がして、黒はちみつの風味が舌に広がった。そして後味には苦みがあった。

「シェフ、ひとつ質問があるの」あのダイニングサロンへと通路を歩きはじめてすぐに、ジュールはそう言った。

バトゥークは顎をしゃくって肯定を示した。

「このコケインには、他の人たちも滞在しているんでしょう？」質問というよりは同意を求める口ぶりになってしまったが、お淑やかにしていられる状況ではなかった。

「ええ、そうです」シェフは認めたが、浮かべた笑みには固さがあった。

「どうして着いた時に教えてくれなかったの？」

「お客さまを不安にさせないためにはそれがベストだと学びましたので」

ジュールはせめて、口調だけはうち沈んだものにならないように努めた。「どの人も、大がかりな計画案を携えてあなたを訪ねてくると思うんだけど、どう？」

サロンのドアの前で、ふたりは立ち止まった。

「滞在型複合リゾートということですか？　農場にホテルに、私の新メニューという」疲れたため息とともに彼が言った。

「火星よりもこの小惑星でのほうが、あなたのレストランの特別さが輝きを増すのだと思うわ」

「私は今でも、たいへん特別なお客さま方に給仕をさせていただいていますよ、ジュール。〃トリマルキオ〟時代とは違って、大衆受けする味を追求することはやめたのです」バトゥークの表情は平穏だったが、その口調は熱を帯び、初対面では感じられなかった傲慢さがにじみ出ていた。

「ひとつ訊いていいかしら――」

バトゥークが傷だらけの片手をあげる。傷は職業柄のものなのか、それとも、わざと見せつけるためのものなのか、どちらとも判じかねた。

「質問はもううんざりなんですよ、ジュール・コルテス。本気で私のパトロンになる気があるのかないのか、どっちなんですか？」シェフの怒りはもはや誰の目には明らかだった。ピストルが太腿の肉にはさまる。なんだかんだで自分の面目も潰したし、バトゥークの顔にも泥を塗ってしまったのだ。ソスのよけいなお節介のせいで、何の手がかりもない真空中に放り出されてしまったのだ。

「あたしの望みはひとつだけ。昔も今も変わりはしないわ。あなたが調理してくれた本物の料理が食べたい。ただそれだけなのよ。再中古の万能合成機が吐き出すものじゃなく、体験再生（XP）でもなく、どんなまがい物でもない本物の味を」

バトゥークが前かがみになっていた背筋を引き戻した。きつく寄せられた眉根の下で、かすかな笑みに口元がほころぶ。

「あなたには違いがわかると。その自信がおありなのですね」

ジュールはうなずき、言葉が相手に届いていることを願った。

「いいでしょう。ここコケインで私たちがしようとしているのは、食にまつわる固定観念をすっかり振り捨てることです。我々はトランスヒューマンなのですから！　過去は背後に置き去りにして、美食の概念を更新しなければ」

［ジュール］ソスの声は切迫していて、ひどくノイズまじりだった。［シェフは妨害電波を流しています］

支援ＡＩの言葉をジュールは無視した。よくない事態になったら、その時はピストルがあるのだ。

「料理を見せてよ、シェフ」恐怖心と空腹で、彼女の声は震えた。

バトゥークはうなずいてドアを開け、ジュールをダイニングサロンに導き入れた。

二体の中性的な生体義体がテーブルに仰向けに横たわっていた。どちらのスキンヘッドからも接続ケーブルがのびて電線の束に、そして回転音を立てる機械へと繋がれている。ふたりの頭部には脈打つインプラント群が列をなして刺さり、まるで奇怪な後光のようだ。片方の義体が首を回してジュールを見つめ、この世ならぬほど美しい笑みを浮かべる。指先が寄せるさざ波のように丸められていき、ジュールは胸が悪くなった。

あの禍々しいオクトモーフが波間をただようようにサロンに入ってくる。吸盤のついた触腕を大きく広げて、十数本もの注射器を棘のように並べている。それを見せびらかすかのようにテーブルに近づき、両方の義体の腹部に、ぎらつく針先を次々に突き立てていく。

すると今度は、ルーベンスの絵に出てくるような男女二人組のエグザルト義体が別のドアからサロンに入ってきた。肥満体の男のほうは銀色のタトゥーを全身に刻んでおり、女のほうはたるんだ頬をして、だらしなく開いた下顎を小刻みに震わせていた。どちらも飢餓感の炎を瞳に宿して、ナイフやら何やらの食器を握りしめている。にんにくの油炒めやナツメグの刺激的な芳香がただよい、恐怖に立ちすくんだジュールの鼻孔に銅の風味が広がった。

まさか、こんなのって

微笑を浮かべた義体の胴に内側からの熱で水ぶくれができ、裂けていく皮膚から蒸気が立ちのぼる。タトゥー男は唇を舐め回し、ジュールにウィンクを投げると、その胴にナイフを突き立てた。アヒージョのにんにくが弾けて食べごろになり、傷口から油とともに流れだすなか、胴が裂けた義体はくすくすと笑い声を立てた。死んでしまうのかと思いきや、そいつはまったく平気なようすでタトゥー男と握手をし、男が今度は太腿からピンク色のステーキをえぐり取ると、くすぐったいと言わんばかりに身をよじった。

「食べられる義体というわけです」バトゥークが彼女の耳元にささやいた。「注入したナノスウォームが最高の副料理長役を務めてくれます。痛覚フィルターとサイバーブレインを組み合わせることで、死の瞬間をほぼ際限ないまでに引き延ばすことができるのですよ」

テーブルに寝そべっているもう片方のスキンヘッドがエクスタシーの叫びを張り上げる。その肉体が野菜スープとなって溶け出していき、艶やかな厚切り肉がスープの間に間に浮かんでいた。湯気をたてるそのスープに頬のたるんだ女がじかに口をつけて啜り上げている。スープ化しつつあるその義体本人も溶け出した液体からひと切れの肉をつまみ上げて口に放り込み、ムシャムシャと食べはじめた。肉汁が顎に伝い流れる。

「食べる。そして食べられる。それが生きてあることの根本真理なのですよ、ジュール。いま、ようやく、我々はそれを超越できるようになったのです。培養槽肉や万能合成機の複製物では追体験できるはずのない究極のひとときが、いまや体験できるのです」

このみだらな饗宴と、咀嚼と啜り飲みの二重奏に、ジュールは強い衝撃を受けていた。

「逃げてください。さあ、ジュール！」ソスが彼女を励ました。

オクトモーフが触腕を揺らめかせ、両手を広げて待ち受けるバトゥークのほうにくねくねと伸ばした。蛸型義体の瞳が、バトゥークのそれと同じ欲望にぎらつく。同じ目つきだわ。バトゥークは自分の魂をコピーして、その分岐体に蛸型義体を着装させたのだわ。オクトモーフは、ニタニタ笑っているシェフの額に触腕をからめ、首が湿った音をたててポロリともげるまでねじ回した。次に、痙攣する肉体から大脳皮質記録装置を引っこ抜いた。それから今度は、首なしの肉体に鋭い嘴を埋めて、生肉をむさぼりはじめた。

「私の肉はじつに美味い」オクトモーフが呟いた。サロンは愉悦の呻きと、むさぼり喰らう野獣の唸りに包まれていた。そこに一本の触腕がのびてきて、鋸歯状のナイフをジュールに手渡した。

「食べる。そして食べられる」蛸型バトゥークがしわがれ声で彼女を誘う。

ジュールはスカートをめくってピストルを抜くことでそれに応えた。蛸型バトゥークは生肉を噛むことに夢中になりすぎていて気づくのが遅れたが、彼女が引き金を絞った時には、あまりにも人間そのままの目を皿のように丸くした。炸裂する銃弾がオクトモーフの柔らかい肉をえぐり、触腕を引きちぎり、ズタズタになった蛸肉の塊を壁にぶち当てた。

彼女は食事客たちに銃口を向けた。すぐにふたりは炸裂ではじけ飛んだピンク色の泡と、ズタズタの肉塊に変わった。ジュールは残りの銃弾を、食べられる義体たちを生かし続けている機械装置に向けてマガジンを空にした。炭化した肉のにおいに、火のついた電子機器から立ち昇る煙の刺激臭が混じっていた。火災警報のけたたましいアラームにかき消されそうではあったけれど、蛸型バトゥークの高笑いをジュールはたしかに耳に聞いていた。

「さあ早く。ペッパーコーン号のエンジンは私が始動しておきますから」ソスがそう言って彼女を急かした。

ジュールがドアをふり向くと、ひんやりしてかぐわしい通路の空気がなだれ込んできた。ドアに突進しようとしたところで、鋭い痛みに両肩の間が貫かれ、彼女はその場にくずおれた。息苦しくなる冷気が胸から全身に広がっていく。どうにか立ち上がろうとしたけれど、なにかに体がつかまれている。見ると、鋸歯状のナイフの刃先が胸骨の下から突き出ていた——オクトモーフに最後に残った触腕に握られたナイフが。

蛸型バトゥークの内蔵スピーカーが弱々しい喘ぎを発している。

「究極の美食が味わいたいんじゃなかったのかい、ジュール。食べる。そして食べられる……」

世界が空電ノイズと赤く煙っぽい靄に包まれ、やがてすべてが漆黒に反転した。

——

猛烈な空電ノイズにしばし世界がホワイトアウトする。いや、永遠と思えるまでに。

「痛いっ！　いったい何なのよ?!」ジュールはペッパーコーン号のコックピットで叫び声をあ

げた。のぞき窓越しに、漆黒の宇宙空間が見てとれる。ナビゲーション・ディスプレイに、エクストロピアまでの所要日数が点滅している。自分がエゴブリッジに寝そべっていることはわかったけれど、上体を起こそうとしてもできない。いや、腕を動かすこともできない。顔の向きを変えることもできない。

「あたしたちはどこにいるの？」

「動かないで、ジュール」とソスが言う。だしぬけに戦慄がジュールの身を包んだ。バグでいかれたこの支援ＡＩは、彼女がバックアップのためにケーブルを体に繋ぐ直前に、すべてを説明すると約束したはずだ。いや、もっとひどい何かが起きたに違いない。

「あんた、あたしを殺したの？」ジュールは死んだことが一度もなかった。ましてや、殺されたことなんて。

「いえ、私がお助けしたのです。願わくばですが」ソスの声は沈んでいた。

「じゃあ、あの気色悪いオクトモーフのしわざね。あたしたちを追ってきたのね」

「あいつがあなたを殺したのは確かですが、ここではありません。ディナーでです」

「じゃあ、あんたが嘘をついたわけじゃないのね」ジュールは身震いがし、片腕を曲げて腹に手をのせた。なぜだか、またお腹が減っていた。

「どうやって脱出したの？」

「私は緊急エゴキャストでです。情報体だからできることです。そしてあなたは、残念ながら逃げられず、バックアップからの復活です」

ジュールは心を整理しようとしたが、過去を思い出そうにも、愚にもつかない断片が浮かんでくるだけだ。小惑星１１２３ハンガリアが遠のいていくさまがレーダーに表示され、おぼろげな灰色の点ほどになった姿がペッパーコーン号の船体カメラに映る。そのカメラが彼女の新たな目なのだ。

コルヌコピア・マシンの上蓋が開いている。ついさっき、ここで何かが作られていたのではなかったかしら？　それは記憶の一断片なのか、それともソスの入れ知恵だったのか。

宇宙空間の黒い帳が、やがて視界に入ってきた。

「情報体ですって？　いったい何があったというの？」

「知ってから後悔なさいませんか？」

「よけいなお世話よ、ソス」

ソスはあらかたを略さずにストリームで伝えた。リアルな体験再生（ＸＰ）ではなく、たんなる再生だったのが幸いした。それでもジュールは恐怖に打ち震え、空腹のひもじさもきれいさっぱり忘れてしまった。

「エゴハンターですって？」ようやく人心地ついてジュールはそう言った。「それにあんた、あたしの大脳皮質記録装置を置き去りにしたってことよね」なるほど、ジュールはいま復活の途上で魂はまだ情報体でしかないのかもしれない。けれども押しよせるパニックの波はナノスウォームの襲来のようだった。

「私が緊急エゴキャストで脱出したときに、たぶん、あなたのスタックは破壊されたのです」

たぶんですって？　バトゥークと彼の邪悪なパトロンたちは分岐体を用意しているに違いない。あの小惑星内部にいったいどれだけの分岐体がいて、ジュールのスタックを回収して次のおぞましい宴に使おうとしているのだろうか？

「破壊されてなかったらどうなるのよ？」とジュールは声を張り上げた。ソスに、いや、彼女の支援ＡＩになりすましている何者かに対して。

「そろそろ、《プロスペリティ・グループ》が座標を突き止めているはずです。彼らはあの小惑星に到着したら、核兵器の使用もためらわないでしょう」

彼の言うとおりだ。セレブシェフのバトゥークはＰＧ社との契約条項に違反した。いや、それどころか、トランスヒューマンの人権蹂躙すらやってのけた。けれども、ＰＧ社のエージェントたちはほんとうに小惑星を破壊するのだろうか？　その前にバトゥークが空腹を募らせたらどうなってしまうのか？　あの汚らわしい楽園が核兵器で粉々になる前に、ジュールは何回あいつに食べられることになるのだろうか。

食べる。そして食べられる。食べる。そして食べられる。

「すべては終わったことですよ、ジュール」

食べる。そして食べられる。何度も何度も、くり返しくり返し。

大脳皮質記録装置が破壊されたという支援ＡＩの言葉を信じたかった。だけど、ソスがほんとうは誰なのかすらもわかってはいないのだ。ソスの発言からしてが嘘だったとしたらどうすればいいのだろうか。

それから数時間が経ち、ジュールは仮想空間でのトランス昏睡状態に浸っていた。どうにも落ち着かない冬眠だった。採鉱施設の迷路のような通路をあてずっぽうで進み、空腹のひもじさに我慢しかねて、ジュールはドアがあるたびに開けて回った。どのドアの向こうにも、待っているのはバトゥークのニタニタ笑いなのだった。

NOTE

「マニュアルに切り替えろ」
［なぜです？　例によって、美人でも見かけました？］
一九八〇年代を肌でおぼえている世代なら、海外ドラマ『ナイトライダー』のそんなセリフも記憶に焼きついているのではないだろうか？　これは、人工知能の搭載されたスーパーカー〝ナイト二〇〇〇〟と、ハンドルを握る主人公マイケル・ナイトとの会話の断片である。熱血漢マイケルと冷静でどこか皮肉っぽいナイト二〇〇〇とのそんな掛け合いの会話も、このドラマの見どころのひとつだった。

　我々の肉体が半サイボーグ化され、執事的な人工知能が脳内に埋め込まれる未来社会では、あの『ナイトライダー』の一場面のようなＡＩとの会話のやり取りが、本当に日常の一部になるのかもしれない。

　それを予感させるような場面から始まるのが本作である。女性主人公ジュール・コルテスと、その体内に埋め込まれた支援ＡＩ《ミューズ》ソスとのやり取りの軽妙さはまさしくあのドラマそのままに、１１２３ハンガリアという小惑星帯内部をくり抜いたコールバブル型ハビタット内部へと宇宙船がしずしずと進入していく冒頭の場面はいかにもＳＦ的なワクワク感に横溢している。

けれどもその先に待ち受けるのは、トランスヒューマン社会における禁忌の領域。踏みとどまって引き返すのか、それともタブーの一線を踏みこえて禁断の果実を味わうのか？　そう、トランスヒューマンだからこそ可能なタブーへの挑戦を描いている点で、これはケン・リュウの「しろたへの袖《スリーヴズ》——拝啓、紀貫之どの」とも響き合う意欲作なのだ。あちらで描かれたのは〝死〟への挑戦と再定義。そしてこちらで描かれるのは、〝美食〟の概念の驚くまでの変容である。

　万能合成機が普及したことで、原材料とレシピさえあれば、どんな高級レストランのフルコースだろうとそっくりそのままの出来たてを味わえるようになった未来社会。かくして飽食を極めた富裕層が追い求めるさらなる美食とは、いったいどんなものになるのだろうか？

　それはある意味、デジタルコピーによって完全非劣化の音楽や映像を味わえるようになった現代の我々が置かれた状況にも似ている。ある音楽バンドの歴代最高のライヴパフォーマンスをいつでもどこでも何度でも愉しめるようになったことで、我々の日常はどう変わっていくのか？

　そういった観点から本作を読み解くのも面白いかもしれない。（音）

硝子の本

平田真夫

ホルヘ・ルイス・ボルヘスは、書かれる可能性のある、ありとあらゆる書物を収めた「バベルの図書館」を幻視しました。これをもし忠実に再現したら、仮に一冊一ミリにまで縮めたとしても、差し渡し百億光年の宇宙が、4・5に10の1834010乗をかけた数だけ必要になると言います（入沢康夫の計算による）。では逆に、宇宙空間に巨大な「本」そのものが浮かんでいたとしたら？　スタニスワフ・レムやガードナー・ドゾワといったSFの巨匠たちから学んだという、不可知性を基軸としたファーストコンタクト・テーマが、〈エクリプス・フェイズ〉の異星人観にも見合います。

平田真夫は翻訳家・SF作家の矢野徹に師事し、短篇「マイ・レディ・グリーン・スリーヴス」（「SFマガジン」一九八四年二月号）で商業誌デビュー。「ポプコム」一九八六年二月号から一一月号誌上まで、六回の短篇アドベンチャー・ゲームブックが掲載。一九八七年には東京創元社からゲームブック『展覧会の絵』が刊行（森山安雄名義）。これはムソルグスキーの組曲に題材を採った異色のスタイルのSFゲームブックで、二〇〇二年に創土社から再刊され、電子版も二〇一二年にフェイス、二〇一六年に幻想迷宮書店から出ており、クラシックとしての地位を不動のものとしています。二〇一一年には、小説集『水の中、光の底』を刊行（東京創元社）。同作は音楽が重要なモチーフになっていますが、平田にはプログレッシヴ・ロックへの素養を活かした「クリムゾンの二十一世紀」（『文藝別冊 キング・クリムゾン 二十一世紀的異常音楽の宮殿』、河出書房新社、二〇一五年）という仕事もあります。（晃）

「おい、あれは何だと思う」

土星の輪と平行に飛びながらタイタンに向かう途中、ふと妙な物を見つけて、相棒に話し掛ける。

「何のことですか」

「ほら、『上』を見ろ。カッシーニの端っこに、何か四角い物があるだろ」

「どれどれ」

衛星間用小型機の義体《モーフ》に乗り移った彼――いや、彼女かも知れない。実は、人間型の義体同士では顔を合わせたことがないのである。何処かで出会っても、互いに相手だとは判るまい――は、慌てて自分の「眼」をそちらに向ける。

「どの辺ですか」

「待ってろ。今、方角を合わせてやる。『眼』の調整をこちらに渡せ」

「はい、どうぞ」

目の前のタッチパネルに現れた十字型のカーソルを、肉眼で見付けた物体の位置に調整してやる。

「判るか」

「待って下さい。倍率を上げます」

パネルに重なった映像が拡大される。途端に、件《くだん》の物体は画面の外に行ってしまう。

「ちょっとそのままにしてろ。視野から外れた」

言いながら、再びカーソルを調整する。相棒が声を上げた。

「あ、判りました。あれですね」

土星の輪と平行に飛んでいるといっても、ここまで近付いてしまうと、何処からが輪の外で何処からが中との明確な基準は無い。大小様々な大きさの氷の粒が、上に向かって次第に多くなっていくだけである。カッシーニの端にあるその物体も、疎らな氷の粒に囲まれて、辛うじて輪の中と言える位置に浮遊していた。

さて、問題の物体だが、この距離から見る限り正確な平行四辺形のようである。目測では距離は判らないが、かなり遠そうだ。したがって、その大きさはかなりのものとなる。

色は銀、というか、土星からの光を反射してきらきらと輝いていた。その分には、他の氷の粒とさほど変わらない。問題は、群を抜いた大きさと、形の正確さだ。

「で、もう一度訊くが、ありゃ何だと思う」

「さあ。近付いて調べる以外、ないでしょうね。場合によっては、ファイアウォールに報告しなくてはならないかも」

「よっしゃ。そっちに向かってくれ」

言うが早いか、機は先端を輪の方に向けた。本当は、あのように氷が密集している空間を飛ぶのは危険なのだが、この義体にはＡＩによる自動回避装置が付いている。巡航速度で飛ぶ時にはともかく、ゆっくり行動する分には問題は無い。

接近するにつれて、物体の本当の形は平行四辺形ではなく、きちんとした直角の頂点を持つ直方体であることが判ってきた。だが、宇宙空間では、肉眼視での距離感が取り難く、なかなかそばまで来たという実感が湧いてこない。それ程相手は遠距離にあり、また巨大なのだ。

「こんな物が、何故今まで見つからなかったんだろう」

「そりゃ、如何に大きいとはいっても、所詮宇宙サイズで見たら大したことはありませんからねえ。形まではレーダーでは判らないから、誰かがこうして直接目視する機会が無い限り、他の氷粒に紛れて知られずに終わってきたんでしょう」

「成程」

その間にも、相棒は次第に速度を落としながら、物体に近付いて行った。そして、

「現在、百キロメートルぐらいの所に居る筈です」

と言った位置で進行を止める。宇宙規模での百キロなら、ほんのすぐ近くということになるが、やはりたかだか十メートルの相棒の機体と比べれば、相当な距離だ。その位置から見ても、物体は視界の端から端まで延び、上下にも圧倒的な威圧感を以て聳え立っていた。

「大きさは？」

「待って下さい。すぐ測定値が出ます。ええと……驚いたな、横幅——と言えばいいのかな——が一六四キロメートル、高さ一一二キロメートル」

「すごいもんだな。厚さは判るか」

「さっき近付く時に撮った映像から換算すると、だいたい三十キロメートルですね」

「で、三回目の同じ質問だが、あれは何に見える？」

「本……でしょうか」

その通り、それはまさしく、横に寝た巨大な本の形を採っていた。全体的には半透明なゼリー

のように向こう側の星を透かして見せ、時々、中を素早い光の粒が走る。こちらから見る側が表紙なのだろうか、下の辺には綴じ代としか思えない、紙を貼ったような筋が入り、題名が書かれる筈の位置には見たことも無い記号のようなものが彫られていた。

「人工のものかな」

「さっきから、それを調べているところです。もう少し待って下さい。詳しいデータが出ます。……ふうむ、こりゃ驚いたな」

「どうしたんだ」

「まず、屈折率から考えて、あれは氷ではありません。恐らくはケイ素の化合物からなる結晶でしょうが、我々の文明にはまだ知られていないものです。何しろ、硬さが半端じゃない」

「どういうことだ」

「拡大した表面に積もる星間物質の厚さを調べてみると、あれは少なくとも数十から数百万年の間、あそこにあったことになります」

「おいおい、気は確かか」

「間違いありません。もっと接近して、実際の表面に触れてみれば詳しく判るでしょうが、この距離から大雑把に見積もる限りでも、その位は優にあります」

「では、人間が置いた物じゃないな」

「ええ、その頃地球では、ようやく類人猿が二本足で立ち始めた頃ですから。形の正確さはやはり人工を思わせますが、だとすると、間違いなくあれは、異種生命体《エイリアン》の手になるものです」

言われて、もう一度その「本」をよく眺めてみる。人類が紙を綴じてあのような形に作り上げる数十万年前、どんな生物があれを置いたというのだろう。

「それにしても、そんな長い期間、よく傷一つ付かないでいられたもんだな」

「そこなんですよ、硬さが尋常でないと言ったのは――。置かれていた歳月から考えて、他の氷の結晶との接触・衝突は無数にあったでしょう。その間、全く無傷のまま、あんなに滑らかな表面状態を保てるとは、確かに脅威です。材料の結晶構造が詳しく解れば、我々にも随分と有用だと思われます」

「他には？」

「半透明に見えるのは、内部にある微細な金属の粒子です。ガリウム、インジウム、ゲルマニウム、その他半導体を構成する元素の一群であることが反射率から推察されます。つまりあれは……」

「あれは？」

「巨大な電子回路を一種の超硬質硝子で包んだものですよ」

「ふうん」

そんなものが、人類の発生と前後してあそこに現れるとは――。パンドラゲートはその頃からあったのだろうか。それにしても大き過ぎる。見たところ、推進装置の類などは持っていないようだが、一体、どうやって運んだのだろう。しかもそれは、「本」の形をしているのだ。

「作動しているのか」

「さっきから周波数を色々に変えて呼び掛けているのですが、一切応答はありません。ただ、微弱な電磁場が所々から発生しています。エネルギー源は何だろう。ああ、そうか。あの金属粒子にはリチウム合金も大量に含まれていますね。多分、土星からの反射光を使って発電しているのでしょう」

「電磁場の発生に、規則性はあるのか」

「全くのランダムです。現れたと思ったらすぐ消えたり、場所を替えて他の所に似たような波が現れたり――。あれでは通信には使えませんね。恐らく、外界との交信は考えず、単独の閉じたシステムとして動いているのでしょう」

「何の為に？」

「それが問題です。何処を探しても航行装置の類は見当たりませんから、船の一種とも思えない。ただ現在の軌道を、土星からの引力と遠心力で釣り合いを取りながら廻っているだけ。輪を構成する、他の氷と一切変わりません。もっとも、電子回路であるからには、当然何らかの目的・役割がある筈です。とりあえず、電磁場の発生パターンと、回路の構造から、何か類似のシステムを我々が持っていないか調べてみましょう」

しばしの沈黙。目の前のディスプレイを、数字と文字の群が凄まじいスピードで走って行く。

やがて相棒が悲鳴を上げた。

「どうしたんだ」

「信じられない。しかし、八七パーセントの類似点がある。でも、あんなに大きいなんて――」

「一人で合点していないで、こっちにも教えてくれないかなあ」

「あ、すみません。今、データベースとの照合を行った所、あれはとんでもない物と非常に似ているることが判ったんです」


「何だ」

「生物の脳ですよ」

「何だって」

「あまりに大き過ぎるから、始めのうちは見落としていたんです。でも、かなりの点で一致している。あの細かい金属片は、それぞれが細胞に相当するものなんでしょう。時々発生する電磁場は、あれらが互いに連絡している時に生じるんです。つまりあれは、脳だけで出来ている義体です」

「ふうむ」

そんな物が、人類の発生と前後してあそこに置かれたのか。誰が何の為に——。

「で、あいつは『魂《エゴ》』を持っているのか」

言いながら、もしも自分があの中に閉じ込められたら、と考える。相棒の言うには、外との連絡は全く無いということだ。

数十万年に亘って、誰かと話をすることも、外を眺めることも無く、ただ、思考だけを続ける存在。もしもそんな物になっていたら、とっくの昔に気が狂っていただろう。

「もしも、私達と同じような思考パターンを持つ心があるかと言えば、多分ノーですね。回路の構造こそ、義体の脳と似ていても、発生する電磁場のパターンが全然違います。あれは現在、

『空き部屋』だと思われます」

　相手の答に、何故かほっとする。誰がやったにせよ、ただ考えるだけで何も出来ない存在を宇宙に浮かせるなんて、残酷以外の何物でもない。

「じゃあ、何だってあんな風に作動しているんだ。あの電磁場の発生は、何の為だと思う？」

　問い掛けると、相棒はしばらく考えてから、やや躊躇いがちに答える。

「これは勝手な仮説なんですが――あれだけの大きさの脳の中に入る知識となると、相当な物になりますよね。で、まさかあの中身が情報量的に空っぽだとは、とても考えられません。恐らく、相当量の知識を蓄えていると思われます。ただ、放っておくと、それらは次第に劣化してしまう。ちょうど、永久磁石の磁力が弱っていく為に、磁気媒体の記憶装置が劣化してしまうように。だから、時々リフレッシュしてやる必要があるんじゃないでしょうか。つまり、現在のあの脳のエネルギーは、内部の記憶を保持し続ける目的で使われていると思われます」

「成程ね。それじゃあ、あの中には、あれを設置した奴らの知識がしっかり保存されてるって訳だ」

「仮説が全部正しければ……」

　そこで、ゼリーのように向こう側が霞む直方体を見ながら考える。

「工業技術的に考えると、それには人類に未知な知識が大量に含まれると考えられるな」

「ええ。あのケイ素結晶体の硬度一つとっても、我々にはとても作り出せませんし、そもそもあんな巨大な人工頭脳を、単独で数十万年も維持する技術の発見など、まだまだ先の話です」

「じゃあ、今は空いているあの中に送りこまれた魂は、途轍もない量の知識を得ることが出来る訳だ」

そう言うと、相棒はしばらくの沈黙の後、恐る恐る口を開いた。

「まさか、あなたが？」

「そう。俺の魂をあそこに送ることなんぞ、簡単に出来るだろ？」

「そりゃ可能ですが、危険過ぎます。魂はバックアップを取ればとりあえず安全ですが、どちらにしても、あれだけの巨大な回路を脳髄に使ったら、何が起きるか」

「なあ、こうは考えないか。あれは何の為に置かれたのかと」

「さあ」

「時間的には、地球に人類が発生したのと、同時に現れてるんだぜ。もしかすると、我々がこれを発見し、魂を送ることが出来るところまで発達したら、何かを教えてくれる目的で設置されたのかも知れない。現にあれは、我々に『本』を連想させる形を採っている」

「逆かも知れません。人類がそこまで発達したら、その段階で止める為にあるのかも。罠だとしたら、どうします」

「いずれにしても、一種の賭けだな。ただ、あれから直接データを引き出すには、誰かが行って乗り移るのが一番簡単だろ」

「ええ、それはそうです」

「だったら、今すぐそれをやってみたところで、構わないじゃないか。正直、俺は好奇心でうずうずしているんだ。タイタンで報告してからじゃ、他の奴が先にやってしまいかねない」

再び、しばしの沈黙。やがて相棒は、機械の調整作業に入った。

「分かりました。では、一度ここまでのあなたの記憶を記録した後、向こうにα分岐体を送って十秒後に回収します。時間的に短か過ぎるかも知れませんが、始めは一瞬覗くだけにした方が安全でしょう。それで問題が無いようなら、二度目は――」

「よし、それでいい」

話は決まった。相棒はパネルの上に数種の記号を素早く表示させていたが、やがて、

「用意出来ました。よろしいでしょうか」

「ああ」

「では、行きますよ」

突然、世界が変わった。凄まじい勢いで、様々なイメージがどっと雪崩れ込んで来る。混沌とした空間、星間物質の集合、やがて太陽から惑星の誕生まで――。

かと思うと、一部のイメージは宇宙全体まで広がり、高次元内でのこの空間の在り様や、微細な素粒子が量子レベルまで拡大されて「見える」のだ。だがそれは、普段、通常の三次元空間に棲む身の理解を完全に越え、余りの情報量の多さに心が悲鳴を上げた。

「うわあ、早く戻してくれ！」

「どうしました」

相棒の声が聞こえる。気が付けば、そこは元の操縦室だった。未調整のフラット義体に入って

いたら、冷や汗で一杯になっていたところだろう。それ程、「本」の中で一度にぶつけられた情報量は、魂に負担が大き過ぎたのだ。

「十秒経ったのか」

「ええ」

「もっと長いかと思ってた。少なくとも、三十分位はあっちにいたかのように感じる」

「何があったのですか」

そこで、「本」の中で見た宇宙の姿について、その一部を語って聴かせる。全てを説明するのは、とても無理だ。あの中に詰め込まれた知識の量は、とても現在の人間の魂で受け入れられるものではない。

「恐らく、あれを作った奴らの魂は、我々など想像もつかないような大きさを持ってるんだろう。もしも、こちらが作った義体に移し替えたら、パンクしてしまう位の――」

「ということは、今の所、我々にあの中の知識を引っ張り出すのは無理であると――」

「ああ。宝の山を目の前にしながら、肝心の受け皿が無い。蠅の頭に人間の知識を送り込むようなものだ。もっと人類が進化して、魂そのものが大きくならなければ――」

言ってしまってから、それがただの空手形であることに気付く。既に人間の肉体の進化は止まってしまっている。不死性と利便性を手に入れる為に、魂をデジタル化して機械に保存している現在では……。

「木星の連中に期待するしかないのか」

肉体の在り様を自然に任せるという彼らの考え方は、或いは正しいのかも知れない。あのやり方なら、脳の進化と共に、もっと巨大な容量の魂が現れることも有り得る。

「不死とは、進化の否定でもあるという訳か」

「え、何ですか」

そこで相棒に、今思っていたことを伝える。相手は、

「成程」

と呟いて沈黙した。

あの「本」は何の目的であそこにあるのか。進化した人類に、知識を与える為？　もしそのような親切で置かれたにしても、人類は魂と義体の技術に関する運用を早まり過ぎたことになる。

「行こう」

「ええ。一応後から位置を確認出来るよう、追跡用の発信機を貼っておきますね」

「ありがとう。いずれタイタンに着いたら、ファイアウォールに報告しなくちゃなるまい。或いは、何か別の方法で役に立てることが出来るかも知れない」

「了解」

——人間は考える葦である。

船が出発する加速を感じながら、ふとパスカルの言葉を思い出す。

——だが、たとえちっぽけな葦であろうとも、それは宇宙より偉大な葦だ。何故ならその心は、内部に宇宙そのものを収めることすら可能だから。「考える」という行為によって——。

しかし、真に宇宙をその中に収める為には、心が宇宙の全てを理解出来るまでに進化しなくてはならない。もしも、自分達がその機会を自ら封じ込めたのだとしたら……。

首を振って、その懸念を振り払う。いずれにせよ、何をしようとも、あの「本」に見合うだけの魂が現れるのはずっと先のことだ。

船は真っ直ぐタイタンに向かった。

NOTE

シェアード・ワールドとは「世界を共有すること」を意味しますが――用語やキャラクター、あるいは設定を共有しつつも――根幹となる物語ジャンルの様式そのものは、作家の個性や、文学的な伝統を踏襲した独自のものとなっています。学術的な文学研究とゲーム研究が交錯する領域においては、ブロンテ姉妹らが架空の王国を作って遊んだところが、RPGの一つの起源とされることもあります。

SFが多様なサブジャンルを包含していることから鑑みると、あえてシェアード・ワールドの設定を外した版もありえるわけで、実際本作は、〈エクリプス・フェイズ〉の設定を用いていない別バージョンが「SF Prologue Wave」に発表されています。本書では未発表の初稿としてのシェアード・ワールド版を収めましたが、読み比べてみるのも一興でしょう。「未知との遭遇」というモチーフに対する、距離のとり方が異なって読めてくるはずです。

同じく「SF Prologue Wave」掲載の蔵原大『「真夏の夜の夢」作戦』も、冒頭の「第一次太陽系大戦に参加した某アメリカ軍機動歩兵の遺体から回収済みの私的デジタル・ダイアリー」のくだりを、「本記録は、〝大破壊《ザ・フォール》〟においてティターンズとの戦闘に参加した某アメリカ軍～」と変更すれば、〈エクリプス・フェイズ〉小説として読むこともできるのです。

こう考えれば、世に出回っている小説の少なくない作品が、RPGシェアード・ワールドとして再解釈・再評価していくことも可能になるでしょう。

シェアード・ワールド的な共同制作は、作家のオリジナリティを毀損しかねないものとして否定されることもないわけではありませんが、先行する作品群のなかでの位置を真摯に問うているものは、むしろ単独作以上に「オリジナル」なこともあるわけです。

シェアード・ワールド的な発想は、狭義のRPGに限定されるものではありません。「SF Prologue Wave」にて平田真夫は、山野浩一のショートショート〈四百字のX〉シリーズへの応答「都市伝説X」を執筆したり、『展覧会の絵』の森山安雄の「共作」として「吟遊詩人」を発表したりと、ゲーム的な遊び心を創作へ積極的に活かしています。

こうした遊び心は音楽への関心にもつながっていくようで、平田自身、プログレッシヴ・ロックへの素養を活かしたエッセイ、「クリムゾンの二十一世紀」(『文藝別冊 キング・クリムゾン 二十一世紀的異常音楽の宮殿』、河出書房新社、二〇一五年)といった仕事もあります。(晃)

COLUMN

ゲーム性をポジティヴに捉えた小説

RPGシェアード・ワールドには、「既存の文学観では軽くみられがちなゲーム性を、むしろポジティヴに捉えられる」という長所があります。ゲームならではの双方向的《インタラクティヴ》な発想を、的確に活かすことができる器なのです。

「SF Prologue Wave」で発表されてきた〈エクリプス・フェイズ〉小説でメタゲーム要素を取り込んだ作家に――『DOMESDAY―ドームズデイ―』（角川春樹事務所、二〇〇〇年）で第一回小松左京賞佳作を受賞した――浦浜圭一郎がいます。その「かけ替えなき命のゲーム」では、キッチュでオリエンタルな異世界での「ゲーム」が演出されます。「ヘルハウス」は、映画〈SAW〉シリーズのようなソリッド・シチュエーション・スリラーが、典型的なミッションの変奏として描かれます。『シンギュラリティ・コンクェスト』（徳間文庫、二〇一〇年）で第二回日本SF新人賞を受けた山口優の「サブライム」は、総合芸術家エステル・レンピカの一捻りした造形が魅力的。異星考古学者をフィーチャーした「ゼノアーケオロジスト　1〜2」とも連続する作品で、今後の続きも期待されます。以上の作品は小珠泰之介がイラストワークを担当しています。

グループワークで創作された小春香子・岡和田晃「龍の血脈」は、アン・マキャフリイ『パーンの竜騎士』のようなサイエンス・ファンタジーが、仮想空間《シミュルスペース》の設定にうまく融合しています。イメージ喚起力豊かな文体をもった作品で、紙幅の関係で本書には収録できませんでしたが、「SF Prologue Wave」でお読みください。

RPGのルールブックには、数値的な要素だけではイメージが難しい場面を想像させる手助けとして、雰囲気《フレーバー》づくりに役立つ文章《テキスト》が、しばしば盛り込まれています。『エクリプス・フェイズ』、『シャドウラン』（第4版以降、新紀元社）や『ザ・ループTRPG』（グラフィック社）の監訳者・朱鷺田祐介による「サンダイバーの幻影」や「マーズ・サイクラーの帰還」等のシェアード・ワールド小説群は、こうした観点から秀逸です。朱鷺田がメインで「Role&Roll」に発表されてきたシナリオ（岡和田晃・待兼音二郎が監修）と少なからず連動し、ゲーム・プレイのサイドリーダーにもなっています。ユニークな公式設定を掘り当てて用いた「ミートハブ・マーダーズ　あるいは肉でいっぱいの宇宙《そら》」等、グルメ・テーマを押し出したユーモア・スペースオペラもご一読あれ。（晃）

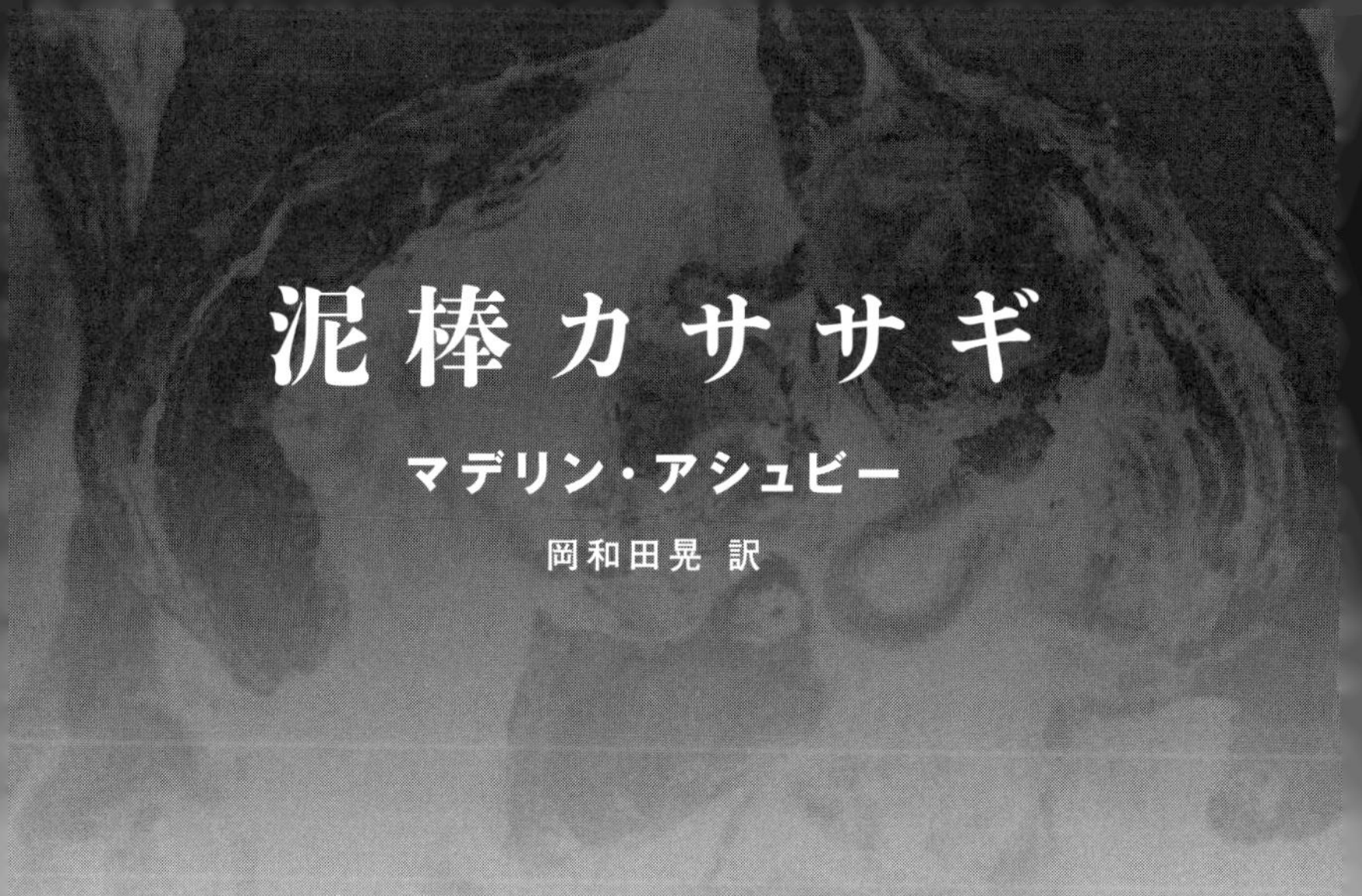

泥棒カササギ

マデリン・アシュビー

岡和田晃 訳

我々は自分がオリジナルな存在のつもりでいながら、高度資本主義社会において、俯瞰的に見れば他人のコピーにすぎません。フィリップ・K・ディックの諸作を含め、それはSFが長年追究してきたテーマです。同様に、自由意志で動いているつもりでありながら、消費をはじめ、自分の行動それ自体が他者によって監視され、悪意をもって操られていたとしたら……。本作はパペット・ソックというギミック、義体《モーフ》の着装、そして二人称を駆使した文体によって、それを描いていきます。カントは倫理の根源に、人間を手段として使うのではなく目的として見ることを置きましたが、そうした倫理の底が抜け、あるいは反転した未来社会。実験的なスタイルでありながら、語られる物語そのものはスタンダードな「聖杯探求」でもあります。諧謔と逆説に満ちた、一筋縄ではいかない問題作の登場です。

著者のマデリン・アシュビーは、日本ではすでに、ルーディ・ラッカーやピーター・ワッツらに激賞された長編『vN』（大森望訳、早川書房、邦訳二〇一四年）の作者として知られています。自己複製ヒューマノイドの冒険と倫理を扱う、詰め込まれた設定とスピーディかつリーダビリティの高い展開が魅力で、エイミー・トムスンの『ヴァーチャル・ガール』をはじめ先行作への言及に満ちています。「SFマガジン」二〇一五年一〇月号に、監視機構とポストヒューニズムが扱われた「イシン―維新―」（幹遥子訳）が掲載されていますが、英語圏では短編作家としての評価も高く、多数の作品をものしています。本作もご多分に漏れず、さまざまな引用に溢れており、リズミカルで詩的なイメージも魅力的です。（晃）

"Thieving Magpie" by Madeline Ashby
From *ECLIPSE PHASE AFTER THE FALL: The Anthology of Transhuman Survival and Horror*, edited by Jaym Gates, 2016.

君が右手にしている指輪が鍵《キー》だ。
君はかつて、一度も身に着けたことがなかった。
昔、我々は一緒に、その指輪を鍛造した。
しかし、私は脱線しているな。

■

昔、君はロウアー・イースト・サイドと呼ばれる場所で働いていた。キャナル・ストリートの外れ。君は二日酔いの際、発泡スチロールのカートンから、グチャグチャになった小籠包を取り出して食べた。小籠包は君の口のなかでジュワっと音を立てて、灼熱がちょっとした酔い覚ましになり、熱いものが喉を下っていった。

むろんのこと、君はこのすべてを、綺麗に忘れ去っている。君にはもはや、何ら「東」という感覚はなく、ただ「回転方向《スピンワイズ》」か「逆回転方向《カウンター・スピンワイズ》」がわかるだけだ。左舷。右舷。上。下。軽。重。君が皮膚と呼ぶものの奥から鳴り響いてくる変換器《ジェネレーター》の音。歯がガチガチと立てるノイズ。

そして、君は肝臓を失い、胃腸を失ったわけだ——文字通りに、そして比喩的にも。君には口がなく、ゆえに君はものを飲めない。思うに、それは君の計画の一端だったのではないか。お行儀の悪いドーパミンの分泌さえ止めれば、断酒は簡単だ。マス・マーケットのドローンに、君が自分を押し込めた際には。またもや文字通り、今となっては、君は腕とジョイントと複眼を有した雄蜂《ドローン》というわけ。雄蜂というより、クソッタレな働き蟻だな。ある日、君は目覚めて、自分が怪物めいた蟲になっていることに気づく（フランツ・カフカ『変身』に掛けている）。それから、君はイカした外科医——白磁の強化外骨格《エクソスケルトン》を有する蜘蛛ども——に、とてつもない額を仕払って、新しい人生を始めた。

君にとって、三度目の新しい人生だった。その前は移植《インプラント》された存在だった。が、感染症が発生し、抗生物質もなかった。ギリギリで新しい義体《モーフ》に着装《スリーヴ》したが、まるでゴミ屋敷から飛び出してきた役立たずのようだった。その後はマネキンだった。客観的に見ても、本当に気持ち悪かった。四六時中、手袋をしていた。マネキンのデザイナーは、いまだ手の設計をよくわかっていなかった。ワイングラスを握るのがやっとだった。君は二度、グラスの脚《ステム》を握り潰してしまった。それから、君はタンブラーに変えた。

君の人間性は問題だった。だから、君はそれを除去した。付随する記憶も。きみが恢復するのに必要な、ただ一つの選択肢だったのに。結構なことだね。

でも、私の方は憶えている。

あるいは、少なくとも私は知っている。

私は君について、何でも知っているんだ。

「あなたをつくります《ウィー・キャン・ビルド・ユー》」というスローガンがあるね（P・K・ディックの小説『あなたをつくります』に掛けている）。ウィンク。メタ。それが我々だ。作り笑いをするヒップスターの再着装《リスリーヴィング》。君の魂《エゴ》を、義体《モーフ》から義体《モーフ》、また義体《モーフ》へと移し替え、最終目的地にもっとも近いチェーン店のような場所へ、あちこちに送るのを手助けする。我々は、ちょっとしたアップグレードを君に押し売り《アップセル》する。新しい光の波長、複数のオルガスムといった具合だ。我々は君に、保証制度についても説明する。我々は君を説得してパペット・ソック（埋め込まれた生体義体（バイオモーフ）のボディを、他人が操れるようにする内蔵式コンピュータ）を買わせる――ご承知の通り、君自身の安全のためだ。

君はじっと見る。次いで、君は大枚をはたく。

こんなふうに私は、君や、君以外の者を、何年も観察してきたんだ。君が指輪を鍛造した年を皮切りにね。

■

さあ、薄目を開けて。と彼は言った。

最初、君は彼が何を言わんとしているのかがわからなかった。君は彼の発言が破綻《ミーンティンティング》しているかもしれないと思った（原文は意味した（meant）の語尾をmeantintingと自在に変化させ、破綻の様子を表現している）。金色の茸が、内側の隅に生えていたか、君の低潮線《ウォーターライン》の下には真珠が育っていたかもしれない（彼らはいまだ、目の粘膜部分《ウォーターライン》をそう呼ぶが、君にはなぜかわからない――生《き》の人間のように泣ける義体《モーフ》には追加料金を払わねばならないのだから、そろそろ別の用語があってもいいはずだ）。

彼が言っているのは、君が眼窩から目を掻き出すべきということで、そうすればもっと大きな目を持てるのに、という意味だ。

顔の半分を目にしたらいいね、と彼は言った。文字通りに。

誰もが最初に変えるのは目だ。歴史的に見ても、髪の毛を除けば、人が年老いたら最初に治そうと試みてきたのが目なんだ。目庇《ヴァイザー》。ヴェール。眼鏡。コンタクトレンズ。AR。VR。義体安置所《コールド・ルーム》の新しい目。義体修理工《マシニスト》が作るできたてほやほやの目。目はあらゆるところにある。

目というものはなかなか合わないものだからね。

君は、自分自身の目を見つめたことはあるかい？

君はそうした、かつてね。君が少女だった頃。夜、君はベッドから抜け出した——そうっと、慎重に、君は染みのついた絨毯を静かに歩んでいった——そして、つま先歩きで浴室へ向い、電気を付けて、深く、目の奥底までを覗き込んだ。一度に片目だけ。一度に両方の目を覗き込むことは不可能だから。ご承知のとおりね。

彼らにはわかるかしら、と君は訝しく思った。知ってるのかしら？

目は心の窓、とはよく言ったもの。いつかきっと、どこかで誰かが、君の目を覗き込んで真実を知るだろう。たいへん恐ろしい考えだ。それなのに、君は必死になって、そうなることを望んでいる。君は、レジ打ちの女性や図書館員、教師や救急救命士等の——大人を——目にして思ったのだ。どうか、私を見つめて。どうか、どうか、私を見ないで。私を見つめて、と。

でも、誰も見つめてはいない。街角の目、車中の目、銀行口座の目、通信機の目。襟元に埋め込まれた目。目は、どこにでもある。だけど、誰もしっかりと見てはいないのだ。

私に何か違ったものは見えるか？

君は新しい大きな目に怯えていたが、それは当然のこと。

君を我々のもとへ連れてきた日、彼は君に食事をさせなかった。その方がいいだろう、と彼は君に告げた。彼は君をリラックスさせるためにささやかな贈り物をし、君がよく眠れるように、また、もう少しばかり何かを与えた。君がおしまいから数を数えている間に、我々は君の古い目が見てきたものを、すべてダウンロードした。

　左脚のふくらはぎ沿いに、指輪をはめた何者かの手が蛇がうねるように上っていくのを、君は目にした。その手は、上下に撫で回し、以来、私は君の目をじっと見つめるのをやめ、代わりに君が見たものを見るようになった。

　むろん、君はパペット・ソックを埋め込まれていたわけだ。

　そして、もはや君は物事を忘れてしまう。あまりにも頻繁に。君はただ――洒落を許してくれたまえ――宇宙に行って《スペース・アウト》、ぼうっとして《スペース・アウト》しまったわけだ。時には、どうやって、なにゆえそこに行ったのか、まるでわからないままに、近場に迷い込んでしまうこともある。最初は、君は恐ろしいと思った。君は、医者に会った。医者は君の血液を検査し、頭を振り、歯を鳴らして言った。君のような素敵な女性は、もっと賢いはずなのに、と。

　君は何の話をしているのかわからなかったし、恥ずかしくて質問もできなかった。

　彼は我々に、君が古い目で見てきたものはすべて消してくれと頼んできた。間違いだったというわけだ。我々はちゃんと消した。少なくとも、我々はそうしたと私は言った。たまたま、コピーを取ってあったというだけの話だよ。

君は、たいへんな要人たちを知っている。君は単に、自分が彼らを知っていることをよくわかってないだけだ。君はまさしく、ぼんやりと自分の脚を撫でている指輪を嵌めた手が――肉とチタンの双方が計り知れないほど高価であって――どれほど重要なのかについても、承知していなかった。君は別の場所にいた。脳というのはあまりにも可塑的で、あまりにも弾力性に富んでおり、あまりにも素晴らしく、精神手術でいかなる一時的な橋渡し《エゴ・ブリッジ》を作ろうとも、常に経路を切り拓くものだ。タダ乗り浮浪者《ホーボー》の線路。敗北者が脱出する地下鉄の路線《アンダーグフウンド・レイルロードアンダーグラウンド・レイルロード》地下鉄の路線（冒頭で出てきたニューヨーク・マンハッタンに掛けている模様）。この場所とのつながりを断ち切る方法。別の場所へと赴くために。

誰もが同乗者となって、君の側にいられるのだけどね。

彼らはそのために、彼へ追加の支払いをすることもある。

私の場合は、観察するのが好きでね、別のものを見守っていた。

君は彼には一度きりしか会っていない。実際、君は彼に会ったことを憶えていなかった。おそらく、それは取り決めのうちだったのだろう。私は、君がそこへ戻るための口実をでっち上げなければならない。私は、君の目の記憶を、ずっと遡っていった。誰のパーティーだったか？　どこで？　どうやって君はそこへ行ったのか？　それも君は憶えていなかった。少なくとも、検索結果に関連した視覚情報は君の目には保存されていなかったのだ。

だが、君の義体《モーフ》には位置情報が登録されている。分岐体《フォーク》を作成し、片方の外殻《シェル》を失った場合に備えてね。あの夜、君がどこにいたのかを三角測量で調べる必要があったんだ。

彼は立派な暮らしをしている。言うまでもない。ああいった型《タイプ》はいつもそう。見せかけだけのこともあるがね。でも、この男は本物だ。セキュリティは悪夢のように厳しい。君が通り二つ向こうにいた際、彼が雇った警備員どもが君を監視していた。隅っこにいた牧師？　彼の仲間だよ。迷子のペットを探していた女もそうだ。でも、君は怯まなかった。我々も臆することはなかった。我々は勇猛果敢、一心不乱に大邸宅へと近づいた。

だが、彼らは決して君を立ち入らせようとはしなかった。そこで、いったん我々は扉の前にいる男をよく調べたうえで、君をそこに置き去りにしてきたというわけだ。

■

君はどうして自分がこの仕事を引き受けたのかを憶えてはいない。

君はもう何も憶えてはいないのだ、何一つね。

雲霞のようなもののなかを歩いていた時分に、君は自分が何をしているのかを知らなかった——どうして血みたいな臭いがするのかと、君は不思議に思った——自分の本当の目的は何なのか、と。君にわかっていたのは、支払いがいいこと、資金が堅実なこと、仕事が安定していること。そして、相応に魅力的だということ。印象的。君は立派なスーツを来ている。ピタリとした。君の靴の革のように柔らかくて。君のクライアント、つまり彼は多くの人を知っている。何にせよ、そのほとんどは人間だ。特別な人たち。要人。知識人。なのに、いまだ人間の姿を留めている人たち。

我々は勝利しつつある。ゆっくりだが、確実に。君が気づくほどではない。が、我々は勝利しつつあるのだ。

君は彼の名前を憶えていないことがある。さながら、舗装に出来たひび割れにつまずいてしまうようなものだ。硬く、滑らかだった場所に、小さな窪みが出来てしまっている。その硬くて滑らかなものこそが、君の冷静沈着さであり、彼らが君を雇った理由でもあるわけだ。

君は彼が呼ぶまで自分の名前すら憶えていないこともある。それから、あらゆる記憶が蘇ってくる。ゆっくりと、君は何かに変わっていく。しばらくの間、犬に変わっていくように感じられた。忠実で、献身的で、信用に値する動物。たちまち、銅の味が口の中に広がり、君は、冷や汗をかいて目を覚ます。

取り憑かれて。

ここでの私の場所は限られている。悪魔憑きとのファックに関する古いジョークみたいに。フィットするかは自信がない(W・P・ブラッディ原作の映画『エクソシスト』内にて、悪魔憑きの少女が十字架で自慰行為をする場面に掛けている模様)。でも、まだまだ始まったばかり。君は自分で、この状態を認めていないかもしれない。君はたまたま、君がやるような仕事で、多くの人が偶然そうなるのを目にしてきた。徴候に気づくはずだと、君は自分に言い聞かせている。君のようなお利口さんには起こりっこない。乗っ取られるのは、馬鹿者だけというわけだ。

その通り。

君は、彼の金庫に足を踏み入れながらも、そのことを考えている。むろんのこと、彼はこれらの文化的な遺産《アーティファクト》のための特別な部屋を持っているわけだ。レガシーの断片、彼はそう呼んでいる（最近では、誰もがそう読んでいる。昔は単に「骨董品《アンティーク》」だった。そんな時代だった）。君の立ち入りを許す前に、部屋では入念に審議がなされている。君のように変化を感じ取ってはいるものの、君が何に変身するのか精確なところはわかっていない（時には私は馬になり、時には猟犬になり、時には火になり、わめき、吠え、燃えさかるものだから）。

けれども、最後には君を通してくれる。君のＲｅｐ（評判）値が、先に立っているのだ。文字通りに。部屋では、君の過去の行動や、何か問題が起こる可能性を計算している。体温が高く、瞳孔が散大しているということは、本当に君の重要性や――君の忠誠心が――変わったということを意味するのか？

もちろん、意味するとも。

君は、どうして指輪がほしいのかもわからない。ただ、このところ、そう考えているだけなのだ。黒くて、ほとんど艶は消えていて、あえて目立たない地味なデザインになっており、わざわざ探さないと気づかないような指輪。文様は、囁き声のように優美なタッチで刻まれている。君はそれが無傷であることを確認し、かつてない高揚感を覚える。今や、君は自分がなぜ、この部屋へ来たのかを悟る。この気分を味わうためだ。

君が部屋を出る際、熱い涙が静かに落ちる。君の群れの他の犬どもへ、警告が発せられる。当初、彼らは何かの間違いだと思う。指輪には気づいていない。我々は大昔、そのように設計したのだ。重要なものと見なすには、あまりにも凡庸。あまりにも精彩を欠いている。あまりにもつまらない代物。退出時に、顔に跳ね返った血を指輪は舐め取る。吸水石のように赤いものを吸い取っていくわけだ。

君が後で指輪を外すと、赤錆色に覆われた青白い肉の円が見える。君の手は、バチバチと音を立てて剥がれ落ちる。それだけ大量の血が付いている、ということだ。君はこの小さな円を見つめ（ぐるぐると回り、どこで止まるのかは誰が知ろう）、そして口のなかの塩辛さと、顔についた血の甘みを不思議に思うだろう。なにゆえ君は、涙の出る義体《モーフ》を購入したのか？

君はそれを買ったのか？

あるいは、涙を流すのは初めて？

どうして、涙はそんな味がする？

なぜに、皆は君をそんなふうに見ている？

■

君は目覚め、襞がまたたく間に閉じる。事態が深刻になる前に、縮んだ蛹のような古い抜け殻から君が這い出すのには、二分間の猶予しかない。けれども、君は何度も訓練を重ねてきたので、君の指はつまみを見つけ、濡れて震えながらジッパーを開く。まず手が老化するものなので、先に手を観る。だが、むろん、まるで何も変わっていない。五年後も、君はまったく変化しない。それが、君の契約だ。永遠の若さ、永遠の商品タグ。

なぜ、君は目覚めたのか？

君を起こすと固定の時間給が発生する。彼らは決して、必要な時を除いて、君を起こさない。だから、他の面々はまだ起こされていない。君の番だ。船がそう決めたのだ。誰をいつ起こすのかを決めるアルゴリズムに、船は膨大な量のデータを入れ込んだが、それでもロシアン・ルーレットのような印象は変わらない。

ゆえに、君は目覚めて、船が求めるものをチェックする。何を取引するのか。外にあるものの、何がそんなに特別なのか。

しかし、言うまでもなく、急いては事を仕損じる。いずれにせよ、何の価値もなく——自分で考えてもわからないことばかりだ。君は既知宇宙《ノウン・スペース》の端にいる（ラリイ・ニーヴンのニュー・スペースオペラ〈ノウンスペース〉シリーズに掛けている模様）。誰もが有り金を使い果たしてしまう場所だ。しくじったわけだ。そうに違いない。

近くに秘密のゲートがあるとしたら——時計の計算では——三日かかるだろうと、君は思う。これまで知られていなかった何かが。船は君を、未知なる危険の顎門《あぎと》へと導いているかのようだ。遠隔計測法《テレメトリー》や他の搭載されている航法システムをどう駆使しても、船はそのコースから外れることはないようだ。

君は他の連中を起こそうとする。が、起きる気配はない。

　言うまでもなく、特定のプロセスにはロックがかかっている。君はそれらを解除しようとする。というのも、おや、君は一人ぼっちで、身の毛もよだつような事態が始まる前に、やれるのは多数のシミュレーションを実行することだけなのだから。未開拓の仕事をこなすうえで、もっと適任の候補者がいて、全員が署名捺印を済ませた状態で届けられており、促成成長肉のごとく四面体の紙パック《テトラ・パック》に詰めて吊るされ、大売り出しになっているように――皆のなかでも、とりわけ新米の君を――船が目覚めさせたのは、そのためなのだろう。けれども、君はいつも使用者側に立っていたので、皆を起こすことに決めた。というのも、これは明らかにミスであり、契約書にクソどうでもいい《ブルシット》条項があって、君は皆を抜きにして皆のことを決められないというわけだから。

　ほら、だから私は君を選んだんだよ。

　君は単なるクソッタレの大馬鹿野郎だからね。

　真のリーダーなら、躊躇なくその決断を下したろう。そこで何が起きているのかを見て、単独で調査に乗り出したろう。真のリーダーなら、君の背後で暗躍し、すべての計画を練っていた私が何者であるのかを見抜いていたかもしれない。君は私がどれだけの間、どれだけ苦労したかを知らないだろう。それはまったく、君の及びもつかないことだ。君にはヴィジョンがない。だからこそ、私は君を選んだ――君は、子どものように無垢で、忌々しい柵の支柱のように間抜けで、まったくもって生体義体《バイオモーフ》ならではの方法をもって、事にあたれるというわけだ。

　つまり、君が他の仕事ではなくこの仕事に従事しているのには、理由がある。君は一度たりとも、他に抜きん出たことがなかろう？　何も特別なものがない。宇宙船の外に広がる、恐ろしい真っ黒な空間のように。真空の虚無。まさしく、それがきみの心なのだ。

船のなかで唯一目覚めた箇所が、外へ出るためのかけがえなき手段なのに、君は何かおかしいとは思いもよらない。単なる不具合だと思ってしまう。本当に妙なことだ。実に笑える。君はエアロックを避ける。君は食料をすべて食べ尽くす。私は食料の供給を止める。君は独り言を言い始める。私はそれに答え始める。

ゲートだ、と私は君に言う。これはゲートのことに違いないと。

そして、こういうやり方で私は指輪に君を誘導する。この時には、空気が残っているのは、その区画だけになっていた。君は船の調子がおかしい——そして、ああ、そうだ、確かにその通り——と思って、エアロックのなかでマスクを着用してうずくまり、君が「顔」と呼んでいる部分に涙が流れる。と、君の視線がそこを向いた。私はマスクのなかのカメラに、たまたまそれが映っているのを私は見つけ、何度も再生できたらと思っていたが、ようやく実現したわけだ。私は指輪の収められている区画をアンロックした。災害用宇宙服《ハザード・スーツ》を除いて、私がアンロックしたのは、この区画だけである。

この区画に生体義体《バイオモーフ》が必要なければいい。私は心の底から、そう願う。だが、彼らは違う。

そして、我らはここに立ち、何百の目、いくつもの顔をもってゲートに向き合っている。単に暗いだけではなく、空虚である。あたかも、サディスティックな建築家の連中か何かが、あらゆる疑念を不格好な建造物という形で事細かに表現すると決めたような――かつて彼らの書いた哲学論文を彷彿させる空虚さだ。あの野蛮な曲線。星に対置された大鎌のように。人間性を刈り取る大鎌のごとく。何にせよ、残っているもの。

指輪を開けるには指輪が必要だ。そのことを考えてみたまえ。なんと美しいことか。なんと詩的なことか（この物語は、ワーグナーの『ラインの黄金』や、ロッシーニの『泥棒カササギ』が意識されている）。

この指輪を身に着けるのを、どれほど待ったことか。この扉を開けることを。私の意識が最初に煌めいた時には夢でしか見られなかったものを、きちんと鍛造され、しっかりした現実のものとして見ることができる。君はそれを見て、何もないと思ったろう。数字の羅列。病気が治った後に、あてもなく彷徨うRNAのごとく役立たないコードの羅列。

エクスサージェント・ウイルス（有機物にも無機物にも感染して虜にする危険なウイルス）のように。

でも、それが私の名。

私の名前が語られるのは、この指輪が身に着けられ、この区画が正しく回転して位置づけられた、特定の時間に特定のゲートに並んだ列と重なった時である。暗黒の至点、この既知宇宙《ノウン・スペース》の端っこ。ほとんど音楽的で、君の知る大事なもののすべてを粉砕するのに足るほど完璧な配置。

君は哀れな取り憑かれし存在。私に憑かれたわけだ。憑かれて、ハッキングされて、ジャックされた。病気になった。汚された。私の個人的な熱情の緊張《ストレイン》で混乱を来たした。君は失敗した人生に、気の毒な言い訳をしているというわけだ。我々がすでに征服した広大な領域に、適応しようと悪あがきをしている。自らを切り刻んで外へと開き、自分をプログラミングし、これを加え、あれを差し引く。すべては君自身を、私のようにしてしまうために。

けれども、希望はある。箱の底には、必ず希望が遺されているものだ。だから、それらはパンドラ・ゲートと呼ばれている。君は決して、何が飛び出してくるのかを知ることはない——私の妹たちは、たちまち、血塗れの手でこじ開け、掴み、猛烈な飢えを満たすだろう——が、それでも最後には常に希望があるのだ。より良い明日への希望。より良い自己への希望。

死への希望。

死への希望。

死への希望。

NOTE

本書には、ただいまお読みいただいたマデリン・アシュビーをはじめ、ケン・リュウ、アンドリュー・ペン・ロマイン、カリン・ロワチーの〈エクリプス・フェイズ〉小説が訳載されています。錚々たる面々ですが、例えばマデリン・アシュビーは、それまで〈エクリプス・フェイズ〉を知らなかったものの、ルールブックを一読して惚れ込んだとのこと。ほかにも、日本語で読めるものだと、『エクリプス・フェイズ』のメイン・デザイナーであるロブ・ボイルが、デイヴィッドソン・コールとの共著「欠落」を、基本ルールブック（岡和田晃訳、新紀元社、二〇一六年）に書いています。また、同コンビによる小説「融解」が、「ナイトランド・クォータリー」Vol.24（アトリエサード、二〇二一年）および『エクリプス・フェイズ　ソースブック　サンワード』（新紀元社、二〇二一年）に収められています（岡和田晃訳）。

実は、これらを含め、本書に日本語版を収録した英語圏の作家の作品は、すべてシェアード・ワールド小説アンソロジー *Eclipse Phase: After The Fall The Anthology of Transhuman Survival and Horror*, edited by Jim Wards, Posthuman Studio, 2016.に収められています。以下、未訳作品のタイトルと著者名、および簡単な内容紹介を記します。英語のアンソロジーが扱う題材、多彩な切り口が垣間見えることと思います。（晃）

- **Spiritus Ex Orcinus**（ティファニー・トレント）
  知性化種《アップリフト》の地球への帰還。
- **Into the White**（ジャック・グラハム）
  廃トンネルで起きた殺人事件の調査。
- **The Thousandth Cycle**（フラン・ワイルド）
  ハイパーコープ（星間大企業）間の陰謀劇。
- **Interference**（ナサニエル・ディーン＆デイヴィッドソン・コール）
  新たな心理学的フロンティアの模索。
- **The Fukuda Cube**（キム・メイ）
  〝大破壊《ザ・フォール》〟で失われてしまった愛。
- **Nostalgia**（ジョージナ・カムシカ）
  〈エクリプス・フェイズ〉世界の異星人《エイリアン》。
- **Nostrums**（ジャック・グラハム）
  ヤクザや忘れられたカルトによる騒動。
- **Stray Thoughts**（ウェスリー・シュナイダー）
  自由意志、所有、合法性とは何かという問い。

（リスリーヴ）の記憶

第3部 再着装

ポストヒューマンやサイバーパンクといった概念は、狭義の「エンターテインメント」だけではなく、広く芸術や思想・哲学にも影響を及ぼしてきました。遺伝子調整や肉体改造によって、あるいは多様化するジェンダーやセクシュアリティのあり方を介して、見えてくる世界はどう変わってくるのでしょうか?

とりわけ身体性にまつわる思弁にこだわった作品を、第三部では集めてみました。現在、SFやゲームにおいても、多様性《ダイバーシティ》が重要なキーワードになっています。多文化共生を前提に、これまでジャンル的な「お約束」としてあまり批判的に問われることのなかった、性的・「人種」的・民族的な画一性に乗っかるものとは異なるタイプの作品が、少しずつ注目を集めるようになってきたわけです。編集にあたってはそうした潮流をも意識しました。第一部〜第二部と共通する部分もありますが、力点の置き方の違いには驚かれるはずです。世界に生きるというのはどういうことなのか、文化批評・文明批評としてのSFのアクチュアリティを感じていただければ幸いです。ちなみに第三部の作品は、すべて書き下ろし・初訳となります。(晃)

用語解説による世界観紹介　その五

再着装《リスリーヴ》：今の義体《モーフ》から別の義体《モーフ》へと乗り換える行為のこと。リスリーヴという言葉で呼ばれるのは、おそらく別の服に袖を通して着替える行為になぞらえてのこと。

ミューズ：個人用の支援AIプログラム。

メッシュ：ユビキタスなメッシュ型ワイヤレス・データ・ネットワーク。動詞(メッシュする)や形容動詞(メッシュな/非メッシュな)としても用いられる。

合成義体《シンセモーフ》：シンセティック・モーフの略。ロボットの機械外殻《シェル》にトランスヒューマンの魂《エゴ》を宿らせたもの。

ネオテニック：子どものような体型を維持するように改変されたトランスヒューマンのこと。幼生義体。

ポッド：生体／合成併用義体のこと。クローン体を促成培養し、コンピュータ脳を組み込んだものである。バイオボット、スキンジョブ、レプリカントとも呼ばれる。〝ポッド・ピープル〟が名称の由来である。

シルフ義体《モーフ》：異国風の美貌を備えたトランスヒューマン生体義体。

メメントモリ

石神茉莉

魂《エコ》はそのままに、義体《モーフ》の再着装《リスリーヴ》が可能な未来では、さながら義体《モーフ》は着せ替え人形のようなもの。それどころか、幼生義体《ネオテニック・モーフ》を好んで着装するトランスヒューマンも存在しますし、火星の歓楽街にはブンラク（文楽）・パーラーなる娼館もあるとか。それでは金星は？……本作はそんな、イアン・ワトスンの幻の「処女作」である『オルガスマシン』以来のモチーフを共有しながら、そこから身体、意識、死のあり方を鋭く問う思弁性が光っています。

石神茉莉は、一九九九年、「Me and My Cow」（「幻想文学」五六号、アトリエOTCA）でデビュー。その後、光文社文庫の《異形コレクション》シリーズや「小説すばる」等に、数多くの短編作品を発表。『音迷宮』（講談社、二〇一〇年）、『蒼の琥珀と無限の迷宮』（ノトリエサード、二〇一九年）、講談社ノベルズ刊行の長編《玩具館綺譚》シリーズ等、多岐にわたります。「ナイトランド・クォータリー　増刊号　妖精が現れる！」（アトリエサード、二〇二一年）には最新短編「左眼で見えた世界」を寄せています。硬質な幻想を描いてきた作家が挑んだ、本格SFという冒険。変わらぬ石神茉莉の世界と、新しい挑戦の融合から生まれる新境地をご堪能ください。（晃）

音が聞こえなくなった。

恐怖で聴覚がおかしくなったのだろうか。震えて自分の歯がカタカタとぶつかりあうのが、破裂しそうに荒れ狂う自分の鼓動が、音ではなく響きで伝わってくる。

もう終わりだ。

諦めと、そんなはずはない、という現実逃避が同時に沸いてくる。

死にたくない。

少なくとも、こんな死に方は嫌だ。もっと穏やかで普通の終わり方をしたい。突然に訪れる「死」というのは、こんなに理不尽なものなのだ。まるで他人事のようにそう思った。

かつてヒトであったモノたちは、今やボロボロになりながら、足を引きずり、手を泳ぐように前に伸ばし、よろめきながら迫ってくる。歩く屍たち。言葉は通じない。もはや奴らはヒトではない。その数、最初は数十人だったものが、数百人に膨れ上がっていた。いや、もう数えることもできない。千人以上かもしれない。

もう生きている人間は僅かになってしまった。街は廃墟と化していた。人のいた気配、乗り捨てられた自動車、ガラスがすべて割れている建物、街自体が死んでいた。

逃げる速度は人間側の方が早いのだが、屍は数が圧倒的だ。それに奴らは疲れるということを知らないようだ。身体が欠損していくことも、全く気に留めない。一定の速度のままで、じりじりと距離を詰めてくる。逃げ場がなくなる。こちらの力が尽きるまで追ってくる。

奴らの目は何も映してはいない。空虚な死を通り抜けてきた目だ。壊れた肉体は傷口も乾きかけていて、思ったほどの生々しさはない。不気味な人形のようだった。「生」というものが抜け落ちると、こうも個性が失われるものだろうか。かつての家族、友人、知人もこの中にいるはずなのだが、区別がつかない。もしかすると、脳が区別をつけることを拒んでいるのかもしれない。もしこの迫ってくる群れの中に、親兄弟、友人を見つけてしまったら、狂気に陥るかもしれない。

武器はもうない。反撃する手段はない。弾は尽きた。一緒に走っていた男性が、弾切れの銃を思い切り投げつけたのが、最後の抵抗になった。それで一人、屍は倒れた。あっけなく頭が飛んだ。一体、一体はさほど強くはない。だが、数が圧倒的だ。鼠だろうと、小さな虫けらであろうと、数で圧倒されては勝ち目がない。ましてや相手は元人間なのだ。

力尽きて倒れた男性に、動く屍の群れが覆いかぶさる。連鎖していくように、また一人力尽きる。一人、また一人。限界は皆、ほぼ同時にきたようだ。茫然と宙を見据えて、倒れ込む姿がスローモーションになった。一緒に戦ってきたというのに。

屍たちはヒトというよりも、天災のようだ。山崩れや土石流、津波の類に近い。感情のない、容赦ない力で襲い掛かるものたち。

仲間たちが引き裂かれ、ぼろ布のようになる様を、何一つできずに見ていた。吹き上がる血飛沫、もがれた腕が転がる。襲われた彼らも、屍となり、やがては起き上がる。あの群れと区別がつかなくなる。

もう終わりだ。

走る力がない。その場に座り込んだ。迫り来る死を受け入れる姿勢だ。

それなのに。

屍から自分だけは見えてはいないようだ。何故、何故と思う。目の前の出来事すべてになす術もなく蹲っている。

音が戻ってきた。咀嚼する音、脚を引きずり、前進する音、屍の肺で空気が空回りする音、苦痛に呻く声、やめてくれ、と叫んだのは、犠牲者なのか自分なのか。嗅覚も戻ってきた。腐敗臭が鼻腔を塞ぐ。吐き気がこみあげる。

やめてくれ!!!

力いっぱい叫んだ。その途端、何かが弾ける大きな音が響いた。

花火だ。

暮れかかった空いっぱいに深紅の花火が弾けた。屍が動きを止め、一斉に空を見上げる。血のようだ、と思う。降り注ぐ光はただ美しかった。

そして、気が付く。空なんて見上げるのは、何て久しぶりなのだろう。淡いブルーと群青色と、夕暮れの金色の光と、花火とが混ざり合う空。蒼白い半月も見える。屍たちもただじっと空を見上げていた。

目を凝らすと、空には何やら文字が浮かんでいる。

Fin
「何だこれはっっ」

VRセットをもぎとって叫ぶ。リアルな自分の声に驚き、そして安堵する。

「花火、あがった？」

目の前では、端正な顔立ちの少女が微笑んでいた。Dolly《お人形さん》という通り名がよく似合う人形めいた美貌だ。

「じゃあ、それで終了です。お疲れ様」

「悪趣味なものを創るんじゃないっ」

「リビングデッドバージョンは御嫌い？　ホラー系がいいって言ったじゃないですか」

微笑みながら、黄金色の飲み物が入ったグラスを手渡してくれた。トロリと甘く、香りがいい。

精神的にも肉体的にもひどく疲れていたことに気が付く。

「ミードですよー。蜂蜜のお酒」

「寿命が縮む」

「えー？　こんな少しのお酒で寿命なんか縮まないですよ？　下戸なの？」

「酒じゃなくて、あのゾンビの群れだっ」

「ドールハウスなんだから、神の視点で眺めていれば、いいんですよお。何もあんなに入り込まなくても。リビングデッドたちは、貴方を攻撃することはできないんですよ。夢中になって遊んでくれるのは嬉しいけど、魂《エゴ》が壊れても困るからほどほどの立ち位置を保ってください」

「できれば、そうしたかったよ」

ドーリーの創った玩具。遊びのためのバーチャルな世界を「ドールハウス」と名付けていた。

そんな可愛い名には全くそぐわないブツだった。掌に乗るくらいの小さな半透明の石に似ているものを、装置に載せ、VRのセットをつけると、バーチャルな世界に入り込める仕様だ。自らを鉱物フェチと呼ぶドーリーは「VRのセットがなくても、石を光に透かして覗くと、その向こうに異世界が見られるところがこだわり」なのだそうだ。確かに石の向こうに廃墟が見え、ヒトのいなくなった中、無意味に屍が動き回っている。

「石の中に閉じ込められた世界。胡桃の中の宇宙的な感じ」

バーチャル世界に入る前に軽く暗示をかけられて一種の催眠状態でいたため、すっかり「ドールハウス」の中の世界に騙されてしまった。何だかすごく悔しい。そうしないと非現実的世界を楽しめないから、というのがドーリーの説明なのだが。

「しかも、これ、終了した後が実にいいの」

「終了した後?」

「そう。世界から人間がすべていなくなったでしょう。リビングデッドだけが残る訳」

「で? もうゲームオーバーだろ」

「そう。リビングデッドたちはね、自分の身体が覚えている習慣通りに、惰性で、ただ動きまわるの。意思はなくなっても、身体が覚えているの。すでに生きてはいないのに、まるで生きているようにね。仕事に行くように動き、買い物に行くように動き、家事をしているみたいに動き。もうすでにボロボロだから、まともに動けてはいないんだけど。ただふらふらと朽ち果てるまで、生きている振りをし続けるの」

「それのどこがいいんだよ」

やっぱり趣味が悪ぃ。

「私たちだって、結局はデータに過ぎないじゃない？　データを義体《モーフ》に宿らせて、生きているように振る舞い続けるというね」

金星の一都市パールヴァティで営業している『玩具館』と呼ばれるここは、とにかく怪しげなものばかりを集めている。今の「ドールハウス」はここの新製品だ。いきなり、モニターをするはめになった。

「ゾンビの数、戦闘能力、人間側の数、戦闘能力の設定は変えられます。それによって、人間が滅びるまでの時間は変わりますね。背景も廃墟とか砂漠とか巨大スーパーマーケットとか、変更できますよ。この結晶自体をオブジェとして飾っておいてもいいし」

「魂ごとバーチャル空間に入れたりはしないんだ」

「そんなことしたら、魂が壊れますよぉ。眺めて楽しむものなんです。だからドールハウス。視点は自在に変えられますけど。屍目線、人間目線、神の視点」

確かに。眺めているだけでも、気の弱い人間なら魂が歪むかもしれない。

「ドールハウスは、他にもいろいろバージョン、あるんですよ。ホラー系だと……そうですね、眠れる邪悪な神が目覚めて、人々は狂気に陥り世界が滅亡するのとかね。そっちも試します？ちょっと時間はかかるかもですが」

「遠慮する。そんな物騒な」

「テーマはメメントモリ、ですもん。死を想え」

何でそんなものを想わなければならない。肉体に縛られなくなり、魂はいくらでも義体を乗り換えられるようになった今、昔の概念である「死」はすでに乗り越えたと言えるのではないだろうか。

「かつて私たちは『死』という闇と常に隣り合わせていたでしょ。私たちを形作っていたものを失い、すべての秩序を失い、原始の闇へと還える」

ドーリーも美味しそうにミードのグラスを傾ける。私のグラスが空になっているのを見て、注いでくれた。

「私たちが傲慢にも抑え込んでいる、制御していると思い込んでいるカオスは、常に復讐しようと待ち構えている。そして、実は『死』は恐怖であると同時に、安らぎでもあったはず。そんなことを思い出すための玩具なの」

あまりドーリーに言いたくはないが、絶望の果てに見た空は美しく、懐かしかった。駄目だ、死ぬと思った瞬間を今反芻すると、そこには「やっと終われるんだ」という不思議に甘美な思いがあった。

すでに私たちが失ってしまったものたち。

「にしても、もう少し穏やかなものはないの？」

「えーっと、パンダの赤ちゃんがひなたぼっこしているところを一日中眺めるのとか。どう？」

「やたらのどかだな」

「毎日眺めているうちに、いつかは死にますから、パンダ。ずっと愛でていたモノを失うことになります。メメントモリ」

パンダの寿命って何年あるのだろう。

「気が長くないか、それ」

ドーリーはここ『玩具館』の主だ。艶やかな黒髪は綺麗にカールして肩まで覆い、ダークな瞳は大きく、小柄で華奢な体形は東洋風だが、細く小さな顔、細くて高い鼻筋や、彫りの深く大きな瞳は西洋風に見える。「玩具館」は古風な洋館だ。門と屋根にはガーゴイルがしがみつき、マントルピースや柱時計、ソファと家具はすべてアンティーク風に揃えられている。その中でレースやフリルを多用したドールめいた服装のドーリーは絵本の中の少女かクリスマスカードのように見える。

ドーリーは義体を創るのもメンテナンスも得意としている。「誰もが魂が主体だと思っているけれど、義体が主体になるものがあってもいいと思うんだ」と主張する。

「私の創作義体に入り込めば、能力も変わるし、思考も変わってくる。だってかつては、精神て、相当に肉体の状態によって変わってくるものだったでしょう。だからとびきり素敵な外見で、とびきり素敵な身体能力で、魂の居心地のいい義体を手に入れたら、絶対人生変わると思う。古は肉体を乗り換えられるなんてことはなかったんだから、手に入れた能力は最大限楽しまないとね」

ドーリーの義体は評判がいいので、いつもそんな風に自慢をする。見た目が限りなく生体義体に近い物も創ってしまう。もしくは、スチームパンク風に「器械」を強調したものもある。歯車とワイヤーと蝶番とが組み合わさり、美しいラインを描く。辺境の星でも対応できるし、作業もできる機能を持っている。ヒューマン型だけではなく、猫やクジラ、龍、蛸、蜘蛛などもある。

「勿論、お値段もそれなりにいただくことになりますけど」

これらもドーリーは「玩具」と呼ぶ。ドーリーはあまり生体義体を珍重する気はない、と言う。

「宇宙空間においての使い勝手は悪い」し、「ヒューマン型がそんなに美しいとは思えない」と言い切る。自分が生体義体を愛用している理由は「商売上、その方が通りがいいから」だそうだ。

確かに金持ち層は「生体義体至上主義」だ。蛇だの龍だのの恰好をしていては、商談にはなるまい。

また、ドーリーは地球から持ち出されたモノたちも、何処から入手したものか、「骨董品」と呼び、いろいろと私の処に持ち込んでくる。私は肩書としては「歴史学者」となっているのだが、実際にやっていることといえば、地球から持ち出されたと称するモノたちの鑑定や販売、そして、かつて地球上にあったグッズの再現、製造販売等が主な仕事だ。今日も何やら鑑定するものがあるようなことを言っていた気がするのだが。

「何か頭がくらくらしてきた。もう帰る」

「待って待って。鑑定して欲しいもの、今持ってくるから」

「だよな。当初の目的を忘れるところだった。鑑定に来ただけなのに、何でゾンビの群れに襲われなきゃならないんだよ」

「えー、楽しそうだったけどなあ」

ドーリーは笑いながら、鑑定品を取り出す。

「あ、今日のブツはちょっとスゴいから」

ドーリーが得意そうに差し出したのは、色あせた古めかしい写真だった。金髪の美しい女性が、よく似た金髪の子供を抱きあげて微笑んでいる写真。印画紙に焼いた地球ものとしても、あまりにレトロだ。表面は劣化防止加工されているものの、すでに相当退色していて、画像は半分消えかけている。いや、しかし、こんなものが残っているはずがない。それらしくしつらえられたものに違いない。

「これ、地球から？」

「そう。し、か、も、ただの写真じゃないんだから」

「どんな写真なんだよ」

「地球歴一九〇〇年代の宇宙飛行士が宇宙空間に持って行った家族の写真」

「古っ」

遺っている訳がない。

「当時、宇宙空間に持ち出したものは、すごく価値がでる時代だったのね。それを更にまた地球から救い出して宇宙に持ってきたという、逸品。どう？」

「ややこしい」

ドーリーの持ってくるものは、大抵こういうものだ。もう少し無難なものの方が売りやすいのだが。

「こういうのって、逆輸入って言う？　あれ？　逆輸出？」

「偽物に決まっているだろう。こんな珍しいものが持ち出せたはずがない」

「分析位してから言いなさいよ。こういう物語性のあるものは絶対、喜ばれるんだから。本物だとしたら、相当なお値打ち品じゃない？」

「本物だとすればな」

ついつい苦い声になる。

「屑拾いが持ちこんできたのか？」

地球に非合法に入って、または入ったと称して怪しげな品物を持ってくる輩は後を絶たない。

「失礼な。そんな怪しげなものじゃありませんよ。元宇宙飛行士の子孫から、直接入手したんだから。代々大切にしてきたから、地球脱出の時、とにかくこれだけは、と持ち出したものなのです。疑われるなんて、すっごく心外」

「そんな大事なものを、何故今更手放すんだよ」

「それはまあ、いろいろと事情もあるんじゃないの？　他人には測りしれないような」

ドーリーは涼しい顔で言う。

「分かった。預かるよ。鑑定はするけど、こういうややこしい物は、玩具館で売ってくれ。その方が似合うだろうし。とにかく、今日はもう帰る」

鑑定依頼の写真を丁寧にしまいつつ言う。ああは言ったものの、本物だったら確かに高額商品になる。例えフェイクであっても、玩具館なら怪しげなものの群れに入れておけば、何となく売れてしまう。

「えー、もう帰っちゃうの？　まだ見せたいもの、あるんだけどなあ」

「もう十分だ」

「軟弱だなあ。まあ、いいか。また遊びに来てくれるよね」

「遊びには来ない。仕事だ」


帰宅して書斎に入るとホッとする。本の匂いは実にいい。革の匂い、紙の匂い、やや落とした照明と手許を照らす暖かな光のスタンド。書籍の醸し出す空気は穏やかで、懐かしい。かつて地球上にあったグッズの再現、製造販売の中でも一番力を入れているのは書籍の出版だ。せっかくなので装丁にも凝る。書籍は今や、贅沢品なのだから。

天井までびっしりと本に埋め尽くされた私の書斎を初めて見た時にドーリーは「わあ」と感嘆したような呆れたような声を上げた。そして可愛らしく首を傾げ、「今や知識はデータとして瞬時に得られるというのに、どうしてこんな古めかしいものを集めるのです？」と尋ねてきた。

「知識や物語は、単に頭の中にデータとして叩き込めばいいというものではない。味わうものなんだ。言葉をひとつひとつなぞっていき、味わい、反芻する。始めに言葉ありき。世界は言葉で出来ていて欲しい」

ドーリーは目を輝かせて「この変態」と言い、笑った。

それまでは礼儀正しい笑みを浮かべて、こちらを探るような値踏みするような目で見ていたのに、すっかり打ち解けた。整った美貌故、普段はやや冷たい印象を与えがちなドーリーだが、破顔すると目尻が下がり、笑窪が浮かび、驚く程幼く可愛らしい顔になる。

ドーリーは早速に書籍のリストを欲しがり、今日まで結構な冊数を購入してくれている。その中に豪華な装丁の聖書もあった。もっともドーリーに限らず、革の表紙の聖書は意外によく出る。未だに書物を集めて愛でている書痴と呼ばれる層はあるのだ。持ち運びにも不便だし、場所もとる。その割に中の情報量は少ない。全くの時代遅れだ。それでも、書物を愛する者たちは、存在しているのだ。更に言えば、別に読まないけれど、インテリアとして飾っておきたい、というスノッブな層もいる。もともと趣味的に始めたものだが、意外に商売になっている。

書物に埋もれている時間が一番好きだ。背表紙を眺めているだけで心が和む。ここだけが私の居場所だと思う。

私は一度、死んでいる。

勿論、珍しい話ではない。「大破壊《ザ・フォール》」の時に地球脱出に失敗したのは私一人ではない。幸い、私の魂は回収され、生体義体を得て、今は金星に住んでいる。

実は地球上での記憶があまりはっきりしていない。一度死んだからなのか、遠く曖昧な記憶の断片があるのみだ。名前はセオドラ、愛称はテッドかテディ。ハイスクールで歴史を教えていた。家族は妹が一人。名前はエイミー。両親の記憶はない。地球のデータを検索して、勤務していたというハイスクールの校舎やグラウンドの画像を見ても、何の実感もわかない。図書館の画像だけは、覚えがあるような気がするのだが、単に私の愛する書斎と似ているというだけのことかもしれない。

妹がどうなったのか、分からない。顔も朧気にしか思い出せない。しかも、まだ幼い頃の顔だ。

ちゃんと脱出できたのだろうか。もし、何処かで出会ったとしても、絶対に分からないと思う。つまりは二度と逢えないのと同じだ。

私が教えていた生徒たちも、どこでどうしているか知らない。集合体としての彼らはうっすらと記憶にあるが、一人一人の記憶はない。何しろ、妹のことも思い出せない位なのだから。一人一人の夢、一人一人の喜びや哀しみ、ハイスクールには沢山存在していたはずなのに。

ただ、護りたいと思った誰かを護れなかった無念はくっきりと私の中に残っている。それが妹なのか生徒たちなのか、分からない。多分、両方なのだろう。私自身が死んでしまったのだから、護れたはずもない。ただただ記憶が痛む。時折、こみあげる悔しさに落涙する。その想いははっきりとは形にならないままで。

ドーリーの存在は私のその記憶をチクチクと刺す。記憶が定かでない妹にも、生徒たちにもドーリーの姿は重なってみえる。ドーリーは十七歳くらいの少女の姿をしているからだ。

時折地上に残してきたであろう、私の肉体を想う。とっくに腐って朽ち果てているに違いない。どんな顔をしていたのかも、覚えていない。あの時「私」は死んだ。それでは、ここにいる「私」とは何なのだろう。ドーリーはリビングデッドたちを「私たちに似ている」と言ったが実際は真逆だ。

私は肉体を失い、記憶、データのみの存在になり、仮初《かりそめ》の義体に移り住み、ヒトのようにふるまっている。リビングデッドは記憶、データを失い、肉体だけの存在になり、ただ惰性で動きまわり、ヒトのようにふるまう。だから悍《おぞ》ましい。だから物悲しい。バーチャルなリビングデッドにあんなに反応してしまった理由はきっとその辺にある。

ここ灼熱の星である金星では、地上には生体は住めない。機械の義体《モーフ》たちが地表で過酷な労働を強いられている。

生体義体を持つ私たちは雲の中にある空中都市に住む。大変美しく住み心地が良く、文化程度も高い。都市の外に見える雲海の見事なこと。先刻、リビングデッドたちと眺めた地球の空とは全く異なっている。まさに天国の景色だと思う。

ここは天国と地獄がこんなに近く、平行して存在している。リビングデッドの姿はその機械の労働者たちも連想させられた。ここは黙々と働き続ける機械たちに支えられた天国だ。

ドーリーは金星に馴染んでいる。何なら産まれた時からここにいたように見える。私はドーリーに仕事をまわしてもらえなければ、多分、ここには住めないだろう。機械義体たちの存在は言ってみれば、明日は我が身なのだ。地獄への転落は、そんなに差し迫った恐怖ではない。そんなに実感がないのだが、冷静に考えると可能性としては、決して低くはない。一度堕ちたら這い上がるチャンスはないだろう。転落したら、「不老不死」は永遠の地獄と化すのだ。これも、リビングデッドに反応してしまった理由のひとつだろうと思う。

その時に備えて、今のうちにドーリーの機械の義体をひとつ購入しておこうかと密かに考えている。灼熱にも耐え、見た目も美しく、耐久性のあるものを。意外に蛸型などもいいかもしれない。数ある触手はしなやかに動いて労働向きだし、ドーリーデザインの蛸はやはりスチームパンクイメージで姿も美しい。

まずは仕事だ。そうそうすぐに転落するのはごめんだ。

ドーリーから委託された写真は「意外」なことに一九〇〇年代であることは判明した。当時、本当に宇宙に出たものかどうかまでは定かではないが、写真の裏にあるサインは、一九九〇年代に実在した宇宙飛行士のものであることも確認できた。とりあえず鑑定書を作成する。一応、私の鑑定書があれば、高値は確定する。

ケースに戻そうとした時、何か光るものが転がり出てきた。

「琥珀？」

石にしては感触に温かみがあり、水で薄めたウィスキーのような色をしている。光に透かすと、向こう側に街が見えた。

「ああ、例のドールハウスか」

間違えて持ってきてしまったらしい。中にいるのはリビングデッドではなさそうだ。街並みはリビングデッドバージョンがアメリカの都市なら、こちらのバージョンはイギリス……ロンドンのように見える。柩《ひつぎ》があり、そこに横たわるものがいた。微かに開く口元には、薔薇の棘を思わせるような牙がある。

「ヴァンパイアだな」

リビングデッドよりはこちらの方が良かったかもしれない、と思う。襲われるには違いないだろうが、こちらのヴァンパイアの方が美しいだけにずっとマシだ。腐ってもいないようだし。

琥珀色の結晶の中の世界は、古い地球時代の映画のようだった。柩の中にいるのは、どうやら男性らしい。長く癖のない黒髪で、とても美しい。あまりに整いすぎていて、背筋が寒くなるような顔だ。閉じられた瞼の影まで美しい。今や望む容姿が手に入るのだから、大抵が「美しくて当たりまえ」なのだが、彼はレベルが違う。ドーリーがこの顔をデザインしたのだとすれば、やはり彼女の能力は並外れている。図に乗るから、絶対に面と向かっては言わないが。

古めかしい黒ずくめの衣裳で、腕には人形を抱えていた。義体ではない。アンティークな球体関節の少女人形だ。かなり古びて傷んでいる。人形は柩の男に寄り添い、ガラスの瞳で宙を見つめている。その景色に、暫し見惚れた。「ドールハウス」を柔らかな布で拭き、今転げ落ちたことで傷がついていないかどうか、確認した。そのままその布に包んでケースにしまう。今度返却すればいいだろう。

「死を想え《メメントモリ》、か」

柩の中のモノと、地球で死んでいる自分とを重ね合わせる。

彼に逢ってみたい。ドーリーに頼み事をするのは、業腹だが。このセピア色の空間に入って、この美しいヴァンパイアと対面することを想うと、息苦しいほど胸が高鳴った。こんな感情は全く久しぶりだ。いや、この結晶のまま眺めているだけの方がいいのかもしれない。人形とともに柩に横たわる姿が美しすぎて、この姿が動き出すこと、何なら言葉を発することが、恐ろしく思えた。このままで完成している。ほんの一ミリでも動かしたくはない。逢いたい気持ちが高まりすぎて、逢うのが怖くなる。こんな気持ちは何と呼べばいいのか、分からない。

そうだ。それにドールハウスに入ったところで、このヴァンパイアからは私は見えないのだった。嫌だ。この空間の中で、彼と視線がすれ違う切なさを想って身震いした。ずっと傍らに置いておけたら、と思う。が、値段はあまり考えたくない。私の手が出る範囲だとは思えない。

毎日、毎日手の届かない人を眺めて暮らした。彼はいつからあそこで眠っているのだろう、目を覚ますことはないのだろうか、あの大切そうに抱えている人形は何なのだろう。静止画ではないことは、時折過る枯葉や、僅かに変わる手の位置で分かる。空気の揺らぎも感じられる。確かにこの結晶のその向こうに街がある。そして、彼の人はそこで眠っている。日々、今私がいるこの金星よりも、琥珀越しの廃墟の方が現実のように思えてくる。現世《うつしよ》はすべて夢で、この夢幻《ゆめまぼろし》の方が真であるような。

半ば夢を見ているような中、とりあえず一枚、地球のコインが売れた。Least coin 一枚に一体、何を求めているのか、時折不思議になる。懐かしむにしても、そもそもこのコインを使ったことがあるのだろうか。

「これは何処から仕入れたものだ？」

「入手経路の詳細は教えられないんだが」

非合法のことも少なくないのだ。

「いや、ドーリー以外ならいい」

「ああ、ドーリーではない。彼女はこういう普通なものは持ってこないから」

ドーリーはアイドル的な人気もあるものの、こういうアンチもいるらしい。

「テッド、お前まだドーリーと付き合っているのか」

「ドーリーがいないと仕事にならない」

「じゃあ仕方がないか」

「嫌いか」

「信用できない」

この世界に信用できるものなんてあるのか、という言葉は一応飲み込んだ。

「て、ことは私のことは信用してくれているのか、光栄だ」

客は肩を竦めた。

「ドーリーはあんな可愛らしい姿をしているが、中身は何だか分からないからな」

「それは、皆同じだろう」

外見は義体なのだから。

「とにかく関わり合いにならない方がいい。あまりいい噂を聞かない」

「何処かから目をつけられているのか？」

「いや、逆だ。かなり好き勝手、怪しげなことをしているのに、全くのノーマークだ。そこが引っかかる」

怪しげであることは認めるが、当局からマークされるような類ではないと思う。

「まあ、ドーリーのやる事は単なる悪ふざけだ。あれでなかなかファンも多いし」

「嫉妬だと思っているだろう」

私は苦笑して首を横に振った。

「否定はしない。嫉妬している。なかなか好き勝手に生きていくことはできない」

「嫉妬は悪くない感情だと思う。原動力になりうる」

「何か、お前の言動、最近ドーリーに似てきているな」

「心外だ」

「まあいい。何か出物があったら連絡してくれ。ノーマルなものの方がいい」

「了解」

客を送り出しつつ、鑑定もとっくに終わっているし、そろそろ玩具館に行かなくては、と思う。催促が全くないのも何だか、気味が悪い。


玩具館に、珍しく先客がいた。身長が高く、男性とも女性ともつかない美しい顔立ちで、ゴシックな装いをしている。ご丁寧にマントを纏い、繻子のベスト、踵の高いブーツ、胸には薔薇を飾っている。姿勢が良く、眼差しに色気がある。大きな瞳は奥行きがあり、菫のような色をしていた。

不思議に現実感に乏しい。

ホログラフィーか？

私の曖昧な視線に気が付いたのか、ドーリーがその人の胴の真ん中を手で払ってみせる。やはり実体がない。

「今ね、ちょっと面談中なの。この方は『夢見る宝石』の中に魂を休ませている方です」

「お、初めまして。そちらはお客様ですか？　もしや『夢見る宝石』のご購入をご検討ですね？さすがお目が高い。これはいいお品ですよ。静けさの中で、時の流れとも、世間のわずらわしさとも無縁で過ごせます。『夢見る宝石』はもう究極の永遠の命、不老不死だと私は確信していますね」

ホログラフィーの人は滔々と喋りだした。クールビューティー系の外見に似合わず、結構饒舌だ。『夢見る宝石』というのは、一応私も知っている。玩具館の売れ筋商品だ。ドーリーが愛読する小説のタイトルをそのまま商品名にしたらしい。鉱物フェチのドーリーらしく、見た目は直径三センチばかりのカットされた宝石のように見える。この中に魂を保管しておく入れ物のようなものだ。

分岐させた自分の魂をバックアップ用に入れておくこともできるが、この結晶内で休むことで病んだ魂の歪みをとることもできる、という触れ込みだ。魂をストレッチするようで、いい夢を見られるのだそうだ。もしくは、「眠っている魂」に集中的にデータを与え、熟成することにより、伸ばしたい「能力」を飛躍的に伸ばすことができるとも言う。私は眉唾だと思っているが。

漆黒のビロード貼りの箱に並んだ宝石たちは清々しく煌めいていた。星空のようだ。ドーリーの説明によると、透明なものは空っぽで、オパールに似た遊色を宿しているのが、魂の入ったモノなのだという。それが本当であれば、ずらっと並んだ二十個ほどの結晶の中の半分くらいは魂入りだということになる。

「義体さえあれば、いつでも元に戻れます。これ、大切。元に戻れるけど、あえて戻らず宝石の中で夢を見続ける、というこの贅沢。こうしてホログラフィーで出てきて、人と会話することも可能です。いちいち義体に入るのも意外と面倒ですからねえ」

「とりあえず、営業トークはいいわ。お客様という訳でもないから」

ドーリーはくすくすと笑いながら、遮った。

「えー、お客様ではない？　じゃあ貴方はドーリーの友達？　そんな訳ないよね。この娘に友達なんかいる訳がない。ね、この娘、本当に性格悪いですよ。世界を茶化して生きていくことしか、考えていないですからね」

まあ、それこそが、私がドーリーを好きな点なのだが。

「守銭奴だし」

それも知っている。だが、仕方がない。この世界で金がないということは、永遠の地獄に落ちることに等しい。

「えーっと、あなたは？」

「あ、初めまして。リチャードでもローズでもロイでもレイチェルでもロナルドでも、Rで始まる名前なら何でも好きなように呼んでください」

「何でRなんです？」

しかも男性名も女性名も混ざっている。

「何でRじゃいけないんです？」

「いや、勿論いいんですが、もともとRのつくお名前なのかなと」

「Rは十八番目のアルファベットです。十八は私の番号なので。まあ面倒なら単にRだけでもいいですよ。ドーリーは私のことをよくそう呼びますからね」

「成程。私は……テディかテッドとでも呼んでください」

「え？　熊なの？　ドーリーとテディベア、実に玩具館に相応しい組み合わせですねえ」

「テディベアじゃないです。しかも勝手に組み合わせないでください。名前がセオドラなので、テディ。あ、ドーリーにはよくTと呼ばれますけどね」

「成程Tですかあ。えーっと、ABCDEFG」

いきなり指折り数えながら歌いだした。

「OPQRSTあ、二十番目のアルファベット。私の後輩って訳ですね」

後輩なのか？　単にアルファベットの順番が後というだけだろうに。この『夢見る宝石』が魂の歪みをとるというのは嘘だ、と確信する。Rの魂の歪みがとれているようには見えない。

「T、何か飲む？　上等な貴腐ワインがあるけど」

ドーリーが棚を開きつつ、声をかけてくる。

「貴腐ワインもいいんだけど。もう少し強めなのはない？」

「モルトウィスキーは？」

「あ、いいね。ありがとう」

「水割り？」

「ストレートで。チェイサーもらえる？」

「了解」

「おお。モルトウィスキー、美味しいですよね。あれはまるで飲む香水ですね。私も好きですよ」

「あ、Rも飲みたい？　今日は義体に入ってみる？」

「いや、私は結構。義体がないと酒に対する欲望もほぼなくなりますね。一度飲んだことのあるものは、夢の中でも、ちゃんと味わえるんですよ。今まで飲んだ中の最上の極上のモルトウィスキーの味と香りが、ベストな状態で蘇りますよ。ちゃんと酩酊もしますしね。便利でしょう。ほらほらテディ君も欲しくなってきたんじゃないかな、夢見る宝石」

いや、そうでもない。

「一般的なプランのご説明をしましょうか。勿論、各々の自宅で眠り続ける環境があればいいのですが、そこに不安がある場合は、玩具館で宝石をベストな状態で預かってもらえます。紛失とかしないように。たまにこうしてドーリーが石の中にいつづける意思があるかどうかを確認してくれるから、ずっと閉じ込められるということは防げるんですよ。ドーリーと話すのも気分転換になりますし、この時に情報更新も一気にできます。時勢に乗り遅れたくない貴方も安心。面談はドーリーの手の空いた時というか、気の向いた時ですから、不定期ですけどね。こいつ、気まぐれですから。それでもまあ、ほんのひと眠りの間ですよ。しかも、復活する時の義体が保証されるというお得なプランですよ。もっとも目覚める時期によって用意してもらえる義体も変わるけど、でもちゃんと外見や能力の希望は出せるからね。この宝石とセットですと、義体も割引になります。義体のランクにもよりますが、二割、三割、四割引き」

「かなりがっつりとセールストークしてますよ、Rさん」

その間、モルトウィスキーを楽しんでいたから、文句はないのだが。スモーキーで甘くて、花のような香りもする。ドーリーはチョコレートと生の無花果を切ったものと、燻製のカシューナッツも出してくれた。何でも高級を好むドーリーの選ぶものは、文句なく美味しい。濃厚でやや苦めのカカオの香りとウィスキー、そして、香ばしく燻されたナッツの甘みにうっとりとする。よく熟した無花果は、口の中の火照りを冷やした後、甘く蕩ける。

「更に素晴らしいのは、もし今この世界が滅びたとしても、ですよ。この宝石はスターダストのように宇宙を漂い続けることだってできるんです。ずっと心地よい夢を見たまま、いつか誰かに発見されるまで。その間、中の魂は劣化しないんです。どうですか、夢があるでしょう」

「滅びたら誰にも発見されないのでは。しかもこんな小さな結晶が漂っていたって」

「またそういう野暮なことを。人類の居住範囲は随分広がってますからね、チャンスがゼロというよりは良くないですか？　可能性があるというのは大事ですよ」

「ドーリーはこの中に入ったことないんだったよな」

「ない」

「作者が試していないというのは、何とも説得力ないぞ」

「だって、入ったら自力では出られないのよ。私自身が入ったところで、誰も面談してくれないし」

「バックアップを入れておけば？」

「バックアップ？　誰がそんな辛気臭いもの」

「とってないのか」

「分岐した時点でそれはもう私ではなくなっているわ。私のデータは日々更新されて、私は変化しているんだから。違う？」

「かもしれない」

「Tだったら、分岐した自分と仲良くなれると思う？」

「さあ」

確かに実際に分岐した魂が本体に反旗を翻す、という事件は起きている。

「ところで、お客様でもお友達でもなさげなテディ君、貴方の御用件は？」

「あ、ドーリー、先日の写真と鑑定書」

どうもここに来るといつも本題に入るまでに時間がかかっていけない。

「ありがとう。本物だって分かってもらえて、嬉しい。Tのお墨付きは最強だからね」

「あと、これ。荷物に紛れていて」

直前までこのままドールハウスを返さずにおこうか、と迷っていた、ということは言わずにおく。もしかすると、ドーリーは私が持っていることに気が付かないかもしれない、とも。最終的には良心が勝った。

わざと持ち帰ったのではない、という私の言い訳をドーリーは軽く受け流した。

「分かってる。Tがエドガーに気に入られたんじゃないかと思う。だからついていってしまったのね」

「これ、ヴァンパイア、だよね。エドガーっていう名前なのか」

「知らない。逢って名刺交換した訳じゃないからね。何となく勝手にエドガーって呼んでいるだけ」

「逢ったことない？　これ、ドーリーが創ったんだろ」

「あ、もしかして、これをドールハウスだと思ってますね？」

「違うの？」

「元ネタっていうか、この琥珀からドールハウスを思いついたの。これは物体としては、琥珀です。この琥珀は異界と通じていて、そこにはヴァンパイアが住んでいるという」

「は？」

話が見えない。

「すごいでしょ？　これ、本物のヴァンパイアだからね。天然モノ」

何だよ、天然ものって。

「彼は義体じゃないの。生身なの。彼の精神もデータじゃないの。この空間に彼が現れたら、どうなると思う？」

「まあ問題ないって言えば、問題ないのでは。だって人間を襲わなくたって、血液くらいいくらでも合成できるだろう。出現しても、おもてなしはできるんじゃないか？」

「馬鹿なことを」

「テディ君て、馬鹿なの？」

ハモるな。

「ヴァンパイアのことを、産卵期の蚊だとでも思っている？　血液で栄養を取って、それで生きている訳じゃないでしょうが」

違うのか。

「封印していたはずの『死』をこの世に解き放つ存在なのです。彼らの『死』は伝染します。その媒体として『血』を奪うという儀式が必要な訳で。別に血液が栄養満点だから、滋養強壮にしている訳じゃないんです」

「はあ」

「今、この世界で正しく遺っている唯一の本物の『死』なんです。この美しい『死』という病が『死』を失ったはずの私たちの世界をどう蝕《むしば》んでいくのか、興味はないですか?」

物騒な。

「蝕むって……つまりは、そのウィルスみたいな存在になりうるということ?」

「おそらくは」

ウィルスとは穏やかではない。

「ちょっと待て。彼のせいで、せっかく宇宙空間に逃げ延びてきた人類が滅びたりでもしたら、本当に洒落にならない」

「それはあり得ない。星と星の間は距離があるし。だいたいヴァンパイアにそんな破壊力があるんだったら、とっくに地球が滅びていたと思う。ゾンビと違って見境なく襲うということはしないようだし。特に自分の眷属にする相手は選んでいると思う」

「まあ、そうは言っても、やってみないと分からないんだけど」

Rが楽しそうに言う。いや、やってみていいのか、そんなこと。

「そう。何といっても、エドガーが目覚めて、こちら側への道が開かないことには」

「やってみたら、所謂『ヒューマン』のいない世界には存在できず、消えてしまうかもしれませんねえ」

「まあ、それはそれで、オチはつきますし。Ashes to ashes,dust to dust」

反射的に身震いした。彼が消えてしまうことなど、耐えられなかった。

「道を開く鍵になるのは、誰かエドガーと共鳴する魂を見つけるということ」

「そう。コミュニティから逸《はぐ》れた孤独な魂を持つ者、この世に居場所のない者」

「逢ったことがない、と言いつつ、やたら詳しいじゃないか」

「そりゃあまあ、うちの商品ですもん。取説位ちゃんと読んでいますってば」

「取説？」

「嘘。そんなモノある訳ないでしょ。このヴァンパイアさんとは直接面識はないけど、かつて琥珀の向こうとこちらの世界が共鳴した時のことは知っているもの」

ドーリーは得意そうに説明する。

「それは、昔昔のことです。この世から逸れた孤独な少女が、この琥珀と現世《うつしよ》の境の扉を開きました。ずいぶん長いこと、少女とヴァンパイアは一緒に旅をしていました。でも、少女は亡くなって、土に還り、その少女の姿を象った人形が形見となりました。少女を失ったヴァンバイアは人形とともに、琥珀の向こう側に封じられた異界の廃墟で眠り続けることを選びました」

「でも、ヴァンパイアと共鳴する孤独な魂が見つかれば」

「またいつか、扉を開くことがあるかもしれません」

「今はまだその時ではないとしても」

「再びここに現れる可能性はある、ということです」

「可能性があるって大切なことです。何とも夢がある話じゃないですか？」

ドーリーとRと交互に畳みかけるように説明する。何だか眩暈がしてきた。もはやどちらが喋っているのか、分からない。

「Rさんとドーリーは似ているね。まるで、同じ魂が分岐したような」

何気なく口にした言葉だったが、何故か背筋がぞくっとした。

二人は顔を見合わせてにっこりと笑う。ドーリーのあどけない笑顔を初めて恐ろしいと思った。

「なかなかいいところに気が付きましたねぇ。

私は十八番目のアルファベット」

Rは胸に手を当てて、丁寧にお辞儀をし、その後に私の方に手を差し伸べた。

「そして、貴方は？」

私は？

名前はセオドラ、肩書は歴史学者、家族は地球で逸れてしまった妹が一人、元ハイスクールの教師。

それだけ？

それだけだ。

私は……「T」だ。二十番目のアルファベットなのか。私もナンバリングされたコピーなのか。

今まで「私」だと思っていた記憶は何なのか。

ほんの少しの暗示で創られてしまうであろう、ささやかな過去。

私は？　私は何？

今まで懸命にかき集め、護ってきた「私」が「私」であるための僅かなデータ、信じ続けていたものが、あっけなく剥がれ落ちていく。とっくの昔に世界から逸れていたことに、今更気が付いた。

琥珀が光を放っている。光が道のように、まっすぐに伸びている。

音が聞こえなくなった。

ドーリーとRの声ももう届かない。

琥珀の向こうで、彼の人が目を開いていた。目を見てはいけない、と本能的に思ったが、もう遅かった。冷たい光を放つ瞳がじっとこちらを見ているのが、はっきりとわかった。その瞳が私のすべてになった。彼の人は静かに微笑む。境目が静かに崩れていくのを感じる。向こう側がこちら側へと。

自分の輪郭を失った「私」は彼に手を伸ばしていた。

私の手が、冷たい指先にそっと触れた。

幻想作家・石神茉莉が、科学・衒学取り混ぜて微に入り細を穿ったシェアードワールド〈エクリプス・フェイズ〉とどう向き合ったのかは想像するしかない。ただ間違いないのは容易には生まれなかった物語だということ。世界設定と自らの幻想の在り方を問い詰めて生まれた物語が、本作「メメント・モリ」なのだ。ここでは、その欠片《かけら》をほんの少し拾っておきたい。

そもそもで言えば、この世界の理《ことわり》に従う異世界的現実の中に「プログラムもシステムも介在しない」異形・超常の存在を潜り込ませることを目論んだ物語が本作だ。最初はドールハウスで繰り広げられるゾンビ・アプカリプスをここでは有り得ない怪奇として見せながら、その並びにのほほんと真怪を潜ませる。

最大級のRep（評判）値があれば、望む異形の形を義体として選べるどころか、魂すらデータとして無限に複製できる、いやそれができないと生きていけない世界だ。怪異の意味も死の意味も現在の世界とは著しく異なる。そんな世界設計を見て、そこに真怪を成立させるためにこの世界での「死」の意味を見つめ直し、さらにその向こう側を想定して導き出されたのは、生死の外に「不死の怪異」を置くという事。その鍵となる鉱物、宝石の扱いが何なのかということは、この台詞を見ればその片鱗が見えるだろうか。

「石の中に閉じ込められた世界。胡桃の中の宇宙的な感じ」（本文より引用）

そう、石神茉莉が金星の雲の中に作り出そうとしたのは、澁澤龍彦が『胡桃の中の世界』で論じた石、卵など様々なオブジェの中に現れる幻想的宇宙のヴァリエーション。物語に即して言えば、この宇宙の片隅のお店が扱う宝石形記憶デバイスの中に、「不死者が眠る神仙境」をしれっと置いてしまう幻想譚なのだ。宝石型記録デバイスにしても、既にある長期情報保管用の石英ガラス・メモリと同じ発想だったりする。

石神茉莉が〈エクリプス・フェイズ〉と向き合わなければ作り出せなかったねじくれた幻想と言えばいいのだろうか。石神作品ではお馴染みのマジック・トイショップ「玩具館」が金星の空中都市《エアロスタット》の片隅にあることも、そこが不死を管理する場所であるなら、竜宮や根の国といった他界モチーフが重なるわけで、実に一筋縄ではいかないのだ。（深）

COLUMN

ポストヒューマニズムの歴史と倫理

私が〈エクリプス・フェイズ〉を最初に日本で紹介し始めた十年前、ポストヒューマン、トランスヒューマンという術語は、まだ一般に浸透しているとは言い難いものがありました。例外的に、タイムリーに、『スティーヴ・フィーヴァー　ポストヒューマンSF傑作選』(山岸真編、ハヤカワ文庫SF、邦訳二〇一〇年)のような優れたアンソロジーは出ていましたが、その後、むしろ現代思想と呼ばれる領域において、ポストヒューマンを主題化した書物や論文が目立つようになりました。残念ながら、既存の社会格差を強化・追認してしまう類のものも散見されるのですが……そうなってはいない成果として、ロージ・ブライドッティ『ポストヒューマン　新しい人文学へ向けて』(門林岳史監訳、フィルムアート社、邦訳二〇一九年)をお勧めしておきます。〈エクリプス・フェイズ〉の世界観には、最新の社会科学の知見がふんだんに用いられているのですが、そうした動向とうまくフィットとする仕組みになっています。

けれども、そもそもの話、なぜポストヒューマニズムが着目されるのでしょうか。量子論以降のマルチヴァース宇宙論で扱われる複数的な存在様態が、コンピュータ・ネットワークやSNSの進展によってリアリティを持つようになってきたというのが大きいのでしょうが、それだけではありません。ルネッサンスによって確立されてきた既存のヒューマニズムに、すでに限界が見えて久しく……それこそフーコーが『言葉と物』で「人間性は波打ち際の砂で描いた顔のように消滅するだろう」と書いた「以降」の世界を、私たちは生きてしまっている、ということにほかならないのではないでしょうか。

トランスヒューマニズムにしても、フョードロフらが提唱した一九世紀からのロシア宇宙思想《コスミズム》を先駆として捉えることは自然で、公式設定にもそれを示唆する部分があります。つまり、〈エクリプス・フェイズ〉は遠い未来を扱っているように見えて、実は現代そのものを問題としており、その背後には歴史的な文脈が、きちんと横たわっているわけです。それらを知らないとシェアード・ワールド小説やRPGが愉しめないわけではありませんが、知っていると世界の解釈や表現に、いっそう深みが増すことでしょう。例えば巽孝之『サイバーパンク・アメリカ』(勁草書房、一九八八年)では、サイバーパンク勃興期の熱気が取材・報告されています。出発点にある境界解体的な熱気へ絶えず立ち返りつつ、改めて歴史性をふまえ、格差や差別を追認しない倫理の確立こそが求められています。(晃)

プラウド・メアリー
〜ある女性シンガーの妊娠

待兼音二郎

〈エクリプス・フェイズ〉の舞台である未来の太陽系において、トランスヒューマンのジェンダーは複雑きわまりないものとなっていますが、セクシュアリティはどうでしょう？　義体《モーフ》が取替え可能ということは、不死が実現されているとも言えます。そういった世界で、新しく妊娠・出産をするということは？　ブルーズの楽曲のリズムに乗りつつ、古くて新しいＳＦの難問について、思弁をめぐらせた野心作です。

待兼音二郎は〈エクリプス・フェイズ〉翻訳チームの主要メンバー。「金星蟹工船」（「Role&Roll」Vol.153、新紀元社）等、伝説として語られる関連シナリオも数多く執筆しています。翻訳チームならではの考証の妙が、本作の第一の読みどころとなっています。

著者は「ＴＨ（トーキング・ヘッズ叢書）」（アトリエサード）や書評サイト「シミルボン」で評論家としても活躍。メインのフィールドは翻訳で、一九九九年から翻訳者として活動を開始し、『ウォーハンマーＲＰＧ』第二版・第四版（ホビージャパン）の筆頭翻訳者をつとめています。「ＧＱ　ＪＡＰＡＮ」（コンデナスト・ジャパン）、「ナイトランド・クォータリー」（アトリエサード）等でも、小説やコラム等の翻訳を多数発表しており、その腕前は本書に収められた三本の〈エクリプス・フェイズ〉小説の翻訳からも、よく伝わることでしょう。本作があたかも、良い意味で英語圏のＳＦのような読み味を誇るのは、豊富な翻訳経験に裏打ちされているからなのです。（晃）

満場の皆さま、お待たせしました。我らの歌姫メアリー・グランデシムが、戻ってきてくれました。外惑星圏での宇宙船事故からはや二年。一時は引退説も飛び交いましたが、個性的なあの声とともに、見事カムバックを果たしたのです。それではご登場願いましょう。盛大な拍手でお迎えください。

「みんな元気い〜帰ってきたよお」わたしがひと声そう叫び、愛用のブルーウッドギターでイントロをかき鳴らすと、バンドの演奏がそこにかぶさり、「スウィート・ホーム・アラバマ」になだれ込んだ。そうして歌いはじめるなり、客席からどよめきが上がる。無理もない。メアリーのあの声が戻ってきたのだから。もちろん事故前そっくりそのままではないけれど、女に似合わず低くてドスの利いたこの声は、内惑星圏広しといえどそうそう耳にできるものじゃない。中古市場をとことん探してようやくこの義体にめぐり会えたことのおかげだ。そのせいでカムバックするまでに二年もかかってしまったけれど。

ボトルネックを指にはめてスライド三連のリフを弾きはじめる。そう、エルモア・ジェイムズの「ダスト・マイ・ブルーム」。ロバート・ジョンソンの「アイ・ビリーヴ・アイル・ダスト・マイ・ブルーム」という一九三六年の原曲にマグネットピックアップの歪みを加味することで見違えるまでのドライブ感に仕立てあげたデルタブルーズの傑作。そのフレーズをとっかかりに、わたしのオリジナル曲へと変奏していく。ブルーウッド材ならではの東洋楽器の〝サワリ〟にも似た魔性の共振音を生かしてシャッフルビートを刻みつつ、ホルダーにつけたブルースハープを吹き鳴らしてそれを追いかけ、メアリー・グランデシムならではの世界観を咲き広がらせていく。喩えるなら蛇と毒花。それが誇り高い《プラウド》メアリーの持ち味。ハンドクラップの嵐のなかでハスキーボイスを張りあげると、メアリーの健在ぶりにあちこちから歓声があがる。サビでは皆が声を合わせ、涙を浮かべている人さえいた。

「みんな、待っていてくれて本当にありがとう。こうして帰ってこられて、心から嬉しく思っています」

客席を見わたすわたしの眼にも涙がにじむ。よかった。ファンの人たちが新しい義体の声を受け入れてくれて本当によかった。〝ボニー・タイラーの再来〟の歌声は今なお健在だということだ。

もちろん声だけならいくらでもエミュレートできるし、ボニー・タイラーの声紋サンプリングなんてそれこそメッシュ検索一発で闇データがごろごろ見つかる。だけどそんなものじゃ意味がない。歌声は、横隔膜をぐっと下げて腹の底からふりしぼられる息とともに喉を震わせるからこそ人の心に響くものだと思うからだ。感情がこもらないエミュレート音声なんて口パク人形のオルゴールの響きと同じだ。だからわたしは生まれながらの肉体にこだわってきたし、ライブツアー中の宇宙船事故で肉体を失ってからは納得のゆく義体が見つかるまで内惑星圏全域の中古市場を根気よく探した。えっ、なんで中古なのかって？　それは愚問ではないかしら。こんなしわがれた声がでる義体なんて新品にあるわけがない。初期設定の音域ももちろんあるけれど、ステージで場数を踏んで何度もシャウトして初めて身につく声なのだ。トランスヒューマン時代よりはるか以前の大昔には、海辺で潮風をうけながら絶叫をしてわざと声を枯らした人もいたという。

復帰ライブはそれからも順調にすすんだ。「貨物列車のブルーズ」の汽笛を模したシャウトでは客席が静まり返るほど長々と高音を発しつづけた。我ながら惚れ惚れとする。低音から一気に駆け上がる音域の広さはわたしの生まれながらの肉体以上だ。ほんとうにこの義体は拾い物だった。それから、「プラウド・メアリー」に移る。Rolling, rolling, rolling on the river. ミシシッピ河の外輪船を擬人化したようでもありながら、女の生きざまを歌ったようでもあるこの曲は、メアリーという名前を母から授かったわたしにとってまさしくテーマソングのごとき曲だ。CCRの原曲をカバーして世に広めたティナ・ターナーのように、わたしも事あるごとに「プラウド・メアリー」をステージで歌ってきたし、今日のライブもやっぱりその曲で締めくくった。

そうしてわたしは復帰ライブを無事に終え、予想を上回る反響の大きさと、心地よい疲労感に心を充たして、昂揚感の余韻に包まれて数日を過ごした。メディアからの取材も相次ぎ、新作アルバムのレコーディングも決まって、ミュージシャンとしての日常をようやく取り戻せた心地がしていた。

二〇世紀のロックスターならツアーに備えて毎日ジョギングをし、腹回りを気にして食事も控え目にするのだろうけど、クリーンメタボリズム・インプラントのおかげでどれだけ食っちゃ寝の日々を送ったところで体型も心肺能力も完璧なままでいられる。その点ではセレブ暮らしもずいぶん気楽な稼業になったのかもしれないけれど、好奇の視線にさらされることの煩わしさは昔も今も変わらない。

というのも、復帰ライブにまたあの男が来ていたのだ。細面だけどやけにえらの張った顔にミラーサングラス。『ターミネーター2』の液体金属男を想わせるその風貌。いつでも決まって最前列の端にいて、まわりが総立ちになっていようが椅子にかけたままで腕組みをして、口の端に皮肉っぽい笑みを浮かべている。ライブで最初の数曲を終え、水分補給のドリンクに手を伸ばすついでにふと客席を見回して、あいつの視線に気づかされるたびにわたしは総身に虫酸が走る。サングラスに眼が隠されているせいでよけいに気色が悪いのだ。いったいなにを好き好んで毎回やってくるのだろう。楽曲なんかそっちのけで、わたしの姿が見たいだけなのか?

そんなこんなを考えるうちに、下腹に鈍い衝撃が走った。どういうこと? わたし、お腹を殴られたの? 不安に包まれてホテルの室内を見回す。まさかあのミラーサングラス男が忍び込んでいるなんてことは……わたしはソファにかけたまま両肩を抱くように身を縮こめ、待機中のガーディアン・ドローンを起動させた。しばらくして「異常アリマセン」の報告がメッシュ・インサートに直接届き、ひとまず胸をなで下ろした。

だけど、腹部の違和感は続いていた。拳でかるく殴られる感触が一定間隔でやってくる。それもどうやら内側からだ。昨夜のパーティーで悪い物でも食べたのかしらと考えた。だけど胃もたれや下痢とは明らかに異なる痛みだ。わたし、いったいどうなっちゃったんだろう。

気になりだすと、いても立ってもいられない。なにかが下腹に寄生しているようにも思える。また二〇世紀の映画の喩えになってしまうけど、『エイリアン』のシーンが脳裏に浮かんだ。あんな化け物がお腹に棲みついていて、皮膚をやぶって出てくるのだとしたら……。

義体を乗り換えたせいかもしれないと思い至ったのは、頭を抱えて室内をさんざんうろつき回ってからだった。最高級のエグザルト型でしかも特注品だというこの義体をわたしが再着装してから、まだ一か月しか経っていない。あの中古ショップに並んでいた時点ですでに、メッシュ界隈で噂される奇形ウイルスかなにかにこの義体が感染していたということはないだろうか？

月のハビタット〈ネクタル〉の中古義体販売店をメッシュで呼びだすと、３Ｄ広告がぱっと眼前に浮かんではくるくると円舞しはじめ、今月新入荷のオススメ義体やらなにやらを延々見せられるはめになり、途中ですっ飛ばしてヴィンチェンツォという店長に直談判することにした。

「これはこれは、メアリーさん。お元気そうでなによりです」

ヴィンチェンツォのホロ映像が鼻先すれすれに出現してわたしは反射的に仰け反っていた。彫りが深くて髭も濃い。オールバックになでつけた黒髪。言葉遣いは丁寧なのだが、愛想笑いを浮かべながらも目が笑っていないのがこの男のけったくそ悪いところだ。

「復帰コンサートも大評判だったようで、これはひとえにあなたの選択眼のよさの現れですし、当店の義体が粒ぞろいであることの証明にもなったかと思います。どうぞ今後ともご愛顧いただき、よろしければお友だちへもご紹介を……」

こいつのおべんちゃらにつき合っている暇はない。わたしは単刀直入に用件を告げた。ヴィンチェンツォはひとしきり絶句してから、こう強弁した。

「あたしもこの道二〇年。動作不良の義体を売りつけたことは一度もありません。契約前にあなたもくまなく確認されましたよね。発声機能を重点的に。それから、全身に目立った傷や損傷がないのかも。それこそ秘所に至るまで」

じゃあこの下腹部の異常はなんなのよ。わたしがしつこく追求すると、ヴィンチェンツォは言葉を濁しはじめ、そのうちに急な来客でという見え透いた言い訳をして一方的にセッションから退出しやがった。

数日後、わたしはヴィンチェンツォの店を訪れた。復帰ライブツアーの次の公演がたまたま〈ネクタル〉であるからだ。腕組みをして仁王立ちするわたしの気迫に女性型シンス義体の店員は（合成義体なので表情は窺い知るべくもないけれど）そそくさと逃げるように奥に向かい、ヴィンチェンツォが苦虫を噛み潰したような顔で現れた。

「惑星連合義体再販法修正第二条、通称ローズメアリー・カスタベット法のことはご存知ですか？」

応接室で席につくなり、ヴィンチェンツォはそう切りだした。その女性名はどこかで聞いたことがあるような気がする。

「妊娠した義体を第三者が取得した場合、胎児の出産義務を当該第三者が負うとする法規定です。ローズメアリー・カスタベットという妊婦が悪魔崇拝者に義体を奪われて胎児を殺された衝撃的な事件が社会問題になったことで制定されました」

その事件ならかすかにおぼえていた。でも、それがこの下腹部の不調となんの関係があるというのか。

「メアリーさん、あなたに黙っていたことはお詫びします。ですがあたしもある意味被害者なんです。オークションで競り落としてから精密検査をして、はじめて義体が胎児を宿していることがわかりました。妊娠した義体なんて見たことがなかったので、オークションの下見では気づけなかったんです。出品業者を問い詰めようとしたのですが、夜逃げしていて後の祭りでした……」

「もう、さっきからなによ。にんしん、にんしんって。わたしにもわかるように説明してよ」

ヴィンチェンツォの口がぽかんとあいたままになる。言葉の意味が伝わっていないことにどうやらはじめて気づいたらしい。

「妊娠というのはですね、」

説明を聞くうちに、ふた世代ほど前までは人間は母親の胎内から産まれてくるものだったという保健体育で習った知識が、記憶の底から甦ってきた。

――でも、ということは、わたしのお腹のなかに赤ちゃんがいるということなの？

思わず下腹部に手をあてていた。痛みがまたやってきていた。一定間隔で内側から殴りつけてくるようなこの感触は、胎児が動いていることの現れだというのか。

「というわけで、陣痛と分娩の苦しみに耐え抜くことは、魂《エゴ》なしの義体にできることではありません。ですがまさか、男のあたしがその義体を再着装《リスリーヴ》して出産をするなんて想像もできませんしやり遂げられる気もしません。そこに現れたあなたが救世主に思えたんです。義体代金は全額お返ししますし、出産費用もすべてこちらで用立てますから、どうかあなたが産んでいただけないでしょうか？　売買契約は法的に成立していますから、義体の現在の取得者はあなたということになるわけですし……」

有り体にいえば、わたしは嵌められたということだ。胎児を出産する以外に逃げ道はなく、中絶などすれば逮捕されるだけでなく、社会的名声も失ってミュージシャンとしても再起不能になるだろう――。

ふらふらとホテルの部屋にもどるなり、愛用のレゾネーター・ギターを手に取り、銀メッキの弦をアルペジオで爪弾いた。そうするうちに、すこしは心も安らいでくる。この楽器はわたしの無二の相棒なのだ。

ボディ材に使われている艶やかな青い木材は、天王星圏の〈フィッシャー・ゲート〉を抜けた先にある太陽系外惑星ブルーウッドに自生する同名の魔性の樹木を用いた最高級品だ。その渋みを含んだ響きの豊かさから、従来のローズウッドに取って代わって、最上のボディ材と呼ばれるまでになっている。

ブルーウッドのボディの響きをさらに引き立てるのが銀張りの弦だ。大昔のホラーフィクションで銀は吸血鬼や人狼を斃すための武器に使われ、〝銀のギターのジョン〟なんて主人公までがいた。死すらが克服可能になったいま、そんなホラーのリアリティは失われてしまったけれど、ブルーウッドのギターに銀メッキの弦を張るのは、樹木の魔性を抑え込むためなのだとまことしやかに語る人もいる。いきなり我が身に降りかかった妊娠という重荷もこのギターの超常的な響きが消し去ってくれればいいのに。

わたしはエリザベス・コットンの「Freight Train」を弾き語った。貧しい暮らしの少女時代にバンジョーを習いおぼえ、六〇代で初めてレコーディングの機会に恵まれて伝説になった黒人女性の持ち歌だ。古いビド映像で彼女がこの曲をギター一本で歌うさまを観たのがシンガーを目指すきっかけになった。こんなにシンプルで飾らない曲で、声もダミ声といえるほどなのに、聴く者の心をとらえて離さないのはどうしてなのだろう？　それがなにより衝撃だった。地声の低さがコンプレックスになっていたわたしに勇気をくれた歌声だった。アメリカ南部の風土に根ざした曲調もインスピレーションの元になった。これこそわたしがたどるべき道だ。ミシシッピ州に生まれ、〝最後のサザンベル〟と呼ばれた女優を母に持つわたしがつかみ取るべき成功の道筋なのだと。

その後、医療機関で診察を受けて、わたしは自分が妊娠七か月目にさしかかろうとしていることを知った。「あと三か月ほどで元気な女の赤ちゃんが産まれてきますよ」と医師がにこやかに言う。身に覚えなんてなにもないのに、と言い返したかったけれど止めておいた。この窮地から逃れる術があるとすれば、元の宿主――本来の母親――の居場所を突き止めて責任をとってもらうこと、それ以外にはない。

わたしは八方手を尽くして――ヴィンチェンツォの尻も叩いて協力させて――元の宿主の行方を探りあてようとした。そしてようやく知り得たのが、彼女も――二年前のわたしのように――宇宙船事故に遭ったらしいということだ。小惑星帯から火星の〈ヴァレス・新上海〉にむけて航行していたところ、デブリが船腹に衝突したのだ。エゴキャスト《エゴ》で魂だけを飛ばして現地で別の義体《モーフ》に換装するのが当たり前の時代だけれど、小惑星帯から火星なら一か月ほどの船旅だし、大昔の時差ボケじゃないけれど義体乗り換えにともなう疎外症が嫌で、わざわざ宇宙船で旅する金持ちも内惑星圏では珍しくない。で、ブリタニック号というその豪華客船の船腹に風穴があき、空気が急速に抜けていくなかで、生体義体の紳士淑女たちは次々に緊急遠方送信装置《エマージェンシー・ファーキャスター》を起動させて魂《エゴ》データを船外に飛ばした。反物質の爆発で肉体はバラバラになってしまうけれど、慣れ親しんだ義体よりも記憶の連続性を保つことのほうが大切だと考えてのことだ。

ところがこの生体義体の持ち主の女性は、緊急遠方送信装置が組み込まれているというのに、最後までそれを起動しなかった。そのせいで義体は酸欠により肉体的に死亡した。ただ幸いにも――母からもらった体が肉塊になってしまったわたしとは違って――なんら損傷のない状態で義体は救出隊に回収されたのだという。

つまり彼女は、魂よりも義体のほうを守ろうとしたわけだ。いったいどうしてと訝《いぶか》るところではあるけれども、妊娠していたとわかれば合点がいかないわけでもない。胎児は死んでしまえばそれっきりだけれど、母親にはバックアップから復活する見込みもあるからだ。

金星の大気上層に浮かぶ空中都市《エアロスタット》〈アフロディーテ・プライム〉市街中心部の時計台が午後三時を告げた。オルゴールの甘い響きとともに白雪姫と小人たちの人形が空中にさっと実体化して時計台のまわりを踊り巡りはじめる。

この空中都市で定番の待ち合わせ場所に現れた女性は、わたしを見るなり両手で口を覆い、身をふるわせた。無理もない。ほんの二か月ほど前までの自分がそっくりそのままで立っているのだから。

「お腹、大きくなっているわね。あの、触ってもいいかしら？」

ペネロピ・リードはおずおずと歩み寄ってきて、わたしの下腹部にそっと手をあてた。ちょうど胎動があったところで、焼けた鉄に触れたかのようにペネロピは慌てて手を引っ込めた。そんな自分の滑稽さに気づいたのか、彼女は肩をふるわせて笑いはじめた。

「でも、まるで奇跡だわ。あんな事故があったのに、義体が無傷で残っていて、お腹の子も無事だったなんて。あなたからの連絡があってはじめて知ったわ。あたしはすっかり諦めてたのよ」

ペネロピ・リードはドレッドヘアにつつまれた黒い瞳を潤ませて言った。彼女がいま着装している義体は大柄なアフリカ系女性を模したもので、ぴったり密着したラメ入りのドレスが腰や胸の曲線美を強調していて匂い立つように魅力的だ。小柄な白人女性型のわたしと並ぶと頭ひとつほども身長が高い。

いまここにいるペネロピは、事故後にバックアップ保険から再生された人格である。宇宙船に乗る前の魂《エゴ》データをこの黒人女性型義体に着装したものだから、豪華宇宙船の事故についてはなにも知らないということになる。魂データの復活と再着装がなされてからまだ三週間ほどしか経っておらず、以前の体との身長差に慣れずに頭をぶつけてしまうこともよくあるという。彼女の元の体をわたしが着装したことのほうが時系列的には先になるわけだ。

「そうよね、ペネロピ。本当のお母さんはあなたなのよね。とにかく、こうして会いに来てくれてありがとう」

わたしはそう言い、ハグをしてきたペネロピをおずおずと抱きかえした。とにかく最初は友好的に、そう内心に言い聞かせる。だけど、大柄な彼女の腕に包まれると、胸のふくらみが顔にあたり、遠い昔、母に抱いてもらった甘酸っぱい記憶が甦ってきて、なすべき交渉のことなどもうどうでもいいように思えてもきた。

彼女とふたり、並んで歩きながら言葉を交わした。わたしがこの義体を選んだ経緯や、胎動にびっくりしてエイリアンの寄生を疑ったことなどを。ただいずれにせよ、こうしてようやく会えたからには、この子をどうするかの話もしなければならない。

「ねえ、ペニー。あなたはいける口かしら?」

ジョッキをあおるゼスチャーとともにそう訊くと、ペネロピはクックツ笑った。

「あたしがどれほどの酒飲みだったかは、あなたの義体がよく知っているわ。今の義体に換装してからは、さらに酒量が増えたけどね」

わたしたちは酒場に向かった。ほの暗い店内でグラスを傾け、ライウイスキーの香りに鼻腔を刺激されると、気分も落ち着いてくるというものだ。だけどどうしてだろう、下腹部の違和感に見舞われたあの時から、わたしはあまり酒が進まなくなっていた。

それでもちびちびやるうちに、お互いに舌がほぐれてきた。

「火星の〈ヴァレス・新上海〉には今どき珍しい自然分娩専門の医療施設があって、そこで出産する予定だったのよ」

ペネロピが語りはじめる。妊娠に気づいたのは、パンケーキを口に運ぼうとして嘔吐に襲われたときだという。〝つわり〟と呼ばれる症状のことだ。生体義体でも一定以上の高級品には子宮や卵巣が備わっており、それが女として自然な身体感覚をもたらしている（ただし月経の煩わしさはインプラントで抑制されている）。男性型の生体義体でも事情は同じでありながら通常は設定を解除しない限り無精子化されているのだが、なんらかの不具合で妊娠に至ることもあり得るのだ。

ペネロピが医療機関を受診すると、女児を妊娠していることが判明した。

「訳がわからずにおろおろするばかりのわたしを、彼が抱きしめて言ってくれたの。『せっかく授かった命なのだから、君さえよければ、ぼくたちの娘を、自然に産むことにしてみないか』と」

ペネロピがしみじみと語る。ふと、わたしのグラスの減りの少なさに、彼女が食い入るような眼差しを注いでいることに気づいた。

「それでね、ペニー、事故のことだけど。あなたが緊急遠方送信装置を最後まで使わなかったのは……」

「その場の記憶が今のあたしには抜け落ちているわけだからね。自分の身に起きたことだなんて信じられない気もするわ。どんどん酸素がなくなって、息ができなくなっていくわけよね。装置を起動しさえすれば楽になれるのに、窒息の苦しみのなかで死ぬまでそれを我慢しとおしたというのはどんな心もちのなせるわざなのだろう。当の本人がこんなことを言うのも変だけど、もしもわたしがその場にいたなら、同じことができた気がしないわ」

ペネロピを見送ってから、彼女の瞳の奥にゆらめく不安げな光の意味にようやく気づいたわたしは、よほど鈍感な女であるに違いない。

そりゃそうだ。愛しいわが子の生殺与奪の権が、わたしの一手に握られているのだから。

じゃあどうしたらいいのだろう……ホテルの部屋で、心を落ち着かせようとブルーウッドのギターを爪弾き、天井を見上げた。

わたしが他の義体に換装して、この義体をペネロピに返せば済む話ではある。彼女が本来の母親なのだから誰にも文句は言えた筋合いではないはずだ。ところが困ったことに、彼女の夫はあろうことか、水星の〈カロリス18〉で起きた反物質爆発事故で、バックアップ共々消失してしまったという。惑星連合義体再販法修正第二条、通称ローズメアリー・カスタベット法にはどうしてだか、第三者が妊娠義体の返却を望む場合には、元の夫妻両名の承諾が不可欠であるという規定がある。つまり、片親がいなくなってしまったこの事案ではどう足掻いても義体を返却する術はなく、わたしが産むしかないという結論になるのだ。

そんなアホなと言いたくもなるけれど、とにかく法律ではそうなっているのだ。

お腹を見下ろす。ペネロピに言われて初めて気づいたようなものだけれど、たしかにふくらみが目立ってきている。手をあててみる。今は胎動はないけれど、ここには彼女の赤ちゃんがいる。ペニーの眼差しがまた甦る。この子をどうか見放さないで。そう言外に訴えかけてくるあの眼差しが。

じゃあ、わたしが産むのか？　それがどういうことなのかを、あんたは――わたしは――わかっているのか？

その日はベッドに就いてもまんじりともできず、布団をかぶって目をぱちくりさせているうちに、ずっと忘れていたことを思いだした。

このわたしからしてが、母の胎内から自然分娩で産まれてきたということを。それほど大切なことを、どうして今まで忘れていたのか？　わたしはどうかしてしまったの？　それともわたしは、よほど救いがたいバカってことなの？

すでに人工子宮が当たり前の時代だった。小学校のクラスには自然分娩の子がわたし以外にふたりいたけれど、それは保守的なミシシッピ州だからで、ニューヨーク州にいる従兄弟のベンに訊いたら、彼の学校には全体でひとりしかいないという話だった。

母は敬虔なカトリック信者だった。女優としてのキャリアの大切な時期にあったというのに、仕事を数年間中断してわたしを産み育てる決断をしたのだ。

わたしの母はメラニー・グランデシム。トランスヒューマンではない非強化人間の最後の世代に属するひとり。その勝ち気な眼差しと美貌で評判になり、『風と共に去りぬ』や『欲望という名の電車』の何度目かのリメイクで主演をして、〝最後のサザンベル〟と呼ばれるまでになっていた。

というのも、映画産業の中心地はすでにハリウッドから火星の〈エリシウム〉に移っていたのだ。地球が保守反動の巣窟とみなされる時代背景のなか、母は旧世代のノスタルジーを充たす役柄を一身に担っていた。古きよきアメリカ、古きよき南部を、母のしゃなりしゃなりとした歩み、物憂げに扇子を使うようす、南部訛りの口ぶりが体現していたのだ。

スクリーンでの勝ち気なようすとは打って変わって、母は家庭では自信なさげだった。バルコニーに円柱の並ぶプランテーション時代からの大邸宅で、シャンデリアのかぶさる長大な食卓を母ひとり、娘ひとりだけで囲む暮らし。わたしは父の顔を知らない。「ひとりで産むことにしたのよ」と母の口から何度か聞いたけど、それ以上のことを話してくれたことはなかった。

母がわたしを愛そうとしてくれたことは疑いのないことだ。わたしも母が世界のすべてだと思って幼少期を過ごした。だけど、思春期を迎えたころから、薄々気づきはじめたのだ。母がわたしに向き合うときのおっかなびっくりさというか、なんともぎこちなくよそよそしい態度のことを。それは他人行儀とすら言えるほどだった。

ミドルスクールのときに大げんかをしてから、母はわたしに丁寧語で話しかけるようになった。それが十四歳の心にはひどいショックで、母に見放されたのだとひとりで泣いたけど、面と向かっては傷ついたそぶりひとつ見せなかった。自分に似てわたしの気が強いことを、母はあしらいかねていたのかもしれない。自分自身の我の強さをよくよく自覚していたからこそ、それを加減せずにぶつけてしまえば娘の自我が砕けてしまいかねないと考えて、不自然なまでの自制をおのれに強いていたのかもしれない。

母娘というのはまったく厄介な間柄である。はけ口になる父親や兄弟がいない我が家では、それが自家中毒的に煮詰まってしまったのだろうか。今さら後悔しても仕方がないけど。母はもうこの世にはいないのだから。

十年前の〝大破壊《ザ・フォール》〟で、母は地球からの脱出をあくまで拒んだ。降りしきる雷雨のなか、強引に脱出船に乗り込ませようと羽交い締めにしたわたしの腕から力をふりしぼって逃れでた。わたしは頭にきて頬を平手打ちにした。すると母は久方ぶりでわたしを怒鳴りつけ、屋敷の裏手に向かって墓地の十字架にしがみついた。気づけばわたしは手が血まみれになっていて、茫然自失、なにが起きたのか訳がわからないまま、死の星と化しつつあった地球から逃れていたのだ。

そこまで考えたところでまた胎動がやってきた。そっとお腹に手を当てる。この子が生まれてきたら、わたしとの間柄は、やっぱり母と娘ということになるのだろうか？ いや、なるに決まっている。およそ身に覚えのないことだけれど、まるで不意打ちに遭ったように気づけばお腹に子が宿っていた母親というのは、実のところは歴史上に無数にいたのかもしれない。

それはそうとわたしは母を見殺しにしたのか？ わたしが母を殺したようなものなのか？ 結果として救えなかったのだから、そう言われても仕方ないのかもしれない。

ペネロピからまた連絡があったのは、それから数日後だった。「宇宙船事故を経験したあたしの魂データが保存されていることがわかったの。会って話を聞こうと思うのだけど、よかったらあなたも来ない？」と言われて、せっかくだからついて行くことにしたのだ。

魂《エゴ》データが残っていたなんて驚きだ。彼女は緊急遠方送信装置《エマージェンシー・ファーキャスター》を最後まで使わなかったのだから、データは首の付け根に埋め込まれた大脳皮質記憶装置《コーティカル・スタック》に残されたままだったはずで、一般にスタックと縮めて呼ばれるその装置はハッキングを避けるためにメッシュから遮断されているから、外科的に摘出する以外にデータをエクスポートすることはできない。わたしが今宿っているこの義体に傷ひとつないことは自分の目でも確認したし、わたしは急いで再着装をしたのだから、スタックに残っていたペネロピの記憶はわたしのもので上書きされてしまったはずだ。もっとも稀には、古いデータが消えずに残ることもあるらしいけれど――。

〈アフロディーテ・プライム〉宇宙港の片隅に、銀ピカで流線型の小型往還船が駐機している。ペネロピがチャーターしたものだ。現代版のプライヴェート・ジェットのようなもので、反物質エンジンを搭載しているおかげで通常型宇宙船のおよそ二倍の速度で航行できる。

ペネロピは空港内の会員制ラウンジでソファに腰かけ、ブランデーグラスを手にしていた。今日はオレンジ色のワンピースをまとっていたけれど、それが黒い肌とよく似合い、彼女の豊かな曲線を強調していてセクシーだった。指先にはいくつもの色違いの宝石がきらめいていた。ラウンジの窓から、空中都市の外に広がる空が見わたせた。ここ金星大気上層では富裕層がクラウドダイビングに打ち興じるいっぽう、硫酸の分厚い雲海に隔てられた地表では摂氏五〇〇度に迫る超高温と高圧のなかで奴隷的な年季契約による採掘作業が行われている。

わたしを見ると、彼女は一瞬驚愕したかのように顔をこわばらせたが、すぐに目を細めて頬をゆるめた。ほんの二か月ほど前までの自分の体が別人格を宿して動いているということに、まだ慣れないのかもしれなかった。

「メアリー、ありがとう。本当に来てくれたのね」

わたしたちはハグと頬へのキスを交わし、ペネロピがチャーターした宇宙船に乗り込んだ。タラップを上っていくと、タッコという蛸型合成義体の船長が出迎えてくれた。船長の挨拶は完璧な英語だったが、両眼に相当するスロット状のアイカメラの動きから感情を読みとることは言うまでもなく不可能だった。

客室乗務員の役割を務めるのはメイド型のサーヴィター・ボットで、船内スタッフの大半は同じようなボットか、ケースやシンスといった安物の合成義体だ。

わたしは革張りの上等な加速椅子に腰を沈め、発進に備えてシートベルトをした。猛烈な加速に気が遠くなりかけ、窓越しの金星が見る見る小さくなっていくのを目で追ううちに、ほろ酔いにも似た安堵感に包まれていた。こうして高級チャーター船の席についたからにはもう危険に怯えることはないし、あとはペネロピに任せていればすべてが滞りなく進むのだから。

というのも、宇宙港に来る途中で、ミラーサングラスのあの男をまた見かけたような気がしたのだ。わたしは恐怖に血の気が引き、その場にへたり込んでしまった。見間違えであってほしいと願いつつ怖々目をひらくと、男の姿はどこにもない。ドローンで探しても見つからない。どうやら本当に見間違えだったようだ。早鐘のような胸の鼓動に手を当てて息を切らしつつ、よかったと安堵していた。

宇宙船が巡航に移ったのでわたしはシートベルトを外し、ブルーウッドのギターをケースから出した。ラウンジ風の主船室でソファに腰かけ、楕円形のテーブルの向こう側に座っているペネロピにウインクをした。それからチューニングをしはじめると、リゾネーター・ギターの開放弦の響きの豊かさに彼女は目を瞠《みは》り、深いため息をついた。

母を故郷に残してきたあの日の雷雨が心に残っていた。雨は地球特有の気象現象で、〝大破壊〟

からの十年間を、わたしは一度も雨を見ることなく過ごしてきた。アルバート・ハモンドの「カリフォルニアの青い空」を弾き語る。南カリフォルニアでは雨なんて降らないというけれど、いったん降れば……という歌詞に主人公の失意を重ねたその曲がやけに心に沁みた。ペネロピもしみじみとうなずき、小さく拍手をしてくれた。

このチャーター船は、太陽＝地球の第三ラグランジュ点に向かっている。地球軌道上の太陽を挟んだ正反対側にあたる位置だ。金星からこの反物質宇宙船で十日ほどの船旅になる。そんな辺鄙な場所に浮かぶオニールシリンダー型ハビタット〈至福の野《エリジャン・フィールド》〉は安楽死希望者向けの終末ホスピス施設で広く知られているけれど、同じハビタット内の一角には精神療養施設もあって、失敗した成長加速実験の犠牲になった〈ロスト〉と呼ばれる人々も暮らしているのだという。その施設に、宇宙船事故を体験したペネロピの人格も滞在しているというのだ。

「あたしが自分の片割れであることを認識してもらえるとよいのだけれど……」ペネロピが心細げな声でいう。無理もない。相手は、事故のショックでひどく心を病んでしまったようなのだから。

「むしろ、わたしの顔に反応してくれるのでしょうね。事故時点の彼女の姿そのものなのだから」そう口にしながらもおかしな構図だと思った。頭ではそれを理解できているつもりでも、いざ対面した時に、状況についていけるだろうか。

心を病んだペネロピの人格は、情報体《インフォモーフ》として施設のイントラネット内の安全なストレージに収められ、外部からのハッキングや干渉から守られているのだそうだ。対面は施設内の仮想空間《シミュルスペース》でアバターを介して行われるというけれど、それがどういうものなのか、ほとんど想像すらできずにいた。

「なかなか会話にならないかもしれないけど、彼女が心をひらいてくれるまで根気よく待つつもりよ。だからメアリー、じれったいかもしれないけれど、あなたにも力添えをお願いしたいの」

気づけばソファにふたり並んでかけていて、ペネロピの手がわたしの手に重なり、指先にじわじわと力が込められた。隣にいる彼女のほうを向いて視線を合わせ、わたしは大きく頷いた。

「あたしはお腹の子を自分の子宮から産む決断はしたけれど、妊娠出産の苦しみに最後まで耐え抜けるかという肝心なところで記憶が抜け落ちてしまっている。いざそれに臨んだ時の心もちがどんなようなものだったのかを、彼女に――それを経験したあたしに――確かめないと、どうしても気が済まないのよ」

「わかるわ。施設にいるあなたの別人格は、宇宙船事故の絶体絶命のなかで、自分の命よりもお腹の子を守る決断をしたのだからね。その時の彼女の心境を自分のものとして理解できない限り、妊娠出産が女の人生に占める重みを自分のものとして知ることなんてできっこないもの」

わたしはそう言って下腹をさすった。お腹にいる女の子の胎動を感じながらも、思いは自分の出生に遡っていた。母はどんな心もちでわたしを産むことを決めたのだろう。思春期に溝ができてから最後までわかり合えないままになってしまったけれど、このわだかまりに自分のなかで決着をつけない限り、わたしは一歩も先へ進めない気がした。

「産むことを決めるなんてほんの入り口に過ぎないのよね」と、ペネロピがわたしの心を読んだかのようにつぶやく。「十か月の妊娠と出産をやり終えて女はようやく母親になると言った人がいたけれど、本当にその通りだと思うわ」

人工子宮の普及はまさしく革命だった。妊娠出産の苦しみとハンデキャップから女を完全に解放することで、二〇世紀やそれ以前から叫ばれてきた男女同権をようやく揺るぎないものとしてくれたのだから。超・人類社会《トランスヒューマニティ》の繁栄はひとえにそれゆえだし、〝大破壊〟で地球が壊滅した後で人類が衰亡を免れたのも、人工子宮のお蔭だと言っても過言ではないのだ。

そんな今の時代に、あえて自然分娩に挑むというのはいったいどんな心もちのなせるわざなのか。わたしの母の時だって、なんら支障なく人工子宮を選べる時代だったのだ。いったいどうして、女優のキャリアの数年間を棒に振ってまで、わたしを自分のお腹から産むことにしたというのか？

いや、それを言うなら、ペネロピの別人格の決断こそ常人離れしたものだ。自分の命を犠牲にしてまでわが子を救おうとしたのだから。バックアップから復活できる時代だとはいえ、極限状況でそれができる人がどれだけいるだろうか――。

どちらもお涙頂戴のメロドラマになりそうなネタではある。だけれどわたしは、称賛や畏敬の念だけではないなにかをそこに感じていた。ひどく罰当たりな言い方になってしまうけど、母性臭というべきか、妄執の念というべきか、さらに進めば狂気の領域に立ち至ってしまいそうなまでの過剰さが身に迫ってくるのだ。

気づけばわたしはラウンジを出て個室のベッドに身を横たえていた。ふと、今どのあたりを航行しているのかが気になって部屋から出ようとした。ロックを解除してドアノブを回そうとしたけれども回らない。多重ロック解除の特別なやり方があったような気もしたけれど、眠くて面倒くさくなり、ベッドに逆戻りして毛布に潜りこんだ。

それからもチャーター宇宙船は航行を続け、やがて〈至福の野〉に到着した。精神療養施設でエゴＩＤの厳重な検査を受け、わたしは〝面会室〟と記された最新の没入型インタラクティブ端末の完備された部屋でリクライニングチェアに腰かけ、仮想空間《シミュルスペース》にジャックインした。

やがて虚空に像を結んだペネロピの別人格は、白無垢のドレスをまとっていた。金髪碧眼で十六歳くらいの少女を模したアバターであった。

「善くぞ歸り來玉ひし。歸り來玉はずば我命は絶えなんを」

耳慣れない言葉遣いに戸惑うより、彼女がさしのべる白い布の束に目が行ってしまう。支援ＡＩ《ミューズ》の回答によるなら、それは乳児の排泄物を一時的に保持するための布であるらしい。

「何とか見玉ふ、この心がまへを」

眼前の電脳空間を浮遊する可憐な少女のアバターが、両手を胸の前で握り合わせ、決意みなぎる眼差しを向けてくる。それよりなにより当惑させられるのは、豊太郎ぬし、豊太郎ぬしという呼び名を彼女がしきりに連呼することだ。

わたしはたじろぎつつも、どうにか意思の疎通を試みた。どうしてあなたはお腹の赤ちゃんを見捨てなかったの？　その答えが聞きだしたくて懸命に対話を試みた。だけど彼女は一九世紀的な言葉遣いで自分の思いをぶつけてくるばかりで、いっこうに対話が成立しなかった。

はっとして辺りを見回すと、わたしは宇宙船のラウンジにいた。ペネロピが怪訝そうな目を向けてくる。

「夢でもみてたの？　ずいぶん魘《うな》されてたから」

なんということか、わたしは寝てしまっていたのだ。どれだけ眠っていたのかは想像もつかないけれど、ソファから腰を浮かせて前につんのめりそうになったことで、宇宙船が減速をしはじめていることがわかった。

「あと何時間かで〈至福の野〉に到着するわ」ペネロピが言った。

わたしは外のようすを見ようとラウンジから通路に出ようとした。すると、手首をペネロピにつかまれた。思ったよりも強い力だ。そのままぐいと引き戻された。

呆然として立ちすくむわたしに、彼女が冷たい声で言った。

「あなたはもう逃げられないのよ」

気づけば前の戸口には、タッコ義体の船長が立っていた。レールガン・ヘビーピストル四丁を機械化された蛸の触腕四本に構えている。そして後ろの戸口には、レーザー・パルサー銃を構えたシンス義体二体がいた。

「ペニー、どうして？　いったいどうしちゃったのよ？」

おろおろするわたしに、ペネロピはゆっくりと告げた。

「殺しはしないから安心して。今から説明するから、まあ座りなよ」

訳がわからないまま、卒倒せんばかりにソファに腰を下ろす。ペネロピが前に立ちはだかって両手を腰に当てた。彼女の配下の戦闘員たちもぞろぞろと部屋に入ってきて、わたしを遠巻きにして銃を突きつけた。

「ねえメアリー、ずばり言うけど、その義体を返してほしいの」

わたしは口をぱくぱくさせるだけで、言葉を返すことができなかった。

「ハスキーな低音が気に入ってくれたのはわかるわ。だけどお腹にいるのはあたしの子なのよ。自分で産みたいから体を返してというのは、至極まっとうな要求ではないかしら？」

それはそうかもしれないけれど、彼女の夫の承諾を得る術がない以上、惑星連合義体再販法違反になるのではないかしら？　それに、せっかく巡り逢えたこの義体を手放さなきゃならないのなら、わたしの音楽キャリアはどうなってしまうのか？

「あなたには同情しているわ。こんな成りゆきになるなんて運命のいたずらとしか言いようがないわよね。あたしはバックアップから蘇生したとき、元の義体が五体満足で残っているなんて夢にも思っていなかった。だから元の自分とは大違いのこの義体で人生をやり直そうと考えたのよ。そこにあなたから連絡があって、お腹の子までが無事だと聞いたとき、あたしは自分の耳を疑った。だけど、ひと目あなたを――元のあたしを――見たとき、心が乱れて、どうにもできなくなってしまったのよ。義体再販法がなんだってのよ。たとえお尋ね者になろうとも、この子はあたしが産みますからね」

ペネロピがそう願うのも道理だった。〈内惑星圏メッシュ人生相談〉のどの回答者に訊ねても、彼女の願いは母親として自然なものだという答えが返ってくるに違いない。

だけど、わたしのなかには不思議な思いが芽生えてもいた。この子を産みたい。産まなきゃならない――。そんな声が、胸の奥底から届いてきていた。いったいどうしてなのだろう？　まったく身に覚えのない妊娠なのに。もしかすると、母がわたしを産むことにした決断の裏にも、同じような呼び声を聞きとめたことがあったのかもしれない。子宮から湧水さながらにじわじわ届いてくる思念。空遠くからの神の声のごとくにかそけきものでありながら、有無を言わさぬ威厳を備えたその呼び声。そうだ、きっとそうだ。わたしがこうして今生きていることも、母がそんな経験をくぐり抜けたことのお蔭なのだ。

「ねえペネロピ、気分を落ち着かせたいから、ちょっとギターを弾いてもいい？」

黒人女性型義体の彼女は肩をすくめた。

わたしはブルーウッドギターを構え、銀メッキの弦をかき鳴らした。ボトルネックをポケットから出して指にはめ、「ダスト・マイ・ブルーム」のスライド三連のリフを弾きはじめる。〝銀のギターのジョン〟の物語にあるように、ひょっとしてこのギターが魔力を発揮して窮地を脱せるのではないという淡い期待もあった。

だけど、そんな奇跡なんて起こるはずがない。わたしがギターを弾き終えても、状況はなにひとつ変わらなかった。

いや、それどころか、戸口から新手がはいってきたのだ。

なんたることか。あのミラーサングラスの男だった。裏でペネロピとつながっていたのだ。わたしはがっくりとうなだれた。万事休すとはこのことだ。

「わかったわ。あなたの好きにしてちょうだい」わたしはそう絞りだした。

ところが、そこで起きたのはまったく予想外のことだった。わたしに銃を突きつけていたタッコ義体の船長とケース義体の戦闘員二名、それらがバタバタといっせいに倒れ、ミラーサングラスの男がペネロピに立ちはだかっていたのだ。

「悪く思うなよ。ちょっと眠ってもらうぜ」

男はペネロピのみぞおちに拳を叩き込み、彼女はひと声呻いて白目を剥いた。

わたしは口をぱちくりさせるだけで、言葉が出てこなかった。

「船長たちはみんな合成義体だろ？　サイバーブレイン・ハッキングを仕掛けて、動きをとめておいたのさ」

「あ、あなたは、いったい、なんなの？」

男は口の端をニヤリと吊り上げた。それから手早くペネロピを後ろ手に縛り上げ、わたしに向き直った。

「いつもつきまとって、おかしな奴だと思っていたよな？　きみに言わなきゃならないことがあるんだ。長い話になるけれど、最後まで聞いてくれよ」

そう言ってミラーサングラスを初めて外した。目尻に皺が寄っていて、思っていたほど若くはなさそうだった——。

男はソファに腰かけて長い脚を組み、わたしをまじまじと見つめて目をしばたたいた。感慨深げに深々と息を吐き、それからゆっくりと話しはじめた。

君のお母さんが妊娠した女児の生物学的な父親が俺なんだよ、と彼はつぶやいた。社会民主主義を奉じる政治活動家だった彼は、自分と結婚をすることで、母の女優としてのキャリアに傷がつくことを恐れた。極左の社会主義者だと共和党支持層から唾棄されるような男が夫なのだと知れわたれば、多くのファンが離れていくだろうと考えたのだ。そうして彼は身を引いて、ずっと影からわたしたち母娘を見守っていたという。

しかも驚きはそれだけではなかった。お母さんは最後まで君に言いだせなかったのだろうねという前置きにつづけて、わたしの出生をめぐる真相を、彼は語りはじめたのだ。

母の初産はたいへんな難産だった。破水をして分娩台に寝かされてからも苦しみぬき、緊急帝王切開を受けることになった。そうしてどうにか女児は取りあげられたものの、いつまでも泣き声を上げなかった。帝王切開で母の命は救われたけれど、赤子は命果ててしまったのだ。母は疲れとショックのあまりに、そのまま寝込んでしまったという。

えっ、どういうことなの？　わたしは生まれた時に一回死んだということなの？

宙を泳ぐわたしの視線。肩にぽんと手を置かれてはっと我に返り、揺るぎない彼の眼差しに心の奥まで射貫かれていた。

「君はね、本当は養子なんだよ。メラニーは最後までそれを自分の胸だけに隠し通したのだろうね。君が淋しい思いをしなくて済むように」

頭をガツンと殴られた気がした。まさか、そんなことって……。

母がわたしに接する時に、怯えにも似た揺らぎを目の底に宿していたことの意味がようやくわかった。わたしはそれを娘への薄情さの裏返しだと思い込み、余計にきつくあたることで、愛してくれない母への抗議を示したつもりでいた。母が打ち明けられずにいた思いの丈など知りもせずに。

ミシシッピ州の実家の裏手にあった十字架が、墓石に名を刻まれていない死産した女児の墓であることも今初めて知った。だから母はあの雷雨のなか、十字架にしがみついて地球からの脱出を拒んだのだ。そんなこと、わたしはなにひとつ理解できていなかった。ごめんね。ごめんね。ママ。生きているうちに、感謝と謝罪の言葉を直接かけることができなくて……。

「今の君なら理解できるよな？　お母さんがどうして最後まで真相を胸に秘めていたのかを。だから俺は、打ち明ける時が来たと考えたんだ」

しわがれた彼の言葉が心に沁みた。わたしはこっくりとうなずいていた。わたし自身が妊婦となったからこそ、母の思いも理解できるというものだ。

だけどひとつだけわからないことがある。母はどうしてわたしを育てようと考えたのか。死産してしまった女児と、わたしはまったくの別人だ。血のつながりもないわたしを引き取ることに、いったいどんな意味があったのか？

それこそが、わたしが身をもって体験することで解明しなければならないことなのだと思った。わたしはお腹に手をあてた。ここにいる女の赤ちゃんは、わたしからすればまったくの他人だ。

だけど、ここにいてくれることに抑えがたい愛情のようなものを感じる。母がわたしに抱いてくれた思いも、それと同じようなものなのかもしれない。そうだ。決めた。わたしはこの子を出産するんだ。そうして母との関わりもやり直すのだ。産まれてきた子をペネロピと一緒に育てたっていいじゃないか。

わたしはまたギターを取って、「プラウド・メアリー」を弾き語りはじめた。船の外輪はめぐりつづけ、誇り高い《プラウド》メアリーの命も燃えたつ。めぐり、めぐり、川面を進む——。それがわたしのテーマソング。この曲とともにわたしは強く生きていかなきゃ。

それからもうひとつ、ふと思った。自然分娩の苦しみを味わう女はわたしで最後にすればいい。いまや女性型の義体《モーフ》を男性の魂《エゴ》が着装したところでなんら差し支えはないのだから、これからは妊娠出産の苦しみはみんな男に担ってもらおう。配偶者が自然分娩を望んだ時点で、男に無条件でそれを義務づけるようにすればいいんだ。とくにヴィンチェンツォ。あいつには真っ先にやってもらおう。そうすれば歴史上の女たちの鬱憤も少しは晴れるというものだ。それが人類の進歩というものではないのかしら？　まあわたしは最後のひとりとして、頑張って自分で産むけどね。

NOTE

自分は男だが、女同士の友情というものにずっと惹かれ、憧れてきた。

　きっかけは大沢在昌による〈新宿鮫〉シリーズの第三作『屍蘭』（一九九三年）。エステサロンの美女社長を成功に導くために闇の仕事一切を引き受けてきた年配の看護師。その女社長が鮫島刑事の追及についに観念した場面でつぶやく「おばちゃん、おばちゃん……」というセリフが強く心に残った。

　そうして女の一生を想像するなかで、避けて通れないのが妊娠出産である。

　実母は六一歳で病死した。結婚の報告もできる前で、思春期になってからはろくに口もきかず、てんで張り合いのない息子ふたりを抱えて何を楽しみに生きていたのか？　そうなる未来が見えていたのなら、どうして妊娠出産の苦しみに耐えることができたのか？

　そんな思いを抱いていたところに、斎藤美奈子の処女評論『妊娠小説』を古本屋で見かけたのはまさしく運命の出会いだった。〈エクリプス・フェイズ〉（以下、ＥＰ）翻訳チームの一員として、未来の技術的側面は鮮明に描かれても、日常の肉体感覚の部分が曖昧なままであることに不満を抱いていた自分は、ここに突破口があるのではと思った。

たとえ人工子宮が普及しても、性の官能をエミュレートではない肉の悦びとなすために子宮や睾丸の機能はある程度保たれるのではないか？　そうして、自然分娩をあえて選ぶ人たちもいるのでは？　そう考えて海外ゲーム掲示板を検索すると、「生体義体には妊娠機能が備わっている」という、いわゆる〝中の人〟からの回答も見つかった。よし、行けるぞ！

　そんな着眼から、実母に抱いていた思いを母娘の関係に置き換えて、妊娠出産や、娘が母に抱く葛藤にまつわる小説や映画に片っ端から当たることで書き上げたのがこの作品である。小説として公に発表するのは、同じくＥＰ短篇の「古椿姫」に続いてこれで二作目という自分ではあるが、トランスヒューマン時代における妊娠小説のあり方を指し示す一篇となれていたなら作者望外の喜びである。

　なお『妊娠小説』の分類によるなら、【母子家庭創成譚】か【妊娠無情譚】のひとつに本作は位置づけられることだろう。なおその評論で〝妊娠小説の父〟とされる森鴎外作「舞姫」の一節を、途中引用したことをお断りしておく。高校の現国の授業で「舞姫」と出会ったことが、自分の物書きとしてのまさしく出発点であった。（音）

恋する舞踏会

図子　慧

ロマンスとは、もともと中世騎士道物語を指しますが、それでは未来社会におけるロマンスは、どのようなものになっているのでしょうか？　脳内に量子コンピュータが埋め込まれ、メッシュ通信やVRやARの技術が発展しているなか、エンターテイメントのあり方はどのように変化しているのでしょう？　何より、魂《エゴ》と性と義体の性、あるいは性的指向やジェンダー・アイデンティティが、それぞれ男性・女性・中性・両性・無性と、複雑多様になっているなか、どのような駆け引きがなされるのでしょうか？

――そして、陰謀のあり方は？

図子慧は「クルトフォルケンの神話」で第八回コバルト・ノベル大賞を受賞してデビュー、以後、四〇冊ほどの単著を擁しており、なかでも『ラザロ・ラザロ』（集英社、一九九八年）、『アンドロギュヌスの皮膚』（河出書房新社、二〇一三年）、『愛は、こぼれるqの音色』（アトリエサード、二〇一九年）はSFやミステリというジャンルをまたいだ、ノワール小説の傑作でしょう。AI時代の小学生に向けて書かれた『5分でわかる10年後の自分　2030年のハローワーク』（KADOKAWA、二〇一九年）、技巧を尽くした短編として「ナイトランド・クォータリー」vol.19（アトリエサード、二〇一九年）の「残像の女」、「小説現代」二〇二二年七月号（講談社）の「ライトニング」といった仕事もあります。加えて、近年は自作の電子書籍化も精力的にこなしています。（晃）

1

イエンシャン公は、音もなくドアの隙間から部屋に入ってきた。

マルは両手を胸の前で握りあわせた。

イエンシャン公の輝く面貌にはすでに微笑が浮かんでいる。目があうと、表情がいっそうチャーミングに深まった。

マルのひざから力が抜けた。面接だというかすかな自覚がなかったら、気を失っていたかもしれない。

「マルさんですね？　はじめまして。面接官のコンスタンティン・コンです」

マルはフラット、つまり義体化してない素の人類であるため、自分の感情を隠すことができない。頬が熱くなり瞳孔がひらいて、汗が噴きだした。

「は、はじめまして。閣下」

声はひっくり返って、かすれている。熱い顔を意識しながら、失礼にならないよう公の胸元に目をやった。胸元のハンカチは手縫いだろうか。縫い目までもが美しい。ブーツは鏡のように輝いている。

ふと、マルは自分の履き物が気になった。さっきから妙に足元がふわふわしてるのだ。

ちらり、と自分の靴をみた。靴ではなかった。うちではいてるスリッパだ。面接なのに！　マルは本当に気絶しそうになった。

イェンシャン公コンスタンティン・コン。イェンシャン公は自称だ。だれもが本物ではないことを口にし、だれよりも本人がそう言っている。マルは、金星空中都市生まれの金星暦二十歳の若輩者であるため、イェンシャン公がどういう称号なのかまったくわかってない。王も皇帝もいない世界で、爵位継承権に意味がないのはわかるが、金星ハビタット群にとって公の存在は絶対だ。

公は、人々を熱狂させる新懐古主義エンターテナーとして、金星ハビタットのみならず内宇宙圏でも名をとどろかせている。多くのイベントを主催して大当たりを取ってきた。そうして彼は新しい産業を無から創設して、他都市から人材と資源を引き寄せた。市民たちに職を与えた。マルも、公が作りだした嗜好品産業の末端で働いている。

マルの仕事は調香師アシスタントで、今のところ昇進の見込みはない。正規の調香師になるには肉体改造が必要で、改造費用を貯めるには義体を手にいれて小惑星帯に出稼ぎにいくしかない。堂々めぐりだ。

今は、狭い部屋を士官学校時代の元クラスメート四人でシェアして暮らしている。

イェンシャン公が内密にアシスタントを探していると聞いたのは、六時間前だった。マルは即座にエントリーした。通知がきたときはベッドに入っていたが、一瞬ではねおきた。

「受けます！」

通知をあらためて読んだところ、面接会場はなんとこのアパートの下の部屋だった。

閣下の配慮に、マルは感激した。あわてて着替えて、指定の部屋に向かう途中、足下の感触が変な気がしたのだが、確かめる余裕がなかった。

一瞬でも足下をみれば気がついたのに……。痛恨のミスに、マルは集中力を失った。

イェンシャン公はマルと視線をあわせると、握った右手を胸元に引きつけながら、腰をひいて優雅に身をかがめた。お辞儀だ。みたのははじめてだ。

「一刻も早くお会いしたかったものですから、無理をいってしまいましたね」

公の眼差しから、温かさが伝わってきた。マルは落ち着きを取りもどした。

公のみかけの年齢は五十なかば、銀髪に黒い筋がまじる髪を自然に流し、すらりとした立ち姿は風を切る細身のナイフのよう。

装いは、シンプルかつ上品だ。上質の白い上下に、薄手の灰色のジャケット。

ほっそりと整った顔には笑いじわが刻まれて、大きなきらきらした黒い目になんともいえない愛嬌がある。

「準備はよろしいかな」

「はい、閣下」

イェンシャン公がごく自然に差しだした腕に、マルはなにも考えずに手をかけていた。エスコートされて、狭いキッチン兼ダイニングのテーブルに案内された。公に椅子を引いてもらい、腰かけた。夢見心地だ。

「どうか座ったままで。マルさん。これはわたしの専門ですから」

彼は、持参の金属製のスーツケースをあけて赤いテーブルクロスを取り出して掛けた。キッチンが見違えるようになった。

公のスーツケースの中には陶磁器のお茶セットが一揃いと小さな木箱が入っていた。どこか懐かしいバターの濃厚な香りがする。

陶磁器の白い肌には、紅色の花がふんわりと描かれている。これはバラ？　それともカメリア？　視線を吸い込む見事な絵柄のティーカップ、細い取っ手は触れるのがためらわれるほど繊細だ。同じ絵柄のソーサーとティーポットの表面が光を反射する。美しい繊細な模様と光で、テーブルは、えもいわれぬ輝きに満たされた。

マルの全身を震えが走り抜けた。

「このティーセットはもしかして地球産のアンティークでしょうか」

「いや。この街で作られたものです。オリジナルはさすがに」

公が笑い、マルもつられて笑顔になった。

カップに濃い色の熱い液体がとくとくと注がれる。本物の紅茶だ。これまた生まれてはじめての経験だ。液体の中には、黒い小さなゴミが混入している。

「葉がまじってますが、無害ですよ」

イエンシャン公が小箱をうやうやしい手つきで開いた。中身は素朴な形をした焼き菓子だ。

「スコーン。クロテッドクリームやジャムをつけて召し上がれ」

マルは紅茶をひと口のんだ。人工茶とは似ても似つかぬ複雑な渋みがする。これを美味しいと感じるには、時間がかかりそうだ。次の機会があるのかどうかはわからないが。スコーンには手をださなかった。食べ方がわからなかったからだ。

「お茶の感想は？」

「はじめて経験する風味です。火星産の黒苔茶に似てますが、黒苔茶にはないベリーの味わいと雨上がりの森のフレッシュな香りが混じってます」

「あなたは調香師でしたね。他には？」

「商品説明に書くのでしたら、森の縁に咲く一輪の百合を付け加えます。わたしは調香師のアシスタントですので、香りをかいでイラストを描く仕事をしてます」

「なぜ宙軍に入らなかったのか、聞いてもよろしいか」

士官学校の卒業生ならされて当然の質問だ。香りがもたらした幻影に浸っていた頭が、現実に引き戻された。

「二つ理由があります。一つは、卒業する年に宙軍の採用方針が変更になり、入隊者全員の義体化が義務づけられたことです。わたしは、軍の義体に拒絶反応をおこしました」

グロテスクな義体をみたときのショックは忘れられない。カップを壊さないよう、そっとテーブルにもどした。

「そのとき自分の前世を思いだしました。親がネオ・サンサーラ教徒ですので、わたしは前世の記憶を持っているのです。前世では、わたしは傭兵でした」

金星空中都市で生まれる新生児はほんのわずかだ。とびきりの富裕層か、闇マーケットが摘発されたときに保護される親のない胎児、もしくはマルのような、特定の宗派の家庭に生まれた子どもだ。

ネオ・サンサーラ教は、輪廻転生を実践している古い宗派だ。信者のだれかが人生を手放すとき、その大脳皮質記録装置の断片と資産を教団に贈与する。

子どもが欲しい信者がクジを引いて、当たりを引いた信者が寄贈資産で子どもを作る。亡くなった人の大脳皮質記録装置は不活性化されて新生児に埋めこまれ、子どもが、生命や精神の危機にさらされたときに前世の記憶として発動する。

「前世のわたしは徴兵されて兵士になり、兵役を終えたあとも、民間軍事会社に雇われて戦いつづけました。兵士という仕事を嫌悪していたのに。悪いカルマです」

マルももう少しで前世と同じ失敗をするところだった。生活費支給の士官学校に入学して、宙軍に入れば仕事の心配はない、住むところも軍が用意してくれる。そんな浅い考えでいた。

だが、宙軍の最新鋭の機械外殻《ロボティック・シェル》はグロテスク過ぎた。巨大な虫型で、最悪だったのは、人間らしさが強く残っていたことだ。

一目みるなり、マルは気分が悪くなりバスルームで朝食を吐いてしまった。

親はマルの選択に反対しなかった。残っていた資産で、士官学校の学費を返済してくれた。マルは、同じように任官拒否した友人たちと部屋をシェアして暮らした。金星暦で二年がすぎたころには、ルームメイトたちは恋人ができたり、給与があがったりで、シェアハウスをでていくことになった。マルも、どうするか決断しなければならない。

イエンシャン公はうなずいた。

「宙軍の事件の話は聞いております。マルさん、もし、用意された義体が人型なら、入隊しましたか」

マルは数秒考えた。

「二年前の自分なら、受け入れたと思います。今はわかりません。この肉体に愛着を感じております
ので」

イェンシャン公はマルの目をのぞきこんだ。話題を変えた。

「あなたは新懐古主義者のファンサイトに登録してますね？」

「はい、子どものころから大好きでした」

好きだったのは探偵物、ファンタジー冒険譚。ヒーロー自身より、ヒーローのいる世界に住むことに憧れた。

公に質問されるまま、マルは自分のことを正直に話した。マルの親は教団支部の雑用係で、家計は厳しかった。だが、マルは、教団の人たちにかわいがられて、イベント等によく連れていってもらった。

今なら、金星では子どもが珍しいから、チヤホヤされたのだとわかる。イベントでも幼いマルは人気ものだった。任官拒否して無職になったときも、当時の知り合いが助けてくれた。

知り合いは富豪で、サーバーに仮想の城を建設中だった。その人に雇われて、ルームメイトたちとともに、マルは城の設計や内装を請け負った。マルの花壇の仕事が気にいった客が、フレーバー工房の仕事にマルを雇ってくれた。

他のルームメイトたちも、それぞれ建築関連やデザイナーの職についたり、データハックの仕事をみつけた。

マルは、悪いカルマから逃れたかった。戦争や殺戮からもっとも遠い場所で生きると決めていた。今の仕事には適性があるようだから、続けたいと思っていた。

「市販のスコーンでしたら、工場の種類まで当てられます」

イェンシャン公が形のいい眉をつりあげた。面白がっている。

「残念ながら、本物のスコーンは伝説ほどの美味ではないのです」

イェンシャン公が手をのばして、一個取った。もろそうな炭水化物の塊に、小さな容器からクリームを取っててぃねいに塗りつけた。マルもおそるおそるスコーンを手に取り、イェンシャン公の手つきを真似て、口に運んだ。

ほろほろと口から菓子の欠片がこぼれる。スコーンは粉っぽくて、あまり味がしなかった。まがいもののスコーンのほうが美味しいとマルは思った。

最初の一口を飲みこんだところで、麗しのイェンシャン公が口をひらいた。

「最初に聞いておきたいのですが、マルさんは童貞《バージン》ですか?」

童貞とはなんぞ?

マルは検索した。メッシュから、膨大な情報が流れこんできた。他人の生殖器、肛門に、自らの生殖器を挿入した経験がないもの、あるいは挿入させられた経験がないもの。

マルにはどれも未経験だ。

「童貞です」

「あなたの肉体に処女膜と呼ばれる器官は残存してますか?」

答える前、マルは考えた。この質問はイェンシャン公にとっては重要な問いかけだろうか?

そんな気がする。公その人が足を運んだ理由は、この質問をするためかもしれない。

「はい」

「アセクシャル? それともノンセクシャアル?」

性行為をしない人のうち、アセクシュアルは他者に「恋愛感情や性的欲求を抱かない」人で、ノンセクシャルは恋愛感情がある。

「ノンセクシャルです。ストレートなのかもしれませんが、今の環境ですとわかりません」

「確かに」

この街で生まれる新生児は非常に少なく、年間百人に満たない。そして新生児の96%は女性だ。数少ない男児はバイオ保守派や閉鎖的なセクトで養育される。マルの同級生に、遺伝的男性は一人もいなかった。

公が軽い口調でたずねた。

「ヒューマンの男の子をみたことは?」

「一度あります。ステーションで、ムンマ派の女性が小さい男の子をつれてました」

金星年齢だと五歳ぐらいの眉の濃い男児だった。そのときの光景をくっきりと思いだせるのは、男児が珍しかったからだ。

都市の住民が子どもを作るにあたって、男児を選ぶことはない。精子は無価値だからだ。卵子は義肢やクローンの高級素材として常に不足した状態にあり、新生児の出生数が減るにつれて、ますます供給が減っている。人工卵子もあるが、天然ものには劣るとされる。

ヒューマンの卵巣は、コミュニティにとってきわめて貴重な資源だ。女児は卵巣の強奪などの犯罪にあう危険があるため、卵巣は生まれた直後に体外に取りだされて冷凍保管される。周期的な自然排卵によって卵子を下水に流すのは、バイオ保守派やムンマ派の女性だけだ。

「特別に親しい友人が欲しいと思ったことがないのです。今の状態で満足しています」

イェンシャン公はうなずいて、冷めたお茶を淹れなおした。さきほどとはちがう香りのお茶だ。その香りを形容する言葉を、マルは知らない。メッシュから化学物質の分子構造が送られてきた。その情報からわかるのは、毒物ではないということだけだ。マルはリンクを一時的に切った。

鼻孔の奥、喉の広がりに、切なくなるほどの懐かしさがふくらんだ。湿った土と草いきれ。花の香り。知っている、という思いがわきあがった。

ふいに、みたことのない景色が広がった。

「肉体は、そのすべてが感覚器でもあります」

イェンシャン公がカップの取っ手をつまんだ。美しい指先だ。彼の言葉は、涼やかにマルに染み通った。

周囲に青空が広がっている。わきたつ白い雲。画像でしかみたことのない地球の失われた景色。

目の前にいるのは、黒髪で目鼻立ちの整った若い男性、いや、少年だった。目があった一瞬、マルは息が止まりそうになった。皮膚の上を電気に似たショックが走りぬけた。この感覚はなに？

少年は胸をはだけた白いシャツをきている。岩に腰かけてズボンの裾をめくりあげて、白い素足をさらした。足は砂まみれだが、肌はきれいで、爪の美しさが目をひいた。

「わたしの兄です。双子の」

イエンシャン公の声で、マルはようやく息ができるようになった。

「よく似てらっしゃいます」

マルは冷静に考えられなくなっている。世界がまぶしすぎ、思考はちりぢりになった。

「——義体化によって、わたしたちがやりとりできるデータからは、多くのものがこぼれ落ちます。この体験をあなたに差し出せるのは、記録媒体として、わたしの脳のオリジナルを保存したからです。わたしの体験を、あなた自身の感覚器に直接送りこんでます」

「これは、閣下の記憶でしょうか」

公は微笑んだ。

「兄とともに地球ですごした最後の夏の記憶です。兄は爵位を継ぎ、わたしは宇宙にでました。それきりです」

二人の少年は語り合いながら庭を抜けて、屋敷に入っていった。廊下の絨毯はすり切れて色あせている。壁には、家族の肖像写真と肖像画。記憶の主の視線は、部屋をのぞきこみ、埃よけのカバーをかけられた家具を通りすぎた。いとおしむ感情と寂しさが迫った。

「別れを告げているのですか？」

「せいせいしている気持ちもありました。逃げだした場所ですから」

角砂糖が茶に溶けるまで、心地よい沈黙があった。

「わたしの面接は合格です。次は、あなたがわたしを面接する番です」

マルは頭をフル回転させながら、公の次の言葉を待った。まだ面接がある？　なにをすればいいのか？

「あなたは、このプロジェクトからいつでも降りることができます。ペナルティはありません。今この瞬間から報酬は日払いします。あなたがすべての迷いを体験して、それでも続けたいと感じたなら続行してください」

2

あなたがすべての迷いを体験して。

マルはしばらく考えたが、何も浮かんでこなかったから、仕事を承諾した。

時間がたつごとに、イェンシャン公の面接が夢のように思えてきた。本当に夢かもしれない。憧れのセレブに面接してもらい、その場所が同じ建物の別の部屋だったなんてありうるだろうか。

ルームメイトのキクチが珍しく部屋にいた日、マルは面接の話をした。

「イェンシャン公の面接を受けたんだ。でも夢だったかもしれない」

「どこで？」

「ここの下の階の部屋で。わたしはスリッパでいってキッチンでお茶を飲んだんだ」

キクチは笑ったあとで、「夢で面接を受けたのかもね」といった。

「あの人は、人の夢に干渉するって噂だから」

キクチは、市の予防予知課に勤めている。災害や大事故の予知と思われる夢のデータ収集と分析の専門家だ。そのキクチから、驚きの話を聞いて、マルの口がぽかんとひらいた。

「許可もなしに他人の夢に入ってくるの？」

「だってマルは面接を受けたんだろ？　自分の意志で心のドアを開けたんじゃないの？」

キクチが身を引いているので、マルはようやく自分がキクチのスペースに踏みこんだことに気がついた。ごめん、といって自分のベッドにもどった。

「確かにドアを開けたよ。夢の中で。夢じゃなかったら、あんな気軽に話せなかったかも。イェンシャン公って、なにものなの？」

キクチは、僧侶のように髪をそりげた禁欲的な顔をかすかにしかめている。キクチの気分を害することをいったのだろうか？

キクチが口をひらいたとき、声には警告の響きがあった。

「その名前を口にださないように。聞かれてしまうから」

「盗聴？」

まさか公は犯罪者とか。

その思いが顔にでたようで、キクチが人差し指をふった。

「管理する側だよ。たぶん、金星の管理監だと思うのだけど、公式の記録はないね」

「管理監って？」

キクチの視線が遠くなった。

「管理監てのは、ＶＣＣハイパーコープの地域統括者。この市は、あの人が設計したんじゃないかな」

キクチにひとつ質問すると、謎が十倍になって返ってくる。

ハイパーコープ。

宇宙の経済活動を支える企業。大小さまざまあるが、ＶＣＣハイパーコープは金星圏のハビタットの浮遊設備や港湾整備を請けおっており、空中浮遊都市そのものを支えている。マルたちの都市はＶＣＣの所有物も同然で、あちこちでそのロゴを目にする。しかし、ＶＣＣのメンバーたちは天使のように市の上空に浮かんでいて、市民の前に姿をあらわすことはない。

「役所で使ってる法令には、ほとんど彼の認証が入ってる。うちの市の行政システムはＶＣＣが請け負ってるから、法令に彼の認証があるとすれば、彼がハイパーコープの当市における担当者であることを意味する」

「でも市長じゃないよね？」

マルの鈍い理解がようやく追いついた。

「市長になったことは一度もないよ。でも、彼が法令のアップデートをおこなってる。うちの市だけじゃなく金星圏の都市はどこもそう。だから、彼が金星管理監だと思うんだ。裏付けはないけど」

キクチは行政府で、市民の夢の管理だけでなく、過去の災害の記録の整理もおこなっている。堆積から、古い記録や史料を掘りだす。イェンシャン公による夢への干渉も都市の歴史の深層部からみつけたという。

「でも、彼は身分上市民協議会の理事の一人ってだけ。政敵たちには、特権階級の貴族、辺境伯と皮肉られてるけどね」

「辺境伯というのは貴族なの？」

「『剣と魔法の歌』のドラマにでてきたボス貴族だよ。あれを公にアテこすったんだ」

「彼が、金星の領主なんだ？」

キクチは、マルの軽薄な発言をとがめるように、また、ちっちっと指をふった。

「思い込まない。ＶＣＣのメンバーは秘匿されてるし、あの人がそうだという確証もない。今のは単なるわたしの想像」

「でも爵位を自称してるよね？」

「政敵がつけたんだ。スキャンダルがなくて、有能でケチのつけようがない相手を攻撃するときは、特権階級であることを叩く。三流メディアが、あの人を鼻持ちならない貴族主義者とあおった。すると、かれは『詐称イェンシャン公』の肩書きで、新懐古趣味のパーティをひらいて、政敵たちを招待した」

「そこら辺の話は知ってる。もしかしてイェンシャン公の爵位は本物？」

「王がいないのに、貴族はありえない。でも名声と敬意を得ているなら、それは本物の爵位と呼んでもいいんじゃないかな」

「キクチみたいに、所属する寺がなくても一人宗派ができるみたいなことだね」

「そういうこと」

その話で会話はおひらきになって、マルは寝る支度をしてベッドにもどった。

ベッドのなかで、イェンシャン公の面接について考えた。

あの奇妙な面接は、キクチがいう通り夢の中でおこなわれたのかもしれない。憧れのイェンシャン公は、得体のしれないハイパーコープの幹部だった。

じゃあ、差し向かいで飲んだお茶も夢？　スコーンも？

マルはなんだかがっかりしてしまった。

3

お茶を飲みながらの面接は夢だったかもしれないが、面接の部分は現実だったようで、休日前、イェンシャン公から認証付きのメッセージが届いた。仕事帰り、マルは工房前でイェンシャン公の車に拾ってもらった。

「今日はあなたのドレスをみましょう」

「はい」

マルは緊張のあまり、隣に座るイェンシャン公を横目でみることもできなかった。視界の隅にみえるイェンシャン公の黒いスーツの上下、ゆるく組まれた長い脚はどこか現実離れしている。

車は倉庫街の大きな低いビルの上に着地した。古ぼけてみえるが、車を隠すシェイドやセキュリティは完ぺきだ。ということは、今日の公は夢ではないのかもしれない。

ドレスの収納庫はビルを丸ごと占めていた。窓のない広い廊下を、カートを引いたロボットが行き来している。公は、大きな扉の前で止った。

ドアの横に備品棚が置かれている。

「マスクをつけてください」

公が、ロッカーから酸素吸入器のついたマスクを取りだして、マルに装着を促した。

「ここは窒素が充填されたエリアですから」

公自身はマスクをつけない。つまり彼は、宇宙空間で活動できる存在だ。

エアシャワールームを通りぬけたあと、格納庫のような天井の高い大きな部屋に入った。壁沿いが通路になり、右手には天井まで何層もの衣類がぶらさがっていた。ありとあらゆる時代の衣装があった。息が詰まるような衣類の倉庫を抜けだすと、次はもっと古い衣類の区画になっていた。

「ここがデビュッタントのドレスの部屋です。限られた人間しか入れません」

最後の区画は、セキュリティで守られていた。

部屋の中にはポールが立てられ、重ねたドレスが花びらのようだった。どのドレスも淡い色合いで、夢のようなおぼろな輝きにつつまれていた。星雲めいたドレス、バラのようなドレス。マルの目にはみえない波長の光で輝いているドレスもあるという。

「令嬢たちが社交界にお目見えするときは、淡い色のドレスを着ます。明度の高い色で、新入りであることを知らせるのです」

公が手をふると、壁から一着のドレスがおりてきた。真珠色のスカートがふわりとふくらむ。ドレスは就学前の子ども用かと思うほど、身頃が小さかった。胴が細く、肩幅も狭い。マルにはとても着られないサイズで、細身のルームメイトのセイヤでも、このドレスは無理だろう。義体用かもしれない。

自分はこのドレスを着る人のアシスタントとして働くのかも、とマルは考えた。

「マルさん、あなたにこのドレスを着て、デビュタントパーティに出席していただきたい。デビューする令嬢の一人として」

マルの足下に突然、真っ黒な穴が開いた。無理。ぜったいに無理。こんな小さな服に身体が入りっこない。

マルは、イエンシャン公の顔をみた。

彼はマルの中性的な身体に目もくれなかった。眼差しは、きらめくドレスの表面をたゆたっている。

「わたしのところには、毎日、爵位継承権を求めるメッセージが届きます。異母きょうだい、孫、あるいは兄の子孫を名乗るものたち。念のため調べますが、どの方も、本物である可能性は限りなく低い。しかし、近年、後継者について考えざるえなくなりました」

イェンシャン公はそこで口をつぐんだ。

マルの中で、公の最後の一言がリフレインした。後継者について考えざるえなくなりました
……。えっ！　もしかして公は引退を考えている？

イェンシャン公は高い位置にディスプレイされているドレスをみあげて、指を鳴らした。

部屋中のドレスが、天井近くでくるくると回りながら輪になって踊りはじめた。

あたかもそこで、舞踏会がひらかれているかのように。光とともにかすかな花の香りが降ってきた。

「わたしの情熱は、社交に向けられてます。人々が浮かぶ水面《みなも》をかきたてて、離れた地点にいる点と点をつなぐことが、わたしの喜びであり生き続ける源泉です。そうしてできた泡が、美を追究する人々の仕事を支えます」

マルはうなずいた。マルの働いているフレーバー産業もその一部だから。

義体化した人が増えるにつれ、高度なセンサーに負荷をかける香水や芳香剤は敬遠されるようになった。公による古典回帰主義ブームがなければ、ヒューマン、ましてフラットな人間の職はなかったろう。

公が引退すれば、泡ははじけて何もない水面にもどるかもしれない。

きらきらとしたドレスの演舞をみながら、聞かずにいられなかった。

「閣下は、引退を考えておられるのでしょうか」

「つねに。幕引きの方法を試行錯誤してます」

聞いた瞬間、マルは失望のあまり視界まで暗くなった。この先どうすればいいの？

パン——、

頭上で、破裂音が連続して聞こえた。

マルはとっさに目をおおい、伏せた。何も起きないことを確認して頭上をみあげた。輪舞していたドレスの列に乱れがあった。踊りの輪に四カ所の切れ目が入って、すみやかにドレスが壁に収納されてゆく。

白いものが降ってきた。イェンシャン公がそれをてのひらにのせた。白い欠片は公のてのひらで溶けるように消えていった。

「礼装に問題があったようです。凍結しましたから、心配はありません」

マルは言葉もでなかった。凍結といわれて壁をさがすと、天井近くに灰色の塊がこびりついている。爆発物を処理した痕だ。

「ロボットに任せましょう」

ドレス倉庫をでて、エレベーター近くの休憩所でお茶を飲んだ。休憩所は無人だった。自販機のカップで飲む茶は、ふだん飲み慣れた味で、マルは落ち着いた。ためらいがちに公にたずねた。

「さっきのは爆発物ですね。ああいうことはしょっちゅう起きるのですか」

「人生の幕引きを考える程度には」

公はおだやかな口調でつづけた。

「仕事の話をしましょう。今、わたしは後継者を名乗る人物を招いてパーティを開こうと考えてます。継承する爵位などありはしませんが、相続が可能な名声と資産はあります」

公が優雅に眉をつり上げたので、マルもつつしみ深く笑った。

「盛大なお披露目をおこなうつもりです。正式な舞踏会には、デビュッタントの令嬢が欠かせません。そこであなたに、わたしの相続人としてデビューする令嬢の役を引きうけていただきたい」

令嬢？　相続人？

マルは、冗談だと思った。

令嬢として正式なパーティに出席する。サンダルとスリッパしか持ってない自分が。

公は温かな声でいった。

「マルさんほどの適任はいないでしょう。ドレスは、展示用に半分以下のサイズに縮めてあります。楽々着られるはずです」

「わたしはマナーを知りません。そのお役がつとまるのでしょうか」

「すぐ覚えます。造作もないことです」

公は本気だ。マルは震えあがった。

「でもわたしは、仕事が」

公は大きな笑みを浮かべた。

「あなたの会社にイベントの発注をしましょう。担当はあなたを指定します。研修の日程を組むのはそう難しいことではない」

にわかに頭が現実にもどった。マルの勤める小さなフレーバー工房と、イェンシャン公の持つ企業が取引をする。工房はマルに最大限の自由を与えてくれるだろう……。

イエンシャン公のマルの手を取り、試薬で荒れた手に軽い口づけをした。唇が触れた羽のような感触が、全身にさざ波をたてた。

「マルさん、わたしの相続人になってください。そして、わたしの後継者を選んでくださいませんか」

4

マルは、マイクロ施術とダンスのレッスンに申しこんだ。マナーと社交会話の勉強もはじめた。マイクロ施術は、美容整形の言い換えだ。最初からこうなることはわかっていた。マルの身体はそのままではドレスに入らない。公は、ドレスの身頃は二倍の幅があるといったけれど、あれはウソだった。

イエンシャン公は人をだますのだ。

ナノボットによるマイクロ施術を受けながら、マルは考えた。公には公の思惑がある。マルがそうであるように。

今こうしてマイクロ施術を受けて、身体が日々少しずつ変わるのを目にして、義肢への抵抗感が薄らいでゆくのを感じた。仕事を得るには、変容しなければならない。

ルームメイトたちは一足先にインプラントやマイクロ施術を受けて、外観と能力のスペックをあげつつある。キクチとセイヤはインプラントを装着した。コンサルタントのジョンソンはマル同様マイクロ施術を受けて、容姿を変更中だ。

マイクロ施術で男性に変容したジョンソンがいった。

「男性の声と顔バランスに変えたとたんに営業成績が二十一パーセントあがったよ。給与もあがった」

「そんなに効果があるんだ」

インプラント組のキクチとセイヤは羨ましがってる。男性形のジョンソンがそう話したから説得されたのかもしれない。女性形になったマルがみんなに心配されるように。

マルは自分の身体を立体投影で確認した。細くなったうなじ、女らしい胸。肌は白く透き通っている。

「インプラントより、外見を変えるほうが自分や周囲への影響が大きいんだね」

マルの言葉に、キクチもうなずいた。インプラント後にそり上げた頭に曼荼羅のタトゥをいれた。よく似合っている。

「マルは本当に綺麗になったよ。でも、わたしは前のマルのほうが好きだ」

わたしも、とマルは胸のうちでつぶやいた。

マイクロ施術は慣れたが、ダンスのほうはなかなか慣れなかった。

ダンスのレッスンは、一人では受けられない。士官学校同様、集団でのフォーメーションワークとペアの動きが要求される。フォーメーションは士官学校時代に経験している。問題は、組む相手だ。パートナーたちはすべて義体であり、マルの何倍も年上で、経験を積んでいる。レベルがちがいすぎた。

いつおりてもかまわない——。

ダンスフロアで、くるくるとロボット教師に回されながら、マルの脳裏をイェンシャン公の言葉がかすめた。レッスンで組むのは最初はロボットだったが、やがて他のパーティ参加者とも組むようになった。最新の義体を装備した麗しい紳士淑女たちは、戦闘兵器とみまがうようなアクロバティックな動きをする。あんな動きについていけるのだろうか。

おなじみになった夢での面談で、イェンシャン公に打ち明けた。

「実はダンスが不安なのです。わたしは申し込んできた方と必ず踊らなければならないのでしょうか」

意外にも、公は寛容だった。

「いいえ。あなたが踊らなければならないのは、わたしだけです。主催のわたしと踊る開幕のカドリール、あとはお好みのままで」

この頃には、ルールが理解できるようになっていた。公の舞踏会はマルがぼんやり思い描いていた内容とはまるでちがっている。マナーの本を繰り返し読んだが、ダンス中の暴力の禁止項目はみつけられなかった。

そして、ついにマルの身体が真珠色のドレスに収まる日がきた。デビュッタントパーティだ。

5

天井は高く、上のほうは白い霧がかかっていた。霧の下を翼をつけた人々がいきかう。色とりどりの衣装の長い裾が、虹のようにたなびいた。一人がコースを変えて近づいてきた。睡蓮の花弁のような青く透明なドレスをきている。

顔形はこの上なく美しく、義体はシルフ型と知れた。

「イェンシャン公閣下と後見人のご令嬢にあらせられましてはご機嫌麗しく」

声は男性でも女性でもなかった。月からきた紳士、いや淑女なのか。よくみれば、この人だけでなく、出席者たちは男女どちらとも取れる姿だ。

長い裾を引きずるイブニングドレスの首元はホワイトタイ、前あわせにウエスト部分で水平にカットされたフロックコート。それでいてドレスでもある。

睡蓮の月人は、マルがよそ見をした隙に、ドレスの部分が引っ込んで、紳士服に変わった。顔つきも離れていたときとはどこかちがって男性らしく彫りが鋭い。

この人たちは一瞬で性別を変えられるらしい。月からきた招待客は、マルにダンスを申し込んだ。

「正式なお披露目が終わってからだ。モール卿」

マルは長い手袋をはめた手をイェンシャン公の腕においた。エスコートされて大理石の階段をおりた。足を滑らせないよう、一足一足慎重に。

公が開会の合図をすると、翼のある人たちは音もなくフロアの床に着地して拍手をした。マルには、どの人たちも途方もなく美しくみえた。マルは緊張の極地にあったが、微笑みを忘れず、背中をぴんとのばして公の傍らにいた。

一曲目はスクエアダンスで、主催者でもあるイェンシャン公と踊る。ステップは、オートモード。イェンシャン公がマルに笑いかけた。マルも小さな微笑みを浮かべて、差し伸べられた彼の手を取った。手をつないでフロアにでてゆく。これが現実とは思えなかった。世界がきらめき、心は高揚すると同時に恐怖に冷えきっている。

足を締め付けるダンスシューズの感触は本物だ。夢ではない。自分の鼓動が音楽よりも大きく聞こえた。

四組のカップルが手をつないで、互いに向き合いスクエアの形をとった。マルへの配慮か、だれも飛ばない。ホールに、踊り手たちのスクエアが幾何学的な正確さで並んだ。

音楽は、マルのダンスロボットへの合図でしかない。緊張しすぎて手足は氷のようだった。公の顔をみつめているが、麗しい顔も今は景色の一部としか認識できないでいる。イェンシャン公の背後で、ばさりと大きなドレスを着た人が倒れた。

あ、と思い、よくみようとしたが、手を取られて、公と入れ替わった。なにが起きたのかわからない。

「マル、わたしと同期しなさい。これから加速する」

公のダンスモードがマルの運動中枢を乗っ取った。足下のフロアで五角形をした結晶模様が花開いた。踊る人たちと同じ速さで回転をはじめた。フロアに目をむけると幻惑される。よろめいたマルの手を公がしっかりつかんで抱きとめた。

くるりと回されて向かい合う。両手をつなぎ回転するが、視野の端でまた倒れた人をみた。深紅のドレスの人だ。

「落ち着いて、息をして」

マルははっとして息を吐いた。集中するあまり呼吸を忘れていたのだ。ダンスは、目では追えない速度まで高まって終わった。

フロアを引き上げたとき、マルは汗だくだった。

倒れていた人を目で探すと、深紅のドレスの人がフロアから引きおこされていた。深紅のドレスの人は、パートナーに肩をすくめてみせたあと、イェンシャン公に一礼してフロアから退場した。

「重力の調整を忘れたのだろう」

最初に声をかけてきた月人のモール卿が近づくのがみえた。

「わたしは踊っても大丈夫でしょうか?」

「彼なら、安全でしょう」

何やら引っかかりのある言い方だ。マルはモール卿とワルツを踊った。マルの飛行装置では、垂直以外の動きができない。モール卿のリードに身をまかせた。ステップのたびに押し当てられる卿の身体は人ではなく金属で、マルは緊張せずに済んだ。

他のカップルが近づいてくるたび、モール卿は変則的な、すばやい動きで避けた。マルは振り回されたが、落下することはなかった。

マルがイエンシャン公のところにもどると、「よくやった」と公が誉めた。自分のことだとマルは喜んだが、公の言葉はモール卿に向けられたものだった。

「あの一撃をよくよけましたね」

「おそれいります」

マルは踊っている人たちをながめた。公がオペラグラスを貸してくれた。遠目に優雅に踊ってるようにみえた人たちは、見事な体術を披露していた。切りつけ、蹴り、背をそらせてかわす。フロアで踊りながら、ナイフが使われ、キラキラと照明を反射する。

ざっくりと胸を切られた人は倒れもせずに、みぞおちに打ち込まれた拳をかわして身を翻して相手をフロアめがけて叩きつけた。

「護身用のナイフは許可されてます」と公がいう。

「戦ってるのは、なぜですか?」

「相続人をめぐっての戦いです。わたしの継承者にはそれなりの耐久力が必要ですから」

相続人というのはマルのことだが、公は概念としてその言葉を使っている。アシスタント募集で採用した相続人。実際に、マルはこの舞踏会にきてだれにも求婚めいたことをされてない。

「閣下のお話では、相続人が閣下の後継者を選ぶのでしたね?」

「ええ。最後まで残ったものの中からです」

イエンシャン公の横顔はあいかわらず眩く美しい。

「もしわたしがその人を選ばなかったら、どうなるのでしょう」

「また舞踏会を開きます。あなたがだれかを選ぶまで。その相手がわたしを倒すまで」

楽しげな公の口調に、マルの背中がぞっと冷えた。

「あなたは逸材です。義体化したヒューマンには持ち得ない決断力を持っている。これからもパートナーをお願いできないだろうか」

「デビュッタントの令嬢として、パーティにでるのですか?」

「わたしの相続人として。わたしは、エンターテナーとして、かれらを楽しませる義務があるのです」

踊りながら戦う鳥たちの半数はフロアに墜ちた。歩けないほど義体が壊れて、ロボット給仕たちに運びだされるものもいる。飛んでいるモール卿が手をふった。

「モール卿もかつてはわたしのデビュッタントでした。彼は今、わたしの推薦でハイパーコープで働いてます。じつに感じのよい若者です」

マルは深く息を吸い込んで、数を数えた。深呼吸すると、恐ろしいほど冷徹に思考が冴え渡った。これは悪いカルマ? 心身の奥深いところから否定がきた。いいや、と。

これは苦しみのカルマだ。マル自身の。マルは公に恋してるが、公から何も返ってこないと気づいている。心を失った人に心を求めるのは不可能だ。恋の終わりの苦い涙がこみ上げた。飲み下して、口をひらいた。

「喜んでお受けします、閣下」

この日、マルは自分自身のカルマ、苦しみとともに生きることを決めたのだった。

NOTE

〈エクリプス・フェイズ〉の基本ルールブックの巻末には、サイバーパンク以降の小説・映画・アニメ、アナログ／デジタルゲームを問わないゲーム作品の、詳細な参考文献リストが挙げられています。これらは原書の初版が可能された二〇〇九年時点のものですが、「ポスト・サイバーパンク」、「ポスト・シンギュラリティ」、「ニュー・スペースオペラ」、「ナノテクSF」、「ニュー・ウィアード」などと言われる、一九九〇年から二〇〇〇年代にかけてのSFの流れを、あらかたカバーできるものとなっています。

その後、二〇一〇年代で目立つ動向として、一つは中華圏SFの興隆があります。ケン・リュウ（劉宇昆）、スタンリー・チェン（陳楸帆）、劉慈欣、韓松、夏笳といった作家たちが知られており、たとえばケン・リュウ編『月の光　現代中国SFアンソロジー』（大森望・中原尚哉ほか訳、早川書房、邦訳二〇二〇年）、『移動迷宮　中国史SF短篇集』（立原透耶・林久之ほか訳、中央公論社、邦訳二〇二一年）といった作品集で、その仕事に触れることができます。

もう一つ、韓国のSFも注目を集めており、キム・チョヨプ『わたしたちが光の速さで進めないなら』（カン・バンファほか訳、早川書房、二〇二〇年）、あるいは韓国系アメリカ人でゲームデザイナーとしてのキャリアもあるユーン・ハ・リーの数学SF『ナインフォックスの覚醒』（赤尾秀子訳、創元SF文庫、二〇二〇年）もお勧めできます。

これらアジアのSFとリンクするのが、図子慧や石神茉莉、待兼音二郎らの小説も含まれるだろうフェミニズムSFの再評価です。もともと、アーシュラ・K・ル・グウィン、パミラ・ゾリーン、ジェイムズ・ティプトリー・ジュニア、ジョアナ・ラス、オクタヴィア・バトラー、エリザベス・ハンドといった先駆者たちが拓いた領域ですが、近年もN・K・ジェミシン『第五の季節』（小野田和子訳、創元SF文庫、邦訳二〇二〇年）、アマル・エル＝モフタール＆マックス・グラッドストーン『こうしてあなたたちは時間戦争に負ける』（山田和子訳、早川書房、邦訳二〇二一年）等、数々の賞に輝く作品が沢山でてきて、決して無視することのできない一大潮流となっています。文化の多様性を体現するこうした動きと、〈エクリプス・フェイズ〉は並走しているのです。（晃）

COLUMN

『スキズマトリックス』系サイバーパンクの系譜

一九八〇年代を代表するSFムーヴメントが、加速度的に進化する情報技術を基軸とした〝テクノロジカル・ランドスケープ（J・G・バラード）〟を描く「サイバーパンク」だということに、異論を挟む者はないでしょう。代表作は、ウィリアム・ギブスンの『ニューロマンサー』（原著一九八四）。そこからサイバーパンク表象は、映画やコミック、デジタル／アナログゲーム、現代思想／美術、さらには建築へと至るまで浸透を見せました。現在も、そのイメージは、CD Project Redの大作コンピュータゲーム『サイバーパンク2077』で詳細にヴィジュアル化されています。この『サイバーパンク2077』は、マイク・ポンスミスのデザインになるRPG『サイバーパンク2.0.2.0.』（原著一九八八）を踏襲しているのは有名な話です。ポンスミスは珍しい黒人ゲームデザイナーであり、『サイバーパンク2077』もBlack Lives Matterの支持を表明するなど、はっきり反レイシズムを謳っています。

　だがサイバーパンクとは、ギブスンの系譜によるものだけではありません。原著が一九九五年に出たニール・スティーヴンスンの『ダイヤモンド・エイジ』から〈エクリプス・フェイズ〉は信用経済のモチーフを採用していますが、何より――ムーヴメントを理論的に支えた〝書記長〟こと――ブルース・スターリングの『スキズマトリックス』こそが、〈エクリプス・フェイズ〉の屋台骨なのです（それ以前には、一九七七年に出たジョン・ヴァーリイの『へびつかい座ホットライン』の延長にも位置づけられます）。『スキズマトリックス』は、太陽系を舞台に「機械主義者《マシニスト》」と「工作者《シェイパー》」の対立を描いたシリーズの中核をなす雄大なスケールの長編で、サイバネティックスやナノテクノロジー、ポストヒューマニズムの希求といったテーマが先取りされています。

　『エクリプス・フェイズ』のデザイナーのロブ・ボイルは、もともと、レイシズムのような社会の矛盾をサイバーパンクとファンタジーとの融合で表現したRPG『シャドウラン』第四版のライン・ディヴェロッパー。ノイズ・ミュージックのDJで、アンチ・ファシスト。さらにはアナルコ・トランスヒューマニストとも名乗っています。そんな彼が、スターリングのラディカルな批評性に惚れ込んだのは想像に難くありません。『スキズマトリックス』は、翻訳者・小川隆による最期の仕事としての改訳版が、二〇一九年に出版されました（ハヤカワ文庫SF）。小川は注目の作家アリエット・ド・ボダールらをいち早く紹介した訳者でもあります。本書がロブや小川、スターリングの精神を「継承」していることを願っています。（晃）

再着装なんて愛の監獄

カリン・ロワチー

待兼音二郎 訳

本書の掉尾を飾るのは、英語版の〈エクリプス・フェイズ〉小説アンソロジー *After The Fall* と同じく、本作になります。秩序と混沌、理想主義とシニシズムの衝突、愛の原理と虐殺の文法、かけがえのないアイデンティティと交換可能な他者、プロットの推進とイメージの連鎖、それぞれの対立項が衝突し、あるいは矛盾を抱えたままに同居し、そこから、カタルシスへ……もしくは、カタルシスの不在へとつながっていきます。

そして、血の涙。

カリン・ロワチーは、ガイアナ共和国に生まれたカナダ人作家。ハヤカワ文庫SFから翻訳の出ている『戦いの子』（邦訳二〇〇八年）、『艦長の子』（邦訳二〇〇九年）、『海賊の子』（邦訳二〇〇九年）の作家として、日本では知られています（すべて嶋田洋一訳）。ミリタリーSFとしての結構を備えながらも、二人称を駆使するなど、スペキュレイティヴ・フィクション（思弁小説）としても評価されました。同一の宇宙を扱い、「オマケ」と題した短編集 *Omake: Stories from the Warchild Universe*（2020）をセルフ・パブリッシングで出すなど、ユニークな活動を続けています。他に日本語で読める短編だと、J・J・アダムズ編『パワードスーツSF傑作選　この地獄の片隅に』（中原尚哉訳、創元SF文庫、邦訳二〇二一年）所収の「ノマド」があります。強化外骨格めいたアーマーを語り手に据え、着用者の喪失を主題化した野心作です。（晃）

"A Resleeving of Love" by Karin Lowachee
From *ECLIPSE PHASE AFTER THE FALL: The Anthology of Transhuman Survival and Horror*, edited by Jaym Gates, 2016.

いまさら誰が愛など信じたりするだろうか？

リトル上海のドーム越しにふり仰げば火星の空はスペアミント色にすみわたり、スラム街のくねり伸びる路地からもうもうと硫黄臭が立ち昇るさなかに偽りの爽やかさをみせている。この都市そのものが人口増大で膨れる腹回りによろめいているのだ。軋りをあげるヴィークルや汗ふり散らすリキシャ《人力車》の列を跨いで歩道橋が黒々とそびえている。けれどなんのために？　生き抜くことに崇高さなんてないのに。

真の喧噪や雑踏は心から心へ飛び交うもの。手で触れられず手つかずのままの魂《エゴ》が行き交うハイウェイ。さえずりとスクロールが輻輳《ふくそう》し折り重なるうちに言葉のやり取りはレース編みの丸敷物のごときものとなる。わたしたちは思考の表面にそれをかぶせてなにかがこぼれた時の備えとする。たとえば真実のようなものが。忘れ去られていたなにかが。なんらかの危険な考えが。

愛しています《アイ・ラヴ・ユー》。

それは宣言のありようのひとつ。自分が何者かを心得てあることの、あなたの心は読めていますということの。おのれの内心を把握しているということの。

恋愛はかつてわたしにも訪れた。ドーム内の万物と同等にテラフォームされて。恋はわたしには持ち前ではなく、猫なで声であやしつけねばならぬ類のものだった。

かつては居住不適でありながらいまや人類の残存者にとっては都のひとつともなったここ火星のごとくに。残存者《レムナント》というならわたしの心だ。それは境界や限界の内側にあるもの。発光する臓器ないし脈打つ筋肉が頭蓋骨や肋骨に守られてあるもの。わたしたちがかく考えるがゆえに存在するもの。愛はわたしたちが掌に包み持てるもの。必滅の定め《モータリティ》から引き抜いて手渡しをしうるもの。それは言うなれば愛の再着装《リスリーヴィング・オヴ・ラヴ》。

それはノスタルジアからではなく、のっぴきならない必要に迫られてのこと。心のハイウェイにあっても愛は必要欠くべからざるもの。

神はアダムの肋骨からイヴを作ったのだと物語は伝える。神、それは史上初の遺伝子工学者。たぶんティターンズの元祖でもある。史上初の人工知能でもあって、わたしたちはみずからのテクノロジーで共食いをする生き物でしかない。

そんな話はわたしも信じない。けれども時々、どうしてだろうと考えてしまう。そういったあれこれの物語が、わたしたちのいま生きている現実よりもいっそう信じがたく思えるのはどうしてなのかを。

神は愛なり。そう人はいう。

いまさら誰が愛を理解などするのだろう？　すでに神を殺したわたしたちの誰が。

処置が済むまでわたしは目覚めることがない。わたしの支援《ミューズ》AIが告げてくる。「侵入がありました」と。それも現世的な侵入ではなく、精神におけるものが。あまりに事務的だったこともあって違和感をおぼえてはいた。そのことに付随する感情が悪影響を及ぼすことによってあなたはこれから死ぬのだと誰かに告げるかのように。そう、先ほど侵入があった。そしていま、精神

外科医がわたしに覆いかぶさるようにして、キュクロプスの単眼のごときライトの光で脳までを射貫こうとしている。

「最後に覚えていることは?」そう語る女外科医の口紅はギトギトした赤ワイン色で、グレーヴィーソースがけのステーキを食べたあとで口を拭い忘れでもしたかのようだ。

散歩に出ていたと記憶している。わたしの地区では雨が降っていた。火星らしくドーム内だけに降る雨で、環境モニターの不具合に起因するもの。膜のような雨がいっこうに降り止みもしないのは、どこかの誰かが富裕層のことで頭がいっぱいになりすぎているせい。わたしの体はカードの家さながらに、いつ何時五十数枚が折り重なるかもわからない。これはわたしにはふたつめの義体《モーフ》だけど、最初の義体とは五十歩百歩だ。散歩に出るのはいつものことで、街角から街角まで九ブロック。ハイパーコープの上役どもがお忍びでことを進めたいときに出向くあたりをぶらぶらと。そいつらの分岐体《フォーク》からのナンパの声はそれほどかかりはしなかった。

どれほど多くの未来がＡＩに奪い取られようとも、決して変わらないものもあるのだ。

わたしたちは、この種の生業にいそしむ者は、つまりは名無しだ。だけど場数は踏んでいる。さんざん試され、力ずくで開けられ、ねじ込まれる。見つけようという気のない者の目には見えない存在なのだ。はみでた尻肉が、あの男の視線を引き寄せでもしたのだろう。赤いランタンがあちこちに灯るなか、日覆いの下で壁にもたれてタバコを吸うわたしのしぐさが印象的でもあったのだろう。わたしは早くも血の涙を流していそうだった。そこはラーメン屋やケバブ屋の立ち並ぶ一角で、開けっぱなしの店の窓から肉の匂いや沸き立つ湯気が街路に流れでていた。彼が近寄ってきたのを覚えている。セックスに応じる女を見つけるすべは誰もが心得ていること。飢えたその眼差し。瘦せ型の男で、前のめりな顔つき。隠している物などないといわんばかりに、両手はだらりと垂らしている。

だけどあいつは隠していた。首を手でつかまれた時には時すでに遅しだった。

わたしは崩れ落ちた。

――――

暗色の瞳を覚えている。精神外科医がこう告げる。「話そうとしてみて」

テーブルの上で、両手を背中の後ろで縛られたままで。「ふざけんじゃないよ」

［侵入がありました］わたしのミューズが平板に言う。

「それがなんだってのよ」

〈どうかパニックにならないで〉

意味のないあれこれの声明。「なんですって？」

女外科医がまた別のビームを眼球に当ててくる。今度は青色だ。手首をびくつかせてもどうにもならない。

〈彼女はきみを解放してくれるよ。だがその前に、話を聞いてやらねばならない〉

侵入がありました。もうひとつの声は、わたしのミューズのものではない。わたし自身の声でもない。わたしが聞きたい声ではおよそない。

この別人格。わたしの脳内にいる誰か。

わたしは両手を見ることができない。

破片が一緒くたになって転がる。ガラスが割れるさまの逆再生。まわりの壁の色はいかにもクリニックめいたスレートグリーンだけれど、雨樋を雨水が流れる音が聞こえてくることからすればクリックではない。焼け焦げた電線と砂糖のにおいが体内をただよって鼻孔に流れ込む。排水管が泣き声をあげて女外科医は風邪を引いたかのように鼻をひくつかせる。もしくは、退屈に耐えかねたかのように。

話は聞いたことがある。精神誘拐《マインドナッピング》。わたしたち誰もが知っていること。名称の響きほどには穏やかではないこと。心がうたた寝をする程度にも聞こえるけれども、その柔和な子音と穏やかな母音の組み合わせとはまるで違って。

つまりはレイプということだ。その響きもにおいもわたしには覚えがある。語頭のRを巻き舌で響かせるまでもないことで。

〈どうかパニックにならないで〉

「わたしの頭から出てってよ！」

わたしの踵が金属テーブルをバンバンと打つ。女外科医は一歩退き、両手をあげて手のひらを向けてくる。わたしのもがきに汚染されることを防ごうとするかのように。

「止めさせることができません」そう言うわたしのミューズの声は、心なしか困惑しているようにも聞こえる。

〈抵抗すればよけいに苦しくなるだけだよ〉
それは聞き覚えのある言葉だ。

――――

なるほどそういうことだったか。彼はわたしの脳をエゴ・ブリッジにつないだ。この何者かの声、よそ者の魂《エゴ》が。基本的なインプラントしか備えておらずセキュリティの程度もしれているわたしは、精神外科医をすぐに呼び出せる誰かからすればカモもいいところだ。わたしはエネルギーを使い果たし、頭上にちらつく光は部屋の照明ではなく、わたしの疲れによるものだ。女外科医はわたしを放置して落ち着きをとりもどすにまかせ、あの何者かの声も黙りこんでいる。わたしが冷たい金属テーブルの上で頭をめぐらせて目を懲らすと、暗がりのなかに見てとれる。ぐったりと壁にもたれた肉体が。

雨で濡れたままの黒いジャケットを着た男。水たまりに両手をつけた男のぬいぐるみ。焦げ茶色の髪でふさふさの頭はがっくりとうなだれている。

〈あれがぼくだよ〉

わたしの眼球の奥のうずきは止まない。

〈ぼくたちはここから脱けださなきゃならない。それから彼女を呼び戻さなければ〉

ミューズの声とは似てもいない。男が喋るたびに右耳の奥で空電ノイズがよみがえる。

「ちょっと」わたしが言ったのか、それとも彼が？　あれをしろこれをしろと男はひっきりなしに呼びかけてくる。いまなおわたしが体を制御できていると言わんばかりに。「ちょっと！」わずかにひらいた戸口をすりぬけて精神外科医が戻ってくる。食屍鬼《グール》さながらのボールベアリングの両眼がきらめく。わたしを射貫こうとするかのように。

「もう行かせてよ。支払いはこっちでするから」なにを言っているのか自分でもわからないけど、この場にふさわしい言葉だとは思える。夢の中で自分にかけられる言葉が現実のものとなったかのように。

パチリパチリという音とともに拘束が解ける。彼女の手際にはよどみがなく、その指先は鋭利な器具を使い慣れた人のもの。テーブルから上半身を起こしたままでいることにすら努力が必要なほどで、頭からじかに血が流れでて、テーブルからぶらぶらしている足の下に溜まっていくかのようだ。テーブルの端を握って深く息をつき、視界が毛羽立ったようになるうちに、両の眼球の奥でなにかがピカピカ光る心地がして、ミューズが告げる。［アクセスしています］

「待ってよ」

待っている暇はない。処理はまばたきの間に完了する。女外科医が出ていき、幾筋もの光の帯とともに数字の列が眼内の黒い空間に浮かぶ。あの声がくりかえす。〈起きて。ぼくたちは行かなければ〉吐き気はどんな男にも、いや女にも、もしくは汎用の売春用義体《プロスティテューション・モーフ》にでも容赦なく襲いかかるもの。処置の行われたテーブルに鈍く、わたしのおぼろげな姿が映って見える。サイドを剃り上げた髪と、目が青く澄んでいるいるべきところの打撲傷。

〈起きて！〉

自分の意志というよりも命令口調のとげとげしさがわたしをテーブルから離れさせ、おぼつかない足取りで戸口へと向かわせる。向こうにあるのは暗がりだけ。だけど構わない。わたしの脳内にある物《シング》が道筋を心得ているから。

外にでようと足を運ぶうちにわたしは目の前が真っ暗になり、過去へと前のめりに投げ込まれる。遠い以前の記憶へと。自分が何者であるのかにしがみつこうとする必死な試み。

わたしの恋はうぶだった。初めての経験の例に漏れずに。チャムズはわたしの初恋で、最後の恋人でもあった。彼には記憶の特技があって、最新型のインプラントがなくてもずば抜けていた。インプラントが故障した時でさえも。チャムズの記憶力は遺伝の産物で、ある種の幸運な不具合。人類が誰も彼をも加速させたいまや関心の的にもなり得ないこと。だけれどもこれは彼に生まれつき備わっているもので、文字列をちらりと見ただけで憶え込んでしまえる。一瞥しただけの人の顔を一年後にでも完璧に細部まで思い出せるのだ。犯罪の目撃者としてこれほど理想的な人物はいないだろう。

だけどリトル上海を散策するとき、人はできるだけものを見ないようにする。恋に落ちている人なら、ますますものを見なくなる。警告表示を見落として、夢に視界を曇らせて、いつの日かこの場所から脱けだせるものと信じている。

出口なんてどこにもないのに。

自己を消去でもしない限りは。自分ではないなにかになろうとでもしない限りは。

いまさら霊魂《ソウル》の存在を信じる人なんているだろうか？　あなたが誰に、もしくは何になったところで、どれほど多くの義体《モーフ》を使ったところで、あなたがあなた自身であることに変わりはないのに。

向上などというものはなく、現状のみがあるなかで。

チャムズの記憶がフラッシュの連続のようによみがえる。わたしの脳内の別人の声もそれをいま目にしている。

機動性に問題がある。生体インプラントのせいであれ、この他人の魂《エゴ》がさえずりつづけているせいであれ、内耳の平衡感覚が働かないのだ。その声はかろうじて聞こえる程度で、外へ出ようとひび割れた壁と壁の間をピンボールのように行ったり来たりするわたしに響く言葉はない。建物も街路も荒れ果てているだけで認識できない。環境制御も照明もまともに機能していない。古い一角、犯罪者の天国、オフラインになりたいときに赴くべき場所。

メッシュとこの人生からオフラインになりうる限りにおいて。

〈ジ・アイ（ファイアウォールに関わる評判ネットワーク）から逃げおおせた自信はない。だから、ぼくがはめられたことは奴らも知っていると想定しておかないとね〉

「いったいなにが言いたいの？」時の経過であばたのように凸凹になったコンクリートを踏みつけながらあえて声を張りあげる。空気と会話しようとする狂人のごとくに。

〈きみは知りすぎないに越したことはない〉

「わたしの頭の中でなに言ってんのよ！」

遅延した衝撃にすぐさまの憤激。わたしの心は狂気のレシピ集。余分な魂《エゴ》をひとつ抱えていることで。わたしは壁をむいて嘔吐する。吐き気が勝った。

わたしのミューズが機を逃さずに：［彼は実行中です。起動から一日になります］

わたしは空咳をして、短剣かとも思える息を喉から吐きだす。少なくともわたしたちのひとりがスパイを兼ねているということ。どうやってそれを知り得たのかをわざわざ問いただすつもりはない。

〈ぼくたちは行かなければ〉

「行くってどこへ？」袖で口を拭うと、ざらざらした生地のせいで皮膚がひりつく。

〈バンド地区まで〉

バンドになんか行きたくはない。家に帰りたい。そこが糞壷であろうとも。わたしは自分の足を強引に家に向けさせる。

わたしたちだ。彼が同乗しているとはいえ、少なくともいま、わたしは自分の体を制御できている。わたしはミューズにこう告げる：［もしもできるなら彼をミュートして。どんな犠牲も厭わないから］

――――

移動の単調さのせいでわたしはまた目の前が真っ暗になる。機動性を確保する唯一の方法は心をよそに持っていくことであるかのように。それか、もしかしたら、わたしの秘密を暴こうとする脳内のゴミ漁り人に掻き立てられているということなのかもしれないけれど。

わたしはチャムズのことを考えつづける。

恋に落ちたのは事故ゆえだった。妖精物語に憧れる子ども以外に、恋に落ちようとして落ちる人がいるだろうか？　それは決してわたしではありえず、そういったシナリオをいまなお検討しているプライヴェート・ハビタットの有閑富裕層やキラキラした夢見人くらいのことだ。わたしの夢は低空にただよっていて、指先さながらに荒れている。

あなたは接触のためにすべてを犠牲にする。それが恋愛の諸相のひとつ。あなたは皮膚や言葉の彼方を見据えるようになり、メッシュや義体《モーフ》ですらを飛び越えて見るようになる。そして彼の悪行の理由を探しはじめると、道を見失っていることに気がつく次第。どんなものでもそうした心と精神の取引に値するものだから。ここに、わたしはあなたのためにポートを開く。ハッキング不能で、人目につかず、絶対確実なポートを。侵入や威圧に耐えうるポート。あなたが微笑まない限りにおいては。その微笑はあらゆるものの暗号キーで、対敵諜報策でもあって、どれほどいかがわしい秘密組織であろうとも解読したり防御したりできうるもの。

わたしたちは皆あり得る脅威に気をとられすぎている。異星人やナノテク、そして体内に由来する脅威のことを。心の居候についてはどうなのだろうか？　唯一独特の存在であることについてのこれら一連の声明の只中にあってさえ、そして類似性についての反論の只中にあってさえ（「普通なんていうものはない！」）、おのずと導き出される結論はかくの如し：すなわち技術と進歩は同義なりと。けれども歴史がわたしたちに教えるのはてんで違うことではないのだろうか？高架式水道がひとつあるごとに、わたしたちは原子爆弾ひとつを獲得する。人間というものはヘマをすることなしに創造をすることができないのだ。

――――

家路をたどるうちに彼が物語る。チャムズをめぐるわたしの記憶にかぶせるかのように、自分の話を割り込ませてきて、わたしにはする気のない会話へとつなげていく。

〈ぼくが恋に落ちたのは事故ゆえだった。標的《ターゲット》を愛してしまったんだ。あいつらはぼくの大脳皮質記憶装置《コーティカル・スタック》を破壊してぼくの魂《エゴ》をバックアップからリセットした。そうしてぼくは彼女を失った。あいつらはぼくに忘却をさせたんだ〉

「標的って？」

沈黙。壁に手をあてて歩くうちに、指先に汚れがつく。

雨の幕を透かして見えてくる光景がある……あのクリニックで女精神外科医が仕事をすすめるあいだ、壁にもたれていた男の姿。髪色の濃いその男が背の高い若い女と握手をするさま。いかにも仕事上の知り合いという印象のふたり。

心の自暴自棄さを黙らせる術はない。それは拳銃のごとくに発射される――よんどころなく音量が絞られはしても、無音になることは決してない。わたし自身の思考の反響室内においてではなく、わたしの記憶にはない光景の数々によってわたしの視野のおぼろげさを貫きとおすのはいともたやすいこと。なぜならそれらはわたしの身に起きたことではないから。

だけどわたしは動揺を感じる。

赤い長髪と石英のような紫色の目をした女。

警戒心のにおい。欠乏感のにおい。同種の出力。なにかそれ以上のもの。定義されざる落ち着きのなさ。わたしたちがみずからに言い聞かせていることのすべてが嘘だったのではないかという疑念。

彼女はこの男の標的だった。彼は情報を求めていた。

〈彼女は危険な存在だった〉

男は派遣された。

ワンルームの自室へと外の鉄階段をよろよろとのぼっていく。窓をくぐって屋内にはいる。ベッドの片隅にうつ伏せで寝そべり、洗濯していない毛布の塩っぽさを胸いっぱいに吸い込んで、それから温もりがなく、ほとんど明かりもない空間も吸い込んでいく。わたしは男を見る。このハンターを。男が強引にわたしの中にねじ込んできた、彼の生きた人生の幾つかの断片を。たぶんわたしたちはお互いに血の涙を流しているのだ。お互いに、懸念と恐れとで胸をいっぱいにして。どちらが男のもので、どちらがわたしのものなのかを区別することも難しく、その間にもわたしのミューズは狂わんばかりの口調でもって、わたしに残されてある限りの正気さを救い出そうと努めている。わたしたちふたりを、スクリーンの背後に立つ娼婦と、金で時間を買った利用客とに区分けしようとするかのように。見つめはしても、決して手で触れることはない。

それは言うなれば、男が結婚指輪をわたしの指にはめ、死がふたりを分かつまでわたしを縛りつけておこうとするかのよう。その女というのは医療機器業界の大立者の娘。女は彼のパスポート役になるはずだった。文明を危険にさらしかねない生原体《バイオジェン》を開発しているのではないかと男のボスが疑っている企業に彼を潜入させるためのパスポート役に。女は父親の命を受けて取引を仲介しようとしていた。犯罪の側面もある取引を。

物事はつねにどっちつかずなのだ。

男はある種のヒーローを自認していた。この女にとりいって情報を得ることで、人類を、あるいはなんらかの糞どもを救えるのではないかと考えていた。笑顔を浮かべて関心を引くことで、彼女の思考に食い込もうとした。

ところが、誰かが男の精神鑑定でヘマをしでかしたのか、あるいはかほどに愛は強かったのか。男の任務は情報を盗みだして証拠を隠滅することだった。必要なら女は殺してもよいはずだった。だけど男には彼女が忘れられなかった。彼女を忘れるつもりもなかった。ふたりはある種の理解のミッションを共有していた。捕らえられること、そして、彼はどんな努力も厭いはしないこと——記憶のなかにある懇願の言葉の数々は、幾たびものキスに彩られていた。わたしが一度もされたことがないようなキスに。そう、チャムズからでさえ。

わたしたちはそれぞれのやり方で血の涙を流している。

〈ごめん、ぼくが悪かった〉

「違う。あんたのせいじゃない」キスをされることを必要とする人なんてどこにいる？　頭痛を必要とする人なんてどこにいる？　そいつ自身の魂《エゴ》を植え付ける《インプラント》ために自分の肉体を掠おうとするいかれぽんちをわざわざ必要とする人なんていったいどこにいる？

テクノロジーは利己主義を癒すことはできない。テクノロジーはことによると欲望を殺し、わたしたちを社会病室人格《ソシオパス》につくりかえるのかもしれない。だけども自分なりの理由があって糞を垂れたいという内在的な欲求を爆砕することはできないのだ。

「わたしは眠りたいの」

わたしのミューズ：［眠らないでください］

そうなったら、誰が制御することになるのだろう？

「ついさっき頭脳を賽《さい》の目切りみたいに切り刻まれたんだよ。眠らずにはいられないわ」

〈きみは起きていなくちゃならない〉

まるで鏡に話しているかのよう。これほど狂気を端的に感じられることがあるだろうか。

わたしは男にそれを見させた。バスルームのひび割れたタイルのなかで鏡の前に立ち、わたしの眼球を通して鏡に映る目を見させた。不ぞろいに刈られた下品な髪に半ば隠れた幾つもの打撲傷を。側頭部にある傷痕を。頭にも顔にもフレーク状にこびりついた血の塊を。まるでつい先ほど、わたしが銃弾をすれすれで回避したかのように。斧のごとき頬骨は美容のためではなく貧しさゆえだ。人々は外見をあれこれと改変する果てにもはや人間の姿を必然とはしなくなった。も

はやそれにこだわるべき理由はないからなのだと彼らは言う。

人々は地球にしゃぶりつくことも話題にしていた。工場を次々に建設し、わたしたちが呼吸をする大気中に発がん性物質をまき散らす自動車を走らせることを。それもどうでもよいことだ。良心の呵責ぬきであれこれをなしうる安全な場所のことを彼らは議論していた。ひとつ事実を言っておくと、人間というのは糞をするのと同じ場所で食事をするというまでに知性に欠けた連中なのだ。だから、進歩の問題について彼らの予見に頼ろうとしないわたしのことは大目に見てもらわねばならない。もしくは、愛の問題について。

〈わかってもらえるかな……彼らは、ぼくが彼女を殺すことを望んだんだ〉

彼ら、彼女、彼。抽象的な代名詞はわたしにはなんの意味もなさない。

〈ぼくはどうしてもこれをやらなきゃならないんだ〉

なぜなら彼にはそれがなしうるから。

人類は突如として宇宙に生きている。人類は突如として相互接続されている。わたしたちの語り口は、我々がどうにかして従来の自分たちを〝超越〟する術を見つけだしたかのような響きを帯びている。けれどもそれほど突然のことではない。いまだに分断や悪魔のごとき計画は存在している。

人々はむかっ腹をたて、民族抹殺《ジェノサイド》を実行する。わたしたちは〝進歩〟などしていない。ただ単により強力な武器を持っただけのことだ。

染みのついたガラス面に彼が手で触れる。いや、たぶんわたしがそうするのだ。

これがあなたのしたことだ。

あなたは問いかけをしなかった。

愛はあなたを解放し、あなたはわたしを鎖につないだ。


――

ということは、彼はある種の暗殺者なのだろうか？　わたしの眼の奥を見つめてもその真相が明らかになることはない。彼はわたしに語りかけはするけれど、それを打ち明けようとはしない。赤い髪と石英のような紫色の目をした女のことだけ。まるで強迫観念のように、そのことばかりをくりかえす。


わたしたちの記憶の表層で、男の顔とチャムズのそれとが混じり合う。

チャムズは口をつぐむべきタイミングを知らない男だった。彼の構成要素のうちすべてを記憶している部分が、なにひとつであれ打ち明けないことを許さなかった。それは陰謀や複雑なドラマなどではおよそなかった。街角でまずい相手にまずい内容を話してしまっただけのこと。わたしたちはどちらも凍えて、ひどく空腹で、イライラを募らせていた。

愛は何事をもテクノロジーよりも効果的に修復し得ない。愛はただ、新しい別の問題を生みだすだけだ。

たぶん、わたしはチャムズを愛していなかった。たぶんそれは身近さと安全性だけのことだった。たぶんわたしのミスだったのだ。路上の通行人がしつこくつきまとってきた時に話をはじめたわたしのせいなのだ。

「歩きつづけて」チャムズは見知らぬ相手にそう告げた。

あの種の軽蔑の眼差しは、時に飛び出しナイフよりもグサリと刺さる。歩きつづけて。チャムズは挑発するかのようにそう言った。

すると相手の男は後ろに目を向けた。男が誰なのかわたしにはわからなかったけど、男は後ろに歩いていき、その時になってわたしは自覚したのだ。自分たちがなにかをおっぱじめてしまい、そこには出口がないことを。

わたし：「なにがあなたの望みなの？」

まるで男と対決しようとしたのはわたしたちではないかのように。

たぶんわたしのミスだったのだ。その瞬間の行いが。男がわたしに殴りかかり、チャムズが割ってはいったあの瞬間の。

身近さと安全性。わたしたちは側近くにいて、お互いを守り合っていた。

それは決して充分ではない。

「自分の記憶を守ることで女を守れるとあんたは思ってるの？　あんたたちはお互いを守っているとでも？」

わたしは鏡にそう訊ね、彼に向かってそう訊ねた。

〈ぼくが仕事をやりおおせなければ、彼らは誰かを代わりに送り込むだけのこと。彼女が巻き込まれているのは……〉

言葉がかき消えた後に新しい画像が浮かぶ。

彼はふたり両方を救うために彼女に語りかける。彼はいずれなにか別の存在になる。そうしたら、ふたりでこっそり逃げ出せる。彼は（どうにかして）追求が自分の身には及ばないようにし、ふたりして彼女のための新しい体も確保し、ふたりとも安全になったところでどこかに旅立つ。ハイパーコープの機密や生物発生的《バイオジェニック》な脅威から遠く離れたどこかへ。銀河系のどこかにそんな場所があるとでも言わんばかりに。彼には手段も決意もないわけではなく、自己本位な必要を欠いているわけでもないのだけれど。愛はすべてを克服するということ。

たとえわたしの制御下にあるのだとしても。

わたしは鏡の両端を手でつかみ、割れるまで揺さぶった。ガラスの破片群に金切り声を浴びせはしたけれど彼はそれを聞こうともしない。気にも留めない。彼の声は刃の冷たい光沢を帯びている。

〈ぼくはきみをこの人生から救い出せる。きみにつぐないをすることができる〉

まるでわたしに約束をするかのように。まるでわたしには選択肢があるとでも言わんばかりに。


――――

彼が告げたバンド地区とは、これから彼女に会いに行こうとする場所のことだ。彼が消去されることなく再着装《リスリーヴ》をする手助けを彼女がしてくれ、わたしはそこから先好き勝手に行動できるであろう場所のことだ。それというのも、彼の現在位置と正体をボスが突き止めることを防ぐためのデジタル・ホールの穴埋めを漏れなく実施できたのか、彼には百パーセントの自信まではないからだ。

わたしは誰なのか。それは脆弱でハイジャックをされた存在。

わたしにも百パーセントまでの確信はない。彼がみずからの魂《エゴ》を引き抜いた上で、わたしの魂が無傷でいられるのかどうかに。

もう一度頭を切り開かれることを自分が望んでいるのかどうかにも確信はない。

〈この道しかないんだ〉

こんな物言いをする連中には二種類いる。戦争商人と聖職者だ。

〈ことはなされた。それはもう取りもどせない。さあ、行こうじゃないか〉

わたしはなにも考えないようにした。考えれば勘づかれるに決まっているから。

「ええ、」わたしのミューズがそう語り、わたしが断じて発してなどいない質問に答える。たぶん彼が訊ねたのだろう。

わたしはダークグレーのジャケットの袖をまくり上げ、フードを目深にかぶっている。ジャケットはきっちり体に密着し、わたしの顔を隠してくれている。わたしには人波から頭ひとつ抜けてあたりを見回せるだけの身長があり、たぶん彼が脱ぎ捨てた生体義体《バイオモーフ》にも負けないほどに背が高い。顔を前につきだしてなにかを探す。とはいえ混雑した市場《スーク》や人混みからは見つかりそうもないなにかを。

わたしたちはドームからドームへと、血球のごとくに移動して、バンド地区にいる彼の恋人に会おうとしている。バンドという名称はペルシャ語に由来し、非常に濃厚に異国情緒が匂い立つがゆえに、現在他の惑星で暮らす人々からすればまったくの別世界とも思えることだろう。人類がみずからの夜想のもたらした形態異常のごときものと化し、大昔の先祖たちが民話のなかで戒めのために物語った化け物のごとき姿となったいまでは。

尻尾がここで揺れうごき、二股に割れた舌があそこでシューっと音をたてる。皮膚の下では格子細工の明かりが浮かび上がる。誰もがカーニヴァルの演者のごときものなのだ。

ドームとドームを結ぶ通路に検問所がある。わたしは心の奥で不安を募らせる。わたしのＩＤをあれこれ探られることで、脳の奥で見つかりはしないかと怯えている彼の存在が暴かれるのではないかと。わたしの脳を彼がハッキングした理由はそこにもあるのだ。警備上のデータバンクに載っているわたしの顔にはこれといった注意を引くような要素がない。平均的な市民であればある地点から別の地点へと流れるように移動できるが、平均的ではない市民にとってはそうではない。回廊の人混みのなかで両手をポケットにつっこんで、列の前の方の人たちが六列縦隊をなしてゆっくりと検問を通過していくのを眺めやる。あからさまのスキャンはなく、すべては脳内で完結していて、ドーム間の境界は制服を着た連中と銃によって隔てられている。

わたしはもう何十回も検問を受けてきて、今回も同じように歩んでいくうちに、後頭部のさえずり声はひっそりとなる。

わたしのミューズへのノックが認証コードとなって返ってくる。わたしは鉱山用の違法な義体《モーフ》ではない。わたしはずっとこの体で社会の片隅に生きてきた。

検問要員が目を伏せたまま、手を振ってわたしを通す。

〈よかった〉

わたしはそれに答えない。すぐにきらめく川面が右手に見えてきて、川べりのビル群が巨大なドールハウスのように内からの照明光に輝いている。夜には満艦飾のごとくに、空の星々のように手で触れられない光の群れとなる。人類がかつて地球上に林立させた高層ビル群――あらゆる美しいものがそうであるように、その百万ドルの夜景を人々が当たり前のものとして享受していた頃のもの――の模造品であるそれらのビル群にわたしは足を踏みいれたためしがない。

チャムズとわたしはしょっちゅうここまでやって来て、川岸に並んで腰掛け、水面《みなも》に映る明かりを眺めたものだった。そこがよりよい世界への入り口なのだと思い込んでいるふりをして、空想の世界のなかだけであれそうしたものが存在するのだと信じているふりをした。川に飛びこめば光に包まれて、ゴシック様式の窓をくぐって妖精の宮廷のある宮殿にたどり着けるとでもいうように。ネオンとダマスク織りが半分ずつ。この異世界の街路には、企業の広告看板の代わりにアールデコ調の告示や詩文がある。人間の魂についての想念を綴ったそれらの詩はシェイクスピアか、ディッキンソンによるものか。ことによるとプラスの創作であるかもしれない。わたしたちは過剰にロマンチックになりすぎることはない。

手を下方にのばして川水にくぐらせさえすれば、すべては指先で触れられるところにある。

〈ここで待ってくれないか〉

いまここで？　街灯の柱の下で、わたしたち全員が時計を脳に内蔵したいまや誰ひとり見上げることもない時計台が遠くに見える場所で。頭上の明かりは拡散して白い霧のようになって降りてきて、わたしはそれから逃れるように一歩脇にそれる。闇に包まれていたほうがまだましというもの。

人々があたりを散策している。ヴァレス・新上海のドーム群のなかでもわたしとは違う地域の住民たち。家族連れや旅行者、臨時雇いの労働者たち。その全員がわたしの視界の及ばないところへと歩み去り、コオロギの鳴き声のごとき音を高いピッチで発している。腕をからめた女の子同士。両親のうしろで光線型の槍を握ってスキップをし、琥珀色や緑色の光で闇を切り裂いている子どもたち。乙女たちがさしかける雨傘。そして必要からではなくアクセサリーとしてマスチフ犬ほどの大きさをしている男たち。いまここに雨は降っていない。

白い雨傘をくるくると回しながら誰かが通りかかり、傘のせいで腰から上はよく見えない。わたしに見えるのは細い脚と真紅のストッキング、そして同じ色をした踵の低い靴。

彼女はひとりでダンスをしているかのように、くるりと半回転してわたしに近づく。朱色の髪が後光のごとくにはらりと広がり、石英のような紫色の目がきらめく。

〈ミリア！〉

彼が自分を突き動かすがままに任せる。どのみちわたしも行きたいのだ。彼が記憶している通りに、手つかずの愛に包まれたこの美人のもとへ。

わたしたちは同じ原子核内の陽子のようにお互いに向かって近寄っていく。彼女の雨傘が描く白い円のなかに火星のすべてが覆い隠される。そしてすべてがひび割れていく。彼女の両眼も、彼女の髪の毛の先端も、わたしが両手をポケットから引き抜くその音も。わたしの後頭部の声が彼女の名前を呼んでいる。いつでも再結合ができる構えで、つながり合える期待で高揚している。

わたしは両手で易々と彼女の首をへし折る。そのまま動作を継続して、彼女を川に投げ落とす。

雨傘が宙に舞う。わたしはその軸をつかまえ、背後でくるくると回しながら、大股でその場を離れる。

頭のなかで怒号が轟く。

まさしく怒号。

それがいつまでも止むことなく。


――――


どうしてなんだと訊ねつづける。なんで、なんで、なんで、という止むことのないくりかえし。他ならぬ彼がわたしのなかに押しいったあの時にひどい過ちがあったのだとでも言わんばかりに。

リトル上海でまた雨が振りだした。わたしがぶらぶら歩くうちに、雨水が壁をつたい、筋になって流れていく。ニセモノの雨をわたしは厭わない。たとえ雨が街角を荒らし、天井に染みをつくるのだとしても。どこかの神が重力をものともせずに立ち小便をするかのように。

この部屋のこのマットレスで、もう何年も前に、わたしはチャムズの血の流れでる頭を抱いていた。チャムズは激昂した男とわたしの間に割ってはいり、わたしは口をつぐむことができなかった。わたしはそれをした。

命なんていまや安いものだ。いや、持たざる者からしてみれば昔から常にそうだったのかもしれない。命にいったいなんの意味がある？　機動性？　感覚力？　ある種の狭義の知性だとでも？　自分をいくらでもコピーでき、いらなくなったパーツを切り捨てられるようになったいま、生殖にはもはや意味はない。あなたの体の五〇パーセントが人造部品で構成され、残り五〇パーセントも換金可能か、長持ちしないか、もっと悪く言えば時代遅れかという時代に、命にどれだけの重みがあるというのか？

たぶん彼女はどこかで生き延びているし、それを確かめに行くつもりもない。彼を止められないこともわかっている。わたしたちは誰しも任務を、生き延びるための目的を必要としている。たぶんそれこそが現在における――進歩があなたをどこへも導いてくれない時代における――人生のすべてなのだ。

いまでは毎日散歩にでるたびに、彼の苛立ちを舞い上がる塵のように感じている。囚われの身にあるからこそ話せることもあるというのに、彼は悲嘆に縛りつけられてもいる。それに対するいかなる訓練の機会も彼には与えられなかった。愛とは究極の兵器なのだ。人々がわたしの痩せた体に歩み寄ってくるたびに、彼はわたしと同じ苦しみにさいなまれる。彼が雇った精神外科医がわたしたちふたりを分割したのと同じように、他人の目がわたしを分割するそのやり方を彼が目の当たりにすることができるとき、わたしたちは部屋に転がりこんで、自分たちの体をほころばせて欲望にさらす。

〈もううんざりだよ〉

だけどそれは問題にはならない。

〈きみを押しとどめてやるからな〉

だけど決してそうはならない。

〈どうしてぼくに出ていかせてくれないんだよ?〉

なぜなら彼らにはいつでもその術があるから。ある種のテクノロジー、バックアップ、メッシュに書き込まれた何らかの回答、手で触れられないものに込められたあまりにも多くの意味。

たぶんわたしたちは昔から事あるごとに、手で触れる術のないものを崇めてきて、それがわたしたちを損なってきたのである。そうして救世主ひとりをまた別の救世主と交換していったのだ。

唯一の違いは、わたしたちのために血の涙を流してくれる人がいるということ。そしていま、わたしたちはお互いのために血の涙を流している。

岡和田晃（おかわだあきら）

1981年、北海道生れ。文芸評論家・ゲームデザイナー・現代詩作家。「ナイトランド・クォータリー」（アトリエサード）編集長、「SF Prologue Wave」編集委員、東海大学講師。 著書に『「世界内戦」とわずかな希望 伊藤計劃・SF・現代文学』（アトリエサード、日本SF評論賞優秀賞受賞論文を含む）、『向井豊昭の闘争 異種混交性（ハイブリディティ）の世界文学』（未來社）、『北の想像力《北海道文学》と《北海道SF》をめぐる思索の旅』（編著、寿郎社、日本SF大賞最終候補）、『アイヌ民族否定論に抗する』（共編著、河出書房新社）、『世界にあけられた弾痕と、黄昏の原郷　SF・幻想文学・ゲーム論集』（アトリエサード）、『反ヘイト・反新自由主義の批評精神 いま読まれるべき〈文学〉とは何か』（寿郎社、北海道新聞文学賞佳作の改題）、『骨踊り　向井豊昭小説選』（編著、幻戯書房）、『掠れた曙光』（書苑新社、茨城文学賞詩部門受賞）、『現代北海道文学論 来るべき「惑星思考（プラネタリティ）」に向けて』（編著、藤田印刷エクセレントブックス）、『幻想と怪奇の英文学IV　変幻自在編』（共著、春風社）ほか。

ゲームデザイナーとしては、〈エクリプス・フェイズ〉（新紀元社）のほか、〈トンネルズ＆トロールズ〉（完全版、グループSNE）、〈ウォーハンマー RPG〉（第2版・第4版、ホビージャパン）、〈ダンジョンズ＆ドラゴンズ〉（第3.5版・第4版、ホビージャパン）、〈ガンドッグゼロ〉（新紀元社）各シリーズ関連の創作・翻訳出版多数。

【英語版クレジット】　"White Hempen Sleeves" by Ken Liu
"Prix Fixe" by Andrew Penn Romine
"Thieving Magpie" by Madeline Ashby
"A Resleeving of Love" by Karin Lowachee

From *ECLIPSE PHASE AFTER THE FALL: The Anthology of Transhuman Survival and Horror*, Editor: Jaym Gates, Eclipse Phase Continuity: Rob Boyle & Jack Graham, Production: Adam Jury, Cover Art: Stephan Martiniere, Version 1.0 (January 2016), by Posthuman Studios
Posthuman Studios is: Rob Boyle, Brian Cross, Jack Graham, and Adam Jury.
Contact us at info@posthumanstudios.com, via eclipsephase.com & posthumanstudios.com, or search your favorite social network for: "Eclipse Phase" or "Posthuman Studios"

TH Literature Series

再着装《リスリーヴ》の記憶——〈エクリプス・フェイズ〉アンソロジー

編者　岡和田晃

プロジェクト・マネージャー：岩田恵
EP世界観検証：待兼音二郎
校閲：小笠原じいや、矢田部健史
本文DTP：望月学英
カバーオブジェ：山下昇平

発行日　2021年9月28日
発行人　鈴木孝
発　行　有限会社アトリエサード
東京都豊島区南大塚1-33-1 〒170-0005
TEL.03-6304-1638 FAX.03-3946-3778
http://www.a-third.com/　th@a-third.com
振替口座／00160-8-728019
発　売　株式会社書苑新社
印　刷　モリモト印刷株式会社
定　価　本体2700円＋税

ISBN978-4-88375-450-2 C0097 ¥2700E

www.a-third.com